张云/著

上海文艺出版社

目录 CONTENTS

目录 / CONTENTS

引子

SHUANGTOU GUAIFO
SHAREN SHIJIAN

民国三十五年。

我爷爷李君之，一个老盗墓贼，在七十寿宴上，离奇死在他的密室里。

死之前的那个凌晨，他干了一件异常蹊跷的事。

这事儿，只有我知道。

后来，它成了我的噩梦。

/

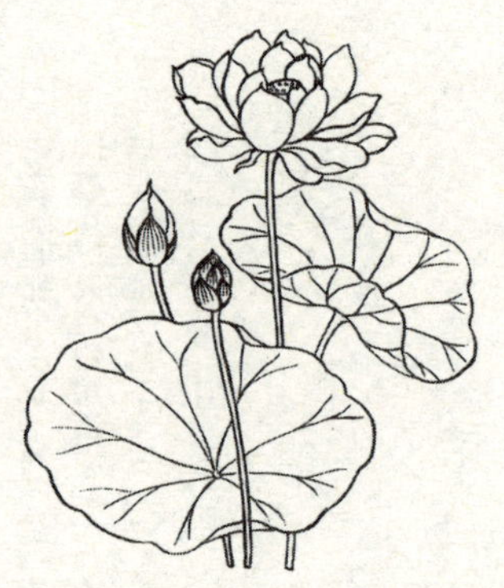

第一章 洛阳李家

北平的地下黑市，行里人都晓得“洛阳李”。

洛阳，就是那个北邙山下的洛阳，这地方在中国数千年文明史上的地位举足轻重。七大古都中，洛阳建都年代最早，朝代最多，历史也最长。十三个朝代建都于此，累计一千年的时间里，洛阳城毁了建，建了毁，依然是“城池雄伟，宫苑壮丽，为天下之冠”。地方好，人就多。不管是皇亲国戚、达官贵人，还是富商巨贾、文人雅士，一波波涌来，生了死，死了埋，长眠之处就是城旁边那连绵二百多公里的北邙山。

“生在苏杭，葬在北邙。”这话民间无人不知无人不晓。古往今来很多人将北邙山作为自己人生终点的最好归宿，导致山上冢连冢、墓压墓，层层叠叠，蔚为大观。

有墓，就有盗墓人。

在洛阳当地以及南北两派的倒斗行里，“洛阳八宗”这个由唐末义军将领李谠所创的庞大地下组织，历史最为悠久，地位也极为显赫。身为李谠的嫡系后人，老李家向来坐第一把金交椅，总管八宗。

无数年头里，洛阳八宗低调行事，到了清末，一个外号李鸭子的人终于让洛阳八宗和洛阳李家闻名天下。至于原因，很简单，他发明了至今都成为盗墓贼手中利器的洛阳铲。

而这个李鸭子，就是我爷爷李君之的亲爹。

可惜这位老爷子没落个善终，我三岁的时候，民国十五年，李鸭子带着自己的四个儿子和洛阳八宗的大队人马掏了一个大堂子，结果全军覆没，只剩下我爷爷逃了出来。这件事震惊当时倒斗行的南北两派，事情缘由却无人知晓。我曾经无数次问过我

爷爷，他只是长叹一声便不再言语。

太爷爷死后，爷爷成了洛阳八宗的新铲头，在炮火连天、兵荒马乱的年月领着门人走南闯北，创下了“洛阳李”的名声，那时琉璃厂出的东西相当一大部分都经过他的洛阳铲。老头子经常念叨：“次次命悬一线，回回九死一生，算是祖师爷和祖宗庇佑，没让李家绝了后。”

民国三十四年，日本人投了降，国内局势虽说依然动荡，但老百姓毕竟有了过安生日子的可能，腥风血雨一路走来的我爷爷，金盆洗手，带着全家搬到了北平，住进了早年在宣武门城南根儿买的一个三进四合院，守着琉璃厂的自家铺面安分度日，那把洛阳铲，也被他放进了杂物间。

到了我爸爸这一辈，“洛阳李”算是脱胎换骨。我爷爷一共四个儿子，在他的要求下几乎都走上了正道。大伯很早就离开了家，出国留学，抗战时期回国进入了考古研究所；二伯十六岁时就去关外做生意，这些年天南海北地跑，成了个商铺开到十三省的大商人；我爸是老三，为人内向腼腆，燕京大学毕业后留校任教。

最不济的是我小叔，从小不务正业，十年前就来了北平，和一帮狐朋狗友瞎混，遛狗、熬鹰、斗蛐蛐、逛窑子，啥破事都离不了他。白天在内城西四牌楼的老裕泰茶馆里侃着，晚上到前门广和楼戏园子里听着，夜里在前门八大胡同的窑子里睡着，典型的纨绔子弟一个，没办法，谁让家里有钱呢。不过我爷爷实在看不过他那么混，后来干脆把琉璃厂的铺面交给他。由此，小叔才有了正形儿，倒腾天南海北的古董，一年到头不沾家，神神秘秘。眼见都四十出头的人了，依然孤家寡人一个，却也逍遥快活。

我爷爷晚年活得极其滋润，虽然甩了手，但洛阳八宗泰山北斗的身份还在，随便撂出一句话也能呼风唤雨。不光行里人尊敬，民国北平政府给他了个文管会顾问的名头，几所大学聘他做客座教授，逢年过节三教九流挤破门槛。不过，或许早年倒斗的原因，老头子患上了哮喘，在家里常年守着留声机听京剧，足不出户，没多少人知道他窝在那栋小楼里干什么，他也不喜欢一帮人呼啦啦往他那里去。

当然，除了我。

李家到了我这一代，人丁不旺，大伯二伯生的都是闺女，我爸就我一个儿子，绝对是千亩田里一棵独苗，老头子自然分外溺爱。

要说，除了小叔，我可能算是最让老头子头疼的人了。打我生下来那天起，作为嫡孙，老头子对我期望甚高，翻破了《康熙字典》给我取名李重九，满指望我能出人头地光宗耀祖。可我从小就听着他那些故事长大，天生对别的不感兴趣，大学报考考古系，毕业后战火纷飞局势动荡，又受不了风餐露宿的苦，干脆辞职滚蛋。靠着祖上荫翳，生活自然无忧，就是一天到头闲得慌，最终入了小叔的伙，替他看铺子。

我爷爷生日是农历十一月十一，这一年，是他的七十大寿。

人生七十古来稀，尤其在倒斗这行当，能活到这岁数，也算稀罕得紧。我爷爷那身板，也挺奇怪，别人越活越抽抽，他倒是越活越年轻，六十岁头发全白，后来慢慢的白头发长成了黑发，一口牙咬开核桃轻而易举，有一回街上闲逛把俩挑事的小子揍得满地找牙。七十的年纪，看上去和小叔差不多，不管是长相还是身材，他俩上街别人一准儿当双胞胎兄弟。

从年头开始，五湖四海的人就开始念叨着要给老头子办个隆重寿宴，家里头更有此意。可所有人都知道老头子最烦过寿。打我记事开始，就没见过他吃长寿面。后来为这事，我专门问过他才弄清楚了原因：民国十五年那次掏堂子，我爷爷亲爹加上三个弟弟全部折在了黑水城，他一个人逃出来的那天，正好是十一月十一，所以，之后他再也没过寿。

往年就算了，今年不一样。七十岁嘛，该热闹热闹了。所有人琢磨来琢磨去，都不敢去开口，最后决定让我去当说客，谁让老头子偏心我呢。

没想到，我顺口一提，老头子当即答应。于是乎皆大欢喜，我爸做主，广发英雄帖，本想凡是沾边的人都叫上，可老头子一锤定音：只请行里人，叙叙旧。

李家他老大，他说什么那就得是什么。但即便是请行里人，这南北两派、旧识新朋，也不在少数，得一一通知，加上还得操办寿宴，家里人忙得团团转。

里里外外忙活了快俩月，总算万事俱备。不过凡事都不会太完美，先是大伯接到任务前往东北接收日本人占领期间留下来的文物离开家，接着远在上海做生意的二伯也说恐怕不能赶回来，再就是小叔也一直没露面。十一月初十这晚，只有我爸、我和老仆人德生陪着老头子守到了十二点钟响，迎来了他的七十寿诞，提前吃了顿家宴。

吃完饭，我爸带着德生去办正事，留下我一人陪着老头子。这段时间我累得够呛，在老爷子的沙发上倒头就睡，迷迷糊糊中，被老头子一巴掌拍醒了。

“老头子，杀人也得让人家喘口气吧，你孙子我三天没合眼了，明天还得给你端寿面……”我那时正梦见和广和楼戏园子的名角碧云儿郎情妾意呢，自然火大。

“少啰嗦。”老头厉喝一声，啪嗒在我对面坐下。

我爬起来，睁开眼，发现老头破天荒地把自己收拾得异常干净利索，戴着顶前清时期的瓜皮帽，穿着一身从未见过的长袍马褂，郑重其事。

我乐了：“爷，这都民国了，您把这身家伙什倒腾出来要闹哪般？难不成想学那张督军玩把复辟？”

老爷子点上根雪茄烟，抽了一口，对我笑了笑。

然后，他对我说："我带你去个地方，这是我们俩的秘密，任何人你都不能说。"

半夜三更，三天没合眼的我，被一个穿着长袍马褂的老头拍醒，对方一厢情愿地要和我分享秘密，还牛叉轰轰地不让我跟别人说。你想，当时我会是个什么心情？会有什么反应？

"小爷没兴趣！"我翻了个白眼，一米九的身板咣当一声砸在沙发上……随后一声惨叫，屋里一阵摇晃——沙发塌了。

这得怪我爷爷。他这屋子基本上来一次就得寒碜我一次。他这家，尤其是这间屋子，我要好好说说，因为它后来成了警察们的噩梦。

这个三进四合院，原先是正白旗钮三爷的房产。钮三爷是名副其实的满族贵胄，八旗子弟，祖上是跟着皇太极入关的功臣，家世显赫。辛亥年间，小皇帝让了位，大清朝亡了，原本吃皇粮逍遥自在的旗人顿时成了姥姥不疼舅舅不爱的氓流。钮三爷没了经济来源，可以前的逍遥日子还要过，免不了变卖东西。先是家里的古董字画，接着是商铺房产，最后只剩下了这个四合院。他卖的古玩，大多给了我爷爷，交往长了，觉得我爷爷为人厚道，干脆就把这四合院兑到了我爷爷手里。

本来四合院里住着热热闹闹一大家子，随着我爸他们各立门户之后就冷清了。我奶奶死得早，家里除了爷爷，只剩下个一直跟着他的老仆人德生。考虑爷爷年纪大了，大伙儿商量干脆让他搬到二伯家去，二伯在东交民巷有个别墅，原先是德华洋行的产业，地方宽敞，他在里面翻跟头都成。可老头子不乐意。

有一次，他把大伙召集起来，递给二伯一张图纸，要把后院的主房推了，盖两层小楼。

这提议大家本来就不乐意，尤其是看到那张他亲自设计的图纸之后，就更无语了。

别人家盖房，哪个不是方方正正，他却把整栋楼搞成了个"亞"字形。这种形状，寻常人家或许陌生，但在我们家绝对一眼就能看出来底细。我那时才小学一年级，就晓得这分明是汉代大墓的布局。

汉代大墓，一般有墓道、甬道、左耳室、右耳室、中室和后室六部分。从墓道进去，过了甬道，是宽敞的中室，这是供灵魂休息作乐的地方，和会客厅一个作用。两旁，一左一右两个耳室，存放陪葬的明器、五谷、衣物之类，最后面是后室，停放棺椁。

我爷爷给自己设计的这家，结构完全一模一样。

大伯当时嘴一撇："爸，哪有把家按照墓葬构局设计的，你这不是寒碜我们吗？”

二伯直点头：“就这么给您盖楼，传出去，别人还不知道怎么说我们兄弟不孝呢。”

我说得更干脆：“爷爷，别闹了，等会我给你买糖葫芦吃。”

一家人死活不同意，老头子真生气了，穿戴一新四仰八叉往床上一躺，闹起了绝食。

结果，楼盖起来了。别人家起房轰轰烈烈乔迁之喜，我们家盖楼偷偷摸摸，做贼一样。

入住那天，二伯送了一整套法兰西家具，被老头子全都扔了出来。搬进去的，是那些伴随他很多年的老物件。自此之后，那就成了他的安乐窝。

两层小楼，一层会客，老仆人德生住着。老头子住楼上，顺着楼梯上去，进门是个巨大的紫檀屏风，经过挂满字画的走道后是中堂，里头除了家具外，堆放着盆盆罐罐、木石瓷铜，左耳室布置成了佛堂，里头供奉着金铜佛像还有洛阳八宗公认的开山祖师——那位李说李老太爷的牌位。右耳室是储物间，里头存放着的都是老头子的心爱之物，其中不乏珍宝，我偷偷进去过，里面随便个东西拿出来都能震惊琉璃厂。至于后室，自然是卧室，简简单单一张大床，床头是他那宝贝一样的留声机。

整个二楼，一共两百多平米，厅堂巨大，却只开了三扇窗户。中堂两个，一南一北，卧室一个。因为老头子有哮喘，所以三个窗户都做成了脸盆大的闭合窗，即便是推开也只能伸两根手指出去。

说白了，他住的地方，是个不折不扣的密室。我睡塌了的沙发，就放在中堂。标准的民国初年使馆货，年纪比我都要大。

“老头子，你这破烂该扔了吧！哪天说不准把我弄死了，老李家就得绝后，你有何面目去见列祖列宗啊。”我从凹陷的坑里爬出来，满嘴灰土。

“就你这德性，咱家谁死你也死不了。”老头子瘪嘴道。

“我有时候在想，我是你亲孙子么？”我腰疼。

“屁话！”老头子白了我一眼，无比心疼地摸着沙发，嘴里嘀咕，“也是，是该换了，这还是民国五年一个俄国大使的女儿送我的，那女子……”

我立马表示理解：“难怪，定情信物总是个念想，不过你偷腥我奶奶知道吗？”

“狗嘴吐不出象牙。”老头子被我调戏惯了，油盐不进，“我对老毛子没好印象，当年要不是他们，你太爷爷……”

老头话说到一半，及时闭嘴，瞪了我一眼：“你去不去？”

“打死也不去！”我裹着被子往他卧室走，想补个觉。

走到房门口，听见老头子在后面嗡嗡地说：“不去也好，我还以为那块白玉貔貅这回要肉包子打狗了。”

扔了被子三分钟我就穿好了衣服，搀着老头子往外奔：“爷，一家人你看你客气的，不就是去个地方么，你老人家一句话，孙子我鬼门关前也敢横刀立马。”

一边说，一边把老头子书桌上的白玉貔貅顺进口袋里。乾隆年间清宫造办处的东西，顶级的羊脂白玉，怎么着也能抵个万儿八千现大洋。

外头雨点骤落。老头子将手中烟头弹出车窗，火光乍起，被雨浇灭。

崭新的黑色美利坚雪弗兰轰鸣一声，绝尘而去，水花四溅。

三更时分的北平，空旷迷蒙。

一片黑暗中，寥寥点点的灯光，街道上行人皆无，偶尔传来狗吠、警笛或者几声抢劫的尖叫，重又回复平静。

城门口，几个巡警恹恹欲睡地靠在岗杆上，抽着烟，和守夜的士兵嘀嘀咕咕说着闲话，见车子来蛮横地拦下，打发过去几块银元，他们便笑嘻嘻放行，继续扯淡。

爷爷在车里摇头：“本来想，赶走了日本人就能过上好日子，现在看，这民国算是烂到骨子里了。”

我笑：“老爷子，您这是咸吃萝卜淡操心，管那么多干吗。你爱你的国，谁爱你呀？”

爷爷摇头笑。

出了城，车子向西开去，隐约看见起伏的群山，如同一头蹲踞在黑暗中的巨兽，张开大口。万物都在睡着，寂静无声，只有雨点猛烈敲击车窗的声响显得格外跌宕。

一路上老爷子有些紧张，不时看着后方，车子开出城，他还有些不放心地问我：“小九，后面没人跟吧？”

我被他说得心里一惊，急忙往后看了一眼，后面鬼影子都没。“爷，你别吓我，听说前几天这边有人劫道，先奸后杀呢。”

老爷子胡子一抖，扭过身斜倚着靠背，一副幸灾乐祸的样子：“劫道无所谓，半夜容易有脏东西，你九月初九生，阳极转阴，最容易招惹。”

我打小胆子就不大，吓得脊梁骨冒凉气，赶紧转移话题：“哎，你说你老人家也真是的，别人名字个个高大上，偏偏给我取个李重九，不知道的人还以为我算命的呢。”

“李重九怎么了？九月九生，重九，多贴切。朱元璋不叫朱重八么，你比他还多一点。”

我立马反击：“那你十一月十一生，怎么不叫双十一？！”

老头说不过我，扭过头去，蹦出一句让人啼笑皆非的话：“双十一？李双十一？

老子和小鬼子不对付了这么多年，难道还弄个日本名？！”

说说笑笑间，在老头子的指挥下，车子拐来拐去，大路转小路，青石路转石子路，石子路转土路，也不知道开了多远，最后连路都没有了，车子在一处山坳口咣当一声停了下来。

“到了。”老爷子看着远处，缓缓说道，“差不多十年没来了，还是那个鸟样。”

祖孙俩下了车，深一脚浅一脚地进山。荒山野岭，大雨瓢泼，冻得我直打摆子。林木沉浸在雨水里，黑黝黝一片，山道崎岖难行，时不时一阵不知名的鸟叫，越发瘆人。

“你不会带我倒斗来了吧？”我突发奇想。

“倒斗？就你这样的，要是以前给我提尿壶我都怕闪了我的宝贝。”老头子鄙视地扫了我一眼，背着双手走在前头。

最后，在一栋巨大的宅子面前，老头子停下脚步。

这明显是一处已经荒废的大庄园，年头久远，但从门楣上精美的雕花依然能够看出当年的风采。不过如今，它湮没在阴影和雨水中，分外诡异而凄冷。

“去叫门。”老头子点了雪茄，道。

我笑出声来：“不带这么吓唬人的，这荒山野岭孤宅老屋，怎么会住人。叫鬼呀？”

话音未落，只听见那两扇陈旧的大门发出一声令人毛骨悚然的吱嘎声响……

门，竟然真的开了。

门缝里，露出半张毫无血色苍白的脸！

第二章 流沙冢

“鬼！”我吓得啊呀惨叫一声，手电筒差点没扔出去。

老头子一副脸掉裤裆里的表情，一脚踹过来：“李家的脸，算是让你丢光了。”

“老爷！？”里头传出颤巍巍的一个声音，随即晃出了个人影。

这时我才看清是个老头。年纪一大把，没有八十也有七十，须发洁白，佝偻着身子，背后鼓个大包，竟然是个一瘸一拐的驼子。

我爷爷和这驼子相互凝视，两个人眼眶都有些发红。

“老爷！真是你呀！”驼子又惊又喜。

“我还怕你真的躺进棺材，空跑一趟呢。”爷爷笑道。

“你不死，我怎么敢死。”驼子恭敬回话，又看看我，“这位是？”

“我唯一的那个孙子。小九，叫驼子叔。”老头子对我道。

“驼子叔。”我不情愿地叫了一句。

驼子笑得满脸褶子舒展开来：“那怎么行，你是小少爷，叫我一声驼子就得了。”

“甭和他客气，进去吧，风大雨大的。”爷爷背着双手抬脚进去。

到了里头，我才发现这庄院不是一般的大，重重叠叠几进院子，似乎原来是个大庙，前后大殿气势恢宏，木柱、石碑横躺一地，不过收拾得还算干净。

三个人到了后院，一个十一二岁的小子跑出来，警惕地打量着我们。

“我收养的孩子，叫万岁。”驼子道。

“嚯！这名字真是气象万千！”我嘴儿一咧，把那位万岁吓得一溜烟跑回屋了。

“没见过生人。”驼子惭愧无比，又道，“胆子倒是挺大。”

爷爷点头：“骨相上看，和你一样是个孤零之人。不过命上倒硬得很。会活儿么？”

驼子：“起码比我强。”

听了这话，爷爷微微一愣，不由得多看了眼那间屋子，随即不动声色笑了笑：“那挺好。”

驼子也笑：“所以我才把他抱回来，等我死了，他就接我的班，替李家守着这流沙冢。”

我打了个激灵。流沙冢？这不是一个废庙吗？怎么听着还是我们李家的。那这驼子又是什么人？

一连串的疑问涌上心头。

刚要问，爷爷身形一晃，迈过了门槛。

这是一座大殿。外面斗檐飞翘，里头阴沉阔大。中间一尊巨大的青铜真武大帝坐像威严肃穆，两侧分列山神、护法、童子、星官，或双目圆睁、头发竖起，或獠牙龇出、阴沉白面，昏暗的灯光下让人心惊胆战。

爷爷来到那大帝像前，上香行礼后，走到铜像脚下，蹲下身，小心将地上厚厚的尘土拂去，朝我伸出手：“拿来。”

“啊？”我反应过来，递过去手电筒。

老头子胡子都气歪了：“金莲花！你身上的那朵金莲花！”

“要金莲花干什么？”我诧异道。

那朵金莲花，从小就挂我脖子上。纯金所作，一花九瓣，一瓣九脉，常常无风而抖，背后刻四字“长命吉祥”，古朴精巧。这东西我帮小叔看铺子的时候，不知道多少人惦记过，我都没搭理，对于我来说，这玩意就是护身符。

“让你拿来就拿来，废什么话。”爷爷很不耐烦。摘下来，递了过去，我也好奇，凑到老头子身边，这才发现，铜像脚下现出一朵微微凸出的巨大青铜莲花来。

这莲花，形状和我的金莲花一模一样，却有脸盆大小，九个莲瓣上满是密密麻麻的符咒和钩锁，莲蕊中心凸起个八卦中代表“乾”的卦象，而在中间那一横上，有个凹槽，也是个莲花状。

“这破烂挖出来搁店里头，估计也就能卖二斗粮，还是粗粮。”我瘪嘴道。

三更半夜有觉不睡跑这鸟不拉屎的地方就为看这个？我很失望。

旁边的驼子咳嗽一声：“闻名南北两派倒斗行、无人能解的九转勾魂金莲锁，竟被说成是破烂，小少爷，你真是……真是……”

驼子说不下去了。我爷爷老脸通红。

我强撑着面子："不就是个锁么。还无人能解？这都什么年代了，实在不行我用炸药炸，我就不信开不了这地儿。"

老头子无语。

驼子凑过来："小少爷，你脚下，这大殿下方，乃是被铁水铜汁整体浇筑，厚九尺九寸九分，没有那朵金莲花，你就是在这里堆满炸药也休想进去。"

我："……"

敢情这地下是个超级乌龟壳呀。

我们扯淡的这空档，爷爷已经把那九瓣金莲花摁入凹槽中，左九转右九转，轻轻一送，只听见啪的一声脆响，青铜莲花上钩锁攒动，九瓣莲花骤然收起，地底下发出一阵深沉幽远的响动，那尊巨大的真武大帝铜像竟然缓缓向后移动，厚厚的青铜门开启，一个黑黝黝的洞口出现在我的面前。

"这是？"我倒吸了一口凉气。

"流沙冢。李家的流沙冢。"老头子站起身来，语气中充满了无限的怀念、自豪，同时又似乎带着巨大的悲伤和失落。

"洛阳少年抛此身，风雨阴阳下泉尘。可怜流沙冢中骨，犹是相思梦里人。"老头长叹一声，接过火把，指了指那洞口，对我道，"下去吧，这就是我跟你说的那地方，里头藏着压在我心头一辈子的一个秘密。"

青石雕凿的台阶延伸到黑暗中，满是厚厚的尘土。或许因为长久没打开的原因，空气中弥漫着一股浓浓的霉味。

老头子走在前头，举着火把，留给我一个瘦削的身影。

不知怎的，那一刻，我觉得他真的老了。

"小九，你还记得咱们'洛阳八宗'的来历么？"昏暗中，爷爷低声道。

我笑了："爷爷，你当我棒槌呢？自个儿家的事，我怎么会不知道。"

在洛阳，盗墓历史悠久，这行当从什么时候开始有，连我爷爷都说不清楚。早先不过是三五成群松散自由，无组织无纪律。时间长了，慢慢就产生了门宗，定了行规，有了"洛阳八宗"。

洛阳八宗正式发迹，还是唐朝末年的事儿。那时候民不聊生，卖私盐的黄巢揭竿而起，成了天下流寇的总扛把子，攻入东都后，他干了一票大营生——掘坟发墓。

这是历史上少有的光天化日下干黑活，领头的是义军将领李说，这位爷因盗墓发迹，也坏了名头，后来投了朱温，被杀了了事。不过他的子嗣和手下在洛阳留了下来，成了"洛阳八宗"的源头。

所谓的洛阳八宗，指的是按《易经》“乾、坤、巽、兑、艮、震、离、坎”命名分出的八支，所谓“乾以君之，坤以藏之，震以动之，巽以散之，坎以润之，离以烜之，艮以止之，兑以说之”，八宗术业上各有分工，平日散而不联，若遇大事则合而谋定。历朝历代，八宗之首是乾宗，也就是我们李家。

爷爷长吁一声，指着墙壁道：“这上面，全是咱们八宗的事情，你今天要看仔细了。”

两边的墙壁极为高大平整，上面抹上了白泥，绘满了壁画。颜料都是矿物彩，年代虽久但依然鲜艳无比。

虽然对老头子的话，我觉得很诧异，但目光落在那些壁画上，我还是逐渐被吸引了。

上面画的都是一簇簇的人物。最先看到的是在一处高山之下，一个全身披挂盔甲、身骑白马的高大将领指挥着无数士兵开挖一座大墓，山腹里的珍宝被装在大车之上，一车车运出……

虽然是白描，但落笔行云流水，尤其是那白马将军面目表情勾画得极为传神，他背对着士兵，正偷偷地将一个铁函塞入怀中，那铁函之上雕刻着一朵硕大的莲花。

接下来，连绵的亭台楼阁中屹立一座高大殿堂，将军面对一位身穿龙袍之人，但这人表情似乎很生气，双目圆睁。画到这里，笔锋一转。将军府邸，无数士兵围攻，大火熊熊冲天，尸横遍野，将军满身是箭，将那铁函托付给一个孩童，侍卫护送而去。

“这将军是唐末的那位李老太爷，画的是他的故事。”爷爷指了指那壁画的后头：牢狱之中，将军被绑在铜柱之上，一伙穷凶极恶的壮汉正在审问。不过他们似乎没有得到想要的东西，一棵古柏之下，反绑双手的将军被推入土坑中活埋。

“后面画的都是咱们洛阳李家的先人。”爷爷看着长长的甬道。

爷孙两个，一前一后，很少说话，就这么一边走一边看。刚开始我还吊儿郎当，越往下看，内心就如同灌了铅一样越发沉重起来。

这些壁画，从唐末开始，一代代的故事画下来，犹如一条奔腾的时间长河，记录着一朵朵属于洛阳李家的绚烂水花。不管是高山峻岭、密林沼泽还是黄沙大漠、幽暗地下，先人们上入云天下探九泉，很多人或死于毒箭流沙之中，或死于毒虫猛兽之口，中间还有一些非人似妖的怪物吞吃撕扯，残肢满地。

“他们似乎一直在找这个。”看到中途，我指着一幅壁画。

上面，一群盗墓贼出现在一座被焚毁、屠杀的城池之中，他们挖出一条曲折盗洞直通一处神秘的地下建筑，盗出一物在黑夜中逃出。接着，遭到一群蒙古骑兵追杀，一个个被砍死。

最后，一个少年抱着黄布包裹，满脸绝望地站在悬崖之上。风吹开包裹，看到包裹里正是那个铁函。少年抱着铁函跳入崖下的大河，留下蒙古骑兵愤怒的咒骂。

爷爷并不作声，只是低着头往前走。

往后的壁画，画的依然是不同年代的盗墓贼，都是九死一生、曲折艰险的倒斗故事，同样的惨烈，那个刻着莲花的铁函也一次次出现，一次次失而复得，得而复失。

一直到最后，墙壁上出现了一群戴着瓜皮小帽、穿着短褂夜行衣的盗墓贼，领头的是个托着辫子的干瘦老头，身后跟着四个年纪不一的儿子还有几十个帮手，他们跟着一群全副武装的大鼻子外国人在黄沙戈壁中穿梭，经历迷路、疾病、干渴饥饿，来到一座破落的古城之下。

这帮人显然好像在寻找什么东西，四处开挖，推倒高大的佛塔、拆毁倒塌的庙宇，皆劳而无功。后来，那干瘦老头扛着洛阳铲在一处土林之下掘出了洞口，人群欢呼雀跃，蜂拥而入。但他们被随之而来的一阵血色浓雾吞没，这雾画得极为诡异，仿佛由无数虫子组成，里头裹着一个个人形怪物，将这些人全部拖入地下。混乱中，干瘦老头将自己的一个儿子推出盗洞口，那中年人抱着一物哭泣着逃去。

所有的壁画，都在此处戛然而止，在失魂落魄、满脸悲愤的中年人还有他抱在怀中的东西上结束。

那东西，正是铁函。刻着莲花的铁函。

“老头子，这铁函里头到底是什么东西？”我的心里仿佛被铁水铜汁灌满，沉重无比。

虽然上面画着的都是一群群年代久远与我素未谋面之人，但我的血管里流着的是他们的血。他们，是我的祖先。

一代代的祖先，在漫长的时间长河中不顾生死寻找的这个铁函，是那么的神秘而怪异。

爷爷并没有说话。他快走几步，走出甬道，将火把往前扔去。

轰的一声，火焰腾然而起，一个装满白色油膏的巨大的青瓷龙缸被点亮，明亮的火焰之下，一个阔大的地下空间出现在我面前。

眼前的一切，让我目瞪口呆！

老头子三更半夜领着我来到这神秘破庙，郑重其事地费了一番工夫深入地下，我的无限憧憬中这里头肯定装着无数的金银财宝，或者是件件价值连城的古董珍玩，但万万想不到的是，我面对的是无数密密麻麻的灵位！

之前驼子叔告诉我位于大殿下方的这个流沙冢是用铁水铜汁浇灌而成，我以为里头空间不可能太大，但下来之后，我切切实实被震撼了。

这是一个长方形的密室，面积约有六七十平米，若是在地下掏挖，这样的面积并不起眼，但用铜铁通体浇灌出来，那绝对是个大工程了。抛去技术成分不说，光是用掉的金属恐怕就是笔巨大的开销。

从门口进去，左右窄，前后长，长方形的空间贯通延绵，四壁高约五米，最诡异的是，密室的顶部并非是一个长方形的平面，而是四个拱角俯接而成，这就使得上方隔出一个异常开阔的空间。

密室的布局，我看了第一眼就忍不住打了个哆嗦，因为这分明就是一个巨大的棺材制式！

整个密室墙壁全部用黑漆涂抹，显然不是一般的漆，散发出淡淡的药香而且油光可鉴，能够隐约照出人影。高大的密室中，没有一处纹饰，只在顶上用金粉堆画出一个巨大的九瓣莲花。

四壁上，密密麻麻留有一个个二三十公分高的凹槽，每一个凹槽中都放着一尊木制灵牌，上面用朱砂写着逝者名讳，灵牌前放置着各式各样的物品。

我看了近处的一个灵牌，正中写着："先公李讳洪之之灵位。"旁边注有一行小字："康熙三年生。为求祖遗发丘八十七处，五十五年卒于甘州三湾子大墓。"

灵牌前放置着一块双莲缠枝如意玉佩，凝脂般温润净白，看来是主人的心爱之物。

在这块灵位右方，接连两块灵牌，分别写着"先公李讳国泰之灵位。康熙二十四年生。为求祖遗发丘二十三处，五十五年卒于甘州三湾子大墓。""先公李讳国安之灵位。康熙二十五年生，为求祖遗发丘七十处，五十五年卒于甘州三湾子大墓。"灵位前放象牙折扇一把、烟锅一具。

这三位灵位的主人，分明是父子三人，同死在一处大墓的倒斗中。

而像这样的灵位，密室里层层叠叠，我仔细观察了很多之后，发现一个共同的特点，除了名讳、出生年月、发丘数目不同外，"为求祖遗"四个字出现在了每个灵位上。

"咱们李家的列祖列宗，都在这里。"爷爷表情肃穆，长叹一声，然后大步朝密室的后方走去，沉声道，"看好脚下，跟着我，走错一步，这里头便万箭齐发，明白吗？"

万箭齐发！？我吓得咽了一口口水。

爷爷呵呵一笑："洛阳李家倒斗这么多代，什么样的机关暗器没见过？自家的流沙冢自然要好好布置一番。这里头，内部各处都安置了铜弩铁箭，上下十方无死角。"

"吓唬人吧。"我嘴上虽硬，脚下却小心翼翼紧跟而上。

老头子健步如飞，在地上的莲花青砖上身形流转，每踏一步，脚下青砖便发出咯的一声闷响，缓缓升起，形成一条梅花桩一般的曲折道路，通向密室尽头。

来到最后方的铜壁之下，却见此处和别处明显不同，整面墙都是一个巨大的凹陷，悬挂着一张画在丝绸上的巨大绘像，上面画的人我认识，就是李家的开山之祖，那位李老太爷。

绘像前，放置着一大三小四个灵位。最大的这个灵位上，写着"先公李讳亚子之灵位。咸丰六年生。为求祖遗发丘三百零九处，民国十五年卒于黑水城。"灵位下，放置着一把斑驳生锈的洛阳铲，铲上的白蜡杆已经断为两截。剩下三个灵位的主人分别是李戒之、李徽之、李景之，同样卒于民国十五年的黑水城。

这四个灵位，不管是从规格还是摆放的地方都与其他截然不同，而爷爷，站在四个灵位前，还未说话，双眼就闪烁出泪光。

"小九，给你太爷爷，二爷爷，三爷爷，四爷爷，磕个头吧。"老头子低声说道。

我的心里，顿时响起一声惊雷。

从小到大爷爷关于他自己的那些精彩故事从来不对我隐瞒，唯独民国十五年发生的这件事，他对任何人都守口如瓶，现在看来，眼前这四个灵位……

"流沙冢里，列着李家的历代先人，也埋藏着一个家族世代守护的秘密。从李老太爷发端，李家世代都和这个秘密缠在了一起。他们绝大多数一生都在发丘倒斗中度过，很少有人落个善终。别人倒斗，是为了开棺发财，我们李家却是为了破解一个吞噬家族千年的诅咒！"爷爷的话，打断了我的沉思。

说到这里，老头子转过身，指着密密麻麻的灵位，身体颤抖，声嘶力竭："祖遗！一切都是为了那个混账的祖遗！"

"爷爷，祖遗，难不成就是李老太爷从大墓中盗出来的那个莲花铁函？"我低声道。

爷爷无力地点了点头："小九，原本我打算让这个诅咒到我这里就终结了。时代不同了，李家倒斗的历史也该断了。但你是咱们李家现在最后的一根苗，这个秘密，不能不告诉你。"

“当年，李老太爷从洛阳发迹，盗墓无数。后来在长安，打开了一座大墓。墓主人并不是唐朝的皇帝，陵墓的规格却远比皇陵还要阔大，里头自然珍宝无数。其中有一具巨大铁棺，用九条手腕粗细的铁索捆绑，高高吊起在墓顶……”

“悬棺！？”我心里咯噔一下。

“墓中棺悬，退走周全。”这是李家世代流传下来的《墓经》中关于“诡棺”的记载。

倒斗遇上这种棺，李家之人定然恭敬叩头，点香三根，不动墓中一石一瓦，快速离开。遇悬棺，十死无生。

“当时盗墓的那些人都是义军，粗鄙无度，不知道悬棺的凶险，斩断铁索，砸开棺盖，一拥而上。不料棺开之后，里头空空如也，只有一具脸罩血红骷髅面具的黑铁尸衣。”

“黑铁尸衣？”我疑惑不已。

“金缕玉衣你听说过吧？”爷爷冷笑一声。

这个我自然知道。金缕玉衣盛行于汉代，以金线穿起玉片编制而成的敛服，那时人们相信玉可以保持尸体永不腐朽，金缕玉衣只限于皇家贵胄，可谓天下绝珍。

“那黑铁尸衣，乃是用一种奇异黑铁铸成人形，左右两半，合二为一。表面扯来无数金线，捆绑得密密麻麻。尸衣浑然一体，只有面部空洞，罩着一具黄金打造的一面三目的血骷髅面具。”

“义军哄抢金线之后，要强行打开那尸衣。李老太爷盗墓无数，知道这里头恐有诡异，虽有心阻止但无济于事。打开之后，所有人目瞪口呆。那里头并没有想象中的尸体，而是一张人皮！”爷爷双目圆睁，用颤抖的声音道，“准确地说，不是一张人皮，而是一张人蜕！”

“人蜕？！”密室里阴冷黑暗，老爷子这番话，让我头皮一阵发麻。

“人蜕！一个女子的人蜕。完完整整的一张人皮，连头发、指甲都完好如初。就像一个人的血肉、骨头、五脏六腑突然蒸发一般，剩下了一个空壳。”

“这怎么可能？！”我直摇头，“不会是灌进去什么腐蚀性药物，把血肉骨头都腐蚀了，剩下个人皮吧？”

“血肉骨头都腐蚀了，人皮那么脆弱的东西还能保存么？”爷爷一句话把我说得哑口无言。

“这样的情景，纵使是那些杀人不眨眼的义军也吓得一哄而散。咱们家李老太爷是个胆大心细的人，便和几个亲兵留下来打探一番。那人蜕，身穿白色毛毡，打扮上绝对不是中原地区的人。尸衣中除了这人蜕，还有一个铁函，一卷羊皮书。李老太爷将两样东西取走之后，命人将那人蜕重新葬在墓中。

“归来之后，开启那羊皮卷，里头都是些奇文怪字，后来李老太爷在长安遍访能人异士，在唐皇后宫丹房找到个老头才将那羊皮卷翻译过来。至于上面什么字，家族没有记载，只知道里头记载着一件惊天骇事。那女子，后来也查明，乃是太宗的一位机密国师，与铁函一起自外域而来，有勾魂引魄、延年长生之术，深得太宗的信任和宠爱，而铁函里的东西，便是这女子所有巫术的凭借，自然成了不传之秘。

“李老太爷将这两样东西暗中保存下来，秘不示人。后来朱温灭了唐朝自己当了皇帝，李老太爷在他手下当官。当年他的那几个亲兵中，有一个作奸犯科被他逐出家门，此人怀恨在心便将这事上告。传到朱温耳中，他那时已经身染重病，一心想延年益寿，自然分外上心，逼迫李老太爷交出此物。李老太爷只推脱说并无此事，后来惨遭灭门，之后一个儿子带着两样东西，逃了出来。

“这铁函和羊皮卷保存了两代人之后，终于被官军夺去，不知所踪。自此之后，李家世代都在寻找那个铁函，为破解此中的秘密，也为这祖宗留下来的遗物完璧归赵。

“此后的无数年，不管是皇宫殿堂还是陵墓黄泉，铁函辗转各处，成了历代当朝者的机密。而我们李家人也是一次次倒斗、盗取，失而复得，得而复失，前赴后继，从未断绝。

“这铁函，就是李家世代苦寻的祖遗，也成了李家千年的诅咒。”爷爷说到这里，仰面长叹。

我听得入神，沉默半晌，越发觉得有意思。

“爷爷，故事没理由是假的，但你说那外域女巫师有延年长生之术就扯皮了。据我所知，唐太宗李世民虽然英明神武，也不过活了五十多岁。那女人既然有那么大能耐，他怎么最后还死翘翘了？”

老头子似乎早知道我会这么说，背着双手，长叹道：“小九，我倒了一辈子的斗，见过不可思议的事情太多了。当初我听这个故事的时候，也是将信将疑。但李世民的墓，五代时温韬曾经盗过，当时负责指挥倒斗的，就是我们李家的先人。开棺之后……里头，也是一张人蜕。”

我完全震惊了。难道历史上，李世民是非正常死亡！？

“爷爷，这毕竟只是传说。”我死扛道。

年头太久了，都一千多年了，谁知道真假呀？

“那我考考你，你知道李世民死在哪里吗？”爷爷问道。

“这个……”我顿时头大。

我一个上进有为的革命青年，怎么会关心他死在哪儿。

“贞观二十三年，驾崩于终南山上的翠微宫含风殿。”爷爷微微一笑，“你有没有发觉这里头的蹊跷？”

我眼睛一亮：“终南山？！”

爷爷：“一个皇帝，不死在长安，却跑到终南山寿终正寝，你不觉得这里头很有故事么？”

我沉默了。

终南山，但凡有点常识的人都知道，那地方自古以来就是名满天下的“仙都”“天下第一福地”，是寻仙问道者的天堂。

“可……可我还是觉得这事情，听起来总是有点不靠谱。”我虽无力反驳，但理性终究占据上风。

爷爷直勾勾地盯着我，好一会儿之后，他缓缓蹲下来，双手抱着脑袋，脸上露出极端痛苦的表情。

然后，他的声音低低地在密室里回荡：“我要告诉你，民国十五年，我亲眼看到了这样的一个人蜕，你信么？”

第三章 莲花铁函

从小到大，爷爷从未骗过我。他所说的，我自然不会质疑。

我很想知道在民国十五年的黑水城，他到底看到了什么，但爷爷似乎并不打算告诉我。

他伸出手，取下了那个洛阳铲。直到此时，我才发现洛阳铲下竟有个指甲盖大小的铜纽。老头子轻轻一摁，供奉灵位的平台缓缓上移，一个四方的巨大金盒被托举上来。

这金盒，溜光锃亮，通体无字，只有正面上有个小小的莲花状凹槽。

我探身要去取，爷爷一巴掌打落了我的手。

“毛糙。”爷爷白了我一眼，道，“这不是一般的东西，多年前我专门请个高手特制的。金盒与下方的缠枝莲相连，没有金莲花，任何的外力都会引发金盒里面的击发装置。”

“击发装置？”我为之一愣。

“里头全是王水。”爷爷笑道，“机关启动，王水就从盒中喷出，绝无死角，人若沾上，定然击毁销骨，而且王水中有剧毒，碰上一点，绝难活命。”

我立马老实了。

爷爷取出金莲花，小心翼翼开了金盒，稳稳地从盒内取出一物。

我的目光落在那东西上，倒吸了一口凉气，瞬间连呼吸都要停止了。

四四方方的一个铁函，在昏暗的光线下发出诡异的光芒。铁函上，赫然刻着一朵九瓣莲花。

“这是！”我声音颤抖。

“这就是咱们李家历代人苦苦寻找的那东西。”爷爷枯瘦的双手抚摸着铁函，目光中露出少有的炙热，随即双目一闭，将铁函丢给我。

我双手接住，只觉得这铁函沉重无比。

“从现在起，这东西，是你的了。”爷爷看着我，微微一笑。

雨还在下。

瓢泼的大雨让车窗外一片朦胧。

回来的路上，爷爷一直不说话，哼着小曲，似乎很轻松。

到了家门口，车子还没停，老头子指着那铁函对我道：“找个除了你之外任何人都不知道的地方，藏好了，然后把这件事烂在肚子里，任何人都不要说，明白吗？”

我下意识地点点头，随即又疑惑起来：“爷爷，这东西放在咱家的流沙冢，可比放我这里安全多了。再说，要是哪天我喝醉了把这玩意儿当痰盂或者缺衣少食给拿出去卖了，你岂不是要后悔得上吊？”

爷爷瞪了我一眼：“自己的孙子是什么人，我难道不知道？你平时看起来虽然吊儿郎当，但本性上分得清是非。还有，我这也是没办法了。”

“啊？”我糊涂了。

爷爷看着车窗外的大雨，沉声道：“有人已经盯上这东西了。”

言罢，不容我再问，他就推开车门一溜小跑进了院子。

我漫无目的地在大街上开着车子，一根接一根地抽烟。今晚事情太多，震撼也太多，脑子有点乱。

晃荡了近一个小时，想来想去也理不出个头绪，干脆掉转车头开向琉璃厂。

小叔的铺子在西琉璃厂的拐角，店面虽不大，但在四九城非常有名。

停了车，掏钥匙开门进去，翻手将门锁死，进了后院正屋，我一屁股瘫倒在椅子上。

小叔这铺子，前面是柜台，后面的小院是他的窝。

正屋五十多平米，除了睡觉的一张床，密密麻麻堆满了乱七八糟的东西。他和老头子不一样，老头子屋里的东西件件都上档次，他这房间里完全是一地的破烂。陶罐青瓷、书卷苏绣、金铜铁器、翡翠玉器这些中国传统的东西就不说了，什么非洲土著人的面具、欧洲中世纪的风琴钟表、俄国的刀叉银器甚至是吉普赛巫师的那种自动玩偶，应有尽有。

我看了看表，已经四点半。外面的雨停了，依然漆黑无比。

搜罗出一罐龙井，泡上，喝了一口，定了定神，我将那铁函放在茶几上，小心翼翼用银叉挑开封漆，打开，将里面用黄绸包裹的东西取了出来。

黄绸揭开一层又一层，裹得严严实实，这个过程显得十分漫长而焦躁，比揭姑娘肚兜都要让我煎熬。好不容易扯去最后一层，终于露出了庐山真面目。

我一下子愣住了。

打死我都想不到，这个成为李家世代诅咒的东西，竟然是尊佛像！

小时候跟着爷爷混，文玩古董的知识他没少跟我说，后来和小叔搭伙，时间长了我认东西的水平在琉璃厂年轻一辈中也算出类拔萃，可眼前这尊佛像，却让我觉得出奇的怪异。

佛像不大，约莫十五六公分，一只手就能抓住。材料非金非铜更不是铁，密度极大，握在手心，冰冷如寒冰，通体内外布满极为细微的螺旋纹路，看上去既像是波浪又像是熊熊燃烧的火焰，这种纹路不是人工所制，而是天然生成，甚为蹊跷。

而更为奇怪的，是这尊佛像本身。

其一，双头。佛像乃是供奉之物，不管是大乘、小乘佛教，也不管是汉传、藏传或者是南传，都有极为严格的度量和分寸，绝对不允许有任何的篡改，否则就是最大的亵渎，罪不可恕。

多面佛以藏传佛教为代表，多为四面，也有多面，手臂自然也就众多，但这尊佛像，不是面，而是头！藏传佛像即便是多面，也不过是在一颗头的四方铸出四张脸，而这尊佛像，却是一个躯体上分出了两个佛头来，各有脖颈，就像连体人、并蒂莲一般。

右边应该是释迦牟尼，头戴宝冠，面相庄严祥和，双眉微微弯曲，刻阴线，隆鼻大眼，眼睛用纯银镶嵌，明眸善睐，嘴角上扬，那一抹恬淡的笑容，望之令人无限心安。

而左边，却是一尊龇牙咧嘴的怪头。三目圆睁，每一只眼睛里都镶嵌着一颗血红色的宝石，灼灼放光。双眉仿佛燃烧的烈火，卷曲升腾。头发鬃毛竖立，头戴五骷髅冠，血盆大口怒张，獠牙外露，无比的凶恶、恐怖。

这让我极为困惑。所有佛教造像，凡是释迦牟尼佛，绝对都应该是一头双臂，安详无比，即使是藏传佛像，也不可能造出一头寂静一头愤怒的双头像来，这是对佛祖的大不敬呀。

其二，身躯。右半身，着袈裟，纹饰流畅圆润，右手平放于腹下。而左半身，却穿着甲胄，腰围虎皮，左手高举一把金刚钺刀。右腿光脚盘坐，乃是佛陀固有的跏趺坐相，左腿却穿着战靴，微微弯曲。如此身躯，见所未见，闻所未闻。

其三，底座。佛像的底座，一般都是莲座。这座佛像身下却是九层台阶，层层放大，每层台阶上，都铸有密密麻麻的骷髅头，数一数足有上百之多，每个骷髅头虽然微小，但张口侧目，形态各异，似乎都极为痛苦，刻画传神。九层台阶之下，却是地狱涌出来一样的熊熊烈火！

其四，铭文。佛像的身后，刻着一段密密麻麻的铭文。从文体上看，既不是汉字，也不是梵文，更不是藏文，但刻工精致，虽经过岁月的侵蚀，却很是清晰。铭文结尾处，有一镌刻上去的印章，里头的文字我同样不认得。

我的脑袋嗡的一声，一片空白。这么多年，自问佛像我瞧过无数，可这般的佛像，绝对大姑娘上轿头一回遇见。

一杯一杯茶水灌下去，心情逐渐恢复平静，我开始在脑海中调集所有的知识，整理对这尊佛像的看法。

第一，造型、法相上，单身双头，右面应是佛陀，左面则是藏传密宗里的护法，具有典型的藏传佛教风格。

第二，根据我自身积累的知识，特别是从外国同行那里学到的科学判断，年代上，这尊佛像制式古朴，从纹饰、风格上看，恐怕在七、八世纪左右，甚至更久。

那么震撼的事情就来了：七、八世纪的西藏，是强大的吐蕃王朝，那时佛教刚刚传入。公元七世纪初，伟大的松赞干布在先后迎娶来自尼泊尔的尺尊公主和来自唐朝的文成公主之后，大力推崇佛教，使得佛教在雪域绽放出灿烂光芒。

吐蕃人原先信奉的是土生土长的苯教，佛教的引入使得两个宗教之间产生了巨大的斗争，这种斗争在吐蕃王朝末代赞普朗达玛时期达到了高潮，这位赞普悍然灭佛，捣毁寺庙，驱逐僧人，烧掉佛经，毁掉佛像，使得佛教在藏地几乎绝迹。后来朗达玛死后的很多年，佛教才重新在藏地恢复，发扬光大。

历史上，把朗达玛灭佛之前称为藏地佛教的“前弘期”，把灭佛之后的藏地佛教称为“后弘期”。

所以，朗达玛灭佛之前的藏地佛像，能够流传下来的极少极少，即便是故宫博物院，也只藏有一尊初步断定是吐蕃遗珍的观音像，但仅仅是初步断定，因为缺乏准确的历史信息。

如果我对这尊佛像的年代判断准确的话，一尊前弘期的藏传佛像，它的价值就可想而知了。那绝对是个天文数字。

第三，铸造工艺上，这尊佛像一体两相，浑然天成，工艺极其精湛，可明显不符合藏传佛像的铸造度量和仪轨，甚至称得上大逆不道，但它就是这么被造了出来，这背后肯定藏着一段诡秘的往事。

最后，就是背后的那段铭文。藏传佛像由古印度传入，一般早期会刻上梵文，后来刻藏文，我对这两种文字谈不上精通，但起码能认识。不过这段铭文，我是一个字都读不懂，完全是天书。

盯着这尊双头怪佛，我足足看了近两个小时，越看越糊涂，越看越震撼。

它的谜团，和爷爷告诉我的它身上的传说一样，太过复杂和神秘。单凭我的水平，绝对无法破解。

不知道是长时间注视的原因还是别的，这尊佛像在我的视线里似乎也发生了一些奇怪的变化，它身上仿佛散发出一种让人无法抵御的魔力，紧紧抓住了我的目光。这感觉，就如同一个贪财如命的人闯入一座宝山，面对无数闪光的金币和宝石！

它在我眼中变得越来越大，越来越生动，那熊熊烈焰让我全身灼热，那上百骷髅的痛苦哀号好像就在我的耳边，那护法的愤怒恐怖让我心颤，连那佛祖慈祥的微笑最后也化为无限的诡异！

尤其是那眼睛！不管是护法的宝石红眼，还是佛陀的双目银睛，犹如一把把刀子，穿透我的身体，狠狠戳入我的灵魂之中！

恍惚间，我觉得自己越来越渺小，几乎赤身裸体地站在黑暗之中，脚下是烈火燃烧的地狱，充斥着鲜血和哀号，头顶，却是繁星点点的夜空，辽远而空寂。

我仿佛听到有人在耳边轻轻又沉沉地说："看，这可怜的大千世界，看，这可怜的芸芸众生呀……"

多亏小叔房间里的那堆破烂，准确地说，是中间的一个真人大小的自动人偶，将我从这恐怖的幻境中拉了出来。

小叔抵挡不了所有稀奇古怪的东西，其中最喜欢的就是自动人偶。

他的房间里，这种东西起码有二三十件之多。唤醒我的，是一个头戴巫师方巾、叼着烟斗的十八世纪欧洲人偶，它做得几乎和真人一样逼真，身上有定时器，只要转动上紧发条设置好时间，时间一到，当的一声响，它就可以动作起来。

这件人偶是小叔的最爱，几年前他托朋友跑到香港参加一场拍卖会，花了四万美元拍了下来，被全家人骂得狗血淋头。

我赶紧用黄绸裹上佛像，放进铁函里，再也不敢看一眼。

抬头看了一眼墙上的钟表，已经凌晨三点多。

我颤抖地点上烟，一口接一口地吸。一根烟抽完，我拿起了房间里的电话："劳驾，接八大胡同的'庆元春'。"

北平八大胡同里，韩家潭是最为出名，而"庆元春"则是韩家潭一等妓院里名气最大的一家，那里的头牌小玉春是小叔的相好儿，这个时间，他十有八九正趴在那姑娘的肚皮上呢。

小叔这家伙，是越来越混账了。

前面我说过，整个李家他算是最没出息的人（当然，除了我），吃喝嫖赌抽，五毒俱全，我大伯他们见一次说一次，他每次都能凭借伶牙俐齿顶得兄弟们面红耳赤。

小叔最怕我爷爷，每次见面老头子不是骂就是打，两个人关系极差。后来小叔也聪明了，尽量减少和家里人碰头，尤其是爷爷。这么多年，年夜饭上全家团聚，缺席的总是他。

最近三年，我见到他的次数估计一只手都能数过来。我和他搭伙之后，他更肆无忌惮，把钥匙往我手里一丢，半年不见面那是常事，平日铺子里除了收到他从天南海北寄回来的东西之外，很少见他的面。

这次是老爷子的七十寿宴，一个月前我爸就郑重其事叫人通知过他，这场合再不出现，家里就和他恩断义绝。我想，这会儿他总该回来吧。

握着电话等了几分钟，通了。

“哪位爷呀？”一个甜得发腻的女声传来。

这声音我熟悉，“庆元春”的老鸨“一枝花”，半老徐娘一个，浪得不行。

我：“花姐呀，我李重九……”

“哎呦呦，原来是重九我的小心肝呀！好些日子没见，姐姐想你想得都要化成水儿了。”

我耐着性子：“小叔在你那里不？”

听了这话，花姐闷哼一声：“甭提那个死鬼了！半年不来，今儿刚进了玉春的门，就心急火燎被人叫走了。”

“去哪儿您知道吗？”我这个火呀。

花姐：“我哪晓得，光听了一耳朵，好像是去泰丰楼了。我说小九呀，有空来姐姐这，你都二十出头了还是个雏儿吧，姐姐疼你，赶明儿叫个新人给你松松筋骨，保证让你舒服得呀，给个神仙也不换……”

这娘们。我笑了一声：“得嘞，姐姐，我去就找你算了。”

花姐浪笑：“臭小子，占老娘便宜！”

放下电话，再接泰丰楼。

店里伙计接了电话，一问，小叔果然在那里。

“叫他接电话。”我道。

伙计应了一声，连催了好几次，都说小叔在忙，就在我要放弃的时候，他来了。

“一遍一遍催个屁呀！没看见我忙着的吗！？”那边声音大得差点震聋我的狗耳。

“我日！我要是能看见你个鸡巴玩意儿，早一拳擂死你了！”我破口大骂。

我们俩之间，就这么没大没小。

小叔那边人声嘈杂，稀里哗啦，咯咯吱吱，时不时还传来一阵女人的浪笑，恨得我牙痒。

老混账整日花天酒地，老子都二十好几了还是个黄花大处男呢！

“别说话，我问你答！”小叔贱笑了一声，“铺子里没失火吧？”

“没。”

“老爷子没吹灯拔蜡、嗝屁拔凉吧？”

“没！”

“你小子没被人绑架撕票要赎金吧？”

“没！！”

“那就没事儿，挂了！”

我一口气差点没提上来：“李黑眼！你要是挂我电话，信不信我一把火点了你铺子！？”

“我滴亲乖，什么事儿不能以后再说么？”小叔明显软了。

“你在那等我，我过去找你，有大事。”

“不见，我宁愿你烧了铺子。妈的，见你晦气，见一次倒霉一次！”

“莲花铁函……”我话还没说完，嘟的一声，那边电话挂了。

我这个气呀！

放下电话，抱着铁函出门，我开着车去找“文四儿”。

文四儿大名文秀夫，这家伙和我大学就混得熟，现在在《事实白话报》当记者，整天写些《妙龄女嫁八旬老翁为哪般》《子夜一尸三命》之类的混账报道。他住在菜市口，离铺子倒不远。

到了地儿，咣咣一通砸门，衣衫不整的文四儿见我吓了一跳：“这么早，你来干什么？”

“进去再说。”我抱着铁函，进了他那屋子，把怪佛取出来，道，“把你那相机拿出来，好好拍一拍，三百六十度无死角拍，关键的部位都来个大特写。”

文四儿目瞪口呆：“照相都是给人照，没听说过对着个破铜烂铁拍的。”

“啰嗦什么，让你拍你就拍。拍完了到你后面的暗房冲洗出来。”我把钱撂到桌上，文四儿没话了。

呼呼啦啦拍了一通，又等了不少时间，文四儿把厚厚一叠照片交到我手里。

“什么玩意儿这么稀奇？”文四儿贼头贼脑。

“就是个破铜烂铁。走了。”我夹着照片，抱着铁函，重又开车回到了铺子。

放下铁函，我开始考虑把它藏在什么地方。

之所以这么做，一方面是因为爷爷告诫我这东西事关重大，是李家的机密，更重要的是，小叔那德行我太清楚了，东西要是到了他的手里，那就是肉包子打狗有去无回。

我原本想把怪佛藏在他这里。

这间屋子比垃圾堆还乱，随便找个地方塞进去那就是泥牛入海，可后来一想还是觉得不稳妥，万一哪天让小叔扒拉到了，九爷我岂不是得不偿失。

但不藏这里，还能藏哪里呢？

我抓耳挠腮，愁得不行。忽然一抬头，看到院子里那棵高大的梧桐树，顿时喜上眉梢。

梧桐树年月久远，两人合抱都围不过来。树年头久了，就容易出现空洞。先前树上住着一窝乌鸦，老扰我清梦，气得我爬上树一竿子端了。也是那次，让我发现树丫中间有个大洞，如果把铁函放在那里，嘿嘿，绝对万无一失。

我用油纸包了铁函，嗖嗖上了树，塞进树洞，倒是不大不小正好能放下，又用一块铁皮封死，心满意足地跳下来。

关门上锁，半个小时不到车子就进了大栅栏，远远看到了泰丰楼。

身为六朝古都，北平的酒楼饭庄鳞次栉比，最有名气也最有身份的，那自然是“八大楼”。

八大楼者，东兴楼、泰丰楼、致美楼、鸿兴楼、正阳楼、新丰楼、安福楼、春华楼也。这八大饭庄，起源于清末，无一例外都是老字号，大清朝没亡时，背后的主子都是皇亲国戚，所以非一般人不能进。

这狗屁地方，我很少来。虽说气派豪华有身份，里头饭菜风味也是不错，却太过正经死板，比不上天桥的茶馆胡吃海塞接地气儿。

但小叔很喜欢。他狡兔三窟，这地方就是他的窝点之一，楼上头有个雅间他长年定着，既是他花天酒地的销魂窟，也是他出手那些重器或者见不得光的珍玩的地方。凭借洛阳李家的名头，还有小叔那忽悠人的本事，四九城很多牛叉的东家也都乐意来。

所谓的东家，自然是买主。小叔在这里接待的买主，都不是一般人。有钱倒是其次，最重要的是你有没有拿货的能力。很多东西，不是你有钱就能搬回家的，没有背景，没有能耐，你这边搬到家，那边就有人翻墙入室用枪指着你的脑袋。

车刚停在门口，一个伙计就跑出来：“哟，这不小九爷吗？嚯！刚买的洋车？这开出去，四九城转一圈，那脸面！”

“少他妈废话。”我甩了俩大洋，往里走，“我小叔呢？”

伙计指了指楼上。

一溜小跑上楼，推开那个最大雅间的房门，我服！一股浓重的烟油、香水、烧刀子掺杂着极品臭脚的混合气味，熏得我三魂冒烟、七魄出窍！

一张金丝楠大桌上，碗碟重重叠叠如同山峦，火锅热气腾腾，小叔靠在桌边的榻上，俩嫩得能掐出水来的小姑娘一左一右伺候着，一口酒一口菜一口烟，满头大汗，惬意地晃动着他那双奇臭无比的光脚。

这老瘪三，真是越活越滋润了。这么久没见，虽然明显有些苍老，但气色相当不错。

小叔对面坐着个胖子，搂着个浓妆艳抹的小姘头，也喝得满脸通红。

这胖子，我熟。小叔最好的朋友同时也是最大的东家，在四九城的古玩行当里无人不知无人不晓。

溥七爷，爱新觉罗子孙，先祖是铁帽子王，神通广大。满清时他是爷，北洋时他是爷，日伪时期他是爷，日本人走了，他依然是爷。行里都恭敬地称之为“佛爷”，我管他叫“五花叔”，谁让丫长得一肚子五花肉呢。

“真是商女不知亡国恨，隔江犹唱后庭花！外面饿殍满地、山河破碎，你们竟然奢华逍遥，成何体统！”我捏着鼻子吼了一嗓子，避开小叔那臭脚，在胖子身边坐下，提起筷子开吃，风卷残云！

“五花叔，来份砂锅鱼翅、烩乌鱼蛋、葱烧海参、酱汁鱼、锅烧鸡，一品锅也端一份，对了，我可吃不了孬的，一吃就拉稀。”我甩开腮帮子满嘴流油道。

五花叔乐得不行，指着我不知道说什么好：“你小子……”

坐在旁边的他那小情儿，一副鄙视的眼神瞄了我一眼，低声撒娇道：“七爷，谁呀这是？”

“哟，这不是广和楼戏园子的名角碧云儿姑娘么？”我才发现五花叔这小情儿来头不小，正是让我魂牵梦绕的那一位。

五花叔一巴掌打落我的手：“东西也堵不上你的狗嘴。吃你的，我跟你小叔还有事谈。”

“你们谈。喂，云儿姑娘，有时间你到家里唱一段，我爷爷喜欢听，让他乐呵乐呵。”我嬉皮笑脸，和那姑娘热火起来。

正白活呢，就听见五花叔对我小叔道：“黑眼呀，我让你找的货，怎样了？”

小叔吃饱喝足，搂着那俩姑娘，醉眼蒙眬：“你要的东西，哪有那么容易找。过几天黑市里有尊前明宣德时期的宫廷金佛要出，北平的大买家都要去叫价，要不你叫人去玩玩？”

“不去。那种货色没兴趣，再说也丢不起这人，这事儿要是传出去，人家笑话。”五花叔一副伤心失望加难过的样子。

我长叹一口气。这年月，金铜佛像生意红火，直接原因就是这帮人。

和其他古董不一样，金铜佛像除了有文物价值之外，因为宗教的因素格外受青睐。如今，国民政府从上到下腐败成风，社会糜烂，有钱人买了供起来保平安求财运，拿出去送人也有好彩头。有权的呢，亏心事做多了，也求个心安，所以供不应求。

五花叔和别人不一样，他这样的身份，衣食无忧，大富大贵，纯粹就是个人喜欢。实际上，在四九城，他也算是一等一的行家里手。

一碗参汤下肚，我想起来还有正事，捅了捅小叔：“小叔，有个东西你帮我看看，我琢磨了一宿也没个头绪。”

小叔白了我一眼，低声道：“捣什么乱，回家再说！”

“等不及！你帮我看看！”我从口袋里掏出那厚厚一叠照片，递过去。

“忙着呢！回去再看……”小叔极不耐烦，拿起相片就要塞给我，一只胖手快如闪电，半路将相片劫了过去。

“黑眼，这就是你的不对了，小九这是不耻下问，你一个做长辈的怎能这样呢。”五花叔拿着相片笑道。

“哎哟，小孩子家家能有什么好东西。咱们接着谈。”小叔一脸是笑，探身就夺。

五花叔那是人精，微微一笑，牢牢护住照片，道：“能让你李黑眼李四爷这么在意的东西，恐怕不简单吧……”

他一边说，一边用粗胖的手指翻了翻照片，随即双目一睁，愣在当场。

小叔还要夺，五花叔突然暴喝一声：“谁都不许动！”

言罢，死胖子好像中邪一样死死盯着，一张张仔细查看照片，越看越激动，额头上、脸上直冒汗，连鼻孔都抽搐了。

他看的这工夫，小叔在旁边一个劲地暗中比划要弄死我。

五花叔足足看了十几分钟，这才放下照片，取了根烟叼在嘴里，手儿颤抖，纯金火机打了几次都没打着。

那小情儿帮他点了火，五花叔对房间里的姑娘们摆了摆手：“都赶紧滚蛋。”

“七爷……”小情儿撒娇发嗲。

“滚蛋！”五花叔一瞪眼，小情儿吓得花容失色带着另外那俩姑娘出去了。

房间里剩下我们三个人，气氛诡异。

“有点意思。”五花叔指了指照片，对小叔道，“黑眼，咱们俩多年的兄弟，情同手足，这样吧，三十万美元我要了，你别再跟我啰嗦。”

他掏出支票簿刷刷写了，递给小叔：“洋行的支票，随到随取。”

“这事你应该和我侄子商量。”小叔岿然不动，“东西他的。”

胖子转脸看着我，脸上露出孙子一般的微笑。

“九儿，怎样呀？三十万美元可不少了。这是你第一次自个儿出货吧？……黑眼，这小子是块能干大事的料。”他把支票递给我。我摇了摇头。

胖子的眉头立刻皱了起来：“小子，贪心不足蛇吞象，夜半开门掉茅房我告诉你！这样，五十万！明天你去银行开个户头，够你娶媳妇了。”

我再次摇了摇头。

胖子这回对小叔怒目而视。

小叔乐：“你看我也没用，跟你说了东西不是我的。”

五花叔可怜巴巴地看着我，做了个讨饶状。

把个堂堂的溥七爷搞成这德行，我也有点过意不去，道：“五花叔，这东西出不了，暂时也不在我手上。我找我小叔就想打听打听这佛像到底什么来头。您是行家，要不，您先说说？”

听说东西不卖，五花叔失望至极如丧考妣，又点了一根烟，一口一口吸完，盯着我半天没说话。

然后，这个死胖子来了一句让我屁眼一紧的话。

他说：“小子，你有大麻烦了。”

第四章 双头怪佛

我这人，怕黑怕鬼怕没钱，就是不怕有麻烦。所以，五花叔所说，对我完全没有伤害效果。

“小子，考考你，这尊佛像你有何看法？”五花叔眯起了眼睛。

我将之前我的想法和盘托出，详细说了一遍。

五花叔听得很仔细，时而点头微笑，时而眉头紧皱。

待我说完，他拍了拍我的肩膀：“有两下子。”

“看您说的，怎么着我也是琉璃厂闻名的小九爷。”我眉飞色舞。

五花叔一连串的打击接踵而至：“眼光不错，有些判断也不错，但问题有两个，一个是观察不仔细，一个是专业知识还是不够完善。”

“那您给指点指点。”我心里一阵子不乐意，却也愿意请教。

五花叔喝了一口茶，对小叔道：“我先说，遗漏的地方你补充。”

小叔抠着他的臭脚不搭理我们。

五花叔拿着照片，开始上课。

“入手一尊佛像，一般要从材料、风格、工艺、年代、产地五个方面来判断它的价值。我们首先来说材料。这尊佛像的材料很是罕见，你的判断总体上说是对的，既不是金，也不是铜，也非一般的铁。”

说到这里，胖子有点兴奋，摸了摸光溜溜的大脑袋，道：“如果非要下个结论的话，我认为应该是一种极为珍贵的天铁。”

“天铁？”我脑子一蒙。

“在藏地，天铁被称为霹雳石或者天降石，传说是众神打斗或者天神赐予人间的神品，伴随着电闪雷鸣降落人间，具有极其强大的神秘力量。有机缘的人要是发现，往往会铸造成护身符随身佩戴世代相传，据说，十分灵验。

“意大利的考古学家杜齐之前进入藏地考察时，曾偶然在牧民身上见过几块这样的东西，但很难买下。迫不得已，藏人宁愿卖佛像、天珠这样珍贵的东西，都不会卖身上的天铁，这被他们视为比生命都要珍贵的存在。据说，一个人一生中如果能够有幸收集到九块的话，那么就能够摆脱生死轮回，而得永恒大乐。

“我曾经做过专门的研究，为什么是九块而不是其他数目，是因为对于西藏最古老的宗教——苯教的教徒来说，九是最神圣的数字。可见，天铁的传说在藏地历史极为悠久，早在佛教传入西藏之前，苯教就有铸造天铁的历史。”

不愧是行家，胖子三言两语让我佩服得五体投地。

“国外曾经有人对天铁做过科学分析，发现成分不一，极为复杂，基本上都是外空的陨铁，带有地球不存在的稀有金属，拥有强大的磁场和神秘力量。而其中的一些，被称为玄天铁的，是个中极品。这种天铁既不像外太空而来又不太像是地球上所出，能量更大，科学检测仪在它面前不管如何精密都会彻底失灵。

“普通天铁都极为难得，体积也小，一般都打造成小护身符，而一尊佛像通体用天铁打造那绝对凤毛麟角，即使有都被藏地大寺院视为镇寺之宝绝不对外公示，这尊佛像竟然用玄天铁所造，光是这材料，这尊恐怕就世间难寻了。”

胖子越说越激动，点烟，道：“至于风格、年代、产地、工艺四个方面，因为这尊佛像太特殊了，简直就是个超级神秘之物，已经打破了普通佛像的鉴定标准，所以我只能揉在一块说。

“产地你判断地不错，应该是出于西藏。但判断它是藏传佛教的东西，就有点武断了。”五花叔呵呵一笑。

“为什么？”我很不服气。

五花叔挑了一张佛像的正面照，道：“一身双头，一身两相，你知道这上面表现的是哪两位尊圣么？”

“右面是释迦牟尼佛祖，左面典型的藏传中的大护法。”我大声道。

五花叔点头：“不错。左边的确是藏传大护法，他的名字是玛哈嘎拉，俗称大黑天。藏传佛教中，他是大日如来降魔时呈现的愤怒相，是最重要的护法神之一，也是战神、财神和冥府神，地位举足轻重，广受供奉。”

“既然是大黑天，那怎么不能说这尊佛像不完全是藏传佛像呢？”我不解道。

五花叔呵呵一笑：“右边不是释迦牟尼佛，而是苯教创始人敦巴辛饶。他在苯教的地位和释迦牟尼在佛教上的地位一样神圣崇高。苯教历史悠久，是藏地土生土长的本土宗教，佛教传入西藏前，它就在高原上繁衍生息了无数年。苯教不但拥有成套的经典、教义和宗教文化，在修行上苯教法师也有极大的神通，对于世界有着极为深刻的认识。它和佛教一样博大精深。佛教传入西藏后，发生了苯佛之争，纠缠千年，后来藏传佛教占据上风，原本占据主流的苯教也就逐渐衰落了。如今苯教很多古老的神髓都失传了，苯教的造像也很少见到，因此分外珍贵。

“在法相上，敦巴辛饶和释迦牟尼一般人很难区别，只在细微的地方能够判断。这尊佛像，最明显的就是宝冠，敦巴辛饶头顶所戴，表面上看是宝冠，其实是他的法帽。此外，九层骷髅法台也符合苯教的特点，我刚才说过，九是苯教中最神圣的数字，而杀生祭祀是苯教的传统，和骷髅台很契合。而最能让我准确下定这个结论的，是后面的铭文，这个等下再说。”

我的脑袋越来越糊涂了，将苯教的祖师和藏传佛教的大护法融合在一起，这也太不可思议了。

就在我为此疑惑时，胖子又抛出了一记重磅炸弹。

“什么样的人竟然会造出一尊融合苯教和藏传佛教两教特色的神像，你是不是很疑惑？”

“当然。”我道。

五花叔笑了：“刚开始我也这么想，而且如果没有那段铭文的话，我想我可能和你一样摸不着头脑。”

这么说，眼前这个死胖子竟然认得那天书般的铭文？！

“这尊佛像，右面敦巴辛饶的铸造工艺是典型的失蜡法，虽然和汉地有不同，但基本的原理是一样的——用蜡制成模，外敷造型材料，成为整体铸型。加热将蜡熔化，形成空腔铸范，浇入液态金属。冷却，就得到成型铸件。这种方法在古藏地很早就使用了，不同的是这尊佛像在此铸成后还经过特别的抛光和打磨，所以铸造水平极高。年代上判断，恐怕还要早于七世纪，早于松赞干布时期。

“左边的大黑天，尽管从风格上和右边的很像，甚至浑然天成，却是元代铸造的。”

“什么！？”我大吃一惊。

这怎么可能！？一尊佛像怎么可能两个年代铸造？！把旧佛像铸成新佛像这种事情有，可都是彻底融化后重新铸造。如果五花叔说的是真的，那也不可能松赞干布以前的铸造者造好了一半，然后留给元朝的人再铸造另一半吧！？这中间可隔着好几百年了。

最关键的是，佛像左右两部分结合的地方，根本就浑然一体，没有任何的接缝和痕迹，这怎么解释！？

五花叔显然知道我心中所想，道："这尊佛像，原本是敦巴辛饶，后来因为某种原因，到了元朝，被下令毁掉重新铸造。可能是因为这种玄天铁材料极为难得的原因吧。但铸造者并没有按照旨意做，而是采用一种现在可能失传的神奇铸造法，保留了佛像的右半部分，将左半部分融化，重新铸造出大黑天并且与右面的佛像完美合二为一。"

"不可能，这世间上不可能有这样的铸造方法能让二者如此完美地融合在一起！这对技术要求太高了，即便是现在也不可能实现。"我十分肯定道。

五花叔摇了摇头："一般的工匠是很难做到，但这尊佛像的铸造者太厉害了。可以说，他是历史上最伟大的佛像铸造师！"

"谁！？"我大为好奇。

历史上铸造佛像的人，何止千千万万，即便是再厉害的人，也不可能称之为最伟大的吧。不过很快，我脑袋一震，一个名字浮现于脑海。

"难道是……"我看着五花叔，双目圆睁。

胖子笑了，郑重点了点头："不错！大元朝开府仪同三司、太师、凉国公，被誉为造佛之王的阿尼哥！"

真的是他！

这个名字，让我如遭雷击。

"所有这些信息，都得益于这段铭文。"五花叔指着照片上的铭文，"这里头，有个很有意思的故事。"

佛教诞生初期，并没有铸造佛像用以崇拜的习俗，公元初年随着佛教改革派大乘佛教思想的传播，才出现了佛像。

自此以来，印度、尼泊尔、藏地、内地，铸造的佛像浩若银河，而大师级的铸造工匠更像天上繁星一般璀璨，这无数的铸造者中能够技压群雄成为造像之王的，只有阿尼哥了。

阿尼哥，尼泊尔人，据说是王室的后代。元朝初年，尼泊尔与吐蕃保持着密切来往，而此时，藏地已经归于元朝统治，划入祖国版图之中。中统元年，元世祖忽必烈命令国师、藏传佛教萨迦派第五代祖师八思巴在吐蕃建造黄金塔，召集当时技术最为精湛的尼泊尔工匠建造。年仅十七岁的阿尼哥成为这批工匠的统领，以其天赋的才能完成了这一巨大工程。八思巴十分赞赏，收为弟子，并且推荐给忽必烈。

起初，忽必烈并不看重这个年轻人，命他修补一尊针灸铜人像，这尊铜人像是从南宋所得，年久毁坏，朝内能工巧匠无人能修。阿尼哥很快补成，被赞为天工，后来凡是大寺庙建塔、造像以及重要画塑都加以委任。

至元十二年，元朝设总管府，下设梵像局等十八个司局，为宫廷铸造佛像、建筑，阿尼哥为总管。期间，阿尼哥造佛塔、佛像众多，被称为巧思绝人、鬼斧神工，他的很多铸造方法也被称为绝艺，独步古今。死后，阿尼哥被加封开府仪同三司、太师、凉国公。

能够以铸造佛像的手艺达到如此的成就，古往今来也只有此一人了。而对于金铜佛像这一领域来说，阿尼哥就是神的化身，历史上曾经留下很多关于他的近乎神话的传说。但随着时代变迁，他的很多绝艺早已经失传，阿尼哥塑像也成为了传说，收藏界从来没有发现过确定出自阿尼哥之手的佛像。

“阿尼哥一生神品众多，但可惜早已不见。虽说国内现在也保存有他主持修建的佛塔，但他亲手所铸的佛像还不曾发现。”五花叔看着我，“小子，这尊怪佛，有可能是现在阿尼哥唯一幸存于世的神品了！”

如果这尊佛像的确出自于阿尼哥之手，那佛像左右两部分能够浑然一体这一寻常不可能完成的事情就应该能解释得了。因为被称为造像之王的阿尼哥绝对有这样的水平。

但问题是，怎么就能确定这是阿尼哥的作品呢？

五花叔被我问得呵呵一笑：“也难怪你搞不清，现在能够读得懂八思巴文的人，已经不多了。”

“八思巴文？你的意思是说，这段铭文是八思巴文？”我诧异道。

八思巴文，是忽必烈命令国师八思巴创造的蒙古新字，作为当时庞大元朝疆域的通行文字。这种文字脱胎于古藏文字母，有音无义。在推行过程中，阻力很大，民间很难使用，所以一直作为政府的官方文字。元朝灭亡后，八思巴文也被废弃，成为一种死文字，如今只有在一些元代遗物上才有发现，除非专门研究，否则绝难认出。

五花叔这么一说，我不由得对他高看一眼，一个纨绔子弟竟然能够精通学识如此，真不多见。

连一直不吭声的小叔也惊讶不已，对五花叔道：“哎呦喂，七爷，我怎么不知道你认得八思巴文！？”

五花叔得意无比，嘿嘿一笑：“小意思。这还是我先前任大清朝驻藏大臣的时候，在藏地随便学学的。”

那模样，很是骚包呀。

“五花叔，你给翻译翻译，这段铭文上写的是什么，又怎么能够说明佛像出自阿尼哥之手呢？”我急不可耐。

“这段铭文是正统的八思巴文，而且下面的印章正是阿尼哥的私人印章，他的印章在元代宫廷留下的档案中有明确记载，所以我认得。”五花叔指着上面的文字，开始一字一句翻译。

“太祖闻有神物于夏，讨之。夜有妖人袭，太祖崩于军中，三军恸哭。乃密不发葬，终灭其国，掘王陵地下三尺而不可得。后访此物埋于黑水城大穴，有宋人十二入穴盗宝，杀之而得，藏于宫中。

“中统元年，上偶闻此物，令人取，见大千异象、诸神及种种不可言说之秘事。上悦，取以奉国师。国师观之，大惊，云此乃象雄邪物，现则天下大害，急令毁之。上终疑虑，招臣询问，臣心惶恐，喜悲而下，乃三日三夜奏明，终去此物一半而造玛哈嘎拉，供奉于军中，封为战神。又奉皇命，刻此文秘视于宗室续登大宝之圣人，望珍视之。臣阿尼哥。中统二年五月初八日。”

好在我国文基础还行，边记边看，很快就明白了。

这段铭文的大体意思就是：成吉思汗（他死后被尊为元太祖）听说有个“神物”在西夏，于是率军攻打。一天夜里，一群妖人（我认为可能是本领高强的巫师）袭击军营，成吉思汗驾崩。

成吉思汗死后，秘不发丧，元军化悲痛为力量，灭了西夏。为了寻找这神物，元军将西夏王陵挖地三尺都没有找到。后来听说这东西被埋在了黑水城的一处大墓里（黑水城当时是西夏最重要的城池之一），大军赶到，正好有十二个宋人在盗宝（这十二个宋人，显然就是我在流沙冢壁画里看到的李家的先祖了），元军杀了这些人，得到了宝贝，一直秘藏于宫中。（我觉得很有可能是元军因为成吉思汗的死，视这东西为不祥之物，所以干脆雪藏。）

到了忽必烈即位，这哥们一向大胆，偶尔听说有这东西，就命人取来。于是，他看到了许多神秘的异象，以及“种种不可说之秘事”，（估计这就是这尊怪佛身上的终极秘密，可惜阿尼哥这家伙写得太简单，没说清楚。又或者，他自己可能也不知道忽必烈看到了什么。）反正忽必烈很高兴，就让人把当时的国师八思巴请来一同欣赏。

哪知道八思巴见了大惊，说这是象雄的邪物，必须毁掉。忽必烈不肯，很犹豫。（我不知道忽必烈当时看到了什么秘事，他竟然能够对一向言听计从的八思巴的意见不采纳，要知道，从宗教上说，他本人还是八思巴的弟子。由此可见，他看到的那些秘事肯定不一般。还有一个问题是，铭文中提到象雄的邪物，这象雄又是什么东西？）

结果，忽必烈就把造像之王阿尼哥找来。阿尼哥造像无数，学识超人。阿尼哥见到那神物，“喜悲而下”。（读到这里，我就十分奇怪了。阿尼哥是八思巴的弟子，信奉的是藏传佛教，师父说这是邪物必须毁掉，他没理由反对师父的意见。八思巴见到这东西是大惊，他为何喜悲而下呢？这短短四字，足以说明他和这东西肯定也有一段难以言说的故事吧。）

接下来，阿尼哥花了三天三夜说服了八思巴和忽必烈，保留神像的一半不毁，又花了一年的时间用另一半重新铸造了大黑天（就是铭文中的玛哈嘎拉），这尊怪佛这才最终成型。

怪佛铸成后，被视为战神而供奉于元军之中，又奉忽必烈的命令，专门刻下铭文告诫后来的元朝统治者要“珍视之”。

真是一层迷雾还没解开，就又来了一层。阿尼哥刻下的这段铭文，让我觉得云里雾里。

这尊怪佛身上的谜团看来真是越来越扑朔迷离了。

五花叔翻译完这段铭文，房间里陷入一片沉默。三个人都不说话，好像各自想着心事。

良久，五花叔道：“这铭文上的内容，我看都是神怪之说。全当个故事看，不过写得很精彩。”

我乐了。老子还怕你深挖下去，坏了我的好事呢。

不过，五花叔转而眉头一展，道：“真是个好东西呀！不出我所料，这尊神像，原本是苯教的遗物。铭文中说是象雄邪物，小九，象雄这个古国，你听说过么？”

“不知道。”我摇头。

五花叔抬头看着天花板，长叹一声：“唉！现在很多人都知道松赞干布，知道吐蕃，即便是藏人里面也已经没几个知道象雄了。”

“五花叔，你就别卖弄了，赶紧讲。”我急道。

五花叔：“最早统一青藏高原的，不是吐蕃，而是象雄。这是一个延续千年的神圣帝国，很早就雄踞高原。它的国都穹隆银城位于藏西地区、神山冈仁波齐的附近，它拥有当时世界最先进、传奇、神秘的文化，以苯教为国教，传说苯教祖师敦巴辛饶就是象雄的王室。可惜后来，吐蕃人崛起，到了伟大的松赞干布时期，终于设计灭了象雄，致使象雄几乎瞬间就消失在历史长河中，它的文明永远不为人所知。”

我听得愣了。青藏高原竟然还有如此神奇的一个所在？！

那也就是说，这尊神像，原本就是从象雄流出来的？又或者，这尊佛像背后的秘密，和象雄有关？

我的脑子乱了。这时候，五花叔拍了拍我的肩膀。

“小子，知道为什么我说你惹上麻烦了么？”他有点喝高了，醉眼迷离，“这尊佛像，太他妈珍贵了！”

“材料、年代、阿尼哥的撰文和他的印章，这些随便一个都能让这东西到了国宝级的层次。最重要的是，你找到了元朝的精神核心！”

“啥核心？”我一时没听明白。

五花叔：“战神大黑天呀！铭文里头不是说了么，这东西造成后，被元军奉战神供奉。历史记载，忽必烈曾经命人铸造一尊大黑天，封为元军战神随军供奉，派五万禁军日夜看护，每次出征都带在军中，百战百胜。据说在攻打一处宋城时，宋朝士兵看到满天都是天兵天将，不战而降。元军以这尊大黑天为精神核心，将之看成是神圣的存在。这是他们永远的军魂。元朝灭亡后，明朝、我们大清朝的皇帝都专门派人寻找过，都没有找到。

“小九，传说中的元军军神大黑天，就是这尊呀！哈哈哈哈！我算是他妈的开眼了！”五花叔仰天大笑，笑得满身的肥肉直抖。

他很震惊，可我已经麻木了。

如果我将我知道的告诉他，这家伙说不定当场疯了。

“可惜呀可惜，这么好的东西落到了你小子手里。”五花叔点上烟，道，“君子不夺人所好，小九，好好珍惜呀，不管怎样，这都是中华文明的组成部分，是属于全人类的宝贵遗产。”

对于这话，我嘿嘿笑了两声。这些大道理和我没有半毛钱的关系。我只关心这东西本身。

“五花叔，真是听君一席话胜读十年书，佩服，学习了。”我直拍马屁。

这时，五花叔又道：“小九，你对这尊怪佛看得很仔细，但你忽略了一个地方。”

“什么意思？”我道。

五花叔不动声色地把一张怪佛底部的照片递给我，一段奇怪的如同火焰般的文字展现在我面前。

“这尊怪佛的底部，依然有段铭文，远比阿尼哥的八思巴文要年代久。”

我脑袋轰的一下。妈的，佛像底部的这段文字，我之前怎么没发现？这要归功于文四儿，记者的眼光够刁的！

直觉告诉我，这段更为古老的铭文，很有可能更直接深入这尊怪佛的终极秘密。

但是，接下来，我却听到了五花叔这么一句话。

“可惜了，这段铭文，我也不认识。”

第五章 剥皮人

这顿酒一直喝到了六点多。五花叔很兴奋，尽管他不认识佛像底部的那段文字，但他让我把这张照片给了他。

“我倒是认识几个专门研究古文字的专家，都是学术界泰斗级的人物，让他们给掌掌眼，说不定有线索。嘿嘿，今天算是没白过，精彩。”出了泰丰楼，上黄包车之前，五花叔给了我个结结实实的熊抱，又趴在我耳边小声嘀咕道：“小九，这东西扎手，千万别走漏了风声，不然可就有麻烦了。”

“五花叔，有您老人家在，谁敢动我呀。”我打哈哈。

胖子颠了，我打开车门，让小叔上车。

小叔背着双手狠狠瞪了我一眼：“你脑袋让驴给踢了！？这么重要的东西怎么随随便便拿出来给人看！”

“五花叔又不是别人，这胖子嘴巴严得很，再说没有他，我也不可能知道这么多典故。”我扔给小叔一根烟。

小叔接了烟，马上又嬉皮笑脸一副欠踹的样子：“小九，小叔跟你商量个事儿……”

“要是打这尊佛像的主意就别说了。反正爷爷给我了，这是我和他之间的秘密，你要是想要，找爷爷去。”他撅腚我就知道他拉什么屎。

小叔这个气呀，指着我：“你个没良心的！小叔这几年一把屎一把尿把你养大，一个破佛像你也……”

“拉倒吧。亲兄弟还明算账呢。你上不上车？！”我钻进车里。

小叔一摆手：“滚你的蛋！老子自己叫车！”

言罢，这家伙背着手走开了。

我探出头来："今天爷爷寿宴，你不会不来吧？"

"看心情！老东西欺负我，小东西也欺负我，妈的，这日子没法过了！"小叔头也不回地对我甩了甩手。

我大笑着发动车子。

天边渐渐泛起鱼肚白。

距离爷爷寿宴开始还早，忙了这一晚上我也累了，干脆把车子开回琉璃厂的铺子里，进了正堂，衣服都没脱我就一头栽倒在床上，呼呼大睡。

这一觉，睡得乌烟瘴气。或许是因为那尊怪佛的原因，梦见的不是掉进地狱火海，就是元军追杀，要么就是被各种妖怪拖入盗洞，最终吓得我呼啦一下坐了起来。

我看了看手表，已经七点半。外面安静得很，是个阴天，光线昏暗。

我抹了一把冷汗，坐起来掏了根烟点了，一口还没抽完，忽然发现房门不知道什么时候开了。

那门我明明记得进来时好像是锁上的。也就在这电光火石之间，我突然觉得房间里有点异样！

准确地说，不知道什么时候，我的床角多了一个人！

"谁！？"我腾地一下蹦起来，随手抓过一个大陶罐高高举起。

"呵呵，朋友，看来你刚刚做了个噩梦。"一个极端嘶哑、难听、刺耳的声音，从黑暗中传了过来。

这声音，如同砂纸一般粗糙，含糊不清，阴沉无比。我瞬间觉得全身发凉。

他个头不高，大概也就在一米七左右。站在小叔的一堆机械玩偶中间，俨然一个毫无生息的幽灵。穿着一件黑色的风衣，戴着黑色礼帽，帽檐低低压着，我看不清他的脸，只能看到两只如同猫眼一般微微发亮的眼睛。

"介意请我抽一支烟么？"他道。

我甩了一根烟过去。

他接住，闻了一下："古巴的小雪茄，不错，很有品位，李重九。"

"你怎么知道我的名字？你是谁？"

"除了名字，你的事我还知道不少。咱们还是说正事，你手头有一件我感兴趣的东西，说个价格吧。"

我的心里陡然一惊。他说的那个感兴趣的东西，难道是怪佛？不对呀，这事情不可能有外人知道。

"哥们，我想你认错人了。"

嘶嘶嘶，他好像在笑，笑声却好像眼镜蛇吐信一般。

“我从来不会认错人。从来不会。”他摇了摇头，“怎么样，你要多少钱？”

“什么多少钱？我不知道你说的什么东西！”我有点怒了。

他伸出手，带着黑色牛皮手套的手比划了一下：“这么大，装在莲花铁函里面的东西。”

说这句话的时候，我明显感觉到他的目光如同锥子一样钉在我的脸上。

冷汗，顺着额头往下滚落。

“我没有你说的那东西，即便是有，我也不会卖给你。”我沉声道。

他沉默了，一动不动看着我。如同一尊黑色的石雕，发出异常冰冷的气息。

“朋友，我想你找人之前应该先打听打听对方好不好惹，摸清楚情况吧。”我微微昂起下巴。

操，敢在琉璃厂闯老子的地盘。

“没摸清楚情况的人，应该是你吧。”他的一只手，伸进了口袋。

我扫了一眼他的口袋，鼓鼓囊囊的口袋，里面似乎装着枪。

“这是威胁么？”我笑道。

“恐怕是的。”

这一刻，说实话，我真有点怕怕。

不能来硬的。

我忽然灵光一闪：眼前这个人，或许和那怪佛有什么联系也说不定。

“哥们，我能不能问你个问题。”

“说。”

“你为什么对那东西感兴趣？”

“这是我的事！”他突然咆哮了起来，上前一步，嘴里发出嘶嘶的声音，就像漏气的风箱。

我吓得连连后退。

“不好意思。”他摆了摆手，恢复了平静的语气，“李重九，那东西对你来说是个随时都有可能引爆的定时炸弹，它会要了你的命，让你生不如死。你要多少钱？我给美元，一百万？两百万？钱不是问题，有了这些，你可以舒舒服服过你的后半辈子。”

天大的诱惑呀！我舔了舔嘴唇，再这样下去老子马上就要动摇了。可一想到老爷子那张脸，我立刻清醒过来。我这边卖了佛像，那边老爷子能拿着他的洛阳铲把我铲成肉酱。

性命要紧呀。再说，老子暂时不愁吃穿。

“如果我不交给你，不，如果我不卖给你，是不是我今天就看不到太阳出来？”我问了个关键问题。

“怎么说呢。”他笑了笑，“我不是你想象的那种人，从来不会做勉强别人的事情，尤其是它的主人。实际上，我想我们可以试着做个朋友。”

朋友你奶奶个大头鬼！我心中暗骂。

“哎呦呦，这话你早说呀。妈的，吓得我都快尿裤子了。”我一屁股坐下来，放松了。

只要不杀我，啥事都好说。

我抽了几口烟，道：“哥们，你要那个东西干吗？从我这收了再拿去卖？或者，你是个收藏家拿回去自个儿欣赏？”

“那东西我闭上眼睛都知道是个什么样子。我比熟悉我自己更熟悉它。我不会卖了它，更不会去欣赏，实际上，多看它一眼对我来说都是煎熬。”他道。

“你既不卖，又不自个儿留着，那你要它干吗？还花这么多钱。”我心头震撼。

这个人，太他娘的蹊跷了。

“我能对它做的，只能是一件事……”他从口袋里摸出包火柴，点了烟。

借着那火光，我终于看到了他的脸。

这张脸，让我毛骨悚然。

干瘪、粉红、光溜溜，没有眉毛，没有胡须，没有皱纹——完全就像是个被剥过了皮的人！

脸上的肌肉、血管还在，嘟嘟囔囔，嘴巴咧到耳边，溜出雪白尖利的牙齿，没有鼻子，只有两个黑黝黝的空洞。那双眼睛深凹进眼眶，叽里咕噜转动着！

噗。吹灭了火，那张恐怖的脸又重新陷入黑暗中。

然后，他接着说：“我要做的，就是销毁它。”

“销毁？”我愕然。

他点点头：“是的。朋友，它和其他的那些东西一样，根本不属于这个世界。无数年来，很多像我这样可怜的人一直在干这件事情，现在，只剩下它一个，我们的使命就完成了。”

他发出嘶嘶的声音，语调里充满了怨恨、渴望和快意。

我突然不知道说什么了。尽管我有无数的问题想问他，但头脑里一片空白。

“东西……东西真不在我这。”我喃喃道。

“李重九……”他走过来，拍了拍我的肩膀。他的身上，散发出一种极其难闻的腐朽的气息。

“我不会勉强你。有一天，说不定你会主动找上我。”他嘶嘶笑着，“为了你，为了你的家族，我相信你终会做出正确的选择。后会有期。”

说完，他压低帽檐，支起风衣的领子，推门出去。

我就这么眼睁睁地看见他走进灰蒙蒙的雾气里。听着他那笑声，嘶嘶嘶地在院中回荡。

剥皮人走了半个小时，我还待在原地。

我真的被吓坏了。

九爷我一向自认是李坚强，响当当的一粒铜豌豆，可从昨晚到现在，发生的事情太多太多，如今又冒出这么一个人来，我觉得我的神经有点承受不住了。

这时，电话响，铃声让我微微恢复过来。

是老爹打过来的。

“死哪去了！？你爷爷今天大寿不知道呀！？一家人忙得跟孙子一样你不知道呀！赶紧滚回来！”我爸劈头盖脸将我数落一通。

开车直奔老头子院子。

一下车，嚯，我佛！眼前真是锣鼓喧天、红旗招展，老不正经，少不庄严！

但见大门口张灯结彩，一张红色大对联几乎把两扇门都糊住了。

上联写：一把铲铲他娘铲他爷铲出泰山北斗

下联写：两只手摸你爹摸你娘摸来风花雪月

横批：一代宗师

我差点没把隔夜饭喷出来。这对联写得也太惨绝人寰了，看那龙飞凤舞的笔迹，肯定是二伯的手笔。

门左边是一溜儿的秧歌锣鼓队，上蹿下跳，锣鼓唢呐，门右边是一个西洋交响乐方阵，小提琴大洋号，两边对着吹。除此之外，说评弹的、唱京剧的、耍把式的、变魔术的……各式各样的奇人，引得门前人头涌动，跟到了天桥一样。

进了院子，梁子、柱子、大树、假山缠满了红丝带，还闪闪发亮的那种，爷爷那小楼被搞得跟大家闺秀抛绣球的绣楼一般，披红挂绿，一面两层楼高的红色大布垂下来，上面绣着一个金光闪闪巨大无比的“寿”字！

楼下，也不知道从哪找来的服务生，男的洋装皮鞋，女的披风旗袍，好一个风骚。我爸一头大汗穿着对襟长衫杵在门口，充当迎宾人。

“你个小兔崽子，怎么现在才来！？”看到我，我爸一把把我薅了过去。

“爸，你这是要弄哪般呀？这么一搞，丢人都丢到四九城了！”我笑道。

“小孩家不要乱说。这都你二伯的主意。”我爸明显羡慕嫉妒恨，“人家虽说不在北平，可从上海一个电话回来，就能搞成这样，排场大呀，上的是海参鱼翅，请的是戏班名角儿，来客专车接送，有钱呀。不过，他那副专门寄回来的对联，写得实在是俗气！”

我这看看那看看，没看到爷爷的身影。

“老头子呢？”我问道。

我爸朝楼上努努嘴：“还在屋子里呢，倒是沉得住气。”

懒得和我爸叽歪，我扭头往楼上跑。有道是眼不见心不烦，我爸这帮人干不出个正经事来，倒不如和老头子下棋去。

进了一楼，刚要上二楼的楼梯，就看见老仆人德生坐在楼梯口。

那地方有个桌子，是德生的工作岗位。平时爷爷在楼上，他就坐在这里，爷爷一有吩咐，他就上去。

“小少爷！小少爷！”德生一把将心急火燎的我拦了下来。

“咋了？”

“老爷正睡着呢，之前传下话，不让任何人上去。”德生道。

“这外面锣鼓喧天都快造反了，他竟然能睡得着。我们老李家满园盛开的都他娘的一朵一朵奇葩呀！”我哭笑不得，“小叔还没来么？”

“四爷？没看着。小少爷，四爷这次不会还不露头吧？”德生小声道，“再不露头，估计老爷要弄死他了。”

“弄死好。把剩下的那弟兄仨一块弄死更好，清净。”我直摇头。

楼是上不去了，我也不可能去给我爸他们帮忙，于是乎扯了个椅子来，舒舒服服坐下，一边嗑瓜子一边琢磨事儿。

首先琢磨的就是那个剥皮人。

我最纳闷的是他怎么找上我的。之前我绝对不可能和这样的人认识。难道是他一路跟踪我？不太可能，九爷我眼观六路耳听八方，后脑勺上都长对眼，没人能跟得了我。

又或者，是死胖子五花叔那边出问题了？他把我给他的那张照片散出去了？也不太可能呀，五花叔虽然爱喝酒爱找小情儿，可做事还是很有分寸的。

想来想去想不通，就在我一个劲砸脑袋的时候，只觉得眼前一黑，一个人影站在面前，“怎么了这是，离春天还早着呢，就发情了？”

“狗嘴里吐不出象牙，青楼里出不了烈妇，你李大队长什么时候能说句好听的？”我骂道。

来人嘿嘿一阵坏笑，把我手里的瓜子都顺了过去。

眼前这人，牛高马大，近两米的个子狗熊一样壮，偏偏唇红齿白，玉树临风，穿一身警服。

他原来是个无名无姓的孤儿，寒冬腊月被扔在街上，爷爷当年在沈阳把他捡了，就带回了家，取名李双响，一手养大，把他看成家里一分子。

李双响年纪大我五岁，打小我俩就亲如兄弟无话不说，不过他比我有出息得多，当初考的是巡警学堂，毕业进了警局，如今是刑侦课的课长。他那顶头上司，除了抽大烟、玩女人啥都不会，所以警察局所有的工作，特别是疑难案件，基本上都摊他头上，人送外号“小诸葛”。

李双响打小就嗓门大（不然我爷爷也不会给他取这名字），所以从小到大我都叫他老炮。

“你爸他们忙得一溜烟，你小子竟然这么闲着，行。你真行。”老炮嗑着瓜子，看着楼上，“咱爷呢？”

“提前冬眠了。”我扯着他，道，“老炮，我问你个事儿。”

“有屁就放。”

“你不是警官嘛，帮我查个人行不？”

“你拉倒吧！”老炮差点没蹦起来，“上回你让我帮你查前门大街那个豆汁西施，回头你半夜爬人家墙头，转脸就把我抖搂出来，她妈到局里大闹一场，我差点警服都被捋了！这回你休想。”

“小点声！”我自知理亏，道，“这回不是豆汁西施，正经事。”

老炮见我郑重其事，道：“查什么人？”

“一个挺有个性和特点的人。”我小声把那个剥皮人的相貌说了一番。

老炮皱着眉头：“真的假的？还有这样的货色呀？我记忆里，南城挂上号的瘪三好像没这号。”

“说不定不是咱南城的呢。你回去问问你的那些同事、下属，还有线人，再问问别的警局，好好查查！”

“平时只有杀人犯才会让我这么费心。”老炮看着我，“这人咋地你了？劫财还是劫色了？”

“咱能不这样侮辱人嘛。你帮帮忙，回头我重谢！”我巴巴地看着老炮，撅起嘴，隔空卖了一声乖，“哥，我亲哥，求你了。”

老炮恶心得不行，点头：“成，回去我问问。”

俩人正聊得欢呢，就听见门口通通通响起三声炮响，汽车的轰鸣声传来。

接着，我爸的公鸭嗓子扯直了喊：“客来！洛阳坤宗铲头到！”

“哟，来大客了。”我支起了耳朵。

坤宗，洛阳八宗之一，地位仅次于我们老李家。

“多年不走动了，估计就是个过场。”老炮道。

他这话没说完，就听见我爹连珠炮一般报幕：“洛阳巽宗、兑宗、艮宗、震宗、离宗、坎宗各铲头到！”

很明显的，我爹的声音中带着巨大的惊诧。

他这一嗓子，让整个院子里都安静了下来。

“怎么七宗的铲头都来了？！”老炮噌地一下站了起来，看着我，睁着眼，“小九，咱爷这回要搞什么名堂？！”

前面我说过，洛阳八宗一脉同源，各有分工，各有所长。千百年来，所秉承的宗旨就是“乾以君之，坤以藏之，震以动之，巽以散之，坎以润之，离以烜之，艮以止之，兑以说之”这句宗训。

乾宗，乾者，天也，八宗之首，有统揽指挥协调的功能。相当于八宗的司令部，乾宗的领导人历来都是八宗的铲头，总扛把子。

坤宗，坤为地，地位仅次于乾宗，所谓“坤以藏之”，它的功能就是集中八宗所有掏来的东西，稳妥隐藏。可不要因此小看坤宗，多年来，尤其是动荡的时局下，八宗倒斗来的东西很多价值连城，常常有人惦记甚至武力抢夺，藏匿这些东西需要十分高超的手段，可以说，坤宗就是八宗的保险库，拥有整个倒斗行最为安全的隐匿地点并且很少失过手。

震宗的“震以动之”，震是雷，指的是出货。东西集中起来在谈好买家之后，震宗负责将货物安全运出去，所以他们不仅在全国各地有四通八达的通道、隐秘站点，在国外也有渠道，是八宗的手脚，举足轻重。

巽宗秉承的是“巽以散之”，巽是风，他们基本上不参与倒斗，而是出入达官显贵、殿堂高楼，结交的都是名副其实的“金主”，他们会采用各种手段敲定买家，堪称交际一枝花，神通广大。

坎宗以“坎以润之”为职责，坎为水，水润万物，无孔不入。他们的任务是负责踩点，所以坎宗不管是堪舆点穴还是看山寻龙，水平最高，平日里或走街串巷或深入大漠深山，行踪诡异。

离宗走的是“离以烜之”的路线，离为火，他们的任务是以武力保障行动的安全，从踩点倒斗到藏货匿宝，从护送货物到出货得手，他们负责一路守护。所以离宗不仅人数众多，而且不乏高手、死士，以凶悍闻名。

艮宗讲究的是“艮以止之”。艮为山，这个字本来有“边界”的意思。洛阳八宗人多势大，林子大了什么鸟都有，难免会出现叛徒、违背宗规、吃里扒外等现象，这时候就轮到艮宗上场了，他们是宗规的严格执行者，是八宗的执法宪兵，心狠手辣，六亲不认。当然，如果出现和别派恶斗，它会和离宗成为最让人闻风丧胆的两只拳头，离宗负责正面战场，而艮宗负责的是暗杀和打黑枪。

兑宗排在八宗最后，却也不容小觑。“兑以说之”，这个“说”字简明扼要地说明了他们的功能。他们绝对是谈判专家以及超级擦屁股强人。八宗和别的宗派出现各种矛盾需要调停的时候，他们会出现，出货遇到各种麻烦比如人货被扣抓、警察抓捕等等，他们也会出现，有麻烦，找兑宗，他们总会想方设法大事化小小事化了。

八宗中，乾、坤、坎、离四宗都姓李，虽有嫡庶之分，但都是一个老祖宗，都是当年开山祖师李老太爷的后代，所以被称为内四宗。震、巽、艮、兑四宗，震宗王家、巽宗梁家、艮宗叶家、兑宗喻家，祖先是李老太爷的家将，所以被称为外四宗。

千百年来，洛阳八宗凭借内部的分工明确、同心协力，逐步发展壮大，成为倒斗行的翘楚，历经风雨而屹立不倒。

但这种局面随着我爷爷宣布金盆洗手发生了根本性的变化。乾宗的归隐，使得其他七宗群龙无首，他们的想法和爷爷不同，眼下兵荒马乱的中国被他们看作是最好的时代，所以七宗各立门户，全都选出了铲头，开始单干。

这几年七宗逐渐分开，原本的铁板一块变成现在的散沙一盘，甚至内斗也经常发生，时间一长，都成为了彼此的竞争对手，原本的洛阳八宗的荣光，不复存在。

据我所知，七宗之间互有恩怨勾心斗角，平时绝对不可能凑到一块，上次听说坤宗搞了个聚会，差点没当场开枪火并，这一次怎么凑到一起了？

老炮说得不错，能让各自心怀鬼胎的七宗聚在一起，原因只有一个，那就是我家老爷子。

今天这寿宴，恐怕不会像想象中那么和谐。

第六章 寿宴疑云

当门的主桌上，满满当当坐了七个人。

这七个人，有男有女，有老有少，有高有矮，有胖有瘦，都是七宗的现任铲头。他们带来的人，乌压压坐满了后面的三张桌子。

“来得还真挺全，十来年也没这么齐过。”德生抽着大烟袋锅子，坐在他那张靠着楼道口的花梨方桌跟前慵懒地说道。

他说得没错，自打爷爷归隐，洛阳八宗估计从没这么齐刷刷凑到一起。

那七人，有的我认识，有的素未谋面。

坐在中间的，是个五十出头的干瘦老头，须发半白，留着山羊胡，身上的蓝衣小袄油腻得发亮，大栅栏烤白薯的大爷都这模样。不了解的人，打死都不可能想到这老头乃是坤宗的铲头，八宗中除了我爷爷之外资格最老、威望最高的“泥菩萨”李五爷。

李五爷大名李五子，家里排行老五，他父伯叔叔还有几个兄弟当年跟着我太爷一块，死在了黑水城，当年进墓的都是精锐，那时他功夫稀松，所以没选上，算是侥幸留了条命。不过黑水城之后，他洗心革面，执掌坤宗，杀伐果断，如今在倒斗行也算是响当当一号人物，别看整日笑嘻嘻的，但一肚子主意，心狠手辣。

坤宗在他的带领下，这几年来滚雪球一般壮大，打压异己、拉帮结派、吃独食，啥事儿都干过，李五爷俨然成了当今七宗的大当家。

为这事儿，不少人找过爷爷请求主持公道，都让老头子撵了出去，这也越发让李五爷春风得意。如果我没猜错，今儿这局十有八九是他攒的。

李五爷旁边坐着一个四十多岁的黑脸汉子，行里叫他王二指，因为他左手只有两根指头。这家伙是震宗的铲头。震宗出货有渠道，我和小叔曾经和他会过面，这人话不多，却是心思缜密。

除了这俩人之外，我认识的就只有李四海了。

这哥们三十五，虎背熊腰，一米九的大高个，剃了个青皮光头，上身团花黑缎子马褂，下身是薄棉布裤、扎裤脚、窄条黑丝带裹腿，手中一对铁球哗啦哗啦玩着，对着我挤眉弄眼。

李四海是离宗的铲头，出了名的亡命之徒，手下一帮不要命的主儿。

七宗里头，离宗和我们家关系最好。根本的原因是当年李四海犯事儿，要不是我爷爷找人，他早就挨枪子了。四海视我爷爷为救命恩人，极为恭敬，所以来往甚密。

剩下四人，我从未见过，只能向德生打听。他是老资格，八宗的事儿没有他不知道的。

“戴金牙的那个，五十一了今年，巽宗的梁大牙，老不正经油头粉面，最喜欢背后打黑枪，绰号老日本。”

“靠门口的那个独眼龙，今年刚五十，坎宗的王瞎子，别看他一只眼，寻龙点穴的功夫行当里数一数二，他曾经是老爷的得力副手。”

“边上那个和你差不多年纪的小伙子，模样不赖吧？呵呵。是八宗年轻一代的翘楚，叫叶如玉，艮宗的铲头。别看人俊年少，出手却极为狠辣，听说是枪法高手，弹无虚发。”

“他旁边那个姑娘，二十出头，叫喻小草，兑宗喻老鬼的独女，泼辣得要命，更滑头得要命，一等一的美女。当年喻老鬼要和老爷商量两家结亲，老爷没同意，不然她就是咱们李家的少夫人了。”

这七个人中间，我最关注的就是叶如玉和喻小草。一帮人里，这俩人最抢眼。叶如玉身形瘦削，一身黑色长衣越发衬托出苍白的长脸，薄嘴唇、高鼻梁、大眼睛、长睫毛，妈的，一个男人能长得这么完美，真对得起他那名字。

至于喻小草，二十出头的年纪，身材前凸后翘，模样倾国倾城不说，她一笑，那对调皮的小虎牙真是让人心神荡漾。尤其是听德生说当年这丫头差点就成了我媳妇，悔得我欲哭无泪。

爷爷呀爷爷，你脑袋给驴踢了呀，这么漂亮的孙媳妇说没就没了。

我这边跟德生打听，那边也没闲着，七个人相互嘀嘀咕咕很是诡异。这工夫，外面来客一拨接一拨，长沙吴家、东北张家、西北马家、江浙刘家钱家、福建翁家、云南龙家……来的不是当家的就是少当家，人头涌动热闹非凡。

“真他妈想包个饺子，这帮人要抓了，你说咱民国的倒斗行会不会就此被连根拔起？”老炮在我身边低声道，“国家一年要损失多少文物呀。”

“你试试？你要那么干，明天我就得替你收尸。”我扔给他一支烟，道，“这里头，任何一个都惹不起。”

前来参加宴会的这些人，彼此都极为熟悉，凑到一块插科打诨的、往来抱拳打招呼的、私底下拉生意的，谈笑风生，真是鱼龙混杂。

不过，正位那张桌子，始终都没有人过去，他们似乎也感觉到洛阳七宗集体出现在这里，恐怕其中定有蹊跷，所以看热闹的人不少。

到了上午十一点，眼见来的人齐全了，德生上楼把老爷子请了下来。

爷爷依然穿着那件长衫马褂，嘴里叼着雪茄，背着双手，趋步下楼。他出现在楼梯口的瞬间，原本乱糟糟的一楼瞬间鸦雀无声，所有人齐刷刷站起。

“李老太爷，福如东海，寿比南山！”一百多号人异口同声，山呼海啸。

“乖乖！老头子这么风光呀。”我长这么大从未看过这场面，眼热得不行。

三百六十行，行行出状元，我如果能在倒斗行混成爷爷这样，半夜都能笑醒。

“出息。”德生冷笑一声，“这算个屁，老爷这一辈子风光的时候多了去了。戴笠威风不？当年亲自给老爷子牵过马。杜月笙算不算人物？见了老爷也得恭恭敬敬叫一声哥。”

“吹吧，使劲吹，你们主仆俩一个德性。”我不屑道。

“都来了，坐吧。”爷爷把手搭给我，一副弱不禁风的样子，我小太监伺候皇上般把他搀到主桌正位坐了。

众人落座，爷爷这个看看，那个看看，瞄了一圈，笑道：“老糊涂了，他娘的一转眼就到了古稀之年，如今是长江后浪推前浪，一代新人胜旧人呐！看到你们这帮小子，我也算是欣慰。”

“老太爷，打跑了日本人，迎来了好时候，俺们可都盼望你老人家重出江湖领着大江南北的兄弟，可着劲风光呢！”

说话的是东北张家的张大棒子，这话立刻引来齐声喝彩。

“棒子，你娘的就饶了我这把老骨头吧。我都黄土埋到嗓子眼的人了，说不定明儿就见你爹了。”爷爷摆摆手，对我爸说，“别愣着了，开宴吧。”

“开宴！”

我爸一声令下，宴会开始。

上的菜色香味俱全，这号子人觥筹交错，好不热闹，期间一拨一拨的人过来敬酒、献礼，爷爷一一答复，时不时凑到一起嘀咕几句，来人无不满意而归。

老头子不能喝酒，我来代替，半个小时不到，一斤白酒就下了肚子。

酒越喝越多，气氛也就越来越热烈。

席间有人开了话头，说的都是爷爷早年的事，爷爷也高兴，谈开了去，一桩桩一件件，说得跌宕起伏，赢得掌声四起。

“诸位，诸位！”就在大家其乐融融时，李五爷站了起来。

他这一嗓子，让大家都安静了下来。

这屋子里，论辈分，除了我爷爷，就是这位泥菩萨了。

“今天是我大伯的七十大寿，大喜事。人这一辈子，能有我大伯这经历的，也算没白活。”李五爷呵呵一笑，道，“我倒是想起一件事，一件行里头人人皆知的事，今天倒是想请教请教大伯。”

所有人都支起了耳朵。李五爷倒满了自己面前的六个大杯子，一口气喝完，抹嘴道：“大伯！我先自罚六杯，接下来如果我说错了话，你老人家多多担待。”

“小兔崽子，我就知道今天你要给我上眼药，说吧，都是自家人。”爷爷笑了一声，点了根烟，眯上眼睛。

李五爷转身面对所有人，道：“民国以来，倒斗行发生大事无数，若说其中影响最大、传为奇谈的，恐怕没一件比得上民国十五年那事！”

嚯！屋子里的人顿时喧哗一片，很多人差点没站起来。

我心里一紧，这个李五爷，今天果真是来找麻烦的。

“这年十一月，我洛阳八宗跟着李鸭子李大铲头进了黑水城掏个大堂子，除了乾宗五人外，其他七宗宗主都到，另有各宗的精锐五十六口，可谓倾巢而出。”李五爷声音洪亮，有些激动，然后看着爷爷，大声道，“一夜之间！一夜之间，铩羽而归，所有人葬身地下，只有大伯一个人逃了出来！此事轰动大江南北，后来成了行里最大的一个谜团。没有人知道当年黑水城中到底发生了什么，更没有人知道这五十六口为何身死，大伯，今天五子我斗胆，还请您把这事向在座的各位，尤其是我们这七宗的后人，讲个明白！”

李五爷此话，让场面死寂一片。

民国十五年黑水城惨案被传了二十年，不知多少人打听真相，尽管有各种猜测，但作为唯一的生还者，我爷爷从未吐露过，这事情也就越传越神乎，李五爷这么一说，哪个不想听？

所有人的目光都聚焦到了爷爷的脸上。

爷爷呵呵一笑，笑着笑着脸色突然一紧：“五子，听你这话的意思，当年那惨案，是我乾宗害死了七宗五十六口？”

李五爷冷冷一笑：“大伯，这些年传闻不断，有些话五子我不信，可有些话我也不能不信。今天，七宗的后人都在这里，到底怎么回事，还请你老人家开诚布公，起码，得让我们知个情儿！”

“李五子！你他妈别不识好歹！”李四海立马不乐意了，“往日我尊敬你叫你一声五叔，可今天，我李四海还真要得罪你了。老爷子是什么样的人，行里行外都知道。当年死在黑水城的不单有你家人，我家也死了八口！出来混的，都知道难免有这结果。生死有命，关老爷子什么事儿。你说有阴谋，那我问你，乾宗李大铲头，还有老爷子仨哥哥，不都折进去了？”

李四海额头上青筋绽出：“都他妈的没良心！当年黑水城洛阳八宗精锐死了个干干净净，外面趁机发难，抢我们地盘，夺我们东西，杀我们人手，如果不是老爷子撑着，你们哪个能活到今天？现在翅膀硬了，就他妈忘恩负义了！？今儿老爷子大寿的日子，谁要敢给他找气受，我李四海第一个弄死他！信不信！？”

在洛阳八宗里，离宗一宗个个都是不要命的货，身为铲头的李四海更是出了名的刺头，他这么喊，连李五爷脸上都不好看。

“四海，你看你说的，五哥是那样的人嘛。都是一家，不过是想问个清楚。”巽宗的梁大牙在旁边劝道。

“就是。”震宗的王二指满脸赔笑，对爷爷道，“大伯，五哥也是好心，毕竟这事情是七宗多年的心结，你是唯一的当事人，起码得说说到底怎么回事。”

“老太爷，如玉冒犯，家父去世之时，也因为这事情死不瞑目。”美男子叶如玉也站到了李五爷那边。

“老爷子，不做亏心事不怕鬼敲门，你就说说呗。”喻小草立马帮腔，那副夫唱妇随的样，看得我眼珠子都要瞪出来。

屋子里其他的人也都直点头，看来八卦是每一个人与生俱来的本性。

“爷爷……”我很担心，暗中扯了扯老爷子的手。

爷爷面无表情，轻轻地拍了拍我，示意没事。“这事儿，我在心里埋了二十年，煎熬了二十年，本来是想带进棺材里的。我不说不代表我不想说，实际上，我不说，是为了你们好，是不想你们因为好奇而送了命。”

爷爷站起来，眼眶有些发红：“将这件事情在我这里打住，不再说给别人听，不是我的意思。五子……”

爷爷看着李五爷：“不让我往外说的，其实恰恰是你爹，我二叔他老人家的意思！”

“呵呵，人死了，你怎么说都行。”李五爷皮笑肉不笑。

爷爷环顾四周，在一片寂静中，缓缓道：“民国十四年大年三十，我记得那晚上雪下得很大，铺天盖地。二叔全身是血找我爹，带来了一封信。正是那封信，让我爹带着八宗的人连夜出了洛阳。”

大家都知道爷爷打开了话匣子，一个个聚精会神，生怕错过了一个字。

“当时除了我爹和二叔，谁都不知道出去干什么。我们马不停蹄到了北平，突然就休整了下来。我爹和二叔俩人单独出去，六个月后才回来。

“离开北平，出了山海关，我们在关外兜兜转转了几个月，后来又折回头从甘肃北上，到了额济纳，在那里，我们遇到了等候已久的一大支老毛子。领头的，叫科兹洛夫。”

“科兹洛夫？！”这个名字在屋子里引起轩然大波。不光其他人震惊，连我，都被爷爷口中的这个名字惊得魂飞天外！

清末民国以来，中国社会动荡，兵荒马乱。

乱世，对于百姓来说不是好事，对于盗墓贼来说却是黄金时代。而这其中，不单单有中国的盗墓贼，更有外国的。

中国人盗墓倒斗很多时候只是为了混碗饭吃，而外国人却是文化掠夺，他们带来的危害，使得中国文化蒙受了巨大的损失。

最出名的，有两个人。

一个是斯坦因，他开头，使得敦煌文物被大肆掠夺。

另外一个人，则是科兹洛夫，这个俄国人接连三次在黑水城偷盗，使得黑水城出土的西夏文明精华的文物永远离开了中国，说此人为文化巨盗，一点都不为过。

我万万想不到，爷爷他们竟然和这个俄国人混在了一起。

“当时我年轻，根本不知道这个老毛子是干什么的。我们和他们汇合，休息了七天后进入了茫茫戈壁沙漠。在路途中，我才逐渐得知，原来科兹洛夫已经先后两次去过一个叫黑水城的地方，那里原本是西夏的重镇，后来被黄沙掩埋。他在那里搞到了大批的珍贵文物。

“那是他第三次去，也是最后一次。和以往不同，他不是去搜掠文物，而是去寻找一个神秘的大墓。这个大墓也是他从蒙古人嘴里打听到的。这方面，他们不是行家，所以千方百计找到了我们。

“他给我们的任务是找到那个大墓，打开它。剩下的就是他们的事情了。作为报酬，我们会得到墓里八成的珍宝。”

喻小草听到这里，眉头一皱：“老爷子，俄国人不会这么傻吧。他们怎么会把八成的珍宝给你们自己留下二成呢？”

爷爷呵呵一笑：“小丫头聪明。当时，我们也这么想。老毛子没好东西，他们进墓里恐怕不那么简单。我们花了十天才在流沙中找到那座大墓，这个过程中我爹和二叔商量，决定无论如何也必须先下去，看看老毛子到底耍什么鬼。

“我们是盗墓贼，但盗亦有道，中国的土里埋的都是老祖宗的东西，无论如何也不能便宜老毛子。打开墓后，我们率先闯了进去。

“老毛子想不到我们会这么做，科兹洛夫随即带着两百多人紧跟而入。他们大部分都是军人，带着枪，在大墓里，我们干了起来，死了不少人，实际上，八宗相当一部分人都死在了俄国人手里，死在了这群畜生的乱枪之下。”

说到这里，爷爷似乎很不舒服。

屋里的人听到这里，也都纷纷大骂。

“当然，老毛子也不好受。”爷爷惨然一笑，“八宗的人个个是汉子，尤其是离宗以一抵十，在我们被团团围住之时，老七哥点了身上的炸药，扑过去和几十个老毛子同归于尽，为我们留下了活路。”

李四海直抹眼泪，爷爷口中的“老七哥”是他爷爷。

“那座大墓里太多诡异的事，太多凶残之物，一言难尽。等我们到了主墓室，只剩下了四个人，我爹、我三弟、二叔和我，剩下的都死了。”

故事到了最关键的地方，屋子里很多人都急不可耐。

“老太爷，那里面肯定是金山银山吧？”

“无尽的宝藏，是不是？”

爷爷淡然一笑：“宝藏？你们永远不知道，很多时候，在生命面前，金山银山又算得了什么？科兹洛夫带着最后的二十几个人用枪抵住了我们的脑袋，他拿到了他想要的宝贝。我爹知道我们绝不可能活下来，和二叔商量，打算和老毛子同归于尽，动手时，我们无意间唤醒了一个沉睡的怪物……”

爷爷说到这里，痛苦地闭上眼睛，五官抽搐。

屋子里鸦雀无声，很多人都张大了嘴巴。

老头子很长时间才恢复平静，一直摇头：“那是我一生中最恐怖的时刻，我爹和三弟吸引那怪物，二叔把我推了出去，二叔说八宗起码得有个人活下来，出去告诉宗人，永远都不要再进这个墓。”

爷爷潸然泪下，哽咽得几乎说不下去：“我拼命跑，头也不回地跑。我听到身后一阵阵的枪声，还有被释放出来的那恐怖邪物的嘶吼，当然，还有亲人的惨叫……我什么都不能做，只能拿着我爹折断的洛阳铲，一边哭一边跑！

“我听见我爹叫我：‘老大，跑！跑呀！’我听见二叔痛苦地喊：‘君之，出去，告诉后人，永远都别来！’……”

爷爷说到这里，房间里死寂一片，叹息声、咒骂声还有抽泣声，此起彼伏。

爷爷抹了一把眼泪，道：“等我醒来时，发现我躺在沙漠里。那座大墓已经被黄沙掩埋。我被一个当地人救了，捡回了一条性命。后来听说那个科兹洛夫也活着逃了出来，他回到了俄国，再也没有踏进黑水城一步。

“二十年来，这是一个噩梦。几乎每一天我都活在这痛苦之中。五子，我只能告诉你这些，而且，我要告诉你们所有人，那地方你们永远都不要去。”爷爷颓然坐下来，潸然泪下。

众人沉默了。

李五爷从头到尾没说一句话，等爷爷讲完，他自斟自饮，干了一杯酒，道：“大伯，你说的，就算是真的，但有一件事，你恐怕说了谎。”

“李五子，你他娘的给脸不要脸是吧！？”李四海当场就要发飙。

“四海，让他说。”爷爷道，“我李君之一辈子光明磊落，不怕说什么。”

李五爷冷冷一笑：“大伯，据我所知，当年你是一个人逃了出来，不过，你还带出来了一样东西，是不是？！”

屋里人集体愕然。

“这东西，价值连城，是我们八宗的人拼了性命换来的！大伯，凡是八宗的人，就应该人人有份！您老人家一个人留着，恐怕于情于理都说不过去吧？”李五爷指了指房间里其他人，“今天当着大家伙的面，还得请你老人家给个交代，这次我们七宗后人前来，就是为了这东西，我想，你老人家不会说那东西，不在你手里吧？”

唰！众人齐齐盯着爷爷。

在别人耳中，这东西定然是稀世珍宝，而在主桌上这群人的心目中，这东西是什么，那就显而易见了。

铁函祖遗的秘密，历来八宗各宗宗主口耳相传，眼前这七个人都晓得。

李五爷这么说，连一向对爷爷敬仰有加的李四海似乎都惊了。

“大爷爷，你当年真的带出了祖……不，那东西？”李四海小声道。

妈的！我心中大骂李五子！你娘的，这件事情即便是你知道了，也是洛阳八宗的事，当着这么多人的面说出来，不是把祖宗世代守护的秘密给卖了么？

不过，李五子没这么傻。他这么做，恐怕无非是借着这么多人在场的压力，逼迫爷爷讲明真相把东西交出来。

毕竟，爷爷从来不会说谎。更不会当着这么多同道的面公然说谎。

我太了解爷爷了。那个铁函肯定是他当年从黑水城大墓里带出来的，在这情况下，他也一定会说出来。

但如此一来，其他七宗的人定然会索要铁函，要求共享，不管是李五子，还是李四海。这一点，没有人会例外。

如果这样，那可就麻烦了。

我说的麻烦，不是指我们李家不能吃独食了，而是李五子这帮人如果掺和进来，恐怕那双头怪佛要因此而平生很多事端。李五子和我爷爷不是一类人，他的眼里只有钱，什么世代守护秘密、八宗祖遗对他来说屁都不是。而双头怪佛如果公开露面，那接下来……

想到这里，我头皮发麻。

再想到那个神秘的剥皮人，我意识到除了洛阳八宗，这世界上寻找怪佛的人恐怕大有人在。

爷爷沉默不语。

李五爷得意一笑："大伯，别怪五子我大不敬。东西是八宗的，不是你们乾宗的，如果你不打算交出来，五子我只能自己来拿，到时候，不能怪我不讲同族的情面！"

"去你妈的！"我当时就火了，"你当我们乾宗的人都死绝了是吧！？李五子，我爷爷对你客气那是念你是故人之后，不和你一般见识，你要再这样没大没小，我爷爷不发火，老子可要执行宗规了！德生！"我厉喝一声，德生在后面腰杆一挺："小少爷，德生在！"

"按照八宗总规第一条，是啥！？"

"以下犯上，藐视铲头者，各宗共诛之！"德生大声道。

"够了！"爷爷猛地站起来，狠狠瞪了我一眼，"哪里轮到你说话了！？退下！"

我不情愿地后退了一步。

爷爷看着李五子，道："五子，既然你问了，我就告诉你，逃出来的时候，我……"

"爸，门外有人找。"这时候，我爸从外面跑了进来。

"不见！"爷爷不耐烦地摆摆手。

我爸一愣："可是，人家说有东西奉上。"

爷爷愣了愣："让他进来吧。"

过了不久，就见外面来了个邋遢的乞丐。

"怎么什么人都让进来？添乱是吧？"我气道。

爷爷摆了摆手，让那乞丐进来。

乞丐哆哆嗦嗦，递上了一封信。

爷爷接过信，瞄了一眼信封突然站了起来，一把扯住那乞丐："这信，谁交给你的？！"

第七章 密室杀人

好端端的一个寿宴，已经够乱的了，还来了个乞丐。

我头大如斗，今天怎么乱七八糟的人全都来了。

乞丐吓得哆哆嗦嗦："一个大个子给我的，让我交给这家主人，还给了我十块大洋的跑路费，老爷子，我……"

"那人还说什么了？"爷爷很激动。

"他说你看了就知道了。"乞丐两腿瘫软。

爷爷对我爸点了点头，我爸便送那乞丐出去了。

爷爷将那信撕开了，看了一眼，脸色铁青，嘴唇颤抖。

"爷爷……"我觉得事情不妙，凑过去，哪料想老爷子一个趔趄，直直倒下。

我赶紧一把搀住。

"扶我……扶我上楼……"爷爷捂住心口，痛苦道。

"老爷子，没事吧？！"李四海叫道。

"老毛病……"爷爷勉强一笑，便不能言语了。

我扶着爷爷小心上楼，到了楼梯口，就听见李五爷说道："大伯，那东西，你是交也得交，不交也得交。你要是交出来，皆大欢喜，如果你老人家不愿意交，那我们不介意自己来拿。到时，希望不要说我们小辈无礼。走！"

李五子阴阳怪气地丢下一句话，起身离去。

他一走，七宗除了离宗李四海的人，也紧跟而去。

我这时候也顾不了和这帮人犯气，扶着爷爷上了楼。

沙发是不能坐了，昨儿就塌了，我拉了一把椅子，让爷爷坐下。

“爷爷……”我有些担心，“没事吧？”

“没事？你看像没事么？”爷爷长叹了一声，“他们七宗一起来，我就知道今儿要出大事。果不其然。”

“啥意思？你是说，今天李五子早就有备而来……”

“纸，终究包不住火。”爷爷无奈一笑，“洛阳八宗，已经不是当初的那个洛阳八宗了。”

“爷爷，这信……”我指了指爷爷手中的信。

“你不要问了。”爷爷掏出火柴把信点了，道，“外有强敌，里有内讧，怕免不了一场腥风血雨。”

我正要说话，爷爷低声道：“东西，你藏好了？”

“嗯！谁都找不到的地方。”

这时候，我算是明白了爷爷的苦心。怪佛放在流沙冢定然不安全，李五子那伙人肯定知道流沙冢的存在。

“小九呀，答应爷爷，无论如何也要把那东西看好了，不要交出去。或许，或许他们不会想到是你……”爷爷兀自呢喃，嘴角浮现一丝笑容，又道，“实在瞒不过去，你就……你就把东西交给政府吧。但记住，永远，永远也不要去追究那东西背后的秘密。”

“为什么呀？”我大声道。

爷爷看着我，良久，沉声道：“因为，如果你那么做，那东西会成为你一辈子的噩梦。”

说到这里，他似乎累了，冲我无力地挥挥手：“去吧，我睡会儿。”

我站起来，一步一回头地往楼下走，看见他坐在椅子里，一缕阳光落在那张慈祥的脸上。

“小九……”到了门口，爷爷在背后叫我一声。

“啊？”我转过身。

爷爷张了张嘴，终究没说话，挥了挥手。

“爷爷，你别烦了，万事有我呢。”我捶了捶胸脯，“你孙子也是顶天立地的一条好汉！”

“臭小子。”爷爷粲然一笑。

下了楼，楼下已是面目全非。李五子他们一走，其他的人也都没了兴趣，纷纷告辞，剩下的不到三分之一，都在喝着酒小声议论。

“老爷子没事吧？”四海把我扯了过去。

“没事。”我笑笑，“四海哥，李五子的话……”

“我权当他放屁。”李四海很义气，“任何人我可以不相信，老爷子的话我从来都不怀疑。小九，李五子那帮狗日的恐怕不是说着玩的，我去打探打探，你把老爷子照顾好了。”

言罢，这哥们带人走了。

接下来的时间，德生拉着我给剩下的那帮同行陪酒，都是一番不痛不痒的闲扯。

“这是李君之家吗？”正喝酒呢，听见院子里有人扯着脖子喊。

“妈的，又哪个找麻烦的人来了！？”我气不打一处来，带着老炮出去。

出了门，就见七八个光着膀子的家伙，满头大汗站在院子里，领头的是个黑脸瘦子：“他定了套沙发要今天送来。”

我一看，可不是么，一个巨大的沙发，还真皮的。

“狗牙，你小子啥时候倒腾家具了？”老炮认识那黑脸瘦子，笑道。

叫狗牙的有点不好意思：“哎呦，这不是李课长么。早说呀，要是知道你家里要，小弟我白送了！”

“屁话，什么叫白送呀，想贿赂我是吧？”老炮踹了那家伙一脚。

“老爷让我定的，麻烦几位，抬上去吧。”德生这时候出来，看着沙发，验了货，让那帮工人七手八脚抬上楼了。

“那孙子谁呀？”回身进屋，我问道。

老炮：“南城的一个混混，当年被我抓进去蹲了几年，出来想不到改邪归正了。”

言罢，老炮凑过来，低声道：“刚才李五子那伙人恐怕不会善罢甘休，要不要我叫俩人来？”

我：“拉倒吧。没事儿，再说，即便有事，还有我呢。”

正说着呢，就听见楼梯轰隆一声响，只见狗牙带着那帮工人费劲地把爷爷那原本塌掉的破沙发给拖了下来。

“怎么了这是？”老炮赶紧上去。

“这不有新沙发了么，破沙发放着也碍事，我好人做到底，给搬出去扔了。李课长，你看我这胸怀……”狗牙满脸谄笑。

“你这小子，往后好好干，别再做那些偷鸡摸狗的破事。”老炮忍不住乐。

“一定，一定！”狗牙孙子一样，卖力地抬着那沙发，出去了。

“扔垃圾站，巷子口往右！”德生站在门口高喊。

“得嘞！您放心吧。”狗牙挥了挥手。

还别说，这帮人这么一倒腾，楼上楼下轰隆隆的，一楼那些来客也有些待不住了，纷纷告辞。

我爸他们不免赔笑送客，送了一拨又一拨，忙活了差不多一个小时，最后，剩下东北张家的张大棒子、西北马家的马万春两伙人。

这两个家伙，和我小叔很好，生意上有来往，上个月还发了两批货来，院子里找到我，拉着我要钱。

“小九，张叔我可都要揭不开锅了，你让你小叔赶紧给我钱呀！”张大棒子哭穷。

“别呀，我这里还有三十万大洋的欠款呢，欠条我都带来了，要还也得紧着我。”马万春干脆拿出了欠条。

我心里这个骂：小叔呀小叔，看看你都干得什么狗屁事。

“小九，你小叔呢？老爷子七十大寿，他都不现身，是不是躲着我们？”张大棒子道。

“张大棒子，四爷我像是那种不要脸的人么！？”我正不知道怎么答复张大棒子呢，就见小叔背着双手趾高气扬地进来了。

我爸看了，鼻子都要气歪了，扯着棍子奔过去：“你还知道回来！？咱爸七十大寿，你知道么？！”

小叔麻溜地躲过一棍，道：“三哥，我这不是回来了么。要打等会打，我还有正事呢。”

言罢，小叔冲外面喊：“都磨蹭什么呢，赶紧搬进来呀。”

外面四五个伙计，哼哧哼哧抬进来个一人多高的木箱子。

“什么呀这是？”我问道。

张大棒子力气大，趁着小叔不注意，一把将那箱子的封条给撕了，扯开，嘴里哇的一声：“瘪犊子！好东西呀！”

我凑过去一看，但见箱子里是个一人多高的陶俑，灰陶烧就，浓眉大眼，一身铠甲，威风凛凛。

“好东西！虽然比不上秦始皇的兵马俑，但这样的货色，算得上极品了。战国赵国的陪葬俑，少见！”马万春直啧啧嘴。

他说的是实话，陶俑这东西一直很值钱，这么大个儿，这么有神韵的，我是第一次见。尽管这件陶俑明显被毁过，重新被粘贴了起来，但绝对是到代的珍品。

“黑眼，欠我的钱我不要了，这尊陶俑抵给我，咱俩两清。”张大棒子喜欢得要命。

“去你娘的。这是我送给我爹的寿礼，他就好这口。”小叔一把将张大棒子推开，道，“咱们俩的帐，回头慢慢算。”

说完，宝贝一样护着那陶俑，带人进了屋。

“这家伙，我看以后不要叫他李黑眼，叫他李黑心算了。”张大棒子哭笑不得。

“张叔，马叔，别和他一般见识，来来来，喝杯茶，消消火。”我赶紧端过茶来，院子里好生伺候着二位爷。

两个人对着我，一个劲地倒苦水，无非是最近时局大乱货不好出了、日子过不下去之类的破事。

说话间，搬运陶俑的那几个伙计也下来了：“这位爷，货运费，两块大洋，楼上的那个说你付。”

“我日……”不光是张大棒子他们，连我都要揍小叔了。

付了钱，我咬牙切齿地看着二楼，下定决心回头非狠狠宰小叔一把不可。

“张叔，马叔，我告诉你，我小叔有的是钱，昨晚他还在八大胡同花天酒地呢。”

“妈的！有钱花天酒地，没钱还我们呀！万春，这次黑眼不还钱，弄他瘪犊子！”

“还是小九这孩子老实！够义气。以后到了西北地界，有啥事，跟马叔说！”

“那必须的。等会小叔出来，别说是我告诉你们的。”我坏笑。

一壶茶喝了个底儿掉，就听见二楼传来争吵声。时候不大，小叔气呼呼地奔了出来，脸色铁青。

我忙迎上去：“怎么了这是？”

小叔虎着脸：“好心当作驴肝肺！我今天就不该来！”

我：“你和爷爷又干上了？”

小叔委屈无比：“小九，你说我容易么！？为了这件东西，我命差点搭进去了！好不容易给他弄回来，他倒好，一句好听的不说就算了，开口就骂！我招谁惹谁了我！”

接着，小叔向我伸出黑乎乎的手：“家里钥匙给我。”

我：“干吗？”

小叔：“我回家去！不受这窝囊气。”

我把铺子钥匙扔给他，小叔接过放口袋里，掉头就要走。

老炮在旁边笑：“得了，小叔，爷爷今天心情不好，你包容包容。”

“我包容他，谁包容我呀！”小叔没好气转身道。

“喝茶，喝茶。”老炮拉着小叔坐下，我陪坐。

张大棒子和马万春打圆场，然后开始向小叔要钱。小叔一副无赖样，一会说没钱，一会说有钱但转出去了，搞得两个人十分火大。

“李黑眼，我告诉你，这次你再不还钱，我可就不客气了！”到最后，张大棒子一把揪住了小叔的衣服领子。

“松开！老子就是没钱，有种你打我呀！”小叔无赖道。

“你以为我不敢呀！我磕死你！”

两个人拉扯着，眼看就要动手，我和老炮赶紧劝架。

小叔那张嘴，损得无比，骂张大棒子也就算了，连马万春一块骂，西北人原本脾气就火爆，搞到最后，马万春也扑了上去。

我们五个人搅和在一块，乱得不行，就听见德生扯着嗓子喊：“不好了，火！火！”

“火个屁！老子满肚都是火！”我大骂道。

“失火了！失火了……”德生蹬蹬跑到我们跟前，急得都要哭了，“别打了！老爷的二楼失火了！”

我急忙转过身，但见一股浓烟冲天而起，爷爷的二楼烈焰滚滚，火光四射！

“爷爷呢！？”我拉过德生。

德生嗷的一声哭出来：“在楼上呢！在楼上呢！”

这把火，来得突然，烧得猛烈。

没人知道二楼怎么就没来由起了火，等我们扑上去的时候，大火已经封住了楼道口。

爷爷的屋子，长年封闭，堆的是古玩字画，家具又都是木质的，所以火势一起，很快就不可控制。

一家人急得往二楼奔，都被大火给赶了下来。拿出水桶浇水，也是杯水车薪。还是老炮冷静，给灭火队打了火警电话。

火一起，周围的邻居街坊也都纷纷赶来帮忙，十五分钟后灭火队警员赶到，十几个水枪齐齐喷射。

“救人，屋里还有人呢！”我扯住个警员，哭道。

那哥们真不错，抱着水枪就往里冲，刚走两步，咣当一声响，二楼的一根梁柱带着火砸了下来，彻底封死去路。

“小九，别添乱了，他们知道怎么抢救！”老炮抱着我，大声道。

“爷爷，爷爷还在上面呢！”看着大火和浓烟，我如坠冰窟。

又过了一个多钟头，大火终于被扑灭。挪开封门梁柱，老炮和我一马当先冲了进去。

屋子里面目全非，烟雾缭绕。我和老炮用湿毛巾捂住口鼻，艰难地在一片狼藉中寻找爷爷的身影。

“爷爷！爷爷！”看着二叔送的那个陶俑被烧得崩了一地碎片，我心情沉重，一股不祥的预感涌上心头。

老炮在我前面，他扒开焦黑的长案、木椅，突然僵直地站在原地。

“老炮，他娘的走呀！”我推了推挡在面前的他，发现他双目圆睁，看着前方，一动不动。

“咋了？！”我叫道。

老炮转过头，愣愣看着我：“死了，小九，爷爷，死了。”

“扯淡！”我一使劲把老炮扒拉过去，眼前所见，犹如一记重拳狠狠地击打在我的心脏上。

一具焦尸侧躺在地，血肉模糊。

破烂不堪的长袍马褂，我特意买给他的那双意大利手工皮鞋，烧成黑炭一般的手指上的那个翡翠素工扳指……还有，一把从后背扎入、前胸贯出的锋利匕首！

爷爷，没了……我眼前一黑，栽倒在地。

醒来时，我躺在医院的床上。

老炮坐在我对面，脚下一地烟头。他头发乱糟糟如同鸡窝，双目赤红，形容憔悴。

“醒了？睡了两天两夜了都，给。”老炮扔一根烟过来。

我接了，点着，坐起来。辛辣的烟雾在肺里升腾，我剧烈咳嗽着：“怎么样了？”

老炮一愣：“爷爷，没了。”

“我知道。”我大口大口抽着烟，一滴眼泪都没掉下来，“我问的是谁他妈干的！”

我吼着，恶狠狠地盯着老炮。

老炮没有立刻回答我，他站起来，走到床边，看着下面的车水马龙。

“小九，我是个推理小说迷，你知道我最喜欢什么题材么？”

“我管你他妈喜欢什么题材呢！我问的是，谁他娘的杀了我爷爷！”我噌地一声从床上爬起来，刺眼的阳光让我有点眩晕。

老炮的声音冷冷的：“推理小说里头最难写也是最精彩的题材，叫密室杀人。有这么一种说法，如果一个人从未写过密室杀人，那么他就没有资格被称为推理小说家。”

我被老炮搞得有点晕了：“老炮，咱爷爷被人弄死了，你不去抓凶手，在这里跟我扯什么狗屁密室杀人！？”

“小九，咱爷爷这回，就是典型的密室杀人！”老炮一拳把我撂倒在床上，吼道，“我脑子现在他娘的也被弄得崩溃了！”

我终于冷静了下来，又点了一根烟：“说说看，什么是密室杀人？”

老炮坐下来，道：“密室杀人，属于‘不可能犯罪’的一种，是在表象和逻辑上都不可能发生的犯罪行为。一般情况下，指的是凶手通过一系列手段，使被害人被杀的政局全部指向被害人所处的封闭的空间内，没有第二者，而又非被害人自杀的杀人方法……”

老炮还没说完，就被我打断了：“说得通俗点！”

老炮白了我一眼：“好，那我们就以爷爷这事儿来举例子。爷爷的二楼，你晓得的，一米多厚的钢筋混凝土墙壁，只有从一楼通往楼上的一个入口，窗户有三个但都是闭合窗，即便是开着也只能伸出根手指，这是典型的密室。用你的话说，就是一个乌龟壳。

“案发当时，你也在场。入口处，德生一直看着，一楼还有五六个伙计在收拾碗筷，从头到尾没见到任何人从一楼上去过。而如果想从窗口进去，也绝对是不可能的。那么，问题就来了，凶手是如何来到密室，将匕首从老爷子背后捅了进去，然后放了一把火，又凭空蒸发了呢？”

老炮声音有些颤抖：“我仔细侦察过，虽然起了火，但二楼建造结实，墙壁、楼顶没有任何的毁坏，窗户是二伯特意订制的美利坚材料，一点都没有变形，也就是说，整个过程中，凶手神奇出现，杀了人又神奇消失，就像个幽灵一样。这，就是典型的密室杀人。”

我，倒吸了一口凉气。

打醒来之后，我满脑子都是爷爷被杀了，而老炮的分析犹如一盆凉水当头浇下，让我看清楚了整件事情。

不光他迷惑，我想我也已经快要崩溃了。

是呀！爷爷的二楼是一个货真价实的密室，凶手是如何做到这一切的呢？

我们两个，长时间沉默。

一个小时后，老炮最先开口。

“我两天两夜没合眼，一直在琢磨这个，但毫无头绪。你脑瓜灵，我们哥俩好好分析一下。”老炮掏出笔和本子，在上面把爷爷房间的构造图画了出来。

“现在，经过调查，确信无疑的是：第一，案发前后，三个窗户都封得死死的，即便是打开，凶手也不可能出入。要想进入密室，只有从一楼楼梯，而德生和几个服务生一直都在，尤其是德生，他那张桌子完全横在楼梯下，从头到尾没有人上楼，更没有人下楼。

“第二，爷爷的二楼，没有什么密道通上去。从一楼其他地方也绝对不可能进去。

“第三，爷爷的的确确是被杀死的，匕首从后背插入前胸，一刀毙命。”

说到这里，老炮放下笔，看着我：“妈的，我一直以来就盼着个有水平的杀人案，想不到这次盼来的是亲人遇害，而且比侦探小说里面的还要离奇！你有什么想法，说说看？”

我盯着那张结构图，想了想，道：“有没有可能是凶手事先已经混进了屋子，他躲在里面，杀了爷爷，然后趁着大乱混出来了呢？”

“不可能。”老炮摇摇头，“爷爷那屋子你比我熟悉，除了他之外，能够进去的就是你了。他不允许任何人进去，他不在，德生就在楼梯口守护，他对爷爷忠心耿耿，绝对不可能放一个陌生人进去。案发时，最先冲进去的是我们俩，没有任何人乔装打扮出来过。你这个想法，排除。”

我点了点头，老炮说得在理。

“那会不会是这样：凶手利用了辅助手段，他从楼上下手，利用可以利用的缝隙，比如窗户的缝隙，将匕首利用发射装置射入爷爷体内，再投入火种，然后离开？”我道。

“你的这个想法，有点意思。”老炮很赞赏，不过很快摇头，“我也想过了，还特意查看过一番。二楼房顶是浇筑式的，四周墙壁也没有任何缝隙，如果说缝隙，只有窗户那一指宽的缝隙，但要想从这上面做手脚，不可能。第一，窗户是封闭式的窗户，即便打开，也只有十五度的仰角，凶手如果在外面动手，匕首是不可能平戳出去的。第二，也是最关键的，经过法医鉴定，匕首是近身刺入的，用力很猛，刺断了爷爷两根肋骨，发射装置不会有这么大的力量。第三，爷爷的二楼，尤其是窗口处，没有任何的树木、矮墙，凶手如果在外面下手，他不可能像壁虎一样贴着上去，而且即便他有这样的本事，当时我们都在院子里，抬眼就已经发现了。”

我绞尽脑汁想的两个方案都被老炮排除，已经黔驴技穷。

老炮见我也没主意了，道：“我说一些我的想法，你听听，看有没有漏洞。”

我点点头。

“关于密室杀人的解密，美利坚伟大的推理小说作家约翰·迪克森·卡尔曾经有过十分精彩的论述。他将之定义为‘密室杀人六大终极解密’，一般说来，世界上哪怕是最伟大的侦探推理小说家所写的密室杀人的最终解密，也逃不出这六个解释。

“第一，该案并非谋杀，而是一连串阴差阳错造成了貌似谋杀的事故。房间尚未封闭前，发生了抢劫或者争斗，导致房间里家具受损之类的现象，抢劫者离开后，受害人意外身亡，比如撞上家具或者物体掉下来砸中要害部位，给人造成密室杀人的假象。”

老炮的笔在上面画了一道：“这一条解释，排除。”

“第二，此案，的确是谋杀，却是受害人意外亲手杀了自己，或者不幸撞进死亡陷阱。最常见的方法是从房间外面输入毒气，使受害人狂性大发，将房间砸乱等，造出假象，最终受害人不慎将利刃刺入自己身体身亡。此类的手法变相的还有，受害人不慎被吊灯的尖状物刺入脑袋或者被铁丝绞死，甚至被自己的双手活活掐死。”

老炮说完这个，沉吟了一下：“刚开始我觉得这一条定律有可能，但最终也被排除了。原因有二，第一，前面我说了，爷爷房间的三个窗户都对着院子，我们都能看得见，凶手是不可能有下手机会的。第二，匕首从后面近身刺入，绝不可能是爷爷不慎自己刺死了自己。

“第三，该案确是谋杀，凶手事先将装置放入房间内部，看似全无异状，一旦引发，定然毙命。尤其是在现代，这种方法成为很多侦探推理作家的最爱。比如，藏匿于电话中的自动手枪，受害人一接电话子弹就呼啸而至；比如扳机上系着丝线的手枪，另一头浸在水里，水结冰凝固时丝线张力增强扣动扳机；再比如，上紧发条定时的老式钟表，到时间就射出子弹或者一柄利刃，等等等等。”

老炮说得有点口干舌燥，这些神奇的杀人方法更是听得我目瞪口呆。

“我一开始，觉得这第三条特别适合本案。”老炮的手使劲点了点桌子。

“不可能呀，你之前说了，爷爷那屋子别人是没机会进去的，更不可能有机会安置什么杀人装置了。”我立刻反驳。

老炮点头：“的确如此。凶手进入屋子安置装置不可能，但换一个角度，如果是爷爷自己干的呢？”

“什么！？”我怒火填胸，如果不是老炮，换成别人早被我弄死了，“你的意思是爷爷自杀？！不可能，他怎么可能会自杀！？”

“你先别急。我们要先置身事外，冷静思考。”老炮的确他娘的够冷静，道，“我想到这个，也不是没理由的。凶手进入密室再逃出，根本没有作案条件，爷爷自杀倒是能解释得通，而且房间里放了一把火，大火可以毁灭自杀装置，销毁证据。”

尽管打死我我都不相信爷爷会自杀，但听着老炮的分析，觉得的确很合理。

不过老炮随之话锋一转：“可后来调查之后，这个也被我排除了。”

我松了一口气："为什么？"

老炮耸耸肩："原因很简单，我为此事专门去了清华大学的物理研究所，他们根据法医解剖的数据做了一个实验，匕首刺入人体的力度很大，如果按照这个力度计算的话，那么匕首的引发装置一定要提供强大的动力，也就是说，引发装置肯定体积非常巨大，就算是最有力量的机械发条，比如钟表的发条，要一面墙那么大的钟表才能够做到。"

我真是佩服死老炮了，不愧是小诸葛，这么离奇的想法他都能想到，而且竟然还能去求证出来。

"卡尔'密室杀人六大终极解密'之四，该案属于自杀，但可以伪装成谋杀。死者用冰柱刺死自己，冰柱融化后密室找不到凶器。或者，死者开枪自尽，手枪尾部系着一条橡皮线，开枪之后，手枪被橡皮线拉到隐蔽的角落或者洞里，同理，手枪可以拽出窗外、落入雪堆等等。"

老炮摇了摇头："爷爷死于一把匕首下，冰柱什么的不靠谱，匕首插入他体内，也不存在凶器被拽入外面或者隐藏的可能。而且，他也做不到放了一把火后，用匕首从自己后背刺入身体那么超常人的动作。我还想到，爷爷会不会把刀先固定了，然后自己用后背猛然向后倒下刺入，但这些都和法医的解剖结果不符合。这一条，也排除了。

"卡尔'密室杀人六大终极解密'之五，该案确是谋杀，凶手利用魔术手法或者易容术故布迷阵。例如，房门有人监视，众人以为受害人安然无恙时，殊不知其实早已经陈尸室内。凶手乔装成受害人模样在门口仓促现身，转身后迅速卸下伪装，立即以本来面目走出房间，给人造成他出门时和别人擦肩而过的错觉，不在场的证明随之成立，因为谋杀时间被推动为冒牌'受害人'进入房间之后。

"这一条，也被排除。"老炮长叹一声，"爷爷是你扶进房间的，随后进去的人有前来送沙发的工人，就是狗牙他们，我仔细审问了他们，他们是几个人一块进去的，凶手不可能是他们。而且，小叔是最后一个进去的，他还和爷爷吵了一架，那时，爷爷还活着，从小叔出来到发现失火，一共才十几分钟，这十几分钟没有任何人出入二楼，而且更不可能有什么易容术之类的招数可以施展。"

"那就剩下最后一个了。"我坐直了身体。

"是的。最后一个。"老炮挠了挠鸡窝般的头发，"卡尔'密室杀人六大终极解密'之六：凶手在房间外下手，却造成了案发时凶手在房间内的假象。这一点，综合上面的分析，也很快被排除了。"

说到这里，又一个小时过去了。

老炮都快要崩溃了，他瞪着那双充满血丝的眼睛悲哀地看着我："小九，这'密室杀人六大终极解密'被封为密室杀人推理的圣经宝典，一般说来，任何的密室杀人都不可能逃脱这六个解释以及在此基础上做的变种。也就是说，就算是小说家绞尽脑汁编故事，他的最终解释也基本不可能逃脱这六大解释。因为这几乎已经涵盖了所有密室杀人的可能性。"

说完这话，老炮深吸一口气，一头撞在了墙上，无比痛苦道："他妈的！现在，爷爷出事的这个密室杀人案，却完全推翻了这六大终极解释！我已经彻底束手无策了！除非凶手真的是一个鬼魂，一个幽灵！"

被誉为警界"小诸葛"的老炮束手无策，被封为密室杀人圣经的卡尔"密室杀人六大终极解密"也成了废话，这说明爷爷的死，恐怕注定是一个令警察、我们家人惊心的噩梦了。

我双手哆嗦地点上烟，吧嗒吧嗒抽完。

看着崩溃的老炮，我缓缓说道："老炮，无论如何，可以肯定的是，老爷子就这么死了。既然事情发生了，他娘的就肯定有个合理的解释，幽灵和鬼魂那都是胡扯，我必须要把这事情查个水落石出！"

第八章 铭文解谜

我和老炮思来想去，都无法破解那个幽灵般的凶手到底是如何完成密室杀人的，最后，老炮决定按照他的经验，先从嫌疑人开始顺藤摸瓜。

我俩首先想到的，自然是以李五子为代表的洛阳七宗的人。

“他们的确有作案动机，虽然我不知道他们向爷爷要什么东西，但可以断定那东西一定价值连城。”老炮想了想，又道，“他们那帮人，虽然目标一致却各自暗怀鬼胎，都有私吞之心，爷爷不会交出那东西，所以他们便软的不行来硬的，杀人夺宝。”

“的确有这可能，不过他们都是老油子，即便是干了也不会给你留下把柄。”我苦笑道。

老炮点点头，算是承认了：“事发后当天晚上我就带人挨个找了那七个铲头，他们都有不在场的证据，我们无能为力，眼下只能暗地里盯着。”

“买凶杀人。他们是不会亲自出手的。”我道。

老炮倒了一杯水递给我，道：“咱们也不能一棵树上吊死，你有没有想过，如果不是这伙人干的，还会有别的人么？”

他这话，让我全身打了一个冷战。几乎一瞬间，我的脑海里浮现出剥皮人的那张恐怖的脸。

“记得之前我让你调查的那个神秘人么？”我问。

老炮：“怎么，你怀疑是他？”

我不能将事情的来龙去脉一五一十全告诉老炮，只能骗他：“他找我，似乎也是为了爷爷手里的一件东西。这人神神经经的，也有可能是他。”

“这倒是个线索。但问题是，这个人无名无姓，北平这么大，挖出他无异于大海捞针。”老炮揉起太阳穴。

老炮说得没错，这人来无影去无踪，天知道他躲到哪里。

“有一个问题我得问清楚，或许只有你一人知道。”老炮突然转过身，一双锐利的目光死死锁住了我，“他们到底找爷爷要什么东西？”

我心头一紧，随即镇定道：“这和案件有关系么？”

“太有关系了。我们现在不确定那件东西有没有被凶手拿走。如果没有，那凶手肯定不会善罢甘休，就会有现身的可能。”老炮很肯定地道。

“那如果凶手得手了呢？”

老炮：“知道他们找什么东西，起码我们有点追查的眉目。”说到这里，他有点急了，“你知不知道呀？”

“我哪里知道！老头子的脾气你不是不清楚，嘴严着呢。”我摇头道。

老炮长叹一声，呆呆地盯着窗户外夕阳留下的最末一缕光线愣愣出神。

“奶奶的，差点漏掉了个关键线索！”他猛地跳起来，道，“小九，你记不记得寿宴最后，有个乞丐送给老爷子一封信，老爷子是看了那封信之后脸色大变上楼休息的！”

我也兴奋起来：“是了！这封信说不定和爷爷的死有直接关系。”

“咱爷那人，泰山崩于面前都面不改色，长这么大我从来没见过他那么失神落魄过。这信里头肯定有猫腻，是你陪老爷子上去的，你晓得信里头的内容吗？”

我犹如霜打的茄子耷拉下脑袋：“别提了，老头子转手就把信给烧了，不肯讲，他只说了一句，说是外有强敌里有内讧，免不了一场腥风血雨。”

“外有强敌里有内讧，外有强敌里有内讧……”老炮念叨着这句话，道，“难道这封信不是行里人送的？”

“有这可能，但也不能肯定。”我道。

“走！”老炮拿起外套，拖着我就往外走。

“哪去呀？”

“找到那个乞丐，问清楚！”老炮心急火燎。

一个晚上，老炮都在四九城的警察分局里头穿梭，寻找那乞丐的线索。说实话，我对于他能不能找到那个乞丐很怀疑。

天已经很冷了，天一黑街道上就没几个人。倒是街边的小馆子热气腾腾，当然也能见到大酒楼外面车水马龙，莺歌燕舞之声隐约传来，醉生梦死。

“朱门酒肉臭，路有冻死骨。冬天了，乞丐不好混。”老炮抽着烟，喃喃道。

“你条子一个，还拽他们文言文了。”我白了他一眼。

老炮鄙视地看着我：“我的意思是，这天寒地冻的，乞丐一不小心就成了‘冻倒儿’（北京话：指冻死在路边的穷人），晚上乞丐能去的地方不多。我打听过了，前面有个破楼，之前是个人力车行，后来一把火烧死了老板和伙计，就成了个废墟，这周围的乞丐都去那里过夜。”

“你老人家还真是不简单，无事不知无事不晓呀。”我冷笑一声，开车飚了过去。

到了地方，我才发现这地方位于一片贫民区，残垣断壁，黑灯瞎火。车子开不进去，我和老炮只能步行。

到了巷子尽头下，果然见到一片开阔的高大废墟，角落里乱七八糟地搭着各种简陋窝棚，乞丐们有蒙头睡觉的，有喝着小酒哼着小歌的，约莫三四十个。

老炮和我一个一个地拉出来找，说来也是运气，最后在一个拐角找到了送信的那个乞丐。

那家伙吓得不轻，以为我们要谋财害命，拼命护住自己的脑袋，直到老炮掏出警官证才安静下来。

“我问，你说，若有一句谎话，你知道后果吗？”老炮严肃无比。

“这位爷，我一定配合！一定配合。”

“前几天，有人让你去给一家办寿宴的人家送封信，是不是？”

乞丐：“是呀，还给了我十块大洋的跑路费。嘿嘿嘿。”

老炮：“让你送信的那个人，长什么样？”

乞丐摇了摇头：“不知道。”

我一把把乞丐拎了起来：“不说是吧，想死？”

乞丐哭丧着脸：“这位爷，不是我不说，我真的不知道他长什么样。他穿着一件黑大衣，带着大帽子，脸上还裹着围巾，完全看不清长相。他给了我钱，让我送信，就这样。”

老炮：“那人男的女的？多高？身体有什么明显的特征？”

乞丐仔细回忆了一下：“男的。挺高的，虎背熊腰，很壮。要说特征么，倒是没有什么特征，就是说话时……”

“说话时怎么了？！”

乞丐被我吓得一哆嗦，道：“就是口音有点怪。”

我暗地一喜：难道是那个剥皮人？于是急忙问道：“是不是有点沙哑，说话嘶嘶啦啦的？”

乞丐摇了摇头：“倒不是，他那口音说话说不好，像是个洋人。”

老炮眉头一挑：“你没听错？”

乞丐嘿嘿一笑：“这位爷，这你就小看我了。我虽然是个叫花子，可当年也风光着呢，民国五年那会儿，我倒腾烟土，生意做得老大了，洋人没少见，他们说中国话的口音我还是能听出来的……”

“别扯淡了，好好想想，那人还有什么特征？”我最讨厌啰嗦的人。

乞丐又想了想：“别的么，倒没有啥特别了。不过这人身上抹香水，当时我还想呢，你说一个大男人，抹他妈的香水干什么，还是甜甜的栀子花的味道……”

“你倒是见多识广，连他妈的栀子花香水味都能闻出来。”老炮认真记在本子上。

乞丐赔笑：“必须的，咱当年也是有头有脸的人，相好的都有仨，闻过……”

“好了。走吧。”老炮收起本子，带着我离开。

乞丐在后面喊：“这位爷，提供线索给不给线人费呀！今儿还没吃饭呢，给几个大子儿买瓶酒喝呗！”

我这个气呀，甩手扔了几块大洋，那乞丐欢天喜地去了。

上了车，老炮翻着本子：“虽说无法锁定那个人，但起码得到了些线索，聊胜于无。哎，咱爷爷还得罪过洋人？”

我一边发动车子一边咧嘴：“他活了七十岁，早年间得罪的外国人多了去了，日本人、老毛子、美国人、暹罗人……恐怕两只手都数不过来。”

“头疼。”老炮靠在座位上，“咱们回吧。”

我们俩身心疲惫地回到了爷爷家，德生在客厅里等着，见我回来，急忙起身。

“小少爷，刚刚溥七爷家里来了人，说找你有事，让你给他打电话。对了，还留了东西。”德生把一封信交给我。

我拆开了，里头的纸上只写了个地址。

“五花叔找我干什么？”带着一肚子狐疑，我给他的溥公馆打了个电话。

老炮饶有兴趣地看着我，眼神复杂。见我回头看了他一眼，赶紧躺在榻上，眯着眼睛，一副要睡觉的样子。

我把电话放在耳边，等了很长时间，通了。

“你小子没事吧？”五花叔劈头盖脸来了一句。

“还行，啥事？”

“老爷子的事我知道了。你节哀顺变。”

我瞄了一眼老炮，这家伙似乎睡着了。

我压低声音："您老人家日理万机，打电话来不是为了和我闲扯淡吧五花叔。"

五花叔嘿嘿笑了两声："小子，你当初没说真话。那东西，是你爷爷的吧？"

"还真不是。信不信由你。"我冷声道。

"行，你不说就不说。我之前就给你讲过，那不是一般的东西，露头就容易惹麻烦，那天你要是转给了我，兴许也不会出现这么不幸的事。"

"你现在还没死心思呢？"我干笑一声。

五花叔："别介！你现在就是送我我都不要了。小子，老叔给你提个醒，小心为妙。"

"你的好意我收到。没事我挂了。"

"别挂呀！"五花叔急了，一副真诚的口吻，"你小叔和我是兄弟，除了皇上之外，你家老爷子就是我最尊敬的人，他出这事，我也得尽点心不是。那段铭文，我给你找到破译的人了，或许能帮上你什么忙。"

"哦？"我坐直了身子，"谁？！"

五花叔道："地址在我给你的信封里，人我都替你联系好了，一个研究藏地古文字的老教授，老学究。"

"对了，五花叔，我得问你个事。"我突然想起了什么，低声道，"我给你的那张照片，你都传给谁看了？"

五花叔想了想，道："你怀疑是我把消息漏出去的？不可能。我分得清事情的轻重，除了我自己之外，就发给那个老学究看过。他呀，更不可能传出去了，一个足不出户与世隔绝的老古董，你担心什么？小九，是不是有人找你麻烦了？"

听得出来，五花叔的确很关心我。

"没有。我就随口问问。"

"那就好。以后遇到什么难事，打电话给我说，我尽力而为。"说完，那边挂电话了。

"什么照片啊？"旁边的老炮突然睁开眼。

我吓了一跳，道："你小子没睡呀？"

"嘿嘿。"老炮笑了笑，指了指我的电话，"谁呀？"

"一个朋友。"我搪塞过去。

"我怎么觉得这两天你小子很奇怪呢。"老炮盯着我。

"奇怪你妈！就一个朋友，我卖一件货给他，丫觉得东西不对头，要退货。"

我看着五花叔给我的那个地址，想着到底要不要去。

最终还是好奇心占了上风，我决定先走一趟再说。

跟德生交代了几句，我到院子里开车。

老炮跟出来，打开车门钻了进来：“送我回警局吧。”

“没法送你去警局了。我有事，得去个地儿。”我对老炮使了个眼色，示意他下车。

“去哪呀？”老炮道。

“你管呢！”

老炮阴阴一笑：“这天寒地冻的，叫不到人力车，我顺道陪你走一趟算了。”

我哑然失笑：“狗日的，你是要看看我有没有干不正经的事，是吧？”

嘿嘿嘿。老炮笑。

“行，只要你愿意，我求之不得，多了个警察当保镖，好着呢。”我发动车子，急掉头。

“去哪呀这是？”老炮扶着把手道。

“北京大学，文科研究所！”

到了北京大学，已经晚上九点多。

大学门口人头熙攘，一眼望过去，学生们来来往往，一个个意气风发，大有指点江山、挥斥方遒的气象。

作为新文化运动的发源地之一，这所大学向来藏龙卧虎，处处洋溢着热情、进取的时代风貌。日本投降后，北京大学从西南联合大学中分离出来，迁回北京，胡适从美国回来担任北京大学校长，开始了北大的全面复兴计划，广招贤才。

五花叔让我找的人，多旺，就是其中被特招的贤才之一。

这老头离群索居，在北京大学估计除了做研究的教授们，一般学生都不知道他的存在。不过，北平的古玩行里，尤其是金铜佛像这一块，他可是闻名遐迩。

多旺是个传奇。他原来是阿里札布让的贵族之子，人小，脑瓜子好使，而且在绘画上天赋极高。阿里是藏传佛教后弘期的艺术重地，历史悠久文化灿烂，祖辈留下来的手艺有着深厚积淀，多旺十几岁就以绘画闻名当地。

随着现代教育的兴起，藏地的噶厦政府也开始重视人才培养，思维现代的多旺自己脱掉长袍，主动进入内地的大学学习，主攻绘画和藏语言文学，后来凭借其在民族学上的造诣，参加过多次考察和科考活动，科研硕果累累。民国三十年，他从敦煌研究所调入西南联合大学，之后一直翻译、整理藏文献，涉猎广泛，不仅精通梵文、古藏文，连西夏文、吐火罗文、突厥文等等这些冷门的文字他也精通得很。

因为他在古文字上的造诣，四九城古玩行的人没少骚扰他。究其原因，就是一个字：钱。

这些年，动荡的时局造成文物走私严重，成群的外国人打着文物考察、做生意的名头潜入中国偷盗文物，导致文物黑市异常红火。懂行的人都晓得，一件古董上面，有铭文的比没铭文的价钱要贵很多。遇到一些高古的佛像，文物贩子们总想找多旺，让他在上面刻几行古文字，回头做做旧，起码翻倍卖出去。

不过这老头很倔，不熟悉的人一概不见，遇到这样的文物贩子更是破口大骂，即便是有些人带着现金去，也不会讨到什么好结果。时间长了，就更名声在外了。

“别停这儿，你这车扎眼。”老炮指了指前面的巷子，“停那边，我们走过来。”

我也知道眼下低调点好，开过去，停了车，俩人裹着衣服晃进校门。

老炮领路，我俩从大门进去，麻利地东拐西绕，过了镜春园。

“你对这儿挺熟的么？”我惊讶道。

老炮叼着根烟，一脸悲壮样：“别哪壶不开提哪壶，之前谈了个对象就是这学校的，人挺好的，漂亮，也热情。”

“后来呢？”我看着周围小树林里一对对促膝长谈的年轻情侣们，感怀着自己的大学时光。

“没后来。我工作忙，又不懂得罗曼蒂克，没守住，那姑娘跟了个博士，绰号情歌王子。”老炮谈起那姑娘，无比惋惜。

瞎扯着，来到后面一层砖楼。我看了看地址，应该就是这儿。

楼很破，典型的清末建筑。四周寂静无人，我俩上楼。

我看了下门牌，确定了，敲门。敲了半天，里头没动静。

“没人？”我趴着门缝瞅了瞅，“不对呀，里头亮着灯呢。”

“你这样畏畏缩缩的，谁敢开？”老炮梆梆梆使劲砸得一通响，扯着嗓子喊，“开门，警察！”

门吱嘎一声开了，里头探出个白花花的脑袋。

老头个子不高，顶多一米七，佝偻身子，满脸皱纹，戴着个镜片比瓶底都厚的高度近视眼镜，身上穿着一件洗得褪色的中山装。

“你们找谁呀！？”老头瞪着老炮。

我赶紧赔笑脸：“多旺教授，我，我找你。”

多旺扫了我两眼：“不认识。”

言罢，甩手就要关门。

“铭文。溥七爷让我找你的。”我赶紧道。

“早说呀。”多旺这才开了门。

我笑嘻嘻进去，老炮想进，被多旺拦住了：“你，在外面，我不认识你。”

“我……”老炮吃了个瘪，很不甘心。

“行了。你留在外面站岗放哨。”我偷笑。

屋子里光线昏暗，我刚迈开步子就咣的一声被绊了一脚。

多旺怒吼：“小心点！坏了我的宝贝，你立马就滚出去！”

老头脾气很大，我悄悄吁了口气，看着满满当当的屋子，目瞪口呆。

原先以为我爷爷那屋子就已经够乱的了，没想到今儿见到个宇宙第一乱的。

多旺这地儿，顶多也就六十多平，堆满了石雕、木像、文献古籍、砖瓦、铜像、唐卡……这些东西，不同年代，不同材质，就那么层层叠叠摞着，脚都插不进去，靠窗的地方放置着一张摇摇欲坠的方桌，桌上一盘包子都凉了。

“坐吧。”多旺把唯一的座位让给我，自己一屁股坐在了个缺胳膊少腿的半截子石马上，上三路下三路地打量我。

我干咳了几声，移开视线随意观察起他这屋子。这一看，我内心彻底被震撼了。屋里的东西，不懂行的人看了会认为比破烂还破烂，可里头全都是好东西。别的不说，就他背后被他像抹布一样挂在墙上的唐卡，典型的十四世纪波罗风格的大黑天忿怒相，保守估计也能值个几万大洋。

“东西是你的？”多旺忽然问了一句，顺势拿了个包子塞进嘴里。

“啥东西？”

“还能有什么东西，当然是刻着那段铭文的佛像。”多旺没好气道。

我摇摇头：“一朋友的。让您受累了。”

“不累。实际上，我很高兴。”多旺抹抹嘴，从口袋里掏出一张纸，扔我面前。

我疑惑地接过来，看见上面正是他临摹下来的那段铭文。我心头一喜，纸上文字笔画犀利流畅，不像是照葫芦画瓢写出来的，这说明他不仅熟悉这种文字，还会写。

“偷乐个屁呀，翻译在后面！”多旺有些得意，“碰到我，算你走运。这种文字，如今精通的，全世界不超过五个人。”

“还是您老人家学问高，佩服，佩服。”我拍了个马屁，赶紧把纸翻过来。

上面是多旺翻译好的汉文：

大地的西方，八瓣莲花的中心，是天国魏摩隆仁。它的天空闪耀八副金轮，九叠雍仲山俯临大地。四条大河从水晶山峰之巅向四方流去，河源之上是神圣的一庙三宫以及无数的安乐之居。

整个大地被浩瀚的轮围海所环绕，大海又被陡峭的环形雪山所围，日月在这里升落，日月交替之处便是天国之门。只有守护九把秘钥之白银甲茹才能经由箭道进入，血祭这神圣之域。

魏摩隆仁，摩可哈乌之地，其密之域，任何私闯者，身心将遭受无尽日赞、夺锥、帕姆、贴龙之啃噬，无量恶咒之诅咒，永久不得安享宁和。

这段铭文，翻译成汉字，篇幅很长，而且里面有很多极为拗口、难懂的词语，让我读起来有种看天书的感觉。

依照我浅显的理解，这应该是个古老的传说。里头有个十分牛叉的天国，它是神圣至高的存在，被雪山、浩海所包围，只有身怀密钥的特殊人才能进入，凡是私闯的家伙，将遭受无比恶毒的诅咒，死无葬身之地。

虽然这段古老的铭文被翻译成汉文之后，会失去很多原始的语言之美，但不难看出不管是格式上还是语言上都夹杂着浓厚的宗教氛围，古老，邪乎，满带着告诫。

我一连看了十几遍，越读越糊涂，尤其是那最后一句“身心将遭受无尽日赞、夺锥、帕姆、贴龙之啃噬，无量恶咒之诅咒，永久不得安享宁和”。令人毛骨悚然。

“多旺教授，这段铭文到底是什么意思，您能帮助我解读一下么？”我只能把最后的希望放在多旺身上，而且我有一种预感，这个老学究肯定能帮助我揭开这神秘天书的谜团。

但出乎意料的是，多旺的神情一下子黯淡下来。

“太难了。要解读这段铭文太难了。它本身就是一个谜。”多旺摇了摇头。

我的心哇凉哇凉的，仍然不肯放弃，道：“字面上解释，也行呀，这里头很多名词和称呼我完全不懂。”

多旺看着我，忽然哈哈大笑起来，一边笑一边点头：“你当然不会懂，实际上，即便是在藏地，恐怕很多人也读不懂。”

“为什么？难道这段铭文是古藏文？”我问道。

多旺蹭了蹭鼻头，道：“不不不，比古藏文还要古老。这段铭文是古象雄文。”

“古象雄文？！那个曾经一统高原，拥有最为悠久、神秘的文化，以苯教为国教，却最终被吐蕃所灭，突然消失在历史长河中的象雄！？”我的脑袋炸开了。

五花叔上次曾经跟我提起过这个古老神秘的王国，还有它那谜一样的结局。

“哦？”多旺昏暗的双目顿时焕发出激动的神采来，他赞赏地看着我，“不错呀！你竟然还知道象雄？”

我惭愧一笑，厚着脸皮道：“略懂，略懂，一知半解。”

多旺大感欣慰，道："小伙子，很不错。现在很少有人知道高原上曾经有过象雄这么一个伟大的存在了。"

我见多旺神情激动，决定趁热打铁："多旺教授，您老人家还是给我讲讲这段铭文的内容吧。"

多旺答应了，他拿过那张纸，道："我可以把我所掌握的知识和你分享，但实际上，我只能做个浅显的解释。"

"那也十分难能可贵了。"我挪动椅子，和他并肩而坐。

多旺却似乎并没有立刻开始的意思，他转过身来，盯着我："在讲解之前，你能真诚地回答我一个问题么？"

"您只管问。"只要你帮我解读，问什么问题我都答应。

多旺笑了笑，随即脸上现出无比肃穆之色。

他说："你告诉我，刻着铭文的这尊佛像，是不是有两个头？"

第九章 象雄古国

多旺的话让我不寒而栗，一股莫名的危机和恐惧瞬间包裹了我。这个先前貌不惊人的老头，全身散发出腐旧气息的老学究，一下子变得云雾般让人不可捉摸。

昏暗的灯光下，他那闪烁的眼神，挂在嘴角的淡淡微笑，显得那么的耐人寻味。

那尊双头怪佛的照片，我只把一张佛像底座的图给了五花叔，而且凭我对五花叔的理解，他是个嘴巴很紧的人，其他的事他也不会对多旺讲。

那么，多旺又是如何在没看到过那尊佛像的情况下，知道佛像有两个头的呢？

他见过这尊佛像？

又或者他和那个神秘的剥皮人有什么关系？

无数的疑问和念头涌进我的脑海。

我镇定下来，右手自然落下。椅子地下靠手的地方就是一块厚重的汉砖，只要多旺对我有任何的意外之举，我第一时间就能用砖头磕碎他的脑袋。

正在我不知如何回答的时候，多旺笑了。

“小伙子，不要多想，我一个老头不会伤害你。事实上，从看到那张照片开始，我已经几天几夜没合眼了。这是人生中少有的能让我激动的事。”多旺越发让我摸不清头脑。

见我依然剑拔弩张，多旺笑着拿起那张纸，道：“我还是先给你讲讲上面的这段铭文吧。

“这是段苯教的铭文。在藏地的历史上，苯教是土生土长的宗教，它是发源于原始社会的原始宗教。据现在的科学研究和考古考证，远古时期藏地就形成了氏族部落，并演变成西藏的四大氏族：赛、穆、顿、东，在此基础上增加了‘惹’和‘柱’

两族，这就是藏地最古老最神圣的‘六大氏族’。苯教经典中记载他们的宗教产生于一万八千年前，虽然这个时间我们搞不清楚真假，但起码说明苯教的历史悠久。

“开始，这个原始的宗教无非是些驱邪治病、定心安邦的宗教艺术，但慢慢成熟，拥有一整套的宗教观、仪式、咒语和修行方式，苯教法师也成为藏地的精神导师，在生活和政治上掌握着巨大权力。

“后来，高原各部落逐步壮大，形成十八个王国称雄各地，他们有一个共同的名称，那就是象雄。其中，穆氏象雄王室建立了持续时间最长也是最强大的政权，苯教创始人敦巴辛饶就是这个王室的传人。随着穆氏的扩张，远古高原上终于形成了伟大的象雄帝国。

“这个帝国幅员辽阔，不仅囊括整个青藏高原，疆土还延伸到今日的巴基斯坦、印度等地，拥有无与伦比的强大兵力和璀璨神秘的先进文明，那是高原最灿烂的时代。”

在诉说中，多旺言语激动，脸上洋溢着无上的自豪和荣光，完全沉浸在他的讲述之中。

“政治的统一，也必然推动宗教思想的统一。在这种形势下，伟大的敦巴辛饶对旧有的苯教大加革新，废除人祭、杀生等诸多血腥野蛮的内容，创立雍仲苯教，发展出完善的教义和经典，使得古老的苯教脱胎换骨，成熟为一个完善的信仰系统。

“象雄时期的苯教，被尊为国教。大到政治事务、小到黎民百姓的婚丧嫁娶，皆有苯教法师指导。苯教国师的地位甚至远在国王之上。只有经过国师的认定，国王才能拥有合法的权力。这种情况一直持续到公元七世纪。”

说到这里，多旺话锋一转：“接下来，就是吐蕃登场了。吐蕃原本是雅龙的一个小部落，后来崛起、逐渐壮大，雍仲苯教传到这里，受到吐蕃赞普的极力推崇，很多赞普本人就是虔诚的苯教徒。在王室的推动下，到了第八代赞普的时候，苯教在吐蕃已经成为至高无上的信仰，苯教法师的权力迅速膨胀，不仅在精神上左右赞普的思想，更开始干预朝政。

“到了松赞干布时代，伟大的他设计灭了象雄，使得延续千年的帝国瞬间消失在历史长河中，原本灿烂的文明戛然而止，不知踪影，这成为一个巨大的文明之谜。象雄虽然灭亡了，但苯教却发展日盛。为了巩固王权，松赞干布开始引入佛教，这必然遭到苯教势力的强烈反对。他们利用掌握的巨大权力反击，使得在松赞干布以及后几位赞普的时代中，佛教遭到压制和打击。直到八世纪中叶，赤松德赞继位，这位佛教的坚定支持者，迎请了莲花生大师入藏，创建了藏传佛教历史上第一个寺院——桑耶寺，并且大力消灭苯教势力，强迫苯教徒改信佛教，给苯教以毁灭性的打击。

“而入藏的莲花生大师，用佛法神威降伏了苯教神祇，为了在民众中赢得广泛信徒，他将苯教中的巫术、火祭、咒语等仪式连同苯教中的那些神魔统统引入藏传佛教，完成了佛教和苯教的融合，创立了独具特色的藏传佛教，使得高原自此沐浴在佛教的光辉之中。

“值得一提的是，藏传佛教和苯教水火不容是一种偏见。虽然两教之间有斗争，但融合远远大于分歧。这个过程，就像印度的佛教传入中国内地与儒家、道家思想融合产生禅宗一样，藏传佛教和印度佛教有着巨大的区别，可以说，正是苯教大量内容的融入，才造就了藏传佛教的特色。

“其后，虽然苯教有过朗达玛灭佛的短暂复兴，但总体上看，藏传佛教成为藏地的主流，苯教则逐渐衰落，不过在藏地的一些偏远地区，依然能够见到他们的踪迹。”

说起苯教的历史，多旺侃侃而谈。

我递给他一根烟，他摆摆手，接着道：“很多人认为苯教仅仅只是一种宗教，其实不尽然。可以说，苯教是古藏地最高文明的集大成者，它丰富了伟大的藏传佛教文明的同时，也拥有古藏地的政治、医药、文学、艺术等各种形式的伟大精华。它就是一部读解古藏地的百科全书。

“苯教最令人神往的，自然是它的神奇力量和神秘传说。在苯教经典的记载里，法师们拥有骑鼓飞行、用羽毛斩断精铁、穿越虚空这般的强大法力，在现在看来这似乎是神话，但我曾经亲眼见过很多不可思议的事。

“这世界，用科学解释不了的事情太多，我想，这也许正是宗教的魅力。”说到这里，多旺明显有些激动，“在所有苯教的传说中，最精彩也是最让人神往的，就是魏摩隆仁了。”

我也立刻兴奋起来，因为魏摩隆仁四字正出现在那段铭文中。

“在苯教的传说中，魏摩隆仁是敦巴辛饶的诞生地、苯教的发源地，更是苯教徒心中的天国。那里花永不凋落，河水永不干涸，庄稼总是等待收割，甜蜜的果实总是挂满枝头，到处是黄金，满山是宝石。人们用意念支配外界的一切，觉得冷衣衫就自动加厚，觉得热又会自然减薄，想吃什么，美食就会飞到面前。没有痛苦，没有死亡，只有光明和安乐……”

多旺两眼放光，看着窗外，遐想着。

我打断了他的话：“教授，这段天国的描述我怎么听着感觉很熟悉呢。对了，太像藏传佛教里面传说的香巴拉了！”

多旺开心地哈哈大笑：“是啦！是啦！苯教徒的魏摩隆仁，就是佛教徒的香巴拉，你要说香巴拉的原型就是魏摩隆仁，也是对的。”

“还可以这样？！”我愣了。

“文化融合么。苯教的历史比藏传佛教要长得多，借鉴的自然也就多了。”多旺乐道。

我点了点头，的确如此。

直到这时候，多旺才收敛方才的神采飞扬，拿起了那张他翻译的纸。

“这段铭文，记载的就是魏摩隆仁的秘密。”多旺道，“千百年来，无数人寻找过这个传说中的天国，却没有一人能够身临那无上胜景。小伙子，这或许是世界上关于魏摩隆仁最详细的记载了。

“第一段，说的是魏摩隆仁的位置。象雄语中，魏，意为尚未诞生；摩，意思是不衰败，隆，表示敦巴辛饶的授记，仁，代表敦巴辛饶永恒的慈悲，综合起来的意思就是：敦巴辛饶慈悲庇护并亲自授记的不生不死之地。传说，魏摩隆仁在大地的西方，那里有一块形如八瓣莲花之地，它的天空，呈现出八副金轮的形状，莲花地中心有一座九叠的雍仲山，这座山很有意思，逐字解释就是‘九个卍字形相叠的山峰’，四条大河从水晶峰巅的四个方向流下。

“我曾经读过苯教的秘典，里面记载着这四条河流：东边的恒河从狮形岩的狮嘴里流出，西边的悉达河从孔雀形岩的孔雀嘴里流出，南边的印度河从象形岩的象嘴里流出，北边的缚刍河从马形岩的马嘴里流出。四条河的源头，也就是四方山脚下，有一庙三宫。

“在《天国传》里，对此有过描述：东面为香波拉教庙，南边是巴波索杰宫，敦巴辛饶的降生地，西面是赤曼杰谢宫，是敦巴辛饶妻子恢萨杰谢玛居住的地方，北面是孔玛乃鸟穷宫，是另一个妻子波萨莫姆居住的地方。九叠雍仲山和四个中心区，形成魏摩隆仁的中心浪林，也叫内地州。内地州四周是恢弘的城池、庙宇和连绵的丛林。

“整个魏摩隆仁被浩渺的轮围海包围，外面是陡峭的环形雪山，完全就是个迷幻所在。日月从这里升落，日月交替的地方是它的大门。这段铭文中一个有意思的地方是明确提到了箭道。”

“苯教的记载中，敦巴辛饶传教时，从他的戒指里射出一支箭，开辟了一条道路，这条道路就是箭道。只有经过箭道，才能到达天国之门，从而进入魏摩隆仁。

“传说，魏摩隆仁很难找到，箭道更难发现。即便是发现了，看守它的是无数妖魔鬼怪，绝难进入。这段铭文提到，只有身怀九把秘钥的白银甲茹才能经过箭道，进行血祭。甲茹在象雄语中是盔甲的意思，白银甲茹指的即是身穿白银做成的盔甲的人，这些人显然极有可能是看守魏摩隆仁的神秘苯教力量，他们不但是战士，还是负责祭祀的法师。但好像，他们也不能进入魏摩隆仁之内。

“接下来就很好解读了。‘魏摩隆仁，摩可哈乌之地，其密之域，任何私闯者，身心将遭受无尽日赞、夺锥、帕姆、贴龙之啃噬，无量恶咒之诅咒，永久不得安享宁和。’摩可哈乌，象雄语指的是虚空，其密也是象雄语，意思是永生，表明魏摩隆仁是个存在于虚空之内的永生之地。任何的私闯者将得到严重的惩罚。日赞指的是山妖，夺锥指的是骷髅，帕姆指的是女鬼，贴龙指的是独脚鬼，都是恐怖的妖魔鬼怪，还有，苯教历来以密咒闻名，它的密咒具有极大的神秘力量，也是十分厉害的。”

说到这里，多旺口干舌燥，站起身倒茶水。

“没了？”我见他再无解释，不得不可怜巴巴地望着他。

尽管经过他这么一番解释，我清楚了不少情况，但还是觉得云里雾里。

“这段铭文就是这个意思。”多旺摊手道。

我急了：“这谁也看不懂呀！”

“那就对了。”多旺道，“这是苯教的终极秘密，怎么可能人人看得懂，除了他们中间极少数人清楚外，对于外人来说永远是天书。”

多旺给我倒了一杯水，道：“好了，铭文我给你解释了，也说了很多其他的关于苯教的知识。现在我们开始下一个话题。”

“什么？”我愣道。

多旺笑：“你小子也太健忘了。你不想知道我单凭一张铭文的照片就知道这尊佛像有两个头的原因么？”

“当然想知道！”我对多旺咧咧嘴。

多旺似乎有些犹豫，但最终还是转身进了他的小卧室里，不多一会儿捧出了个盛放经文用的紫檀盒子。

他打开，小心翼翼地从一叠经文中抽出张照片放在我的面前。

那张采用进口相机拍摄的彩色照片，我看到的第一眼就有些恍惚了。

照片上拍摄的是一张黄色绸缎，看得出来年代久远已经变成了黄黑色，斑驳发皱，还有斑斑血迹，被人用极细的鼠须尾书写、图画。

那幅画，我太熟悉了，就是那尊双头怪佛，画得真实无比。而更震撼的是，在画的下面，赫然有一段文字。这段文字很长，前几段和怪佛底座的铭文一模一样，但后面却又接着一段篇幅更长的文字，当然，这段文字也是象雄文。

“这是什么东西？！”我抬起头盯着多旺。

多旺看着照片，沉浸在回忆之中：“两年前吧，我记得是十一月份的一天晚上，当时我在敦煌研究所搞研究，突然接到行政督察专员公署的紧急通知，派遣我和几个助手赶去拉卜楞寺。而且任务紧急，必须连夜坐专机走。

“当时我不知道发生了什么，但直觉告诉我，恐怕会是大事。”

拉卜楞寺对于我来说并不陌生。这座寺院位于甘肃夏河县，是藏传佛教格鲁派六大寺院之一，被誉为“世界藏学府”，由第一世嘉木样阿旺宋哲大师创建于清康熙四十八年。鼎盛时期，拉卜楞寺教权范围达甘、青、川、康、蒙古、东北及新疆等地，它不仅是世人敬仰的佛教圣地，更是一所传播知识的综合性学府，拥有浩若烟海的佛教典籍和许多珍贵的文物。

民国十六年，拉卜楞设治局设立，直接隶于甘肃省政府。民国三十年，拉卜楞寺“议仓”成立，司管全寺及所属各寺、各部落的政治、宗教、军事等事宜，拥有巨大的自主权，在甘肃乃至西北都是一股不容小觑的力量。

我当年曾经跟着小叔去过，亲眼见识到那宏大的建筑，聆听那动人心魄的诵经和法号声，更见识到拉卜楞寺的不凡实力。

如此闻名的大寺，通过甘肃省政府特意到敦煌研究所要人，那肯定不是小事。

“我们第三天中午就赶到了寺里，当时全寺封闭，僧人齐出，个个露出紧张之色。寺里的德仓堪布和当地的几位警察局领导接见了我们，很快说明了情况。

“拉卜楞寺珍贵文物众多，其中种类繁多、琳琅满目的佛像闻名天下。既有高达二十米的大佛像，也有高不盈寸的小佛像。就其质料品种而论，有金质、银质、紫铜、黄铜、纯金、象牙、珊瑚、玛瑙、水晶、玉石、檀香木雕、陶瓷、吠琉璃、药泥塑、泥塑等，每一尊都是无价的宝贝。堪布告诉我们，一尊佛像被人动了。”多旺语气很轻，不过我吃惊不小。

拉卜楞寺里任何一尊佛像都有来历，而且价值难以估算，寺里的安全保障措施非常严密，加上寺里的僧人尽心看管，能够在那里得手，难如登天。

“佛像被偷了？”我问道。

多旺摇了摇头：“起先我也这么认为，但后来发现不是。”

“拉卜楞寺虽然建于清代，但寺内所藏佛像年代久远的众多，还有不少从未展出的珍品。出问题的，就是这么一尊。这尊佛像，被放置于大经堂的前殿楼里，从请入拉卜楞寺的那一天开始，它就秘不示人。”

拉卜楞寺一共有六大经堂，最大的是闻思学院经堂，又称大经堂，它是全寺的中枢，经过历代的扩建，成为有前殿楼、前庭院、正殿和后殿共数百间房屋，占地十余亩的全寺最宏伟的建筑。

大经堂最为辉煌的是正殿和后殿。正殿内悬乾隆皇帝御赐“慧觉寺”匾额，内设嘉木样和总法台的座位及僧人诵经坐垫，供有释迦牟尼、宗喀巴、二胜六庄严、历世嘉木样塑像，悬挂着精美的刺绣佛像及幢幡宝盖等，且藏有《甘珠尔》等经典。后殿正中，供奉着镏金弥勒大铜像，后殿左侧供奉着历世嘉木样大师的舍利灵塔，及蒙古河南亲王夫妇和其他活佛的舍利灵塔，共十四座。

而前殿楼，不仅建筑规格没法与正殿相比，而且陈设简单，楼上前廊设有嘉木样大师、四大赛赤、八大堪布等活佛们每年正月和七月法会观会时的坐席，楼下前廊为本院僧官逢法会时的座位。

这么秘不示人的珍贵佛像，怎么会保存在前殿呢。

多旺根本不顾我一脸疑惑的表情，道："上了楼我们才知道，被人动了手脚的是一尊松赞干布的铜像……"

"不对吧。我曾经上过前殿楼，楼上的确供奉着一尊松赞干布的塑像，但不像你说的秘不示人呀。"我立刻跳了起来。

多旺哈哈大笑："是，楼上的确有一尊松赞干布的塑像，但我说的是另外一尊。我去过拉卜楞几十次，你说的那尊我自然见过。我当时很疑惑，一尊铜像而已，没有丢就行了，为什么千里迢迢把我们找过去。

"当看到这尊铜像的时候，我立刻明白了个中缘由。这尊铜像，太珍贵了！"多旺双目放光，"凭借我多年的经验，一眼就能看出这是一尊高古佛像。而德仓堪布也印证了我的观点。

"据他介绍，这尊松赞干布像是拉卜楞最珍贵的秘宝。它的铸造年代在藏传佛教的前弘期，而且很有可能就是松赞干布活着的时候工匠恭造的。后来，末代赞普朗达玛灭佛，这尊铜像因为是松赞干布并没有毁去，而是被一群僧人作为保护神护送到了安多，秘密供奉一直到清代。一世嘉木样大师意外发现了它，随即隆重迎请回来供奉在前殿楼里，只有寺内重要的几位活佛才知道，一般僧人都无从知晓。"

"前弘期的松赞干布像？！"我眼里放光——那绝对价值连城啊。

多旺对我的一惊一乍表示不满，白了我一眼，道："这尊像并不大，大约有六七十公分，红铜铸造，堪称绝品。盗贼半夜闯入，绕过了看护的僧人，直到楼上，打开了这尊造像的装藏。"

在佛教里，佛像、佛塔和经筒等内部都要装藏，才算具有灵异，并可产生神力。古时在塑佛像时，都要先在佛像背后留一空洞，开光时，由住持高僧把经卷、珠宝、五谷等装在里面，称"装藏"。

藏传佛教的装藏品相对复杂，往往装入活佛、高僧及僧众之加持圣物以及五谷、金银珠宝、甘露丸、嘛呢丸，还有数种名贵藏药及药材、七珍八宝、圣地花草、水土等等，另外各类心咒、舍利粉和各种经咒、符也会放入。而这尊松赞干布内的装藏品，估计更为殊胜。

“铜像内部的装藏品都有什么，我不能告诉你。这属于机密。反正随便挑一样都是国宝。里面的这些装藏品年代不一，最晚的起码也到明代，看来在长久的年月里，经过多次装藏。”多旺语气恭敬，随即又道，“但令我奇怪的是，这个盗贼费了这么多工夫打开了装藏，却将那些珍贵的装藏品随手放在地上，并没有带走。”

“或许东西太大，他带不走呢？”我问道。

多旺摇摇头：“不可能。铜像并不大，里面的装藏品也都很小，要带走轻而易举。”

我也纳闷了，道：“然后呢？”

“自迎请到拉卜楞寺，铜像的装藏一直以来就没被打开过，寺里的高僧也不知道里面到底有什么东西，他们要做的是两件事，第一就是让警察排查可疑人，追回失去的珍宝。第二，就是要将装藏品里面的散落经书整理，再和其他的东西一起重新装藏。”

“教授，前一件是警察的事，后一件他们自己都能做，为什么叫你呀。”我道。

多旺还挺自豪的：“后一件事他们还真做不了，因为那些经书是用象雄文写的苯教经典。”

苯教！又是苯教！来正题了。

“我当时很激动，毕竟是年代久远的珍贵苯教古经文。在僧人的监视下，我现场翻阅、整理并且偷偷做了私人的记录。然后，把整理好的经文交给他们，后面的事情我就不知道了。

“我们回到驻地，囫囵睡了一会，准备回敦煌。临上车时，接到警察的电话，让我赶过去。”

“又怎么了？”我问道。

多旺：“警察接到举报，在夏河的一家客栈里发现一名死去的男子。年纪大概在五十岁左右吧，具体怎么死的我不知道，算是暴毙。这些都无关紧要，重要的是，警察在他身上搜到了这东西！”

多旺指了指桌上的那张照片：“警察觉得这块黄绸有可能是丢失的装藏品，拿给我辨认。从年代和字迹上判断，毫无疑问来自那尊塑像，警察满意地带走了，算是破了案。不过在阅读上面的文字后，我觉得这段文字似乎很有意思，就私自拍了张照片留下来研究。”

我总结道：“也就是说，那个盗贼九死一生拼了性命，只为了这块黄布？”

“可以这么说。”多旺点了点头。

“那查出这个人的身份了么？”我比较关心这个。

眼下来看，这个盗贼肯定和双头怪佛有着重要的关系。

多旺的回答让我有些失望："那人孤身一人，身上没有任何能够证明身份的证件，警察也查不出来。不过对于他们来说，丢失的装藏品找到，其他的也就不重要了，我估计随便把尸体处理了，结案了事。"

警察不关心那个盗贼，我更不关心。

我上心的是黄绸上的那段文字！

多旺把照片取过来，对着灯光，手指在上面点了点："看到了没有，上面这段，文字和你给我的那张照片上的文字一模一样，有趣的是下面一段。这段文字，隐藏着一个更大的秘密！"

第十章 魏摩隆仁

房间里的灯泡闪了一下，啪地突然灭了。

正说在兴头的多旺骂了一句，摸黑换了个新灯泡，然后推开了窗户。

一股冷风灌进来，吹散了房间里沉闷的空气，让我头脑一阵清醒。

“让我告诉你这上面写的什么。”多旺拿起照片，开始把上面的文字翻译过来。

这内容如下：

九十九万白银甲茹守护九把秘钥，但其中一个盗宝卸甲、私走赞界。

让斯巴杰姆的霹雳之剑砍下他的头颅；

让普尔巴的黄金尖橛钉穿他的心脏；

让百万龙魔、血鬼吞掉他的皮肉；

让赞神的半月镰和勾魂索套住他的灵魂，让其永坠烈焰血海！

他是最大的泄密者、圣教之敌、迷魂之首！

他将开启逾越之门，让水晶般的圣地蒙污。

但摩柯迦罗的心子会保护他，让他不死，让他走向终界。

所有古拉的子孙，白银锁魂者，开始血祭吧。

当心人皮跳舞。

这段文字充满了愤怒和咒骂，最后一句“当心人皮跳舞”更是让人毛骨悚然。

“听懂了么？”读完了，多旺看着我，笑道。

我一时没反应过来。

多旺道：“看来你是没怎么懂。前面那段文字说过，白银甲茹看守着魏摩隆仁，他们是秘钥的掌管者，也是唯一被允许从箭道进入的人。九十九万白银甲茹守护着九把秘钥，按照我对象雄的研究，当时这个伟大的帝国兵强马壮，号称有九十九万的军队，所谓的九十九万可能是个夸张的说法，但足可以推测出象雄的气吞天下。

“看守魏摩隆仁的白银甲茹应该没有九十九万这么多，不过担负如此重要的任务，他们的人数一定不在少数，而且很有可能是听从于苯教最高教廷的一支精锐组织。”

我听明白了：“这和欧洲的圣殿骑士团差不多吧？”

“可以这么说。从这段文字看，其中的一人不知因为何种原因，背叛了他们的组织。他偷走了那至关重要的九把秘钥。这对于苯教来说显然是不可容忍的，因为一旦九把秘钥泄露出去，魏摩隆仁就有被发现进而被侵扰的危险，所以他们必须要不惜一切代价找回秘钥，杀掉背叛者。

“后面的一段文字，是最恶毒的咒骂，没有什么实在的意义。”多旺分析着，“斯巴杰姆是雍仲苯教里所有母系护法的首领，她愤怒的形象不仅可以保护所有有情众生，更可以摧垮一切邪魔，她的霹雳之剑会消灭一切破坏誓言的恶灵。

“普尔巴是苯教中父系大本尊，他被吸收到藏传佛教中就是著名的本尊金刚橛，他的金刚橛足可以消灭一切孽障，具有极大的法力。

“苯教信仰天空为神界、中间为赞界、下方为龙界的说法，百万龙魔和血鬼你能理解，赞神，是凶神之主，是阎王，他不居住在地下，而住在地上的魂城堡，他全身红色。骑一匹备金鞍戴绿松石缰绳的红马，红头发直立，红眼放出凶光，口中喷出毒痢之气，手持半月镰和勾魂锁游荡世间消灭那些邪鬼魔人，只要苯教法师召唤他，他就会应声而至。

“以如此多的苯教神灵起誓，召唤他们来消灭这个背叛者，足可见他们对此人是何等恨之入骨，对那九把秘钥是何等的视若珍宝。因为这个背叛者将泄露魏摩隆仁的秘密，将使得苯教坠入万劫不复之境地。

“我们可以想象，在发现九把秘钥丢失之后，苯教肯定倾巢而出。那些守护秘境的白银甲茹、那些法师高强的法师还有无数的武装力量定然会四面追杀此人。”

我苦笑了一下：“这人真够胆大的，以一己之力成为了一个庞大宗教团的眼中钉。”

“是的。”多旺深吸一口气道，“凭借我多年的研究，即便是苯教在遭受毁灭性的打击的情况下，他们手里依然掌握着一支强大的力量，致使任何对手都不敢轻易招惹他们。在如此声势浩大的追杀之下，这个背叛者尽管凶险重重，最终还是成功逃出去了。”

多旺指着其中的一行字，道：“看到了没有，‘但摩柯迦罗的心子会保护他，让他不死，让他走向终界。’有人保护他。”

“摩柯迦罗的心子？什么意思？”我问道。

“摩柯迦罗你或许听不懂，但我说另外一个词语，你就懂了。”多旺呵呵一笑，“摩柯迦罗是梵文读音，又译为玛哈嘎拉，更闻名的称呼是大黑天！藏传佛教中，他是大日如来的愤怒化身，是战神，是大护法。”

“那岂不是说，保护这个背叛者的人，是……”我目瞪口呆。

多旺已经猜到了我内心的想法，道：“是了。小伙子，苯教和佛教，两股势力在吐蕃时期是死敌，一方想尽办法追杀，另一方就竭尽全力保护，因为此人手里，掌握着一个天大的秘密。

“下面，很明白了。苯教教廷派出了最精锐的追杀者，他们叫‘白银锁魂者’，不管是何种宗教，灵魂是最重要的，肉体是个臭皮囊可以随时舍弃，灵魂却不然，它是最终极的凭靠。而苯教中，锁魂者是极端的存在，他们不仅武艺高超而且精通最凶煞、强大的法术，落入他们手中将生不如死！锁魂者永远忠于他们的信仰，为了任务可以不惜性命，可以代代相传、前赴后继，直到实现他们立下的复仇诺言！

“至于最后一句，‘当心人皮跳舞’，我是不明白的。唯一能肯定的是，这是对白银锁魂者的告诫。”

多旺说完了，神色激动，额上已经沁出一层细密的汗。

我觉得窒息。这尊怪佛身上的谜团，越来越复杂、越来越凶险了。

“教授，毫无疑问这个背叛者手头掌握着你所说的天大的秘密，那么，这个秘密，又是什么呢？”我满心期待地问道。

多旺沉默了一会，他站起身，在狭小的空间里踱步，最后看着我道：“小伙子，我接下来告诉你的话，希望你永远不要告诉别人。”

我木然点头。

多旺道：“象雄，一个延续千年的伟大帝国，它的财富、珍宝数以万计，而作为国教的苯教，除了珍宝之外，它拥有很多神秘至高的存在，那些圣物，也不计其数。当帝国突然被摧毁的时候，如果是你，你会怎能办？”

我不假思索：“那肯定是转移！”

“聪明。”多旺兴奋道，“象雄到了最后一代王黎弥加时，虽然面对着崛起的吐蕃，但不管是国力、军队还是财富，吐蕃都无法相比。正是如此，松赞干布把自己的妹妹嫁给了黎弥加，然后设计突袭杀死了黎弥加。象雄群龙无首，几乎顷刻之间被摧毁。国破之时，一直存在的那支强大的护教精锐将帝国所有的宝藏和圣物悄无声息地带入了一个他们世代守护的隐蔽地方，那地方除了他们之外没有人能够找得到，那就是魏摩隆仁。他们当时的想法是保住象雄帝国的根基，然后借机再复国！

“而实际上，根据我的研究，吐蕃在杀了黎弥加之后，大军长驱直入杀到象雄王都穹隆银，那里发生了什么，谁也不知道，没有任何的记载没有任何的传说，象雄就如同泡沫一般突然消失了。能够造成这样结果的，你认为会是什么？”

“屠城！”

“是的。将一切踪迹抹去。让所有人都不知道这个秘密。而消灭象雄之后，吐蕃一直在暗中寻找这批宝藏，寻找埋藏地魏摩隆仁。松赞干布引入佛教，历史上的说法是他要利用佛教的力量打击苯教、强化王权，而实际上，更有可能的是，他是要寻找到一股强大的力量帮助他完成这个目标。”

“为什么？他有那么多的军队，他是伟大的松赞干布，他还需要这些么？”

“当然！”多旺圆睁双目，“逻些城里，帝国的广大疆土内，不管是苯教国师还是达官显贵，不管是苯教僧人还是民众，他们都是这个宗教的信徒！任何事他们可以妥协，但当苯教的圣物、圣地遭到侵犯时，别说松赞干布，就是天神，他们也会反对！

“在寻找魏摩隆仁的时候，吐蕃军队肯定遭到了严重的打击，松赞干布肯定受到了最大的阻挠，尤其是那些法术高强的苯教法师，他们会用自己所有的修行成为吐蕃人的噩梦。所以，他必须找帮手。而你也知道，佛教当时进入密宗时代，密法的威力丝毫不输于苯教，所以他们就成为松赞干布的理想选择！”

我简直听呆了。准确地说，已知的历史经过多旺的叙说，完全被颠覆！

而多旺接下来的话，更如同一记记炸弹，炸得我晕头转向。

“这是一场双方竭尽全力的死斗！旷日持久，惨烈无比。而结果，可以肯定的是，那九把秘钥，大部分落入了吐蕃人之手。”

我摇摇头：“这不可能吧！有证据么？”

“有！”多旺十分肯定地说，“我在敦煌查阅资料的时候，找到了一段史料记载。这段记载，对于辉煌的大历史来说太过微不足道了，但对于此事，却是至关重要。当时松赞干布向唐朝提出和亲，成就了文成公主入藏的佳话，这段史料记载，在这个时期唐太宗李世民向吐蕃使者打探‘羊同玄秘’之事，并要求‘奉秘物以观之’！

“而唐太宗口中的羊同，正是当时汉地对于象雄的称呼！”

多旺的话，让我立刻联想到我在流沙冢从爷爷口中听到的那件事：一个来自异域的人，将莲花铁函带到了长安，然后才有李家的李老太爷发现了那具人蜕玄关和李世民皇棺之中只剩下一张人蜕的家族记载！

这么说，多旺的说法是可信的。

如果是这样，那就意味着所谓的秘钥，就是莲花铁函中的怪佛？！我的脑袋乱了。

而多旺接下来的话，更超乎我的想象："但松赞干布是肯定不会交出秘钥的。这东西对于他来说太重要了。我为什么说他只得到了一部分而不是全部秘钥，因为如果吐蕃得到了九把，凭借他们的力量是完全可能找到魏摩隆仁的，而如果他找到了魏摩隆仁，自然就不可能有后来的这些事情了。"

多旺又笑道："除此之外，还有一个理由可以证明松赞干布没有得到全部九把秘钥——唐太宗，他是个帝王，他提出的要求是不容置疑的。一个非要得手，一个绝对不交，两人都不可能退让，但最后，文成公主成功进藏，吐蕃和唐朝亲如一家，你没想到其中意味着什么吗？"

我此刻已经完全明白了："唐太宗得到了一把秘钥，这把秘钥不是从松赞干布那里得到的。"

"聪明！"多旺十分欣慰，"苯教势力是抵挡不了松赞干布的，他们在争夺中丢失了大部分秘钥，但他们至少得到了一把。吐蕃他们是待不下去了，那就只有一个选择——将秘钥带到吐蕃惹不起的地方，那就是长安！

"当然了，这件事情是瞒不了吐蕃人的，他们定然会想方设法夺取。但这个秘钥落入唐太宗之手以后，他们就机会渺茫了。公元649年，唐太宗去世，650年，伟大的松赞干布也死去。掌握这个秘密的两位王者接连逝去，两个王朝都陷入了一系列的动荡之中，寻找秘钥的行动自然就暂时搁置了。

"从历史上看，吐蕃人始终没有放弃从唐朝寻找秘钥的努力，763年，在松赞干布的孙子，就是那位给苯教致命性打击的赤松德赞的指挥下，吐蕃联军攻入长安。除了政治上的目的之外，我想他们最大的目标就是唐宫中的那把秘钥。不过，吐蕃联军在长安展开了长达十五天的地毯式搜寻之后，一无所获，只能失望离开。从此之后，那把秘钥下落何方，永远成为了一个秘密。"

说到这里，多旺长出了一口气，有些疲惫了。

"历史的车轮滚滚而过，不管是吐蕃还是唐朝，最终都被时间的尘埃覆盖。政治上的角力，最终转化为了另一种形式——苯教以及白银锁魂者一直没有放弃，代代寻找、夺取，而摩柯迦罗的心子，同样竭尽所能地保护着那把秘钥和得到它的人，这种角力，一直持续到了今天。"

多旺终于讲完了。

昏暗的灯光下，这个老头深沉地看着我，双目中散发着一股欣喜、慈爱、激动还有浓浓的忧虑。

他拍了拍我的肩膀："小伙子，你现在知道，这尊双头怪佛是什么了吧？"

我张开嘴想说话，多旺制止了，他说："你知道就行了，对任何人都不要说。"

他端起杯子，仰着脖子大口大口喝茶。而此时，我的目光突然一顿，一种异常奇异的感觉，涌上了我的心头。

让我有这种感觉的，不是因为多旺，而是他身后的那张唐卡。

那张挂在墙上的古旧唐卡，上面立于火焰中的大黑天张牙咧嘴愤怒无比，而多旺的花白脑袋，就在大黑天的双脚之下，他们，此刻，是如此的和谐，散发出同样的神秘气息。

"但摩柯迦罗的心子会保护他，让他不死，让他走向终界。"

"摩柯迦罗是梵文读音，又译为玛哈嘎拉，更闻名的称呼，是大黑天！"

……

我的头脑中，回荡着多旺刚才讲过的话。

看着这个老头，看着他头顶上的唐卡上的大黑天，我内心猛烈一震——妈的，我差点忽略了一件天大的事！

我猛虎一样站起，一把扯住了多旺，生怕他会从窗口飞出去。

"教授，你得到那张黄布不过两年，看到这张照片不过几天，你不可能知道如此多的事情。"

我舔着嘴唇，得意地笑了——"你恐怕不是什么简单的大学教授吧？"

多旺没有做任何的挣扎，他示意我放开他的衣服，然后站了起来，晃了晃自己的身体。

在我的眼前，这个并不高大甚至有些佝偻的老头，身体之中忽然发出一阵啪啪的脆响，腰板蓦然挺直，几乎瞬间增高了好几厘米！

他背对着我，双手合十高高举起，在头顶、嘴唇和胸口落下，口中轻念："唵希瑞玛哈嘎啦呀洽佩大利吽扎！"

这句咒语，深沉，雄浑，犹如暗中响起一声狮子吼，跌宕起伏，让我的耳膜嗡嗡作响。

我虽然并没有求得灌顶修习过密宗的本尊法，但"玛哈嘎拉"四字听得清清楚楚，这句咒语，分明是玛哈嘎拉心咒！

"孩子，我前几天做了一个梦。"多旺转过脸来，对我粲然一笑。那笑，如同雪莲花盛开在冰雪之间，纯粹而安和。

"我梦见一只金色的大鹏鸟落在我的面前，嘴里衔着一朵九瓣莲花，那莲花释放出万道光明。自我心间，一朵乌把拉花探出，在那九瓣莲花的照耀下，乌把拉花粲然绽放，又陡然凋零，接着世界开始下雪，纷纷扬扬。"

我并不明白多旺在说什么，他的话，像是呓语，更像是寓言。

多旺枯瘦的手掌轻轻放在我的头顶，自那掌心，传来一股暖流。

他说："藏传佛教的修行者，人人都有本尊，他们按照本尊法修行、观想，借助本尊的庇护和引导，达成那至高的解脱境界。我的本尊，是绿度母，那朵乌把拉花，就是我的宿命。"

在雪域高原，绿度母是最受喜爱的信仰存在。她是观音菩萨的化身，能够消除一切众生的烦恼和痛苦，帮助众生脱离解脱生死的苦海。她手中持的，就是乌把拉花。

"这个梦，是个吉兆。那只大鹏鸟带来的九瓣莲花，将成为我的证果。孩子，现在看来，九瓣莲花就是你带来的东西，而那只大鹏鸟，就是你。"多旺笑道，"一切都是菩萨的旨意，一切都是千年的因果。今日，注定你要到我这里来，而我，注定要为你引路。"

"你到底是什么人？"我沉声道。

"守护者，九瓣莲花的守护者。"多旺看着墙上的玛哈嘎拉唐卡，"摩柯迦罗的心子。"

"你，果然是！"我激动无比。

多旺对我做了个嘘声的示意，道："之前我所说的，都是真的。这个秘密，已经让我们和白银锁魂者纠葛了千年。九把秘钥打开的神圣之地，叫它魏摩隆仁也好，叫它香巴拉也好，都终究是个光明之地。苯教也好，佛教也罢，如今已经没有什么分别。时光已经过了千年，死的人已经够多，王侯将相，即便是松赞干布这样的雄者，也成了过眼云烟。这世界，如今太过浮躁喧嚣，放眼望去，物欲横流，众生醉生梦死。所以，那样一个神圣之地，让它永远沉睡，永远隐去，岂不是更好么？"

多旺的话，如同黄钟大吕，在我心头回荡，让我的心神一片空明平静。

是呀，让它沉睡，或许是个很好的选择。但想到爷爷的死，我不由得摇了摇头。

"教授，我对什么圣地不感兴趣，我现在要做的，是要追查此事，揪出那个杀死我爷爷的神秘凶手！"我大声道。

多旺叹息了一声："汉地有一句话，人为财死鸟为食亡，人生如花，霜来凋零。你爷爷，已经得到的足够之多，失去的也足够之多，这也是他的宿命。"

"教授，杀死我爷爷的，是不是白银锁魂者？"我问了一个我最关心的问题。

多旺："我不知道。千年的时光，白银锁魂者已经不是当初的白银锁魂者，摩柯迦罗的心子也已经不是当初的摩柯迦罗心子了。当年，吐蕃两万光军连同跟随他们的两万黄金狮子踏遍整个藏地，经历无数恶战，终于将那个苯教称之为'叛教者'的人带回了逻些时，人们才发现那是个女人。"

光军我是听说过的，那是吐蕃军队中最神秘也是最强悍的力量——兽军！多旺所说的黄金狮子，就是他们每人形影不离的战獒！

传说，吐蕃最鼎盛的时候，光军的数量也不过是两万。将整个光军全部撤出去，足可见吐蕃对找到那个“叛教者”的重视。

但当多旺说这人竟然是个女人的时候，我很惊讶。

“怎么会是个女人？”

多旺点头：“就是个女人。而且是个地位非常的女人，她的名字，叫赛玛噶。”

赛玛噶……我终于明白为什么共守王都寸步不离的两万光军全被撤出去的原因。

因为，这个女人，是松赞干布的亲妹妹。

“为了抵挡象雄，松赞干布把妹妹赛玛噶嫁给了象雄最后一任帝王黎弥加。赛玛噶到了象雄王都穹隆银后，并没有得到黎弥加的爱，作为敌人的妹妹，她自进入象雄的第一天就被打入了冷宫。

“失望之极的她，搬出了穹隆银，据说和象雄兽军的统领、黎弥加的弟弟黎穆深深相爱，而黎穆还有一个身份就是白银甲茹的指挥者。

“后来的事，我也对你说了。深知象雄底细的赛玛噶和哥哥里应外合，将关键情报泄露出去，致使黎弥加遭到吐蕃军队的攻击身亡。而赛玛噶，盗取了那九把秘钥，下落不明。

“所以，吐蕃会倾尽全力寻找，不单单是为了秘钥，也是为了这位立下汗马功劳的赞蒙（公主），为了赞普的亲妹妹。

“当赛玛噶被带入王宫时，她身上的各处气脉都被白银锁魂者钉入了锁魂钉，几乎没多久就气绝身亡了。在死去的那一刻，她将八把秘钥献给了那个她一生最敬爱的哥哥。另外一把，已经落入白银锁魂者之手。

“血性的报复和对决随即展开。一方要报仇、夺回那失落的一把秘钥，另一方则要杀了赞普让九把秘钥完璧归赵。没人知道那场战争持续了多长时间，只知道逻些王廷精锐损失惨重，而白银甲茹几乎毁灭殆尽，万不得已的情况下，白银锁魂者带着那把秘钥来到了大唐。

“至于留在逻些的那八把，也命运多舛。松赞干布去世之后，趁着混乱，白银锁魂者夺回了三把，苯教势力东山再起，使得继任的两任赞普不得不和苯教达成暂时的和解……

“那五把呢？”我问道。

多旺笑：“自然是被摩柯迦罗的心子秘密保存在了一个谁也找不到的地方。到了赤松德赞时，这位伟大的王开启了伏藏，取出了那五把秘钥，同时对苯教进行了毁灭性的打击。

“这种情况下，苯教教廷商量之后决定毁掉所有的秘钥。只有这样，才能保证魏摩隆仁永远不会被找到。他们带着三把秘钥，星夜赶往神湖玛旁雍错，但在那里被围歼……”

我打断了多旺的话：“他们为什么要去玛旁雍错呢？”

“很简单。”多旺解释道，“所有的秘钥，制作的材料十分特殊，传说，那是来自天界的神宝，只有用玛旁雍错最深处的水，施展以苯教密不外传的秘法才能够彻底毁去。

“收到消息，光军在玛旁雍错包围了他们，但不幸的是，他们虽然几乎全歼了白银锁魂者，但那三把秘钥就此毁去。”

听到这里，有一个问题我很想不通：“教授，魏摩隆仁有九把秘钥，这些秘钥是必须集合九把才能够进入魏摩隆仁，还是每一把秘钥都能进去呢？”

“这个问题，问得好。”多旺似乎对我的问题很欣赏，“事情是显而易见的。魏摩隆仁有九把秘钥，但这九把秘钥，功能不同。我跟你说过，进入魏摩隆仁只有一个通道，那就是从箭道来到天国之门。九把秘钥，任何一把都能打开这扇大门。

“但打开天国之门只不过是第一步，其后还要穿过轮围海、来到内地州。内地州东西南北的一庙四宫有四个入口，同样需要秘钥，即便是进去了，后面还有九叠雍仲山……”多旺摇了摇头，“怎么利用秘钥，我不知道，因为从来没有听说过有人能够进入到魏摩隆仁最神圣的不死之地——九叠雍仲山山巅的神宫。至于怎么用秘钥，同样没人知道。

“总之，如果持有九把秘钥，那定然难度很小，如果只有一把秘钥，只要能够打开天国之门，也说不定能够抵达最终的神宫，当然，难度自然就要增大了。

“所以，对于白银锁魂者来说，哪怕世界上只剩下一把秘钥，魏摩隆仁也是不安全的。”

多旺说到这里，我忽然想起当初的那个剥皮人说过的话，他当时跟我说如果从我手中买到那怪佛，他就会将它毁去。难道那剥皮人，是一位白银锁魂者？

多旺接下来的话，让我从这猜测中脱身出来。

他说：“留在逻些的那五把秘钥，被赤松德赞重兵看守。为了增加胜算，他不惜指挥吐蕃联军攻破长安，寻找之前被白银锁魂者带入唐朝宫廷的那一把。不过，他并没有找到。

“这五把秘钥一直保存到赤松德赞晚年，据说因为和那些秘钥朝夕相处的缘故，在他身上发生过很多神迹。这些神迹，令他相信寻找到魏摩隆仁将会让他实现心中最根本的愿望。所以他决定派遣一支精锐，带着五把秘钥进入魏摩隆仁。

"可惜的是，当这支精锐寻找魏摩隆仁的时候，赤松德赞突然驾崩。那五把秘钥连同那支精锐也集体失踪。

"后任的几位赞普都没有放弃寻找秘钥的努力，他们花费了很长时间才知道当年的真相——那支精锐付出了惨重代价，找到了箭道，打开了天国之门，然后在进入之后就被无数邪魔吞噬。只有几个人逃了出来，他们带出来一把秘钥，剩下的四把，丢失在了关闭的天国之门后面。

"这留在藏地唯一的一把秘钥，同样辗转流离。它重新回到逻些，也重新沦入双方争夺的漩涡中。在那些年，白银锁魂者可以披上僧衣，而摩柯迦罗的心子同样可以戴上苯教的白帽，双方都有间谍，手段无所不用其极。

"末代赞普朗达玛，这位赞普是苯教的铁心支持者，发动了高原最为彻底的灭佛运动。实际上，他本人就是一位白银锁魂者。毫无疑问，他得到了那把秘钥，但他没有遵守毁掉秘钥的誓言，他要私自占有它，因为它的魔力。

"结果，朗达玛得到秘钥没多久就被一位僧人——一位摩柯迦罗的心子射死。吐蕃王朝土崩瓦解，那把秘钥再次杳无音讯。

"两方势力几乎把逻些城挖地三尺，把整个藏地都找遍了，可一无所获。直到后来，人们才发现，这把秘钥竟然神奇般地回到了曾经的象雄——朗达玛死后，两个儿子奥松和云丹为争夺王室互相争斗，当时各地爆发了起义军，王室几乎被消灭殆尽。朗达玛的孙子吉德尼玛衮带着一百多人逃到了阿里，娶了当地头人的女儿，成立了王国。他奔逃时，藏在怀里的，就是那把秘钥。

"后来，吉德尼玛衮将阿里一分为三封给了他的三个儿子，在死时偷偷地将秘钥交给了小儿子德祖衮。或许是借助这把秘钥的力量，德祖衮建立了历史上赫赫有名的古格王朝，一直持续了七百年！这个秘密，也被保存了七百年。直到末代古格王不慎将秘钥的秘密泄露出去后，白银锁魂者立刻找上门去，他们潜入城中，捎信给古格王朝的死敌——同时也是当初阿里分出去的王国的拉达克国王，让他们引兵前来。拉达克当时的国师就是一位白银锁魂者，所以里应外合之下，伟大的古格王朝和当初的象雄一样，一夜之间消失在历史的长河中。

"那把秘钥的命运，呵呵，自然也是被毁掉了。"

多旺看了看已经听呆了的我，伸出一根手指，在我面前晃了晃："所以，如今这世界上，只剩下了最后一把秘钥！最后一把！"

他说这句话的时候，我们俩的目光不约而同地集中到了画在那张黄布上的双头怪佛之上。

第十一章 风波乍起

起风了。窗外的杨树枝条晃动，月影婆娑。

一根烟已经抽完，烫到了我的手。

“教授，我现在，该怎么办？”我诚恳地看着多旺。

这个满脸沧桑的老人，可能是现在世界上最懂我的人了。

多旺没有马上回答我，他看着墙上的那副玛哈嘎拉唐卡，道：“在你进门后，我曾经萌发从你手中夺回它的想法，但现在看来，那是一个心魔般的妄念。

“孩子，秘钥有寻常人包括我们和白银锁魂者都没有参透的秘密，它有着道不明的神奇能力，这也是千年来无数人为之疯狂的原因。他们中间，有普通人，有一国之君，有法术通天的法师、高僧阿罗汉，但凡是得到它的人，没有一个能抵抗它的意志。

“它是稀世珍宝，是神圣的存在，同样，它也是一个魔咒，一个噩梦。

“你爷爷的死，因它而起。无数人的死，同样因它而起。孩子，请原谅我，我也不知道你如今该怎么办。可以明确地告诉你，你面前将会有一段凶险异常的路。我能做的，就是每日为你祈祷，愿大慈大悲的观世音菩萨眷顾你。”

多旺拨动手中的紫檀念珠，一脸慈祥：“你打算怎么办？”

“其他的事情，先放一边，我现在最要紧的，是找出那个幽灵般的凶手。”我道。

多旺站起来，他侧对着我：“这世界，因果循环，一件事发生的同时，就种下了另一件事情萌芽的果，你现在倒是可以……”

他说到这里时，忽然眉头一蹙，骤然转身，扑到我的身上。

“教授！”我大惊，不知多旺意欲何为。

多旺将我扑倒在地，扑倒时，我明显感觉他的身体剧烈震颤了一下。

“教授，你……”我微微用力一推，多旺便侧翻在我身旁，他看着我，嘴巴一张，一口鲜血喷出。

“窗外……窗外……”多旺盯着窗外，死死拉着我，不让我移动。

我低下头，发现一颗子弹射入了他的后心！

“窗外有人……孩子，记住我下面说的话。”他大口大口喘气，从脖子上摘下一物，塞到我手中。

那是一颗带着体温的古老九眼天珠，朱砂点点，温润斑驳，仿佛凝结着无尽的时光碎片。

“时轮已经开始旋转。速去龙潜之地，黄帽之王身后的白色宝幢将光华大显，第一缕光，第一声摩柯迦罗，净瓶之处便是心可皈依之人。”多旺的声音逐渐微弱下来。

“什么？教授，你说什么？”

他的话，如同呓语梦话：“将你的心交出……找到他……他……”多旺看着我，嘴角露出灿烂的笑容，“我的乌把拉……谢了……你的白莲花……将盛开……”

他紧紧握住我的手，安然而逝。

此时，门外的老炮似乎听到了房间里的声响，在高喊几句得不到回应后，索性破门而入。

“窗外有人！”我大声道。

老炮看着血泊中的多旺，骂了一句：“他妈的！”随即匍匐在地，爬到窗口，朝外啪啪连放两枪。

清脆的枪声，回荡在夜半校园，顿时引得一阵慌乱……

一个小时后。警局。

我蹲在椅子上，盯着手中的天珠，默默发呆。

老炮推门进来，一屁股坐在我对面，手一扬，铛的一声，一颗带着血迹的子弹落在了玻璃上。

“狙击手，一枪毙命。”老炮咧着嘴，“这种子弹并不常见。对方是个狠角色，狙击完后瞬间溜走，毛都没抓到，那老头子挺倒霉的，我查了，他一辈子都规规矩矩，排除凶杀的可能……”

我抬起头：“老炮，他的目标，是我。”

“你？”老炮张大嘴，“你的意思是说，那老头是替你死的？”

“嗯。”

"不是，我有点迷糊。"老炮扯着我的脸，"你小子吃喝嫖赌混子一个，是有点钱，可这么牛叉的一个狙击手，杀你干吗？"

"我怎么知道？"我苦笑，"我爷爷不吃喝嫖赌，不照样被杀了？"

"妈的！"老炮揉着太阳穴，"这是要斩草除根呀！"

正说着呢，电话铃响。

老炮一把接过，听了几句，脸色苍白，啪地挂掉电话："赶紧起来！"

"干吗？"

老炮上下三路盯着我："又死人了。"

我结结巴巴："家里人？"

先是爷爷死了，今天晚上我差点吃了花生米，家里再死人，照这样发展下去，老李家估计马上就要绝户了。

"扯淡。半个小时前，有人报警。警方赶到现场，死了一个，活了一个。活的那个人指名道姓要见你。"老炮一副崩溃样，"似乎沾上你的人，都没好下场。"

看来不是家里人，我心中微微镇定，道："谁呀？"

"你见过的。到地方你就知道了。"老炮推着我出了警局，钻进车里。

车子驶入夜幕，一路向西。

当车子拐进深山老林，眼前现出被熊熊大火映红的夜空时，我终于知道谁死了。

李家流沙冢。那座占地广阔的破损庙宇此刻化为一片残垣断壁，院子里警察忙进忙出，一个孩子蹲在角落，身上披着厚厚的大衣，垂着头。

"老炮，人带来了？"一个四十多岁的长脸警员看见老炮和我，急道。

"老马，情况怎样？"老炮道。

老马："半夜接到报警电话。我在这里干了五年了，今晚才知道这破庙里竟然还有人住。一个老头死了，被人在大殿用匕首割破了咽喉。凶手把这里搞得乱七八糟，走时放了一把火。报警的是这个孩子，他说要李重九来，再问他他就死活不说话了。"

老马斜着眼睛看着我："你就是李重九？"

"我是。"

老马沉喝一声："给我押上！"

"抓错人了！"老炮苦笑一声，把老马拉到旁边嘀嘀咕咕一番，老马这才稍稍对我减去了敌意。

"我已经向局长报告了，这事儿归我们刑事课管。走，我跟你去看看现场，小九，你和这孩子聊聊，看样子吓坏了。"言罢，老炮拉着老马朝倒塌的大殿走去。

“李小爷。”蹲在地上的那位昂起头，叫了我一声。

是驼子叔收养的那个叫万岁的孩子。

十一二岁的年纪，一般小孩遇到这事早吓死了，可从万岁的双目之中，我看到的只是无尽的深邃。

那是一双如同潭水般深不可测、冷静、坚毅的眼睛。

我在他旁边蹲下来，双手扶住他的肩膀：“驼子叔，死了？”

“嗯。我亲眼看他被杀的。”万岁埋下头，双手抱着膝盖，身体微微颤抖，“我没有出手。”

我倒吸一口凉气：“你……亲眼看到的？”

“嗯。”万岁抬起头看着我，“当时我在外面练功，听见有动静，赶紧跑过去，师父已经被人摁了，他对我使了眼色不让我进去。我看见他的喉咙被人割开，血喷射出来……”

我沉默了。

我发现这小子心理素质不是一般的好，眼睁睁看着自己唯一的亲人被杀，说起这事好像发生在别人身上一样。

“我跟着师父这么多年，师父说过生就是死，死就是生。不管发生什么事，我们俩只能死一个。”万岁双目赤红地盯着我，“小爷，我是不是做错了？”

“没。”我紧紧搂住这个孩子，心中一阵难过，“你没做错，那是驼子叔的意思。”

“小爷，来的人很厉害。”万岁道，“我可以杀他们，但不可能全部杀完。”

“对方是什么人，你看到了么？”我问。

万岁指了指距离我们大约二十多步开外的一棵参天松树：“我当时挂在树梢上练功，那地方能够俯瞰整个流沙冢。平时一个老鼠进来我都能察觉，但他们是怎么进来的，我根本不晓得。

“他们有十二人，蒙着脸，师父杀了两个，最后被一个人打断了四肢。那人好像逼着他做什么事，师父不从，他就杀了他。”

“后来呢？”我低声道。

万岁道：“他们功夫厉害，尤其是领头的那个，耳朵很好使。我躲在那边的阴沟里一直没敢动。他们在大殿待了很长时间，出来时还有六个人，他们带走了同伙的尸体，放了一把火。”

“你听到他们说了什么了么？”我道。

万岁摇摇头：“没听到。”

万岁抬头看着倒塌的大殿，道：“小爷，对方是行里头的。”

我眉头一皱：“你刚才不是说没看到他们的脸，怎么知道他们是行里头的？”

在我看来，这小子纯粹胡扯。他一直被驼子叔收养在这里，离群索居，平日里就是普通人都没见到几个，行里人长什么样，他知道个鸟？

万岁咬了咬牙：“肯定是行里头的！小爷，绝对错不了。”

“哦？”我倒是有了兴趣，“你凭什么断定？”

万岁指了指自己鼻子：“味道。每个人身上都会携带特殊的味道。我从他们身上闻到了渗到骨子里的阴气，那味道，只有行里人才会有。”

原谅我的没心没肺，万岁的话让我突然有点想笑，一个毛都没长齐的小子，跟我说这么玄乎的事，特异功能呀！？

不过，这小子却非常认真。甚至，对我的不信任有点愤怒。

“小爷，我的鼻子永远不可能错！”

“好好好。我相信你。万岁，你吓坏了，先休息一下。”我揉了揉万岁的脑袋，决定去找老炮。

走了几步之后，万岁在后面叫住我：“小爷，刚刚是不是有个人死在你身边？”

我脑袋咣当一声，目瞪口呆地看着这个小怪物：“你怎么知道？”

万岁站起来，瘦削的身体立在月光下。那白月光，映出一张苍白、冷漠、坚毅的脸。

“我的鼻子。我从你身上闻到了死亡的味道。”万岁看着我，认真道。

我心里一惊。

这时候，我突然明白，爷爷第一次领我来这里时，为何会对这小子那么在意。

警察在现场展开了彻底的调查之后，暂时撤离。他们没有找到任何有价值的线索，对方显然十分有经验，脚印、指纹甚至连根头发都没有留下。

破庙里头剩下我、老炮还有万岁三个人。

“人都走了，该我们行动了。”我掐灭烟，站起身来。

“什么意思？”老炮有些莫名其妙。

我冷笑道：“李家的流沙冢，行外人根本不知道。即便是行里人，晓得流沙冢具体位置的也寥寥无几。能够半夜闯进来杀了驼子叔，有这能耐的人，恐怕一双手就能数得过来。”

“你凭什么认为是行里人？”老炮指了指万岁，“就凭这小子神棍一样的特异功能？”

“和特异功能没关系。那是直觉，天生的直觉！”我拍拍万岁的肩膀，“我信他。”

“空口无凭。”老炮淡淡道，“我是警察，我看证据。”

“要证据是吧，我证明给你看。”我深吸一口气。

三个人来到大殿。大殿面目全非，只有那尊真武大帝的神像依然矗立不倒。

我扒开瓦砾，找到那朵九瓣莲花，用脖子上的钥匙打开了密道。老炮惊得目瞪口呆地跟在我身后。

墙上的壁画已经全部被刮去。

“你们离开后，师父按照老太爷的意思全部毁掉了。”万岁小声道。

“幸亏是毁掉了。”我暗自庆幸。

走到最深处的密室，火光的映照下，一地的狼藉，地上四处都是箭头。

“那帮人果然进来了，而且触发了机关，死了人。”我搂着万岁的肩膀对老炮道，“他们一共有十二个人，驼子叔杀了俩，走的时候只剩下了六个。那么死的那四个人，肯定就在这里了。”

我来到最尽头太爷爷的那个灵牌前，发现已经被动过了手脚，对方很清楚这地方隐藏的秘密，启动了机关，开了金盒。

“他们是来拿一件东西的。”老炮算是明白了。

“他们没成功。”我惨淡笑了笑。

这群人如何知道流沙冢的，我不清楚。与之相比，我更诧异他们采用了什么方法打开了密室。之前爷爷跟我说过，这件铜水铁汁灌浇出来的超级乌龟壳，只能用我身上的这把特殊钥匙，九瓣金莲一直在我身上，而且只有这么一个，他们是怎么进来的？

我看着密密麻麻的灵位，看着这些李家先人们，心中突然觉得一股莫名的沉重席卷而来。

“万岁，把朱砂笔拿来。”我轻声道。

接过万岁递来的笔，我在那个空白的令牌上，颤抖地写下这样的一段字：“先公李讳君之之灵位。光绪三年生。为求祖遗发丘两千七百九十一处，民国三十五年卒于北平无相斋。”

“万岁呀，哪天我要是挂了，也给我搞个灵位。这地方就别写发丘多少了，老子一次斗都没倒过，写上去太寒碜。”我笑道。

万岁使劲点了点头。

气氛有些凝重。我有些惨淡。老炮有点郁闷。

万岁呢。这家伙认真看着我写的那些字，憋了半天，道：“小爷，你这字的水平……真够丢人的。”

回来的路上，老炮开着车。我和万岁坐在后面，大家谁都不说话。

我把烟头弹出车外：“老炮，掉头，我去找个人。”

“找谁呀？我告诉你小九，现在你不安全，还是老实点好，明天我打个报告，派人贴身保护你……”

我哼了一声：“别扯淡了，人家要动手，你们几个警察不顶事。呵呵，既然他们要弄死我，我也不能便宜他们。老李家从来没有软蛋。”

“去哪？”老炮无语了。

我往前面指了指：“万佛阁。”

老炮一惊：“你去找李四海？”

万佛阁在北城，是李四海在北平置办的宅子。

“今天我差点被人家点射，差不多同时，有人割了驼子叔的咽喉。最大的嫌疑人，便是李五子那帮人，也只有他们有这能耐。”

“如果李四海也有份，你这么去岂不是自投罗网？”老炮道。

我冷笑：“他要是想杀我，我倒是没意见，只要他娘的能下得了手。”

车子疾驰而去。

德胜门内。一片灰色四合院沉浸在夜色中。中间有栋独立的三层小楼就是李四海的万佛阁。这楼是李四海从一个洋人手里买来的，重新装修改造时，这家伙将整整一层全部放上佛像，号称万佛阁。

三人来到门前，里头黑洞洞静悄悄。

“没人呀。”老炮仔细瞅了瞅。

我看了看万岁。万岁闭上眼深吸一口气：“小爷，有杀气。”

我笑了。有杀气，他娘的就有人。

大门紧锁，我根本不想费那心思，直接翻了进去。

脚刚落地，脑袋上一凉，一把枪顶到了太阳穴。

“兄弟，慢慢站起来，不然我一枪爆了你的头。”对方冷声笑道，“离宗的地儿你也敢闯，够胆儿。”

“李四海，你娘的不是想要我脑袋么，老子送来了！”我大声喝道。

这时，老炮和万岁也翻了进来，见我被枪盯着，纷纷要动手。

“他妈的豹子，你眼瞎了，那是我兄弟，给我住手！”二楼阳台上，探出李四海的大脑袋。

客厅。我坐在沙发上，被眼前的阵势搞得瞠目结舌。眼前齐刷刷站着二三十个人，每一个都全副武装，不是身上背剑插刀就是抱着长短枪械，最为夸张的是李四海，这狗日的只穿了个裤衩，全身上下十几把枪，腰上还挂着一排手雷！

就这帮人的武器，加在一起能武装一个加强排。

“我找你一晚上，你死哪里去了！？”李四海圈起中指狠狠在我脑门上敲了个大凿栗。

“怎么，看着我还活着，你失望了吧？”我疼得眼泪都快下来了。

李四海放下枪，抽着烟：“别逼逼！动手的人不是我。”

听了这话，我心中一动：“李五子他们吧？”

李四海皱着眉头：“小九，实话跟你说，李五子带着那几宗的人这次来北平，目的只有一个，就是那铁函。为这事，他曾经威逼利诱都让我给回绝了。为此，我们离宗现在很不受待见。可谁让我这条命是老爷子给的呢！

“老爷子意外，我很痛心。这事儿是不是李五子他们干的，我不清楚，但我知道得不到铁函他们绝不会收手……”

“今晚他们杀了驼子叔。”我插话道。

李四海一愣：“我操他妈！驼子叔他们动了！？驼子叔是他们能动的么！？”

李四海怒得须发贲张，如同一头受伤的老虎：“老子要弄死李五子这条老狗！”

“铲头，你忘了之前说的了？”旁边有人插话道。

这话，如同一盆凉水浇得李四海瞬间耷拉下来。

“小九，四海哥这次对不住你了。我欠老爷子一条命，为这事，你就要我脑袋我没二话。可我现在是一宗的铲头，得为兄弟们着想。如今那六宗穿一条裤子，胳膊拧不过大腿，和他们作对，我们没好果子吃。”李四海结结巴巴，满脸通红，“所以之前我答应了他们，这件事情，我不会参与其中……”

“李四海，你还他妈的挺讲义气的。”老炮讽刺道。

李四海脸红脖子粗，对我道：“小九，哥哥脸掉裤裆里了！他妈的。不过，我跟李五子他们说过了，他们保证不会动你……”

“呵呵呵。”老炮干笑，“李四海，你脑子被驴踢了！那帮人的话你信？就今天晚上，要不是有人替小九挡枪，你眼前的这位，已经成尸体了！”

“什么！？”李四海如同被挖了祖坟一样七窍生烟，“他们对你动手了？！”

“狙击！”老炮从口袋里将那弹头掏出来，当啷一声扔在桌子上，“这是那颗子弹，别说我蒙你。”

“我操他妈的！小九，我这就去干了李五子！”李四海拿起那枚子弹，拎着枪就站起来，刚走几步，突然停下。

“嗯？”他盯着那弹头，又走了回来。

“还真他妈的能演戏，你倒是去呀。”老炮冷嘲热讽。

李四海一脚踹了过去：“我去你妈的，老炮，你说，这子弹真的是狙击小九的？”

“就这个。”老炮道。

李四海摇头：“不对。这枚子弹不可能是六宗的。”

“一颗子弹而已，怎么就不是六宗的？”老炮反问道。

李四海坐下来，把那弹头摊开在我面前：“小九，八百米之内一击毙命，这样水平的狙击手六宗都有，拢共有个二三十人，这些人每个人都有属于自己的家伙，我闭着眼睛都能分辨出来。这子弹，不属于他们其中任何一个。”

“什么意思？”老炮道。

李四海舔了舔嘴唇：“‘莫辛-纳甘’1891/30狙击步枪专用子弹，这种狙击枪，我们都不用。”

老炮觉得李四海的判断有些可笑：“以前不用不代表现在不用。”

“可笑！”李四海愤怒了，“你们干警察的根本不懂我们这些人。我们把杀戮当成艺术，懂吗！？一个艺术家，都用自己的笔书写出伟大的作品，哪有用别人家伙的道理！？”

老炮和我都理解李四海的为人，只要涉及他的职业道德，他绝对不会说谎，尤其是对我们。

“那他们可以雇佣个杀手么。”我笑道。

李四海断然否定：“更不可能了！”

“为什么？”

“你知道‘莫辛-纳甘’1891/30狙击步枪什么来头么？”李四海双目圆睁，“这玩意苏联人设计、制造，老毛子用的，我们八宗之前就因为老毛子的缘故几十口先人死在了黑水城，谁会用这东西！？”

我和老炮都有点意外了，相互看了对方一眼。

老炮道：“你的意思是，对小九下手的人，不是李五子他们？”

李四海点了点头：“他们没理由对小九下手。其一，他们已经答应了我。这帮狗日的知道我脾气，我向来说一不二，他们要动小九，老子就是一宗死绝了也会单挑他们六宗！其二，他们最大的目的是找铁函，老爷子一死，铁函下落不明。李家有可能知道这线索的就是小九还有小叔了。小叔和老爷子不和是众所周知的事，所以最有可能的就是小九。小九死了，铁函的线索就断了，他们怎么可能干掉小九？”

我们都沉默了。

李四海虽然是个粗人，但分析得很有道理。

那问题就来了：如果对我下手的不是李五子他们，那还会有谁呢？！

我的脑海里，浮现多旺死时的那张脸。

“时轮已经开始旋转。速去龙潜之地，黄帽之王身后的白色宝幢将光化大显，第一缕光，第一声摩柯迦罗，净瓶之处便是心可皈依之人。”多旺临死前让我去找个人。

他对我的险境很清楚，所以他让我去找那个人，定然是为了我的安全着想。又或许，杀我的这个人，他可能知道。

“我们走！”我决定按照多旺的要求，去找那个人，说不定会从那里得到线索。

“等等！”李四海拦住了我的去路。他盯着我，道：“走可以，但，得带上我给你的一件东西！”

一把漆黑的左轮手枪放在我的面前。

李四海拿起这把枪，那目光就如同看着情人，炙热而火辣。

“柯尔特M-1911A1，左轮手枪之王。适合快速瞄准，永不卡壳，21.6公分，适宜隐蔽携带，胡桃木的手柄，手工打磨，如同女人的脸颊，完美光滑。”李四海咂巴了一下嘴，有点舍不得地把枪递给我，“这把枪跟了我二十多年了，你拿着防身。”

我接过来，在手里耍了耍，那感觉很爽。

老炮这时在旁边挑刺儿：“我说你们两个把我这个警察当炮灰是吧？国民政府刚刚颁布了枪支严管令，你们也太嚣张了。”

“去你妈的。”李四海对老炮道，“小九要是有事儿，我真把你弄成炮灰。”

我把手枪插在屁股后头，衣服盖上，起身就走。

李四海拦住我：“你们开车来的。”

“嗯。我那辆车。”我道。

李四海摇摇头：“你现在目标太大，还是小心点。”

言罢，招呼过来个手下：“派人开着九爷的车出去转转，再把咱们车库里最破烂的玩意儿开出来给九爷用。”

又坐下喝了一杯茶，下楼。我的车早不见影儿了，院子里停了一辆美国佬的威利斯吉普车，斑驳破烂不说，车布还是大红色。

“这就是你说得最破烂的玩意儿呀？”我哭笑不得，“四海哥，这东西开出去，人家还以为我们几个是娘们呢。”

李四海十分不好意思：“弟几个海涵，娘们好呀，娘们目标小，人畜无害。”

实在讲不过这家伙，三个老爷们哼哼唧唧钻车里，晃晃悠悠开出来。

“那个铁函是什么东西？”老炮开着车，不经意似的问道。

尽管他现在已经掺和进来了，但我不愿他知道太多。

“爷爷留下来的东西。寿宴上你也看到了，七宗的人都想要。”我看着外面，夜空阴沉，仿佛随时都可能下雨。

老炮：“下一步有什么打算？”

“顺藤摸瓜。”我笑笑，道，“老炮，找个安全的地方歇歇。”

老炮想了想：“到我那里去吧。”

老炮住在警局的单身宿舍。一栋清末的红砖破楼。阴暗潮湿，散发一股子霉味。我们摸黑穿过到处堆放着大白菜的过道，进了他房间。

一开门，我佛，我差点被浓重的脚臭味给熏死。

“你这里猪窝啊。”我捏着鼻子想找个地方坐下，看来看去也没处落臀。老炮把脏衣服都丢在地上，腾出椅子，让给我。

“现在情况总体说来有点眉目。李五子那帮人是杀死驼子叔的嫌疑人，天亮我回警局汇报，马上开始行动。这事儿破了，说不定爷爷的死就有线索。”老炮分析道。

“那你不如现在就去。越快越好。”我笑道。

老炮一愣，看着我和万岁：“你俩呢？”

“我俩？”我舒舒服服靠在椅子上，“我俩你甭操心，这里是你们警局宿舍，安全得很。累了，睡个觉先。”

“那行。我走了，你们锁好门。”老炮带门出去了。

他一出去，我就找来纸笔把多旺临死前说的那句话写下来，皱着眉头琢磨起来。

“时轮已经开始旋转。速去龙潜之地，黄帽之王身后的白色宝幢将光华大显，第一缕光，第一声摩柯迦罗，净瓶之处便是心可皈依之人。”

这句话表面上看，意思很明显——让我去个地方找个人。但去什么地方找什么人，那完全就是个谜语了。

我越琢磨越头疼，蹲在椅子上抓耳挠腮。

万岁原先在旁边两眼直勾勾地盯着灯泡，见我上蹿下跳的样子，走过来瞄了一眼纸条。

“小爷，这上面写的是让你去找人呀。”这小子揉了揉鼻子。

我没好气地：“懂个毛呀，一边睡觉去。”

万岁头伸过来，看了看：“时轮已经开始旋转。时轮指的是时轮金刚，这是藏密无上瑜伽部的四大本尊金刚之一，地位崇高。时轮金刚法，来自释迦牟尼佛祖，传说佛祖在菩提树下证得无上果位之后，开始宣说大乘法，其中就有时轮法这一智慧圆满根本法门。

“传说，金刚手菩萨的化身著名的香巴拉国王月贤王进入此光辉灿烂的法界，并传下了《时轮经》。藏密中时轮金刚的法传在各个教派中地位皆极为崇高，不管是灌顶授法的上师还是求法的弟子，都要有一定的资格才能进行。时轮开始旋转，那表明一个重大的因缘即将产生。”

万岁这话，听得我直愣神。

“你怎么懂得这个？”我极其诧异。

万岁一副得意的表情：“我没事就看书。”

我对这位爷真是越来越刮目相看了，把纸推到他面前：“来，继续，你给我好好分析分析。”

万岁皱着眉头，看了一遍，道：“龙潜之地，这是我们要去的地方。”

我一摆手：“我当然知道。但单凭龙潜之地这四个字太难确定了。北平城这么大，一大波皇上待过，西面有十三陵，更远的地方还有清东陵，都算得是卧龙之地。我哪找去？”

“你觉得最有可能是哪里？”万岁道。

我想了想：“我觉得最大的可能是紫禁城。那是皇上住的地方，龙潭呀。”

万岁白了我一眼：“还虎穴呢！小爷，你的分析固然有道理，可你想过没有，那地方和藏密没多大关系。这段字应该是出自修行人之口，他说的地方定然不是世俗之地。”

“有道理！”我点了点头，“那应该是哪里呢。”

“雍和宫！”万岁几乎没犹豫，道，“这地方当初是雍亲王府，乾隆爷生在这里，除了雍正、乾隆两代皇帝，有龙潜福地之称。乾隆九年改成寺庙，是全国规格最高的藏传寺庙！

“还有，你看后面这‘黄帽之王’四字，很好理解，雍和宫是格鲁派寺庙，格鲁派在藏传中被称为黄教，黄帽之王自然指的是格鲁派的创建祖师宗喀巴大师。而雍和宫法轮殿里供奉着一尊六米高的佛像，正是这位至尊。”

我觉得万岁这脑瓜子厉害，十分有道理，顿时兴奋起来道：“那‘身后的白色宝幢将光华大显’怎么理解？”

万岁胸有成竹：“宗喀巴大师的铜像后，是雍和宫最出名的万福阁。里头供奉的是高十八米的弥勒佛。这尊佛地下埋入八米，佛身宽八米，整个用名贵的白檀香木雕成。据说乾隆帝为雕刻大佛，用银达八万余两。这尊大佛是雍和宫木雕三绝之一，闻名天下。弥勒佛在藏密中又被称为强巴佛，是未来佛。佛祖涅槃后，他将现身人间说法，普度众生，所以被称为宝幢！白色宝幢自然指的就是这尊白檀木雕成的弥勒佛了。”

我连连点头：“那后面，后面让我找一个人，怎么着？”

万岁这下倒是难住了：“小爷，后面这句我看不太懂，‘白色宝幢将光华大显，第一缕光，第一声摩柯迦罗，净瓶之处便是心可皈依之人。’说得太含糊了，唯一值得确定的是净瓶，据我所知，强巴佛手中往往各向两旁引出一枝莲枝，莲枝上分别置宝瓶和法轮。这是他的标志。所谓的净瓶，有可能是指的是他肩花上的宝瓶吧。”

我大体心中有数了：“反正多旺的意思是，让我去雍和宫万福阁找人。不管什么净瓶不净瓶的了，我们到那里去不就知道了？”

“你要去？”

“自然！”我从柜子里翻出老炮的警服换上。

万岁还有些不明白：“小爷，怎么这么打扮？”

“雍和宫不是寻常的地方，看守严格，三更半夜的咱们俩怎么进去？得靠这一身皮。”

“还是小爷厉害！”万岁这小子也开始学会拍马屁了，不过随后，这小子两眼直勾勾地盯着我的脖子，发出一声惊叹，“小爷，你这颗九眼天珠不错呀。”

这怪胎的本事我已经见怪不怪了：“这也你认的？”

万岁撅嘴道：“小看人呢。天珠藏语称之为瑟，意为庄严、富足、具得、高贵、优雅。藏地人相信它是诸佛菩萨佩带的宝物，降落到人间，是七宝之一。这东西，他们作为供佛圣物世代相传。而且据说，老天珠承载着日月的精华，生生不息，记载了生命的轮回，穿越于人类历史时空。藏地认为天珠是活的，是最神圣的存在。尤其是九眼天珠，历史上历朝历代都是至尊珍宝。”

“说的不错。”我点头，“天珠的原料是一种神秘的九页岩，这种矿物带有极大的能量，不过现在已经灭绝了。此外，制作天珠的工艺也早已失传，所以能得到一颗老天珠是莫大的机缘。”

“那一定值不少钱。”万岁补了一句。

我大笑。这话分明就是我的翻版么。

第十二章 两教之争

车子狂奔，一路向南，然后在雍和宫的后门停了下来。

我看看表，已经快五点了。

整理了一下衣服，我使劲砸门。

砸了半天，门吱呀一声闪出一条缝，一个小僧人探出头来，警惕地看着我："干吗？"

我拿着老炮的证件晃了晃，胡乱编了个谎，说是怀疑有一个盗贼进入雍和宫，为保护寺庙财产，必须进入核实。

小僧人警惕地看着我，然后又看了看笑嘻嘻的万岁，道："你等着，我先问问上师去。"

约莫过了半个小时，来了个老喇嘛，盘问我一番，开了门。

"这位警官，你确定那盗贼进来了？"老僧人前头带路。

"有这个可能。大师，我们怀疑他进入万福阁盗宝，所以必须去看看。"我沉声道。

老喇嘛紧张起来："那我赶紧向堪布禀告。"

"不用麻烦堪布了。三更半夜的，我们检查检查就行。"我咳嗽一声道。

"那，也好。"老喇嘛很干脆，"我陪你们去，扎巴，你再叫几个人，陪这位警官一块去。"

小僧人跑过去，时候不大领了七八个人过来。我一看这阵势，头疼了。这么多人看着我，我还找什么人呀？

一帮人直奔万福阁。白天，这里信众众多，现在却是安静空旷，只有那恢宏的建筑矗立在夜色中，隐约闻到僧人的低低诵经声，令人心神澄净。

万福阁。

推开大门，一排酥油灯的映照下，十八米的弥勒巨佛耸立着。虽然这地方我来过很多次，但没有任何一次有这么震撼。大佛静默站立，上半身隐没在昏暗中，那慈悲的面容朦胧可见，却越发显得深邃而庄严。

“大家四处搜一搜，一处角落都不要落下。”我道。

僧人们倒是很配合，很快就四散开去。

我捅了捅万岁：“净瓶在什么地方？”

万岁昂头向上指了指：“那不是么？”

顺着他手指的方向，我仰着脖子，终于看到在大佛的肩上，一朵肩花中，硕大的宝瓶端落其上。

大佛高十八米，它肩头的净瓶在万福阁的楼上。

“大师，楼上能上去么？”我道。

老喇嘛沉吟了一下：“楼上一般不开放的。”

我正色道：“我看上面空间很大，如果那盗贼跑到上面……”

老喇嘛脸色一变：“那就要坏了，楼上放置着很多经书、佛像呢。”

“就是，还是上去看看吧。”我道。

老喇嘛点了点头，带着我踩着楼梯上楼。

楼上被打扫得很干净，虽然对游客禁止，但僧人们每日恭敬清扫。

整一层楼，放置着一摞摞的经书，此外还有众多的佛像、擦擦、法器，一件件都是无价之宝。

僧人们四处搜查，气喘吁吁过来禀告：“都搜过了，一个人都没有。”

老喇嘛看着我：“警官，你看……”

我把目光从宝瓶上收回来，装作十分为难的样子：“这样就麻烦了。他现在是不在这里，但万一隐藏在其他地方，等我们走了之后再进来呢？”

“那怎么办？”老喇嘛道。

我：“这样，我在这里候着，等到天亮如果还没发现，那就说明安全了。”

老喇嘛正要说话，那小僧人在他耳边嘀嘀咕咕一阵，对我直翻白眼。

“我看，还是找几个人陪着你吧。扎巴，你们三个留下来。”老喇嘛反复道。

看明白了，人家并不信任我。

那叫扎巴的小僧人和两个膀大腰圆的壮僧人留下来，目不转睛地盯着我的一举一动。剩下的人退了出去，咣当一声把大门关了，看样子还在门口守着呢。

我头疼无比，这样一来，还找个屁呀。

时间一分一秒过去，快六点了。

在这一个小时里，我始终盯着眼前那个巨大的净瓶。刚开始我还琢磨多旺让我找的那个人是不是藏在里头，但观察之后发现根本不可能：那净瓶虽然大，开口却极小，绝对无法容人。

房间里就我们几个，刚才扎巴一伙人搜遍了每一个角落，连梁上都用手电一寸一寸照过了，可以确定无人在此。

觉着无聊，我就和扎巴聊天，看看能不能从他身上套取点有价值的信息。哪知道这小僧人，以跏趺坐盘坐在我对面，手中拨动六道木念珠，低声念着六字大明咒，懒得搭理我。

“扎巴，你多大了，出家几年了？”

禁不住我的唧唧歪歪，扎巴白了我一眼，收了念珠。

“十二，我做僧人十年了。”

“那岂不是说你两岁就在这里做喇嘛了？”

“这有什么奇怪的。”扎巴没好气地道，“还有，不要乱说话，我是僧人，不是喇嘛，喇嘛是大德，不是所有的僧人都能叫喇嘛的。”

“喇嘛指的是上师，上师意为‘善知识’，上师是佛，是引导成佛的必由之路，是最贵无比的如意宝。你别胡说八道。”连万岁都鄙视我。

我满头黑线，决定回头好好跟万岁恶补相关的知识。

“扎巴，这净瓶有什么说法么？”我指了指宝瓶。

“没什么说法。你们这样的人眼中才觉得它是宝瓶。”扎巴正色道，“万物有相，皆是虚幻。若见诸相非相，即见如来。”

我佩服得五体投地：“佩服！你修行很厉害么。”

“我算是修行最差的一个。将来我还要考格西呢。”扎巴一脸向往。

我再叽歪，扎巴就不理我了。

一夜未睡，此刻我觉得眼皮子越来越重，在扎巴那低沉的诵经声中，昏昏睡去。

恍惚间，做了一个梦。

我梦见无尽的血海烈焰中，一具白色的盔甲矗立于莲花之上，两条蛇在上纠缠，最终又化为灰飞，接着一个骷髅怪物撕扯我，砍断我的四肢，将我抛入血盆大口中……

我吓得大叫一声醒过来，发现自己四仰八叉躺在地上，一个深沉的声音在我耳边响起：“地上凉，且坐起来。”

睁开眼，一个硕大的散发着热气的银瓶横在我眼前。

穿着褐红色僧衣的一个老僧人眯着眼睛对我笑。

这僧人，年纪很大，却是红光满面丝毫不见老态龙钟。他的僧衣很破，满是油渍，脚上的靴子也很破，鞋帮都翻了边儿。

我看了看周围，旁边空空荡荡，不但扎巴他们不见了，连万岁都没了踪影。

老僧人知我所想，道："马上要做功课了。扎巴他们去用饭，你那位小友也去了。正好我轮班。"

老僧人拎着银瓶给我倒了碗热腾腾的酥油茶，递过来："喝喝暖暖身子，你刚刚做梦了吧？"

"嗯。"我有点惊魂未定，接过来喝了。

老僧人将银瓶放在栏杆上，拿着一块厚布擦拭打扫，动作不急不缓，行云流水。

我看看外面，天快亮了。看来这一夜，白费心机。

喝完茶，站起来活动了一下麻木的手脚，我来到那净瓶跟前，想做最后的努力。

但那净瓶不管怎么看，就是个净瓶而已。

老僧人在旁边打扫，看我失魂落魄的样子，笑道："看你对这净瓶挺有兴趣。"

"我在想一位老朋友的话。"我笑道。

"呵呵，好好看。这尊强巴佛，乃是尊贵的无上白色宝幢，哪怕是看一眼，也是莫大的机缘和福报。"老僧人笑了笑，继续干活。

"大师，我有个问题想请教。"我双手合十。

"呵呵，我不是什么大师，我只不过是个扫地的老僧人。"老头哈哈大笑，走过来，道，"你有话，尽可问。"

"在你们的修行里，有预测之术么？"我问道。

老僧人整理了一下破旧的僧袍："你说的是未卜先知吧。"

"可以这么说。"我点头。

对多旺临死前说的那句话，我本来深信不疑。人之将死其言也善，多旺没理由会骗我，何况他为我挡住了子弹。但现在看来，他说的这句话，明显没有应验。

老僧人背对那巨大净瓶，盘腿坐下，示意我坐。

我坐在他对面，沉默地看着他。

老僧人忽然问道："什么是佛？"

"啊？"我被他这问题问得一愣。我又不是修行之人，吃喝我成，玩乐我成，大谈佛经可不是我的强项。

老僧人看着满脸窘态的我，一点都不介意，笑道："以你的理解。"

我想了想，道："说实话，我也不晓得。小时候我觉得吧，佛太崇高太神圣，我觉得那一尊尊金铜就是佛。后来觉得佛无处不在，在庙中，在空中，在大地之上，在一颗沙、一颗尘埃里，在心中。再后来么，我又觉得好像什么地方都找不到他。

“我爷爷经常抄经，有佛经里写：心就是佛，悟心就是悟佛。可当我去找心的时候，发现心这东西很奇怪，它好像不存在我们身体的任何一个地方，没有形态，没有实体，像泥鳅一样抓不着看不见，可它偏偏又存在。”

老僧人哈哈大笑，点头道：“继续，说下去。”

或许是他的鼓励，让我这个对佛法一无所知的人胆大起来。

“有段时间，我翻了很多佛经，想从里面找到关于心的叙说和记载。可找来找去都没有确切的说法。空也罢无相也罢，就像是骤雨打梵铃，只有空荡余音，最后连那声响都没有了，只剩下更大的空空荡荡。

“所以，你问我佛是什么，我不知道。因为我找不到他。”

老僧人哈哈大笑：“你分明就对佛很懂么。”

“啊？”我张大嘴巴。

老僧人盯着我，道：“你刚才分明讲得很明白。但你为什么找不到他呢？”

“是啊，我为什么找不到他呢？”我答了一句。

老僧人笑道：“世界上没有未卜先知，只有因果。种下了因，就会有果。而这因果，就像是瀑布，你乍看，是一挂连绵不断的大水，可你仔细看就会发现，这连绵的大水，其实也是由一颗颗水珠接连而成，水珠之间也是独立的。此一刻的水珠，也不是上一刻的水珠，所以，全无交涉。”

“所以，所谓的因果，其实也可以说没因果。或者可以说，全是因果。”老僧人盯着我，道，“你想想，你为什么找不到他？”

他的声音，低沉而连绵，激荡着我的心魂深处。

是呀？我为什么找不到他呢？

蓦然之间，我茅塞顿开！我和他谈论的是佛，还是其他！？他说的“你为什么找不到他”，这个他，是他和我谈论的佛，还是多旺口中的那个他！？

我完全恍惚了。

而就在此刻，一缕朝阳的灿烂之光从万佛阁楼下来，照射在那放置在栏杆上的银瓶表面，经过球状表面的反射，那缕光线骤然放大！

银瓶就在老僧人的背后，头顶之上，那放大的光线形成一圈灿烂的圆弧状，辐射到老僧人的肩头，犹如一道美丽的圆形背光，映射出老僧人挺拔、削瘦的身影。

那一刻，我呆了！

在我面前，这，分明就端坐着一尊佛！

“呵呵呵，你明了，明了。”老僧人呵呵一笑，双手合十，“唵希瑞玛哈嘎啦呀洽佩大利吽扎！”

这一声心咒，如同黄钟大吕，震彻我心扉，让我热泪盈眶。

我终于明白了！

多旺没有骗我。他让我来的地方，的确是这万福阁。

不过，他说的净瓶，并非是弥勒佛肩头的净瓶，而是眼前这个最普通的盛放酥油茶的银瓶。

“第一缕光，第一声摩柯迦罗，净瓶之处便是心可皈依之人。”我默念这句话，热泪盈眶，恭敬起身，学着多旺拜玛哈嘎拉的样子，双手合十过头，分别在头顶、口、心间停顿，然后五体投地拜于老僧人面前。

“尊贵的喇嘛，如日月一般的上师，我，李重九，终于找到你了！”我声音颤抖道。

老僧人扶起我，瞬间又恢复成了那个衣衫破旧的扫地僧。

“我不是什么喇嘛，不是什么上师。我不过是个可怜的老头，一具臭皮囊。”老僧人说话之间，出手如电，将我脖子上的那颗九眼天珠拽了出来。

日光下，九眼天珠散发着一股柔和、温润的光芒，宛若一块凝脂，又仿佛一颗跳动着的无相之心。

“这是我给他的东西。他终于还是走了。”老僧人言语之中没有丝毫的悲伤，反而有种极大的喜悦，“经由摩柯迦罗之引领，前往时轮金刚之净土，不知我有没有他这般的福报。”

老僧人口中的他，自然指的是多旺教授。

“无尽的岁月呀。”老僧人喃喃自语，“无尽的血海沉浮，现在落在你的身上。”

“上师，那……”我想说话，老僧人突然制止住了我。

他闭上眼睛，低低地吟唱起来。

那歌声，没有任何的华丽，却如同天籁，直刺人心——

“生逢佛法昌盛世，随意造恶一何愚！
已获难得之人身，虚度此生一何愚！
市集城镇如牢狱，长期往彼一何愚！
夫妇亲朋如访客，吵闹争斗一何愚！
名闻美誉如谷响，沽名钓誉一何愚！
仇敌实如易谢花，舍命搏斗一何愚！”

唱到此处，老僧人突然双目圆睁，作一副忿怒像，大声道：“来了便来了，何不现身！？”

嗡……

大殿之中，蓦地传来一声低低的闷响，一抹劲风破空而来！

一股冰冷气息自我上方袭来，将我瞬间包围。

我急忙抬头，见一个黑影闪电般落到眼前，一把锐利长刀闪出夺人心魄的寒光，对着我，直刺而下！

刀是好刀。

刀锋微微弯曲，修长锋利，寒铁打造的刀刃上闪出一朵朵云朵状的花纹，呼啸而来，令人毛骨悚然。

“退！”老僧人低喝一声，一把将我扯开，双手做降魔印，前腿横出，犹如一只老猿灵巧躲过那刀光，双臂抡起，一股生猛雄浑之力将来人震开。

我后退几步，跌坐在地。此时才看清对方的身形。

这人，个子不高，约莫在一米六左右，一身黑衣，脚上穿着木屐，手中横握那刀，腰间却还插着一把。

这身打扮，还有那武士刀，分明就是个日本人。

一击未中，那人双腿蹬地，高高跃起，手中长刀舞出一团刀影，罩住老僧人全身。

刀气纵横，锋芒毕露。

老僧人赤手空拳，面对攻击不慌不忙，身形辗转腾挪，异常灵活，每次出掌、抡拳皆呼呼作响，力道之大哪里像个老人，便是壮汉怕也比不上他。

大殿上嘭嘭的闷响之声不绝于耳，电光火石之间两人已经过了二三十招，之间一黑一红两道人影纠缠在一起，令人眼花缭乱。

我清醒过来，从腰里拽出那把柯尔特左轮手枪，做好随时出手的准备。

这个日本武士功夫高强，刀法犀利狠毒，老僧人恐怕不是对手。

就在我拔出枪时，两道人影骤然分开，日本武士被老僧人一掌击在肩头，噔噔噔连连后退数步，而老僧人的肩头，僧袍被割开，鲜血溢出。

情急之下，我冲过去挡在老僧人身前，端起柯尔特手枪对准日本武士，扣动扳机。

嘭——

清脆的枪声回荡在大殿里，余音不绝。

那武士见我向前就有准备，闪身躲过，木屐声响，转眼就来到我跟前，武士刀划出一道诡异的弧线，斩向我的双手。

“金刚怒目！”老僧人沉喝一声，犹如老龙沉吟，大手一挥，108颗硕大佛珠将那武士刀套住。

武士将刀陡转，刀锋与佛珠磕碰发出当当声响。此刻我发现老僧人那颗颗大如核桃的佛珠，竟然是精铁铸就、铜丝串成。

长刀坚挺，宛若霹雳，佛珠缠软，仿佛游龙。两相绞缠、拖拽，不管是那老僧人还是日本武士都无法分开。

“下去！”老僧人右手用佛珠套住武士刀，却横出左掌狠狠拍向那武士胸脯。

武士刀被扣住，那武士想撤刀已不可能，面对劲力一掌，身体微微后退，呛啷啷一声拽出腰中另一把长刀。

这把刀，漆黑如墨，旋转而来，斩向老僧人脖颈。

我目瞪口呆。根据我的了解，日本人向来使一把武士刀的多，从来没见过使双刀的！

“小心！”我大叫一声。

老僧人不得不撒手放了佛珠，转动身形，才躲过那致命一刀。

日本武士抖落佛珠，围着老僧人游走，手中那黑白双刀，刀影如一朵朵繁花绽放，每一刀都对着老僧人要害之处下手，密不透风，将老僧人罩在刀锋之下！

“来人哪！”我见状不妙，又连开两枪，就听见外面呼喊之声传来，寺里的僧人已经发觉。

那日本武士见状不妙，连出几刀之后，舍弃老僧人直奔我而来。

他离我也就三五米远，来得又迅疾，双刀一上一下，令我根本躲闪不开。

“妈的！”两股阴冷刀锋让我头皮发麻，看来九爷我这次要挂。

老僧人见我情形不妙，顾不得许多，凭着一双肉掌过来夺刀！

就在此时，我发现那日本武士双目中透出喜悦之色。

不妙！

“不要过来！”我高叫一声，却为时已晚。

黑衣武士的刀，在距离我几厘米的地方停住，发出一声轻啸，忽然调转，仿佛两条吐信的长蛇，从黑衣武士的身侧后插，直接刺入老僧人前胸。

噗！噗！两声闷响传来，我脑袋嗡地一声响：坏了！

“——何愚！”老僧人摇了摇头，脸上露出无奈之色，一双大掌狠狠拍在武士肩头！

日本武士低哼一声，身体犹如断线的风筝横飞出一丈开外！

好机会！我咬牙切齿，端着柯尔特手枪快跑几步，黑洞洞的枪口对准那武士。

“慢着……”身后传来老僧人的低喝声。

不过为时已晚，我已经扣动了扳机。

枪响！柯尔特手枪枪身震动，大口径的子弹直接爆了那武士的脑袋。

噗通。那人连哼都没哼一头栽倒。

此时，十几个僧人蜂拥上楼，看着眼前的景象一个个呆若木鸡。

老僧人靠着栏杆，缓缓滑落在地上，我收了枪奔到他跟前，发现那双刀一左一右从前胸贯穿到后背，显然刺穿了肺叶。

“赶紧叫医生！”我大叫道。

老僧人摆了摆手：“不用了。”

僧人们一阵慌乱，不知所措。

老僧人眉头一挑：“你们先出去。”然后，指了指我，“我跟他有话说。”

“贡布……”小扎巴泪流满面，哽咽着。

老僧人慈爱地看着扎巴，笑道：“无事，你随他们出去吧。”

僧人们退到楼下，二楼只剩下我们两人。

“我的时间不多了，孩子，有些事情，你问吧。”老僧人咳嗽一声，鲜血自嘴角喷出。

我心如刀绞，道：“关于秘钥以及魏摩隆仁的事，多旺教授已跟我说了。”

此刻，我内心满是愧疚，多旺因我而死，如今这老僧人也同样是因为我。

“这个秘密，你不要对任何不相干的人说。”老僧人点了点头，道，“现在只是开始，孩子，你以后的路将更凶险，你的一生都将和那尊怪佛纠缠在一起。这是噩梦，也是莫大的机缘和福报。菩萨会保佑你。”

我看了看那个日本武士的尸体：“他是白银锁魂者？”

老僧人摇了摇头：“不是。白银锁魂者远比他难对付。我一生修玛哈嘎拉本尊愤怒法，和不少白银锁魂者打过交道从未失手，今天被他刺中，注定是劫数。”

他深吸一口气，道：“孩子，我叫贡布。我们藏地人称呼玛哈嘎拉便叫贡布，我是玛哈嘎拉，也就是摩柯迦罗的心子。”

“那多旺呢？”

“他同样是。不过他修的法和我不同，我们已经十年没联系了。”老僧人深吸一口气道，“多旺恐怕已经跟你说过，留在藏地的八把秘钥都已毁去，长久以来，摩柯迦罗的心子为了保护、寻找最后一把秘钥，分散到世界各处。这最后一把秘钥，自唐太宗李世民死后就不知所踪，为此摩柯迦罗心子们苦寻了很多年。

“后来我们才知道，将秘钥带入唐庭的，是一个女人，一个女白银甲茹，同时她也是那个年代法术最高超的法师。借助秘钥的神奇力量，她用高超的法术征服了唐太宗……”

老僧人顿了顿，继续道："那把秘钥，也就是那尊用神秘天铁打造的敦巴辛饶的神像，带有不可言说的神奇能力。传说，苯教的天神用来自宇宙核心的神秘材料锻造了它，并经由万千天神、法术以大神力注入其中。借助法术的引导，它的神奇力量可以让人看到不可思议之景象，可以看到这世界的本质，看到时间和空间的尽头，看到一切真理的终极。

"而只要掌握着引导法术的人，借助这尊神像的力量开始修行，身体就会出现很多殊胜的征兆。确切地说，最明显的就是时光仿佛在他身上停滞了下来。"

"那岂不是长生了？"我惊道。

"可以这么说，也可以不这么说。"老僧人笑道，"诸法无常，诸行无我。世间没有永恒不朽的存在，佛法中阿修罗也罢、帝释天也罢，即便有无量之寿命最后也难逃死亡，过去无数劫中无数佛涅槃，诸佛如此，人又怎会长生？"

"所谓的长生，要看怎么定义。"老僧人咳嗽道，"借助那尊佛像的神奇力量，借助苯教流传千年的秘法，可以参悟天地，表面上看人无衰坏之相，但时间长了就会沉浸其中，做了那神像的奴隶。时间越久，越难摆脱。"

"这难道就是常人所说的反噬？"我道。

老僧人一愣，想了想，道："这个词，用得倒贴切。我猜想，或许是唐太宗在修行之后，逐渐发现了这征兆，所以他逐渐开始怀疑那个女法师。后来，他突然暴毙在终南山，他死后，那位女法师难逃厄运，被杀死，而且用一种诡异诅咒的方式下葬，神像也作为不祥之物本一同埋葬。"

我点了点头。这符合爷爷跟我说的那件往事。当初李老太爷打开那神秘大墓，用九条锁链吊起来的悬棺中那人蜕，就是这个女法师。

"唐灭，乱世中，那座坟墓被打开，这尊神像流转各地，最终被西夏王室得到。

"他们原本就信仰藏传佛教，当时噶举派的很多高僧就是他们的国师。神像在西夏保存了很多年，后来被一位噶举派的大德认出，随即重新引来白银锁魂者和摩柯迦罗心子的争夺。这场腥风血雨持续了很多年，但摩柯迦罗心子占据上风。

"后来，一个白银锁魂者将这消息告知了蒙古人。"

"成吉思汗？"我插话道。

贡布颔首："那时成吉思汗几乎征服了世界，最强大的敌人他都毫不畏惧，唯一恐惧的就是死亡。所以，他亲率大军征伐西夏。西夏远不是蒙古人的对手，所以在商量之后，他们将这尊神像埋入黑水城的一座王室古墓中。同时，他们动用整个国家的力量自藏地、尼泊尔、北印度、汉地征召了无数法力高强的咒师、巫师、高僧和风水家，用最神秘、最凶煞、最大威力的一切诅咒和宗法封印了那座古墓。

“西夏和蒙古人的战争持续了很多年，最终西夏亡国。成吉思汗本人也死于摩柯迦罗心子之手。他的后代展开了疯狂的报复，屠戮了很多人。他们几乎将整个西夏掘地三尺，却始终没有得到神像。

“不过最终，一个参与封印的咒师将古墓的所在地告知了蒙古人。他们赶到的时候，一伙盗贼抢先一步开了坟墓，至于他们是如何知道的，无人知晓。蒙古人杀了他们，自身也死伤惨重。得到了神像后，他们将神像视为不祥之物，藏于宫廷。直到忽必烈听闻此事，佛像才重现人间。”

“这个我已经知道了。从那神像身上，忽必烈看到了无数神奇征兆，他请来国师八思巴，八思巴要毁掉此物，阿尼哥劝说之下，最后才决定将神像重新铸造，一半原封不动，一半铸成了玛哈嘎拉，作为军神供奉于军中。”我接道。

贡布笑：“看来你已经破译那段铭文。”

“有两个问题我想不通。”我道，“八思巴是萨迦派的高僧大德，照理说，他应该站在摩柯迦罗心子的立场上，可他为什么要忽必烈毁掉神像呢？这可是寻找魏摩隆仁的最后一把秘钥。”

贡布仰天长叹：“这也正是八思巴祖师的慈悲。为了这秘钥，为了遥不可及的魏摩隆仁，已经死了太多的人。世间最珍贵的财宝也会散去，最有权势的人最终也难免成为枯骨。人身难得，应该用着难得的人身去修行佛法，做有益众生的事，而不是深陷在世代延绵的仇杀之中。”

此刻，我很赞同八思巴的想法。是呀，为这东西，死的人太多了。

贡布又道：“但他的弟子阿尼哥却持不同意见，他认为八思巴祖师固然说得不错，可秘钥的存在有它的理由。万事万物，总有因果，单纯地毁掉并不一定是最佳的选择。八思巴祖师为此闭关七日，得时轮金刚之亲示，这才没毁掉秘钥。决定让阿尼哥重新铸造，保留一半，另一半铸造玛哈嘎拉以镇之。”

说到这里，贡布看着我，抛出一句十分出乎我意料的话。

他说：“你知道么，阿尼哥本人就是摩柯迦罗的心子，而他，是我的祖先。”

第十三章 古墓秘事

历史记载，被誉为“造像之王”的阿尼哥子嗣众多，而且在元朝是望族。他有后人存世不足为怪，但贡布说他是阿尼哥的后代，还是多少让我吃惊。

“之后的许多年，这尊怪佛始终都被元朝军队供奉，日夜看守，尽管白银锁魂者从未放弃过夺回，但都以失败告终。而我们阿尼哥家族的人，由此也成为摩柯迦罗心子中的中心力量，世代守护。

“元朝灭亡后，怪佛下落不明。明代也罢，清代也罢，连皇室都一直在寻找，白银锁魂者成为他们最有力的工具。几百年的腥风血雨，怪佛流转各处，很多次被放入或者带入坟墓又被掘出再次流传，这种状况一直持续到明末。

“那时社稷动荡、生灵涂炭，当时白银锁魂者的领袖叫琼乃，他是当时冠名天下的大法师，法术之高超举世无双。在他的带领下，倾巢而出的三百白银锁魂者围攻，我们阿尼哥一族几乎被全歼，怪佛落入琼乃之手。

“他们马不停蹄想带着秘钥前往神户玛旁雍错毁掉。这消息传入藏地，引得当时萨迦、噶举、宁玛、格鲁四大教派齐齐联手，派出强大僧团以迅雷不及掩耳之势进行围剿。

“白银锁魂者那一次遭到沉重打击，据说只有琼乃一人逃出。深受重伤的他自知命不久矣，带着秘钥逃到黑水城。他找到当初埋藏过秘钥的那座古墓，花了九九八十一天，使尽全力，用苯教流传下来的最高深、最古老、最法力巨大的咒术设下有史以来最凶险的死亡之墓，并用锁魂钉钉入自己周身气脉、轮点，即便是自己永世不得托生，化为恶鬼也要看守那秘钥。当时，这件事情无人知晓，所以秘钥也就此音讯全无。”

听到这里，我不免好奇：“那你们又是如何知道的呢？”

贡布道：“多年前，一个叫科兹洛夫的俄国人在黑水城偷盗文物，他一共三次展开疯狂挖掘。在第二次的时候，他无意中掘开了那座古墓，看到了里面无数的财宝和被放在最高处的那个盛放怪佛的铁函。他的手下几乎全部死在里面，只有他和几个人生还下来。回到俄罗斯后，他一直想卷土再来。

“而生还的几个人中，就有汉地的盗墓贼。科兹洛夫第三次进入黑水城，不仅带去了一支军队，还邀请了汉地最权威的盗墓贼，对那座古墓他们志在必得。

“我们之所以得到消息，也是从盗墓贼口中听来的。摩柯迦罗心子一行三十人随即前往黑水城，我是其中之一。”

我不由得内心震动。如果当时贡布参与了那次黑水城事件，岂不是说他的年纪比我爷爷大多了……

“我今年，整整一百岁了。那是迄今为止我见过的最血腥的一场争斗。”贡布痛苦地闭上了眼睛，“我们进入沙漠时，遇到了黑风暴，耽搁了两日。等我们赶到古墓时，科兹洛夫他们已经进去差不多一天了。

“你永远想象不出我所看到的，永远想象不出那是多么的悲惨，多么的耸人听闻，多么的黑暗扭曲。我们刚进入古墓，里头的人就开启了当年琼乃设下的终极诅咒，他们唤醒了里头的邪物。凡是进入古墓的人，十不存一。我们只有五个人活下来，但本着慈悲的心，我们也救了科兹洛夫，苏醒之后，他就回俄罗斯了。”

“是你们救的科兹洛夫？”我叫道。

贡布点了点头：“当然，我们给他施加了一些秘法，使他忘掉了和我们有关的记忆。我们重新封了那座古墓，让那邪物和那些诅咒再次沉睡。而从科兹洛夫那里，我们也知道秘钥被一个年轻的盗墓贼取走了。”

我心中波涛汹涌，那个年轻的盗墓贼不是别人，正是我爷爷李君之。

长时间的诉说，贡布满头大汗。要是一般人，估计早就死去了，但贡布双膝盘坐，手结禅定印，除了有些疲惫之外，似乎毫无痛苦。

“从黑水城回来，我就寄身此处，一直刻苦修行。摩柯迦罗曾经在我修习时轮金刚法的时候亲自授记给我：有一天，在这里，我将重新见到和那把秘钥相关的有缘人。”

贡布看着我笑道：“可我没想到会等了二十年。”

“那就是我。”我也笑了笑，尽管是惨淡的笑，“而且我一来，就把你害成这样。”

但贡布却决然摇了摇头：“不，孩子，你不是我见到的第一个有缘人。”

这话听得我摸不着头脑，难道在我之前，还有人为怪佛找过贡布？

也有可能。说不定是我爷爷，那老头子神通广大，凭借他的能力他的耳目他的眼线，找到贡布是有可能的。

贡布陷入回忆中："大概是两年前吧，有个人找到了我。我不知道他是怎么知晓我的身份的，一开始我并不打算见他。我在这里修行这么多年，闲杂人等我是不会打交道的。但他说出秘钥两个字的时候，我就知道他可能就是我等的那个有缘人。"

"一个仙风道骨的老头吧？"我苦笑道。

我可以想象，我爷爷和贡布坐在一起会是个什么样子。

"老头？他年纪大概四十岁左右。仙风道骨谈不上，是一个很不正经、狡猾古怪的家伙。"

"啊？"我一愣，不会吧，我爷爷在我面前是有点为老不尊，但用"很不正经"这个词来形容绝对不可能。

"他说他叫李贞。"

贡布说出来的这名字，把我惊得差点一头栽倒！

我爷爷李君之，一共四个儿子，分别用《周易》乾卦的卦辞元、亨、利、贞四字取名，大伯叫李元，二伯叫李亨，我爸叫李利，而李贞，正是我那个外号"李黑眼"的小叔！

小叔曾经找过贡布！？这消息犹如晴天霹雳！

我和小叔无话不谈，他见贡布这事，却从未对我讲过。而且，我敢肯定，关于秘钥这事情，他也从来没对我吐露过半个字！事实上，在我从爷爷那里得到怪佛后，拿着照片到泰丰楼找他、五花叔对着我滔滔不绝时，就在现场的他也始终保持沉默！

而且自从爷爷离奇身死到现在，发生这么多事，他也始终没露面，什么话都没跟我说过。

这十分不符合他八卦的性格，太奇怪了！难道小叔有什么事情瞒着我不成！？我晕头转向，对小叔顿时生起无限的疑问，当然，还有愤怒。

我突然想起了什么，从口袋里掏出钱包，翻出三年前小叔和我收货时的合影，递给贡布看。

"就是这个人。"贡布十分肯定。

这样一来，起码可以确定一件事：小叔有事瞒着我！

"他找你干什么？"我道。

贡布笑笑："打听黑水城那座古墓的下落。"

我纳闷了："打听那座古墓的下落，为什么？秘钥不是被拿出来了么？"

以我的理解，那座古墓最有价值的就是这尊怪佛，怪佛取走了，那座古墓也就失去了价值，小叔要去那里干什么？

贡布显然知道我之所想，道："古墓里，有一件和秘钥有关的极其重要的东西。"

"什么东西！？"

贡布摇头："这个我不能告诉你。当初我们并没有进入到古墓的最深处，凭借我们的修行，无法对抗被盗墓贼释放出来的邪物，进去只能一死。所以我们只是从外面封了它。

"古墓里面，除了这尊怪佛，还有琼乃留下的一样东西，这东西，意义重大，关乎怪佛以及魏摩隆仁的终极秘密。"

我陡然想起了爷爷跟我说过的事，脱口道："难道是唐朝那个女法师和秘钥一起带进汉地的羊皮卷！？"

贡布双目微微一睁，想说什么，终又没说出口。

我知道，他看样子是不会说的了。而且，我感觉我的猜测十有八九是真的。

贡布转移话题，道："他和我谈了很久，说了很多往事，关乎秘钥的陈年往事。他想找到那座古墓，重新开启它。"

"他要找你所说的那件东西？"我问道。

贡布道："是，不过他有一个我无法拒绝的理由。他说他的先人埋在那里，即便是找不到那件东西，他也要找回先人的骨骸，让他们入土为安。"

"你就告诉他了？"我很关心贡布的决定。

贡布点头："我把当年绘制的那座古墓的地图交给了他。"

"你不应该这么做。"我有点想不通，"如此关系重大的事情，你只不过见了一个之前曾未谋面的人，就这么把古墓地图给他了？！"

贡布看着我笑："孩子，我们不也是初次见面么？"

我："……"

贡布看着面前的那尊高大的弥勒佛，目光柔和起来，道："世间很多的事，其实都是因果注定。见他的前一天，我房间里的法鼓不捶而响，摩柯迦罗告诉我，他是一个值得信任的人。他将带来好的果。"

我无言以对。看来，我必须马上找小叔问清楚。

就在我胡思乱想之际，只觉得额头一暖——贡布的大手放在了我的头顶。

"孩子，今日你注定要到我这里来，而我的使命，因为你的到来而将得到延续。你刚才叫了我一声上师，并将身、语、意三宝供养于我，强巴佛面前，我自然不能拒绝你的请求。"

“等等。”我诧异道，“我之前叫了你一声上师是不错，那是因为尊敬。我什么时候将身、语、意供养给你了？”

贡布呵呵大笑：“你双手合十，在头顶、口和心口处落下，然后对我五体投地。头乃身、口乃语、心乃意，比起金银财宝，此乃最殊胜的供养，我没有不收下你这个弟子的理由。”

我：“……”

我说不过贡布，不知所措之际，忽然听到贡布一声低喝：“唵希瑞玛哈嘎啦呀洽佩大利吽扎！”

这声厉喝，仿佛天雷在耳边炸响，令我灵魂震颤、茅塞顿开！

“紧守你的身语意，我授与你玛哈嘎拉灌顶！”

接着，连绵不绝的经咒自贡布口中连绵而出，我所做的，就是内心安和地跟随他走入一个异常陌生同时却异常温暖的世界。

恍惚间，我看到了花开！

九瓣的金色莲花，盛开在雪山之巅，随风摇曳，释放出万道金光，金光之上，是一个阔大神奇的所在，那里九叠雍仲山高耸，那是魏摩隆仁！那是香巴拉！

这过程，不知持续了多长时间，我始终都沉浸在这股美妙中。

“唵希瑞玛哈嘎啦呀洽佩大利吽扎！”

随着贡布最后的一声心咒，我终于恢复神智。

贡布看着我，笑容灿烂：“你所看到的，是一个很殊胜很好的缘起。我的使命已经完成了，愿诸佛菩萨佑护你，愿玛哈嘎拉给你永久的加持！

“孩子，牢记：不执过去，不盼未来，保持内心之觉醒，不惧万法之显现，离此，则啥鬼东西都没有了。”

言罢，他缓缓闭上眼睛，以跏趺坐沉浸在灿烂的日光里，庄严如佛！

当啷，当啷。那两把原本插入他前胸的武士刀，被强大的气力逼出，落于地上。

他的身后，强巴佛凝视着远方，无上慈祥而崇高。

小扎巴上了楼，他走到贡布旁边，摸摸了贡布的脉搏，然后恭敬地向贡布行礼，对我说：“他，示寂了！”

两个小时后，老炮把做完了详细笔录的我带回了警局。

从始至终，我都在想着贡布的事，想着他说过的话，想着他示寂时的庄严。

我忽然觉得，人生就好像是大雨下的一场花开，纯白的花瓣零落碾轧在泥水里，随时都会凋零。

老炮的办公室里头人头涌动、往来穿梭，忙碌一片。

快到中午，老炮疲惫地回来，靠在椅子上把一叠材料扔给了我。

“被你干掉的那个日本武士查出来了。妈的，还是个狠角色。”老炮打了个哈欠。

我没动那份材料，开门见山：“对方什么来头？”

老炮直起身子，道：“这人名字叫千叶宗吉，是个家族渊源深厚的武士。千叶家族在日本德川幕府时期就以刀术闻名，历代家主都是二刀流的宗师。千叶宗吉本人是日本特务机关黑龙会排得上号的杀手，抗日战争期间他活跃于中国各地，杀了不少抗日人士，出手狠辣常常令人防不胜防，刀出必见血，所以绰号‘赤鬼’。他一直被军统、中统通缉，案底累累，这人六亲不认，只要给足了钱，什么事都做。”

我对这个千叶宗吉根本不感兴趣，他和我素未谋面，能让他这么做的，定然有幕后黑手。

“雇他的人是谁？”我问道。

老炮道：“我们调查了一上午，北平城的大客栈摸了一遍，好不容易才查出来，他是以假名混进来的，在东交民巷里面的一家日本人开的酒店入住。一个小时前，我在那里做了详细的盘问，根据酒店的服务生交代，发现了和他接头的一个人。”

“谁？”

老炮笑道：“一个小人物，但经过调查，呵呵，倒是有重大发现。”

“哦？”见老炮一副信心满满的样子，我觉得他可能会有好消息。

“我们逮捕了他，这小子孬人一个，很快就认了。他说是李五子指使的。我们拿到了他和李五子的通信，证据确凿。”老炮点了根烟，双脚翘在桌上，道，“看来这位李五爷还真是志在必得，他派千叶宗吉对付你，一开始并没有想杀你，可能是因为贡布和你之间的谈话又太过神秘，你那天珠又露了出来，他以为是李五子找的东西，这才出手。”

老炮又道：“现在看来，杀死驼子叔的，可能就是李五子一伙。我们把千叶宗吉的那两把武士刀取来，经过分析，证明驼子叔脖颈上的伤和其中一把刀十分吻合。”

“果然是他们。现在证据确凿，你们应该把李五子绳之以法了吧？说不定从他嘴里能够挖出和我爷爷身死有关的线索。”我道。

老炮无奈地摊了摊手：“抓不了。”

“怎么，李五子失踪了？”

老炮冷冷一笑，道：“两个小时前，他死在了宾馆的卧房里，身旁三个手下也悉数丧命。”

这个消息令我倒吸一口凉气：“谁干的？”

老炮没说话，当啷一声扔个东西在我面前。

那东西我很熟悉——“莫辛-纳甘”1891/30狙击步枪的专用子弹。

我目瞪口呆。

老炮拍着我的肩膀：“本来以为这谜案初露曙光，想不到更扑朔迷离。不过，李五子的死起码能说明两件事。第一，他的确已经开始了行动，虽然现在暂时不清楚其他那几宗的人有没有参与，但爷爷的死，六宗的人有很大嫌疑。第二，可以确定，除了六宗之外，还有一股势力参与其中。结合上次那个送信的乞丐所说，加上“莫辛-纳甘”1891/30狙击步枪，可以初步判定这股势力十有八九是外国势力。

“如果再加上你所说的那个神秘的剥皮人，现在可以确定三股人马。”老炮想了想，补充说。

然后，他坐在我对面，道：“你现在很不安全，我建议你最好减少外出，剩下的交给我们来处理。”

他完全是好意，但我显然无法从命。

“这事情远远比你接触到的一般凶杀案要复杂。里头牵涉的人和事太多，我不好好查查，单凭你们的力量，相当困难。”我摇头道，“再说，事关爷爷的死，我不能坐视不理。”

老炮知道我的脾气，只能让步：“也行，不过你想单独行动是不可能的。”

“我明白。”我笑道，“这下你真成了我的私人保镖了。”

老炮哀嚎一声：“我是哪辈子造了孽，摊上你这么个祸害。”

“除李五子之外，其他那几宗的人有异常么？”

老炮面露难色：“我们早派人盯着了。其他那几个铲头，真他娘的奇葩。有龟缩在住所当寓公的，有花天酒地胡吃海塞的，有八大胡同逍遥快活的，还有黑市里疯狂买货的，反正都有不在场的证据，至少表面看起来很正常。”

我沉思了一会，道：“越是这样，越是诡异。李五子这事儿，他们不可能没掺和，下一步说不定有什么鬼把戏。”

老炮点点头：“我倒希望他们早早出手，那样我们就不至于这么被动了。”

我见时候不早了，站起身，道：“我得出去一趟。”

老炮紧张地站起来：“去哪？不是不让你随便出去么？”

“有些事儿我得找小叔问清楚。”我道。

贡布说过小叔去找过他，这就说明小叔一直有事情瞒着我，而这事情，显然和怪佛有莫大的关系。

当下的一切，都因怪佛而起，小叔此举太过诡异，不能不让我心疑。

不料老炮听了我这话，直摇头：“别提了，我们还想找他呢？”

我一愣：“怎么了？”

老炮道：“刚开始不过是例行调查。主要想摸一摸老爷子都得罪了什么人。可在找小叔的过程中，他一直不露面。”

“这不可能呀。他应该在北平的。”我诧异道。

老跑道：“打他铺子里的电话，就是打不通。铺子我也去过了，大门紧锁。事实上，从老爷子出事那天开始，他好像就没影了。”

老炮的话，倒是提醒了我：不错，爷爷死后，我的确没有见过他。

虽然小叔平日性格孤僻，和家里人来往甚少，但爷爷出事非同小可，作为亲生儿子，理应在这个时候留在家里尽孝。

“我爸他们也没见过小叔么？”我问道。

老炮摇头：“你爸忙着给老爷子料理后事，早焦头烂额的了。要不是我提醒，他根本不会想到小叔。”

看来，只能由我出绝招了。

我用局里的电话给小叔铺子里打了个，无人接听，接着又打电话到“庆元春”，给老鸨“一枝花”留下口信，如果她发现小叔的踪影，立刻告诉我。

口信的内容很简单：贡布已死，秘钥有解。

短短八个字，我想凭着小叔的性格，他看到之后肯定会找我。

我们等了整整三天，口信发出后，犹如泥牛入海。

不知为何，我的心陡然紧张起来。

小叔是个谨慎的人，同样，他也是个直来直去的人。对于他来说，任何人都无所谓，除了我。更何况，我留的这条口信足以挠到他的痒处，他竟然能够忍住不回，这显然不符合他的所作所为。

小叔在北平经常待的地方并不多，铺子里他固然不常去，但“庆元春”他是一定会经常光顾的，三天之内他都不现身，只能说明一个问题：他遇到麻烦了。

“必须想方设法找到小叔！”我忧心忡忡对老炮道，“我担心他会有什么意外。”

“你的意思是，小叔也掺和进这事了？”老炮睁大眼睛，“他和那个什么铁函，也有关系？”

事到如今，我也瞒不住老炮，道：“他曾经为铁函找过贡布，说明他一直都在探查此事，却从来没对我提过。”

“行，小叔还真行啊。”老炮冷嘲热讽，道，“你在这里待着，我带人出去撒网，凡是小叔经常去的地方、他经常联系的人，我们都筛一遍，我就不相信他会人间蒸发。”

言罢，老炮出去了。

我和万岁在房间里面面相觑。

已经中午了，肚子饿得咕咕响，老炮手下的几个警员帮忙在外边订了几个菜送来。我也没心思吃，一个劲抽烟。

万岁这小子胃口倒是极好，风卷残云对付盘子里的一条红烧鲤鱼，狼吞虎咽。

我哑然失笑：“你小子饿死鬼投胎呀，慢点吃，没人跟你抢。”

万岁一嘴鱼肉，对着我笑笑，突然双目圆睁，使劲拍打胸脯。

“我说得没错，被鱼刺卡到了吧！”我站起来，替这小子揉胸捶背，最后使劲在他脖颈上一拍，万岁咔的一声终于把东西吐了出来。

“小爷，你看！”万岁把那团稀烂的鱼肉抓起。

我被这小子恶心的不行：“滚蛋！老子不看那玩意。”

万岁警觉地看了看周围，见没人，小声道：“你看，有东西！”

我凑过去，这才发现鱼肉里面有个小纸筒。

小心翼翼摊开，是张纸条，上面只有一句话：两点，开明戏院见，不要带其他人来。

字是用毛笔小楷出来的，墨迹似乎还未干透。

“小爷，这是有人刚刚送的。”万岁冲向窗户。

“别找了，人家早走了。”我摆了摆手，拿起那个满是油渍的纸条，陷入沉思中。

到底是谁给我递的纸条？！

我现在感觉自己就如同一只站在聚光灯下的猎物，周围皆是一个个黑洞洞的枪口。这种感觉十分操蛋。

“你去么？”万岁昂头看着我。

我苦笑：“你觉得我还有其他的选择吗？”

万岁：“如果这是陷阱，出事了怎么办？”

“管不了这么多了，万一是小叔呢。”我笑道。

万岁的眼睛叽里咕噜转了转：“我陪你一起去。”

我马上拒绝：“对方明确要求我一个人去，你去了容易生是非。再说，你小屁孩一个帮不上什么忙，万一再出个意外，我怎么跟驼子叔交代？”

万岁气鼓鼓地道：“你太小看人了。论身手，你未必能赢得了我。”

我自然相信他的实力，但还是决定独自行动。

将那把柯尔特左轮手枪藏好，拉开房门，见走道里警察们忙乱一片，我回头对万岁道："你在这里等着，到晚上如果我还不回来，那就说明我出事了，你再告诉老炮，明白了？"

万岁不吭声，给了我一个白眼。

我管不了这么多，偷偷溜出了警局，拦了辆黄包车，心急火燎赶往前门。

前门外西珠市口。开明戏院。

老北京戏园子是一绝。自打大清朝开始，这戏园子便如同雨后春笋一般涌现，绝大多数是供平民百姓乐呵，喝个茶，听个曲儿，偷得浮生半日闲。

京城的戏园子里，开明戏院谈不上老资格，但很有名。这戏园子建于民国元年，是由中日商人合资兴办的新型戏院。洋式二层楼，中西结合，舞台使用了黑绒大幕，当时建成后只演电影，后来加演文明戏。民国初，京剧名角梅兰芳、杨小楼、余叔岩、孟小冬等经常在开明戏院演出，盛极一时，可谓北平城如今最红火的娱乐之地。

人力车夫一路小跑，穿街走巷，等我到地方时，已经一点三刻了。

正是快要上座的时间，戏院门外人头涌动。

不管是贩夫走卒，还是有身份有名望的权贵，此刻鱼贯而入。

戏院门外，贴出了今日的演出海报。

"各位爷！今日出演小白玉霜的《桃花庵》！全靠您捧场，里边请！"伙计在门外揽客，一嗓子响彻一条街。

小白玉霜如今名冠京城，那是一名角儿，售票处排起长队，我艰难地穿过人群，插队买票，惹了无数白眼和抗议，这才验票进园。

这地方我跟小叔来过不少次，进了门，早有熟悉的伙计引到了楼上的包厢。

京城戏园子的坐席是有讲究的，楼上的座位三面都正对戏台，座位区域各有名称，楼下正面叫"池座"，楼下戏台两侧叫"两厢"，两厢后面靠墙处备有高木凳，叫"大墙"；楼上称"楼座"，前面为"包厢"，一般说来，这"楼座"和"包厢"因为安静、对戏台一目了然，所以多是为有身份的人准备的。

平时我是不摆这样的谱的，今天特意挑了个包厢，主要是考虑到这里居高临下，能够把戏园里的情况看得一清二楚。

坐下来，我气喘吁吁，先点根烟平息一下，然后眯着眼睛观察人群。

放眼看去，似乎并没什么异常。

日本人投降后，北平城一片太平气象。虽说国民政府的管理实在是操蛋，但老百姓该乐呵的还要乐呵，这地方，有一家老小拖家带口其乐融融的，有三口之家喝茶品茗的，有小情侣卿卿我我的，还有泥腿子山呼海啸闲扯淡的，人群来往中，根本没有特别的存在。

难道写纸条的那人骗我？

我靠在包厢栏杆上，倒了杯茶。

看看表，正好两点。

既来之则安之，我完全一副死猪不怕开水烫的模样，跷起二郎腿，眯起眼睛享受这市井的嘈杂。

人也是奇怪了，平日里这样的地方我是少来的，白天睡觉晚上和一帮狐朋狗友不醉不归，那样我觉得才热闹。可如今，喝着花茶，看着眼前的一张张笑脸，突然觉得这般的平凡，也是幸福。

这么胡思乱想了十几分钟，接头的人依然没有现身。我有些急了，站起来活动了一下腰身，叼了根烟，拿出打火机怎么也点不着火，仔细一看，妈的，火石没了。

正闹心呢，就听见楼下跑堂的对我高喊一声："楼上那位爷，手巾把来喽！"

话音起时，一条热气腾腾的毛巾准确地扔到我手上，底下一片叫好声。

扔热手巾，是京城戏园子的一大绝活。不管你坐得再高再偏，跑堂的一扬手，保准让那手巾落入你手。

我呵呵一笑，扔下俩大子儿，摊开毛巾舒舒服服抹了把脸，突然觉得手巾里硌人，这才发现是个纸条——"楼座3号。"

嗨！我这个火大。敢情这位爷是个爱折腾的主。

我把柯尔特从腰间拔出，揣进上衣口袋里，赶紧出了包厢。

如果对方来者不善，老子今日也不含糊。

3号楼座就在前方，进门之前，我叼着烟想借个火，平息一下心情。

左看右看，见个洋人四仰八叉地坐在不远处，勾着头看楼下呢。

"嗨，火的有没？"我走过去，嬉皮笑脸。

老外一头雾水。我做了个打火的姿势，他才明白过来，手伸进兜里找火机。

我凑过去点烟，刚要说声谢谢，突然觉得腹部被一个硬硬的东西顶住。

"别回头，别张望，跟我走。"洋人笑了笑，搂住了我的肩膀，袖子里的匕首紧紧抵着我。

我倒是乐了——敢情这位就是正主儿呀。

这洋人，个头足有两米，红棕色的头发，脸上有个小小的刀疤，络腮胡，年纪也就比我大个四五岁。

他搂着我肩膀，满脸是笑，别人看了还以为我俩是哥们呢。

“朋友，你让我等得好苦。”现在我反而不紧张了，打趣道，“早来了就早搭线呀，他妈的还玩这么多把戏，我要不找你借火直接进了3号楼座，你奈我何？”

“少废话！”洋人一边走一边警觉地看着周围，“就你一个人来？”

“我这人没其他的缺点，就是说到做到。”我看着楼下人群，“要不我给你招呼过来一个？”

“你丫老实点！走！”洋人微微用劲，匕首刀尖刺破我厚厚的衣服，刮到皮肉上，疼得我一咧嘴。

嘴上一边说，脚下没闲着，下了楼。

“中国话说得挺溜儿，还一股子京味儿。来中国不少年头了吧？”我旁敲侧击。

“闭嘴！”洋人冷冷一笑，“你现在什么也不用说，等会有你说的。”

我俩勾肩搭背，出了戏园后门，一辆黑色的轿车从巷子里冲出来，吱嘎一声停在面前。

洋人一把将我推进车内，自己钻进来，咣当一声关上车门。

我晕头转向，从座位上爬起来，发现车里还有四个黑衣人，清一色白种人。

前面坐着个胖子，剃了个光头，刀疤脸一上车他就愤怒地训斥。讲的话叽里咕噜，我也听不懂。

“我说几位，讲人话行不？你们是什么人……”我刚一张嘴，就被一块破布堵上了，接着双手被死死绑住，脑袋也被罩了个布袋，挣扎了几下，一记重拳狠狠砸在我后脑上。

晕厥的那一刻，我意识到自己被绑架了。

还别说，万岁那小子倒是有先见之明。

第十四章 绝处逢生

我是被一盆凉水浇醒的。天气寒冷，那股自顶阳骨灌进来的凉气，让我全身剧烈地打了个哆嗦。

黑布袋早被拿掉，但长时间不见光亮，眼睛无法一下子睁开，朦朦胧胧见面前一排人影。

我动了动身体，发现被绑在一个硬木大椅上。

“醒了？”刀疤脸的声音传来，他笑了一下。

我努力适应光线，发现面前站着十几个黑衣人，胖子和刀疤脸都在里面，而这帮人的中间，椅子上，众星捧月般地坐着个女人。

一个金发碧眼、鼻梁高挑、性感妖艳、穿一身皮衣的外国娘们！

说实话，这些年，漂亮的外国娘们我也见过不少，可这般的尤物真是第一次见到，就这脸盘，就这身材，八大胡同当个头牌绰绰有余。

“哟，还是个漂亮妹妹，你找我？”我咧咧嘴，开始打量周围的环境。

不看便罢，这么一瞅，心里顿时拔凉拔凉的。

这应该是一处废弃的木楼。我们所在的是一个巨大的空间，大梁柱子毛糙得很，毛坯、石料扔了一地，角落里还搁置着已经结了蜘蛛网的木工床，不知道啥年月扔在这里的。

太阳快落山了，一缕夕照从缝隙里漏进来，昏黄温暖。外面安静得很，偶尔还能听到一两声狗叫。这说明这地方已经出了北平城，十有八九是个鸟不拉屎的郊外废地。

老炮他们想找到我，恐怕不是那么容易的事。

而眼前这些人，面色不善，尤其是那个外国娘们，尽管人长得漂亮，可一双天蓝色眸子一直死死盯着我，杀气四溢，不是个好鸟儿。

羊入虎口，九死一生，人为刀俎，我为鱼肉。这是我的判断。

不过事情既然都这样了，反而没什么好怕的。

“你是李重九吧？”外国娘们微微一笑，中国话说得不错，字正腔圆。

“呵呵，四海之内是一家，不用这么客气，叫我小九就行，如果叫我一声九哥哥，更好。”我笑道。

“去你妈的！”在旁边的那胖子狠狠给了我一脚，踹得我连同椅子扑通一声倒下去。

“少嬉皮笑脸！我们头儿问你什么，答什么！中国猪！”胖子骂道。

我被扶起来，鼻血直流。

他娘的，这一脚正踹我脸上！

老子平日里打架，哪儿都不顾，唯一视若珍宝的地方就是脸，这是我生存的资本！

“孙子儿，这笔账咱们记着，慢慢算！”我对胖子冷笑一声，转脸看着那娘们儿，道，“有话就说，有屁就放，九爷等着！”

外国娘们儿站起，踩着一双高跟鞋咯噔咯噔走过来，浓浓的香水味熏得我脑仁疼。

“我说的话，你仔细听，我不会说第二遍，明白？”这娘们在我耳边吐气如兰，惹得我一阵心猿意马。

“我叫卡杰琳娜，来自莫斯科。我千里迢迢之所以请你来，是因为我祖父的一个遗愿。”叫卡杰琳娜的娘们儿撩了撩一头的金发。

我乐了：“你祖父的遗愿？妹妹，搞错了吧？你祖父一把年纪，我又从未去过你们那鬼地方，他找我干吗？难道，他有一笔遗产给我？好，赚了，哥哥最近正好手头紧。”

卡杰琳娜莞尔一笑：“听他们说，你是个滑头，没想到这么伶牙俐齿，我希望你这个好习惯一直保持下去。”

她在我面前蹲下来，昂头看着我的眼睛。

妈的，我往下一看，鼻血差点没喷一地：这娘们上衣开叉很低，里头竟然真空上阵，那一片雪白高耸中挤出深深的沟壑。我一个热血青年哪经得起这么诱惑。

美人计！典型的美人计！老毛子真是险恶用心呀！

“你的确不认识我祖父，他也不认识你。不过，他的名字你绝对听过：皮欧罗·库兹米切·科兹洛夫！”

俄国人名字一般都很长，开头我没听清，但科兹洛夫这玩意儿却清清楚楚！

科兹洛夫，那个盗掘黑水城的俄国人！

我迅速意识到，眼前这帮人，定然是为了民国十五年的那段往事，为那尊怪佛而来。

“什么屁哦米呀的，老子没听说过。让你祖父亲自跟我说。”我摇了摇头。

“狡猾的中国猪！”胖子咬牙切齿给了我一记重拳，打在我肚子上，疼得我五脏六腑抽搐，眼冒金星。

“看来我们这位朋友还没清醒过来，维克多，帮助他好好想想。”卡杰琳娜冷冷一笑。

叫维克多的胖子无比享受地捏了捏拳头，关节啪啪作响，接着，我的噩梦开始了。

这帮狗娘养的，用绳子将我吊起来，狠狠地用重拳招呼我，打得我鼻青脸肿、口鼻流血。在暴风雨一样的重拳击打之下，我昏过去七八次，每一次都被凉水浇醒。但即便如此，九爷我照样牙关紧咬。

到最后，还是那个一声不吭的刀疤脸出手了。

他那把锐利的弯月匕首一点点地刺进我的大腿、手臂各处，然后使劲地拧转，疼得我求生不得求死不能。

就这般折腾了不知多少时间，到最后，我只觉得这具皮囊都不属于我了。

牙被打掉好几颗，因为剧烈的疼痛，舌头都咬破了。眼睛肿得只能睁开一条缝，满身是血不说，我感觉肋骨好像断了几根。

终于，死胖子维克多气喘吁吁停了下来，他也打累了。

刀疤脸对卡杰琳娜嘀咕了几句，卡杰琳娜看着我，目光中流露出一丝疑惑：“难道他真的不知道黑水城那件事情？”

刀疤脸耸了耸肩。

卡杰琳娜扭动腰肢来到我面前，道：“我再问你一句话，你也只有这么一个机会，如果你的回答让我很不满意，或者你撒了谎，我不介意用我最心爱的大马士革刀剥了你的皮！”

“这小子是个硬骨头。”维克多甩着他那红肿的手，回头看着卡杰琳娜。

我耷拉着脑袋，血顺着鼻尖、嘴角一滴滴地溅落在地上。

头脑嗡嗡作响，身体各处的剧烈疼痛早已经变得麻木。说来可笑，我这个人天生软骨头，贪生怕死，我爷爷就不止一次说过，我要是早生十年，抗日战争中恐怕只有一条出路，那就是当上叛徒汉奸。

但这一次，我的表现竟让自己也有些吃惊。

胖子狠揍我的时候，阵阵剧痛让我犹如暴风骤雨中漂浮在怒海里的一叶扁舟，随时都可能倾覆，很多次我都想把怪佛的藏身地点告诉这帮家伙，换个置身事外，反正那东西不关我事。但每有这想法，贡布的笑脸就浮现于我面前。那一张朴实慈祥的脸，犹若一朵绽放在浓黑夜色中的洁白山茶花，纯粹而温暖。

我想起流沙冢密室里爷爷留给我的那个背影，沧桑的瘦削的背影。

想起多旺站在那幅玛哈嘎拉唐卡下眼角的一行泪水。

想起梦中绽放的那朵光芒四射的九瓣金莲。

人不在绝境之中，很难发现自己会有多大的潜力。

"唵希瑞玛哈嘎啦呀洛佩大利吽扎……唵希瑞玛哈嘎啦呀洛佩大利吽扎……"一遍遍地低声念诵着贡布传于我的心咒，它在我胸腔回荡，在我脑海中回荡，在我心头回荡！

"你们是对付不了他的。我闻到他的灵魂散发出一股滔天的臭气。"一个苍老的声音传来。

我艰难地抬头，从肿胀的眼缝中看到一个穿着红色僧袍戴着白帽子的胖大僧人趋步前来。

"法师！"不管是刀疤脸还是卡杰琳娜，都齐齐起身，似乎对这个老僧人很是尊敬。

他径直在我面前坐下，拿出刀子，割扯着刀疤脸端上来的一条生牛腿，将一片片血淋淋的牛肉塞进嘴里，嚼得嘴角溢血。

"年轻人，为什么这么固执呢？那东西对你来说不值一文，只要你交给我们，金钱、女人或者其他你想要的，我们都会双手奉上。世间，没有比这个更实在的了。"他一双鹰隼般的眼睛锐利地盯着我，仿佛刀子一般戳穿我的灵魂。

"你，你知道佛是什么吗？"我笑道。

"什么？"白帽僧人没听清，来到我跟前。

"你是修行人？"我问道。

白帽僧人干笑一声："修行人？不不不，我只是个法师，名为苯波卓洛。"

"苯波卓洛……"我看着他，念着这个名字，道，"那好，苯波卓洛，你是戴红帽子的还是黄帽子的？"

"哈哈哈，这家伙被我揍傻了。法师，他连你的白帽子都看不清了。"刀疤脸笑道。

苯波卓洛冷冷扫了一眼刀疤脸："废物。他这是问我是宁玛派还是格鲁派！"

刀疤脸的笑声戛然而止。

苯波卓洛拍了拍我的脸，他身上散发出的一股子腐臭、甜腻的味道，熏得我晕头转向。

“小子，我既不是戴红帽子的，也不是戴黄帽子的。难道贡布那老家伙死的时候没告诉你，我们向来以白为至尊之色么？”

以白为最上？象雄人崇白。果然，眼前的这个胖子是个苯教法师。

“苯波卓洛，你知道佛是什么吗？”我笑道。

“我只关心灵魂。”苯波卓洛玩弄着刀子，道，“相比你们的那些虚无缥缈的佛法，我更关心如何让灵魂超脱。包括你的。”

刀锋在我脸上轻轻滑过，带着寒入骨髓的凉。

“别的我不知道，我只知道如果今天你不说，你就要和你的佛见面了。”他淡淡道。

“你根本不了解。”我咳嗽着，“佛法就是心法，没有比信仰更强大的力量了。呵呵，不过，我不相信你们会杀了我，如果那样，你们永远都找不到想要的东西，不是么？”

我觉得我此刻的笑容，一定很酷。

“这头猪！”刀疤脸愤怒地一拳打在我的鼻梁上，啪的一声闷响，我想我的鼻骨怕是断了。

“聪明的小子。”苯波卓洛点了点头。

“法师，我来吧。”卡杰琳娜水蛇一般走过来。

“不不不。”苯波卓洛摇了摇头，他肥厚的手掌五指如钩扣住了我的脑袋，“有意思，很有意思，还是我来吧。”

他盯着我，笑：“我想，他会心甘情愿地将所知道的一切都告诉我的。”

然后，他从宽大的僧袍里掏出一根羽毛，一根鲜艳夺目的孔雀翎羽，在我面前缓慢地晃悠着：“九门大开，神圣光洁的无上九门，就在你的面前，无边高，无边远，青铜所造，光华灼灼，你的灵魂经我之掌，舍身而出，迈上九层台阶……”

叮铃……

他的言语仿佛带着巨大的魔力让我昏昏欲睡，而一声清脆的铃铛响，让我感觉好像坠入黑暗的悬崖，血液回流，心脏好像被万斤的重物挤压，随即，在这急速坠落中忽然一顿，灵魂仿佛被活生生撕裂，丢入一团昏暗光团中。

我看到了九个巍峨的青铜大门！

耸入云天，无边无际的大门！

九道台阶绵延而上，台阶上满是烈火和鲜血。我赤着脚来到那门前，感觉无比的冷。拾阶而上，青铜大门轰然而开，里面散发出耀眼的光芒。

里面有个深沉的声音在呼唤我，叫我的名字。尽管我内心极力阻止自己进去，但依然情不自禁迈开一步！

一步之间，斗转星移。

无边的黑暗将我吞没，突然又回归一片空明。我看见自己躺在一张大床上，赤身裸体被白床单盖住，老爸他们在旁边悲泣哭号，几欲昏厥，任凭我如何呼唤他们，他们都充耳不闻。

与此同时，白的、黑的、红的、黄的……各种各样的光焰围绕着我，大地在震颤，无数种声音传来，嚎哭、呜咽、怪笑、怒吼！我慌乱地跑着，越过第二道青铜大门！

大地裂开，炙热的岩浆涌出，天空黯淡无光，没有日头，也没有月亮，到处充满着毒气，自其中，涌现出无数面目狰狞的鬼怪，他们或三目圆睁，或赤身裸体，或披着人皮，或撕扯吞噬死尸人肉，手中挥舞着骷髅棒，嘴里发出奇怪的巨大声音，追着我。

我在岩浆中奔跑，皮开肉绽，担惊受怕，恐惧到极点，慌不择路推开第三扇大门。

那门后，堆满着枯骨尸山，有无量无数勇健男，勇健女，天兵天将，以及男女护法尊神，个个佩以六种骨制装饰，持着大鼓，股骨号角，头骨小鼓，罗刹皮旗，人皮华盖，人皮小旗，人脂香膏，以及无量无数的他种乐器，共鸣齐奏，使得整个宇宙皆为如此巨声震荡激动，使人为之耳眩脑裂，且随种种曲调节拍作种种舞蹈，让我昏厥、痛彻心灵！

我逃避他们，在荆棘中逃窜，皮肉被挂满钩刺，伤口里露出白骨，生不如死。

推开第四扇大门，里头一座火山顶天立地，其下架起无数铜锅，无数小鬼游荡，一个骑在牛身上的巨大怪物，用绳子套住我的脖子，将我拖开，砍下我的脑袋，掏出我的心脏，拉出我的胃肠，舐我的脑髓，饮我的血液，吃我的肌肉，啃我的骨头！但即便身体被剁碎了，不久就会活转过来，但是如此反复砍杀，让我生不如死！

忽又进入一扇大门，一座黑铁大山矗立面前，后头无数独脚鬼、夜叉将我赶上。我在山间穿梭，身体被无数形如刀剑、锋利燃火的铁刺刺穿，无数的秃鹫、乌鸦飞来，生生啄食我的眼睛、皮肉，又有无数的铁男、铁女跑来，用石头砸开我的脑壳，吞噬我的脑浆……

又过一门，寒风刺骨，到处是冰川、雪山，身上生起一层层的冻疮、毒瘤，皮肤被冻成青色，身体裂为无数瓣，无量的长有铁嘴的昆虫蜂拥而来，咬噬着我……

又过一门，里头赤野灼热，风沙弥漫，干渴无比，看到远处的清澈河流、累累果树，走到近前却片无一物，有无数鬼兵恶将用大铁索夹着我，抽打，驱赶……

这无边的各种痛苦，交替而来，漫长而难忍，不知死了多少次，不知受了多少苦，生不如死之间，忽然推开一门，见一宫殿金碧辉煌，其下草木苍翠，天花满脸，有无数绝色女子奔跑其间，拉扯我来到一金光圣母面前。

那圣母，全身瓔珞装点，容貌娇艳，笑容慈祥，喊我名字，如同母亲，当真温暖。

我浑身伤痕累累，早已身心俱疲，双目含泪，疯一般朝那张开的双臂跑去，内心仿佛有无数的话要对她诉说……

就在此时，忽然自前方释放出无量金光，天摇地动，显出一大威尊！

此尊，身体呈青黑色，三目圆睁，着虎皮，项挂五十人头骨大念珠，戴五骷髅冠，鬃毛竖立，左手托骷髅碗，碗内盛满人血；右手持金刚钺刀，双腿站立，背后是熊熊火焰！

自他口中，发出宇宙为之震颤的巨大呸呸之声。那金色圣母在他面前，容貌突变，身上瓔珞化为条条死蛇，一身姣好皮肉化为独眼夜叉，丑陋无比。

此大威尊，把那独眼夜叉踏于脚下，将其一口吞掉，随即万道金光化为一朵金莲，融入我的胸口。

“唵希瑞玛哈嘎啦呀洽佩大利吽扎！”一声威宣，令我突然醒来！

在那一瞬间，我才知方才的境遇就像是一场无比真实的噩梦，而梦中那大威尊，正是玛哈嘎拉！

睁开眼，却见眼前一片慌乱。

我的脚下，不知何时画出了一个巨大的法坛，堆满血肉骷髅以及种种恶劣之物，我对面，苯波卓洛身披法衣四仰八叉躺在地上，身体抽搐，手中那铃铛扔在一边，刀疤脸、卡杰琳娜等人正使劲摇晃他。

“法师！”

“法师！”

苯波卓洛好久才幽幽醒来，他伸出手指颤颤巍巍地指着我，嘴歪眼斜道：“杀了他！杀了他！他受了摩柯迦罗的灌顶，他是摩柯迦罗的心子！”

“他不可能是摩柯迦罗的心子。”卡杰琳娜满脸讥笑，“我掌握关于他的所有资料，不过是个贪生怕死的小流氓，法师，所谓的灌顶，有可能来自贡布而已。”

我笑了，笑声嘶哑而尖利，就像深夜密林中的夜隼。

不管是卡杰琳娜还是苯波卓洛，都有些诧异地看着我。

“妹妹，我问你几件事，如果你老实回答，我倒是不介意告诉你一些有价值的情报。”我舔了舔嘴唇的鲜血。

“死路一条还谈条件？！”维克多举起拳头。

“让他说。”卡杰琳娜昂起了迷人的下巴。

“我爷爷，是不是你们杀的？”我死死盯着卡杰琳娜的双目，心中怦怦乱跳。

这是我最为关心的问题。

一群老毛子，亡命之徒，外加一个神神秘秘的法师。见识到这些人的能耐之后，我觉得最有可能的就是他们了。

不过卡杰琳娜的回答让我很失望。

她说：“你爷爷李君之，我从小就听祖父提起过，他一生佩服的人不多，能够让他佩服的敌人更不多。说实话，干掉他是我来中国的目的之一，但可惜，他让我这个愿望落空了。”

从她的眼神中，我能看出她似乎并没有说谎。

“寿宴那天的那封信，是你们送的？”我道。

胖子维克多点头：“不错，是我。”

“信中说了什么？”

卡杰琳娜：“这个你没必要知道。”

我笑：“好，第二个问题。杀死多旺的也是你们？”

卡杰琳娜面无表情：“是。不过当时我们想杀的是你。”

“为什么？杀了我，你们不怕找不到那东西？”

刀疤脸打了个哈欠：“他的死，怪你。我一路跟踪你，当你们见面的时候，我以为那东西在老头那里，所以，先干掉你，再去抢东西。”

我咬牙而笑：“我小叔现在下落不明，也是你们所为？”

卡杰琳娜：“这就冤枉我们了。事实上，我们也在找他。”

言罢，她看了看手表，道：“话你问完了，现在该我了。我没时间跟你耗，只问一次，那尊佛像你藏哪儿去了？”

“不在我手里。”我昂头道。

“找死！”胖子维克多早已经忍无可忍，手中匕首端起，直直刺向我的胸口。

爷爷，完了，咱们老李家要绝后了。可怜我都二十多了，还他娘的是个处男。我悲哀地想着。

嗖，嗖嗖！破空之音传来，接着是维克多的一声惨叫。

几把匕首劲力而发，射入维克多胸口、喉咙、心窝、腹部，胖子圆睁着双目轰然倒下。

“谁？！”这帮人大乱，刀疤脸端起狙击枪瞄准四周，卡杰琳娜的手下更是神情紧张，枪械齐出。

嗖，嗖嗖嗖！一把把匕首宛若致命的游蛇袭来，惨叫声此起彼伏。

快！太快了！快得连匕首射来的方向都无法看清。

我精神一振，扭头打量四周。

天已经黑了，庞大的废弃建筑里只有我头顶亮着个昏黄的电灯泡，动手之人栖身在周边的黑暗中，鬼魅一般，无声无息。

尸体上的匕首，黑铁打造，三棱尖头，锋刃上锻打出九条盘绕的毒蛇，手柄上雕刻的则是四面骷髅怪尊。

准确地说，应该不是匕首，而是金刚橛。

金刚橛原是兵器，后来被藏地吸收，成为法器，不管是苯教还是藏传佛教都有使用，修法时在法坛四方钉入地面，象征摧破一切孽障。

苯波卓洛抓住一把匕首，鼻子嗅了嗅，随即干笑起来：“朋友，误会了，一家人！”

黑暗里无声。

“白银甲茹，护法苯波，一花双蒂，形同日月。”苯波卓洛取下他的白帽子，双手高高捧起。

嗖！噗！

一把金刚橛飞来，将那白帽子射穿。

与此同时，刀疤脸手中的狙击步枪爆裂射击，弹壳划出一条弧线叮当落在地上。

楼里回归死寂！刀疤脸笑了，他看着我左方的角落，吐了口唾沫，收起了枪。

“打中了？”苯波卓洛张大嘴巴。

卡杰琳娜笑：“他的子弹，向来弹无虚发，只要出枪，定然一击毙命。”

她挥了挥手，两名手下心有余悸地举枪朝那角落逼去，而在他们迈出一步之后，苯波卓洛忽然脸色大变：“他没死！”

言罢，他身上宽大的僧袍骤然鼓起，腾空飞去，在他手中，不知何时多了一把满是利刺的骷髅棒，朝角落袭去！

啪！

又一声脆响，我头顶的灯泡被打灭。

黑暗之中，金铁交鸣之声叮当作响，接着是疾风骤雨般的拳脚相向声，枪响，惨叫不绝于耳。

顾不得疼痛，我用尽全力挣脱绳索，这是最好的逃生机会，尽管子弹从我耳边呼啸而过。

但那绳索乃是用牛皮搓成，越挣扎越紧。就在我满头大汗时，一股暗风涌到我背后。

“谁……”我刚张嘴就被人捂住嘴巴，接着双手一松，牛皮绳被割断，那人抱着我，双脚蹬地，从窗口一跃而出。

砰，砰砰！

刀疤脸的狙击枪怒吼，子弹射在身边的墙上，擦出火星。

那人抱着我从楼上坠下，下落的瞬间，他的身体骤然一震。

“你是谁！？”我此刻动弹起来十分困难，低声问道。

他却不说话，快跑一阵，将我扔在一辆黑色凯迪拉克中，轰鸣而去。我回头望去，卡杰琳娜带人从楼中冲出，举枪齐射。

车身叮当作响，麻利拐了一个弯，将那伙人甩在身后。

我长出一口气，打量着车前方的这个人。

一身黑衣。黑色的礼帽，黑色的牛皮手套。完全看不清他的脸。

“有烟么？”我笑道。

嘶，嘶，嘶嘶。他也笑了，布匹撕裂时发出的声响般，带着砂纸的质感。

香烟扔过来。

“没有古巴雪茄，这个凑合吧。”

我接过来，看了看，嘴巴一咧：大前门！？

妈的，开着凯迪拉克森林舰队的人，竟然抽几个大子儿一包的大前门！？

点了火，抽一口，烟叶的辛辣快把我的肺烧掉。我剧烈咳嗽几声，满嘴是血。

“老朋友，又见面了，你的情况可不太好。”他静静道。

“你也不咋地。”我瞥了瞥他。

卡杰琳娜手下的那个刀疤脸绝对是个神枪手，剥皮人身手再快，他的后肩也赫然露出一处枪伤，黝黑的血洇湿了一大片。他不说话，嘶嘶笑。

“你和那个苯波卓洛，一伙的？”抽了几口烟，身上的疼痛总算消退了些，我瘫在后座，有气无力道。

“他不过是个败类罢了。”剥皮人摇头，“一个叛徒。”

“那你呢？你是白银锁魂者？”我尽量减少语气中的紧张。

“白银锁魂者？”他重复着这五个字，想了想，道，“看来你这段时间打听到了不少事。”

“你是不是！？”我扑过去，他猛打方向盘，我的身体重重甩回座位。

“谈谈我们的生意吧。”他点燃一根烟，露出那张恐怖的脸。

“什么生意？”

“那东西，双头怪佛。”

“我说了不在我这，即便是在我手里，也不会给你。”我笑，又道，“你杀了我，也没用。”

“你知道我不会杀了你。”他把只抽了一口的烟弹出车窗外，道，“那尊双头怪佛，你已经知道了许多。但我要告诉你，你所听到的只是冰山一角，它的意义，你根本想象不到。”

“不就是一把开启魏摩隆仁的秘钥么。”我嘴角上扬，随即一把捂住脸：痛，他妈的痛！

“魏摩隆仁……”他长叹一声，“都知道它可以开启魏摩隆仁，却没多少人知道魏摩隆仁那九叠雍仲山顶藏着什么。

“所有人都认为它是天国，长生之地，珍宝遍地，永享极乐。嘶嘶嘶……所有得知这个秘密的人都趋之若鹜，不管是圣者还是贤王，不管是高僧还是人宝，得到秘钥，再高的修为都成为泡影，再高的仁义道德都成了随时抛弃的破衣，露出最贪婪的一面。李重九，在它面前，不管是人是佛是鬼是魔，全都原形毕露。

“你不应该相信任何人。魏摩隆仁不过是个神话，它更像是安放在世界核心的定时炸弹，而起爆器就在你的手里。”

我反唇相讥：“那我岂不是也不能相信你么？”

他倒是十分直接：“对，我，你也不能相信。”

我舒服往后一躺：“那还说个屁呀。”

“我的时间不多了。”他沉沉道，“你应该尝试相信我的话，我可以证明给你看。”

“别扯这些没用的。我有个问题，还没明白。”我忍着痛，缓缓坐起身来。

“说。”

“那尊怪佛，是开启魏摩隆仁的钥匙，没错吧？”

“是。”

“一把钥匙一把锁。原先是尊敦巴辛饶的祖师像，后来被阿尼哥搞成了个双头，那岂不是说，钥匙已经不是那枚钥匙了？钥匙面目全非，怎么还能打开锁呢？为一把无用的钥匙，你们至于这么拼命么？”

剥皮人嘶嘶嘶笑起来：“你脑瓜很灵，这个问题还没人问过我……不，有个人问过。”

他回头看了我一眼，又飞快转过头去：“你们很像。”

“少扯淡了，回答问题。”

剥皮人：“一把钥匙开一把锁，固然是有这么个道理，可你难道没听过这世界有种东西叫万能钥匙么？”

第十五章 血色诅咒

车子高速疾驰，风声呼啸。空气中传来泥土和林莽的气息。

“很多争夺秘钥的人，到死时都弄不明白，所谓的秘钥和普通的钥匙根本不同。这是个象征性的说法，比喻而已。苯教有太多的奥妙，甚至常人看起来玄而又玄却真实存在的东西。

“秘钥之所以能够开启魏摩隆仁，并不在于佛像本身。”剥皮人的声音里没有任何情感，“准确地说，在于它特殊的物质。”

“你说的是玄天铁？”我问道。

剥皮人道：“天铁是什么东西，你是知道的。在苯教的古老法典里，天铁因为独特的物质和磁场能够极大地助力修行，所以异常珍贵。有些天珠也有这样的功能，但没法和天铁相比。天铁虽然稀少，但相对数量还是很多的，而玄天铁，就只有那么一块。”

“只有一块？”我有些听不懂。

剥皮人：“一大块。秘钥之所以能够开启魏摩隆仁，根本的原因是铸造神像的玄天铁携带的神秘力量能够触发苯教法师布置的法阵，唤醒不为人知的存在，而不是它的具体形状。

“所以，你明白为什么白银锁魂者得到秘钥之后一定要去玛旁雍错毁掉它了吗？他们可以轻而易举破坏神像的面貌，却不可能毁灭这种物质。”

我算是听明白了，这原来就是个感应装置。

剥皮人道：“不过我劝你不要轻易去研究它，它不是你所能承受的。很多人因此变得人不人鬼不鬼。”

我笑了：“就像你？”

剥皮人愤怒地瞪了我一眼。

“你为什么要告诉我这些？我知道的越多，你岂不是越不容易得到秘钥。”我转移话题。

剥皮人：“我只是让你明白这东西并不是打开金山银海的钥匙，它是死亡的代名词。”

“九爷我不是吓大的。”我笑笑，“麻烦你送我回去。”

剥皮人看着前方，突然道：“有人。”

我赶紧支起身子，前面是一条野路，两旁是灌木树林，空空荡荡，哪有人？

剥皮人突然加快速度，车子横冲过去。

此时，从树林中斜插出一辆警车，横停在路中，车上跳下一堆人，黑洞洞的枪口对准这边。站在最前面的，正是老炮。

剥皮人急忙倒车，转过脸，我看到后面也被警车拦住，两旁密林中，很多警察荷枪实弹冲出来。

“哥们，投降吧，你逃不了了。”我笑道。

只要老炮逮住这小子，那接下来的事情就好办多了。

剥皮人嘶嘶笑：“就凭这帮人，想抓住我完全是痴人说梦。不过，我不想伤害他们，所以，只好委屈你了。”

我还没明白他的意思，这家伙就突然停车，接着把我拽出来，锋利的金刚橛摁在了我的咽喉上。

劫持！

“站在原地，丢枪，后退。”剥皮人沉声道。

老炮摆摆手，警察退缩。

剥皮人将我拖到林边，在我耳边低声道：“你好像在找你小叔吧，他比你聪明，也比你有趣。或许，他能让你改变想法。”

“你见过我小叔！？”我激动道，“他在哪？”

“你这么了解他，怎么会不知他在哪呢？人总喜欢待在让自己最舒服的地方，不是么？”

言罢，剥皮人一把将我推倒在地。

我狗啃屎一般跌倒，待我爬起来，林子寂静，他早已不知踪影。

“小九，没事吧？”老炮跑过来，扶起我。

望着满林子的白雾，我失魂落魄。

他刚才到底是什么意思？

老炮拍着我的脸："没事吧？"

我清醒过来，一脚踹过去："没事你妈！我这样还叫没事么！？"

老炮估计从来没见过我这个熊样，强忍住笑："去医院。"

"你怎么知道我在这的？"我被老炮搀出了林子。

老炮指了指前方："全靠他。"

是万岁。

他双手叉于胸前，抬头看天，一副很屌的模样。

这家伙的能耐真是越来越让我大开眼界了。

车里，当我再次问万岁这个问题的时候，坐在我身旁的他依然是一副淡定无比的表情，惜墨如金地吐了俩字："直觉。"

这个答案让我很不满意。因为它违背科学。不过自打和他相处以来，我觉得用科学来检验这个怪胎，的确非常不合时宜了。

"万岁，你能凭直觉找到刚才那个人，我那辆车就送你。"我搂着万岁道。

万岁摇头："我找不到他。"

"为什么？你凭直觉能找到我，就应该能找到他呀。"

万岁："我从小就被师父训练，能够凭借一个人身上的气息，感应他的存在，但那个人，我做不到。"

"为什么？不都是人么？"老炮也被我们的谈话吸引了。

万岁像看着白痴一样看着老炮和我："前提是，他得有气息呀。"

"是人就应该有气息吧！"我大声道。

然后，万岁一句话把我说瘪了。

万岁："对呀，可问题是，他不是个人呀。"

一股冷颤从我后脊梁骨一路向上，头皮发麻，寒毛直竖。

不是个人！？不是个人是什么！？

万岁道："我还真第一次见这样的。说他是活人吧，他身上没有常人该有的气息，和一块朽木一块石头没啥区别。说他是死人吧，他分明能说话，能行动。真是奇怪了。"

我吓得够呛，道："咱们还是不要继续这个话题了。"

老炮根本不相信，笑疯了："那岂不是说刚才是个怪物了？妈的，等我抓住他，弄到马戏团，应该能赚不少门票钱。"

我被送到了医院。

一通检查下来，果真伤得不轻：鼻骨断裂，肋骨断了两根，轻微脑震荡，浑身上下的外伤不计其数。

当我被粽子一样裹着推进病房时，老炮笑得扶着墙给我点烟。

我强忍住揍他的冲动，道："还没小叔的消息么？"

"没。"老炮见我失望，马上补充道，"不过我们还在努力。"

我吸口烟，镇定下来，开始回想剥皮人跟我说的话。

"老炮，通常情况下，能够让一个人最喜欢待的地方，往往有哪里？"

老炮被我问得一愣，挠头道："那可难说了。"

"比如你。"

"我呀，我最喜欢待的地方当然是警车了！每次只要坐进去，全身血液沸腾，有上刀山下火海之爽……"

"行了，你已经不是通常意义上的人了，你他妈就是个怪物。"我又看着万岁，"你呢？"

万岁靠着窗户看外面星星，头也不回："坟地。"

我："……"

老炮："干吗问这个问题？"

我当然不能实话实说，道："我在想小叔说不定就待在他最喜欢的地方。"

老炮认真道："他喜欢的地方还真不少，八大胡同啦，戏园子啦，大烟馆啦……不过小九，如果我没记错的话，他喜欢待的地方我们都踩过点。"

我脑海中忽然灵光一闪，扔掉烟头一骨碌爬了起来。

"你又要出去！？"老炮目眦尽裂。

"我好像应该知道他在什么地方了。"

警车停在了琉璃厂铺面前。我们三个人下了车，后面还跟着俩警察。

小叔喜欢的地方很多，老炮说过的那些地儿他乐此不疲，但都只不过是排遣寂寞而已。他最喜欢的，是这个铺面，是后面的那个小院子。

人这东西，说来奇怪，不管他是腰缠万贯富可敌国的有钱人，还是前呼后拥权势滔天的权贵，不管是行将入土风烛残年的老人，还是乳臭未干黄发垂髫的孩童，家，永远是温暖的避风港。

这是小叔的家。尽管只有他一人住，可也是他的家。

我恨不得一巴掌把自己拍死：怎么就想不到这地方呢！

"锁着呢。"老炮走到铺子前晃了晃那把大锁，"我们之前来过，也这样。"

那把锁是小叔请人特意做的，除了他的钥匙谁也打不开。

"翻进去。"我看着高高的围墙。

"没必要吧。"老炮道，"小叔如果在，他不可能有钥匙不用，一把老骨头爬上两米高的还插满碎玻璃的墙翻进去，除非他脑子不好。”

我被老炮说得犹豫了。小叔是我们家公认的脑瓜最灵光的人，他如果脑子坏了，那我就该进精神病院了。

这时，万岁发话了：“进去看看，我觉得不太妙。”

我信万岁。就像我信关二爷一样。

来到墙根，我指了指老炮，指了指自己的脚。

“咋了？真打算翻墙进去呀？”老炮道。

“别他妈废话，人梯！”我大声道。老炮蹲下来，我踩着他肩膀，爬上墙头。

如果不是小叔和我有血缘关系，我早就问候他祖宗八代了！当初他让人扛回来一车玻璃，自己亲自动手叮叮当当敲了一星期，插满墙头。那些碎玻璃，每一根都长二十多公分，又尖又锋利，还两边开刃，爬上去手都没地儿放，我现在行动不便，转眼胳膊就割了不少口子。

不过我还是暗自庆幸的：当年我建议他在墙上拉个电网，被他否决了，不然打死我我也不会翻墙头。

在墙头处理出一片空旷地带，我跳进院子里，老炮他们陆续跟进来。

院子里满是落叶，看来这段时间一直没人打扫。

“好像真不在家。”老炮使劲推门。

这时候我有意无意看了看院子里那棵树，藏怪佛的地方似乎安然无恙。

“门，锁了？”我来到门前，用力推了推。

果然是锁的。小叔这屋子里别看是狗窝，之前的好东西可不少。这扇门是他从德意志买来的，锁是特别定制的，据说和瑞士银行保险库中的重锁有得一拼。

“难道真不在家？”我绕到窗户旁。

小叔这正屋，就俩窗户。门都那样了，窗户自然也是坚固如龟壳，里中外一共有三层，外面还用指头粗的钢筋做了加固。

我探进手拉窗户，发现窗户是从里面反锁的，即便用大锤恐怕都砸不开。

老炮失望地蹲在地上：“看来白跑一趟。”

我抬头看着屋顶。老炮嘴里的烟掉在地上：“你狗日的不会想从上面揭顶进去吧？”

“我倒是想呢！他那屋顶都是用三指厚的钢板焊的，里面还做了个吊顶，全部用水泥浇筑，土行孙也进不去。”

“这屋子你不是有钥匙么？”老炮问道。

“有钥匙我早拿出来了。钥匙不在我身上，上次和小叔见面他就收回去了，你当时也在场呀。”

老炮：“就一把呀？”

“这把锁全世界就那一把钥匙。”我道。

老炮放心了，站起来拍拍屁股：“走吧，甭费劲了，不在就是不在。”

我也想走，但万岁拉住了我。

他的脸色很难看，铁青一片。

“小爷！小爷！”他使劲晃着我的手。

“怎么了？”

万岁指着那扇门：“进去，必须进去。”

“小叔肯定不在里面。”我道。

万岁摇了摇头：“我觉得你说的恐怕不对。”

“凭什么？”

万岁无比低沉道：“不凭什么，就凭我闻到了一股死亡的味道。”

老炮最后找来了个开锁匠。

这哥们原来是个神偷，开锁撬窗这种事根本看不上眼，他干的都是穿着高级西装衣冠楚楚出入于各种高级酒店，找那种藏满钞票和黄金的保险柜下手的事，不管结构多复杂的锁，分分钟搞定。

这哥们儿后来被老炮抓住，自尊受到严重打击，自此洗手不干，开了个粤菜餐馆。老炮觉得他那天赋搁置浪费了，就给他找了个兼职：警察局特别顾问。说白了，办案需要他开锁时，他保证到场。

“淑芬，有把握么？”老炮道。

我忍不住乐了。一米八的东北大汉，取个如此娘们的名字，真是难为他了。

淑芬睡眼惺忪，很生气：“昨儿一晚没睡，你心急火燎叫我过来，就这么个破门呀。”

“甭废话，赶紧打开。”老炮严肃道。

淑芬蹲下来，仔细瞄了一眼，来了兴趣：“哟，真是人不可貌相海水不可斗量，这锁不错呀，德意志施坦因家族的手工锁。”

老炮：“啥施坦因家族？”

淑芬：“专业问题，跟你们说你们也不懂。这个家族从中世纪就为国王和诸侯们制锁，拥有神乎其神的技艺，名副其实的艺术！”

老炮：“我不管他什么狗屁艺术，你能开么？”

淑芬瞄了瞄锁孔：“能。但得花点时间。”

说完，这哥们解开他那高级手工西装，衣服里面挂着十几排、几十种各式各样的工具，令我大开眼界。

淑芬取出个头发丝粗细的螺旋钩，小心插进锁孔，然后拿出测听仪，撅着屁股趴在门上一边听着声响一边不断调整螺旋沟，聚精会神。忙活了五分钟之后，淑芬坐下来，道："老炮，这门是从里面反锁的，所以有点难办呀。"

"反锁？你确定？"我顿时惊了。

反锁，那就说明里面有人呀！至于这人是谁，显而易见！

一股不祥的预感涌上我心头。这时候老炮脸上也苍白一片，看了看我，安慰道："即便是里面有人，也不一定是小叔。"

"淑芬，拜托，尽快搞开。"老炮急道。

"我尽力。"淑芬挠着油光锃亮的脑袋，道，"我这人，越是富有挑战性的活儿，就越上瘾，你们放心，打不开这锁，今儿我就不走了。"

他在那里一通忙活，我在后面可是心急如焚。老炮虽然不说话，但一头的冷汗已经说明了他当下的心态。

只有万岁，昂头看天，看着天空上盘旋的鸽子，一声不吭。

约摸一个小时后，锁里发出啪的一声轻响，淑芬激动地站起来："好嘞！开啦！"

我和老炮几乎同时上前一步，抓住门把手，拽开了门。

开门的瞬间，一股浓重的臭味熏得我脑袋都疼。

"什么味儿这是？我操，忒齁人。"淑芬先进了门，两秒钟之后他捂着嘴跑出来，在门边剧烈呕吐。

"咋了？"老炮道。

淑芬直摆手，指着屋里："老炮！以后这种破事别找我！太恶心了。"

顾不得恶臭，我推开淑芬进了屋。

眼前的景象，让我双腿一软，一屁股跌坐在地。

房间里依然是那么乱，那么脏，几乎没有任何的改变。

唯一的不同之处，是地上躺了一个人。

一个已经开始腐烂的被一把匕首贯穿胸膛的尸体。

是小叔！

小叔，死了。

我呆了。

冲进来的老炮，也呆了。

太阳西斜，失去了光芒和温暖，咸鸭蛋般挂在天上。

我坐在院子里的石墩上，目光呆滞。

面前混乱一团，小叔的房子被拉上了警戒线，警察们进进出出。警笛声、讨论争吵声、警犬吠……声嚣嘈杂。

而此刻，我的世界寂静一片。

我呆呆地看着面前的那棵树，头脑空洞死寂。

“我只是让你明白这东西并不是打开金山银海的钥匙，它是死亡的代名词。”剥皮人的那句话，回荡在我的耳畔。

直到这时，我才发现他的话一点都没错。

一开始，我还真以为自己手头握着一个宝藏，一个富比天下的宝藏。可现在，我得到了什么呢？爷爷死了，小叔死了，我自己都差点丢了性命。

如果往前追溯，洛阳李家一代代人，不知道有多少因为这东西死于非命。

这真的是诅咒么？

一股异常无力之感席卷全身。

悲痛？不，虽然的确痛彻心扉，但更多的是愤怒！到底是什么人，杀了小叔！？

“应该是同一个凶手。”老炮踉踉跄跄走出来，摘掉口罩，满脸的疲惫。

他的悲伤，丝毫不亚于我。小叔对于他来说，同样是亲人。

“简单地说，是又一个密室杀人案。”老炮递给我一支烟，我没动，他自己点上。

“现场你也看了，小叔的屋子和爷爷的那楼，虽说很多地方都不一样，但完全是个密室。不同的是，门是从里面反锁的。”老炮皱着眉头道，“这说明，小叔反锁门的时候还是活的，接下来他就死了。凶手杀死他之后，如同上次一样，人间蒸发。”

一直不说话的万岁道：“其他地方凶手不可能出去，但如果他杀了四爷，再伪装成门反锁了呢？”

“不可能！”吐得七荤八素的淑芬道，“施坦因家族的这种桃花梅芯锁是出了名的单手锁，所谓的单手锁就是只有特定的一把钥匙才能打开，要想反锁，必须得在里面关上门后用那把钥匙才能做到。在外面伪装成反锁，根本不可能。”

我看了看老炮，老炮道：“淑芬是这方面的权威，他不会错的。”

“幽灵。又是那个幽灵。”我深吸一口气，缓缓道。

老炮道：“情景和老爷子那次几乎一模一样，按照科学的解释，小叔自己杀死自己最符合逻辑，但那把刀是从背后插进去……”

老炮苦笑着，“和老爷子一样，排除。”

两起密室杀人案，不同的密室，同样的杀人手段，比起爷爷那次，这一次凶手似乎有意无意让我们陷入更难以理解的深渊——上次，爷爷的房门起码还是开的（尽管楼道口德生一直待在那里，没见过任何人上去过），而这次，房门干脆就是从里面反锁。凶手到底是如何做到从一个密室里面凭空消失的？

难道真是一个妖怪！？一个幽灵！？

这个猜测，若是以前，我自己都能笑死自己，可这段时间接触了如此多的不可思议的事，我的理智早就彻底崩溃了。

老炮又道："我们仔仔细细搜查了，这次有了个不小的发现。"

我稍稍提振了精神。

老炮："小叔的整个屋子都铺着地毯，我们在他的床下发现了有人曾经卧倒在那里的痕迹，经过测量，这个人的身形和体重要比小叔高大，也就是说，这个人不是小叔自己。"

"是凶手？"我道。

老炮点了点头："初步可以断定。凶手躲在床下，然后在小叔反锁了房门之后，出来动手，之后就凭空消失了。也是从这个线索，我们可以确定小叔是被凶杀。"

"他到底是怎么做到的？"万岁张大嘴巴。

老炮愤怒地攥紧拳头："我不知道。但我一定会抓住他！"

接下来，我在医院里整整躺了三天。

三天，滴水未进。我一直盯着天花板，如同行尸走肉。

如果说爷爷的死对于我来说是个噩耗，那么小叔的死，完全是个足以把我踩到污泥里的打击！

对爷爷，我是尊敬是敬爱，但小叔，则完全不同。

他虽然是我小叔，但我俩向来臭味相投一个鼻孔出气。他是长辈，却更像是朋友、兄弟。他，是这个世界上最懂我的人，就像另一个我。平日里我俩见面就掐，可那是融到骨子里的亲。他的死，让我觉得自己的灵魂被活生生割成了两半，再无复原的可能。

现在的我，像一个站在悬崖边上的瞎子，没有方向，没有希望，没有走下去的勇气。

而那个幽灵般的杀手，哪怕是想一想，便足以让我不寒而栗。

或许，下一个，就是我自己。

我的精神在长时间的压抑之下已经濒临崩溃，相比之下，老炮也并不好过。

一方面他要帮着家里处理爷爷和小叔的后事，另外一方面，他还得顶着悲痛主导案件的侦破。两起连环杀人案，而且是离奇的密室杀人案，已经惊动了上层，此时北平刚刚光复，新任市长要将北平打造成“和平新生活”典范城市，对社会治安极为重视，所以命令老炮他们尽快破案，老炮的压力可想而知。

“吃点吧。”一包热气腾腾的驴肉火烧放在我面前，老炮满是血丝的双眼看着我。

我无力摆了摆手。

“李重九！你他妈的！”老炮突然暴怒，直接把我从床上拎了起来，“人死了，谁他妈的都难过！我和你一样！像你这样不吃不喝死尸一样挺在这里，就能抓住凶手啦！？门儿都没有！

“我们李家，不是好惹的！国法不容践踏，性命不容亵渎！不管凶手是什么来头，我们一定能揪出来！天网恢恢，疏而不漏！给我吃饭！”

老炮把我摁在椅子上，火烧推在我面前。

我无动于衷。

“不管是老爷子，还是小叔，他们也不希望看到你这个熊样吧。真他娘的给老李家丢脸！”老炮讽刺道。

“我怎么就丢脸了！”我噌地一下站起来，抡拳打了过去。

“打架是吧？好，我奉陪。”老炮脱掉衣服，窜了上来。

我们两个在病房里面拳来脚去，撕扯，摔打，用尽全力，鼻青脸肿、气力衰竭之后躺倒在地。

两个人并排躺着，就像小时候一样。

“老炮，你也没吃吧这几天？”我道。

“没。一粒米都没沾嘴。”

“吃吧。一块吃。”我爬起来，对老炮伸出手，微微一笑，“你说得对，在这里躺着，是抓不到凶手的。”

“早他妈该这样了。”老炮拉着我的手站起来。

两个人拿着火烧风卷残云，相视一笑。

笑着笑着，眼泪大颗大颗落下来。

饭还没吃完，万岁进来了。

“小爷，李四海找你。”

“李四海找我？”我抹抹嘴，“他找我干吗？”

“他说，有样东西要交给你。”

“老子现在没空和他扯淡。”我头也不抬。

万岁："他说，那东西是四爷的。"

李四海进来的时候，两手空空。

他刚坐下，就提出要把老炮和万岁请出去，被我拒绝了。

老炮和万岁现在是我最信任的两个人，不管小叔留下什么东西，我想他们知道了说不定能帮上什么忙。

李四海心情相当低落，小叔的事他不可能不知道。

这些年，他始终是小叔最重要的合作伙伴。因为同是洛阳八宗的关系，也因为李四海和我们家独特的关系，小叔对他十分信任，同样，李四海向来对小叔言听计从。

"小九，这些年你小叔都在干什么，你知道吗？"李四海并没有先交东西，而是看着我，语气沉重。

我无声。

小叔这些年，尤其是这两年，基本上很少待在北平。他居无定所，我俩都靠通信联系。他做的事，也很少会告诉我。但我知道，他去过很多地方，不过也似乎并没什么异常。毕竟，他就是这么一个永远不安于现状的人。

"十年前，我第一次掏堂子，就是他带着的。之后我一直跟着他。尽管老爷子隐退、乾宗近些年无作为，但很少有人知道你小叔在外面早已打出了个大大的天下。

"南派不敢说，在北派的地面上，他控制着百分之七十的货源，不算我们离宗，他手下的人马超过六宗的总和！国内，从满洲到广东，从东海到西北，几乎每一个省都有堂会的分哨。国外，美利坚、欧洲、东南亚、日本，我们都有分站，这些年出到外国的货，几乎有一半的东西都是从我们手里倒腾的。这是一张铺天盖地的大网，从掏堂子到出货，有你无法想象的人和渠道源源不断运转，层级分明，秩序井然，主宰者，就是你眼里那个不正经的小叔。"

李四海的话，惊得我眼珠子差点掉下来。

不可能吧？他口中的这个人，是那个花天酒地、一身邋遢、好吃懒做、小气吝啬的小叔？

"这些年，我一直跟着他，其中的血雨腥风你根本无法想象。他是我最崇拜的人，也是这个世界上的倒斗之王。绝大部分的时间，除非是关乎堂会发展的事他会参与，其他的时间，他总在路上，掏堂子的路上。

"光我跟着他一起掏过的堂子，我已经记不清了。至于多少次死里逃生，我也记不清了。而更多的情况下，是他自己独自行动。当然，他看中的堂子，绝非一般货色。

"这些年，我很不理解他的所作所为。钱，他根本不缺，而且几辈子都花不完。

人，有的是，行当里最牛逼的人，只要他打声招呼，无一不唯命是从。他完全没必要只身犯险。

“后来我才发现，他掏堂子，并不是简单为了钱。他有属于他的秘密，这个秘密，连我都不清楚。”

李四海的烟头已经快要烧到他的手，却浑然不觉。

“两年前，那是我最后一次跟他掏堂子，也是最凶险的一次。我们一共带了四十人。全都是堂会里的精英，来自五湖四海，个个身怀绝技。四十人进去，活着出来的只有我和他。

“为了这次行动，他准备了整整三年时间，据我所知，他在寻找一件东西。”

李四海不会知道小叔找什么东西，如今恐怕只有我一人知道了。

我不清楚小叔是如何知道铁函祖遗的，但可以肯定，他这些年始终瞒着爷爷和全家人，自己独立行动。

“那是一座大墓。”说到这里，李四海的双目中露出无比恐惧之色，“一座吞噬人的坟墓！我们带去的四十人，随便一个都不比我差，却在进墓的头一天里死得剩下五个人。

“我和他撑到了最后，在进入主墓室的门口，他把我拦了下来。他告诉我，那是他自己的事。然后他击晕了我。

“等我醒来时，已经在百里之外的客栈了。他也在，但身负重伤。”

“他找到那件东西了吗？”我问道。

李四海摇头：“没有。他进入主墓室之后发生了什么我无从知晓，他只告诉我白跑一趟。那时他看起来十分焦躁不安，而且告诉我他必须马上去一个地方查清楚一件事情。”

“这事情，他也没对你说，是吧？”我道。

李四海：“是的。他不说，我就不会打听。但当时他伤得很重，我劝他休整好再动手也不迟，哪知道他暴怒，差点打断了我的腿。小九，跟他多年，我从没见过他发那么大的火。

“第二天一早他就走了。走之前，他给了我这东西。”李四海小心翼翼地从上衣里层的口袋里掏出一个斑驳破旧的牛皮包，推到我面前。

“里头放着两样东西，一样是瑞士洋行特别联系人的绝密资料，找到他你就可以拿到你小叔在那里留存的一切，户主一直是你。另一样，是本日记，他的日记。

“他走的时候告诉我，如果他成功了，他会找我要回。如果一个月之内他还没有消息，那就意味着他失败了，我要将那份绝密资料交给你，由你继承他全部的财产。至于日记，则由我亲手毁掉。

“他特别叮嘱，如果他失败了，日记一定不能让你看到。而且，让你从此之后不要沾染任何行里的事，开开心心、平平安安过一辈子。他留给你的钱，你用不完。”

我双手颤抖地打开那个牛皮包，里头除了一个用红蜡封的专用密封件之外，赫然放着一本黑色日记本。

李四海：“我在客栈里整整等了他二十八天。就在我快要崩溃时，接到了他的口信。

“我星夜兼程回北平见到了他。就在铺子里。还是那个不正经的老混蛋，比起以前更加不正经。他对这二十八天的事只字不提，我将这东西还给他的时候，他说就放在我这里。

“接下来的两年，他自己好像都忘了这事，再没提过。而且和以往不同，再也没有掏一个堂子，再也没有和我合作过。”

“这也是我最轻松的两年。不用出生入死，不用把脑袋系在裤腰带上，舒舒服服，轻轻松松，花天酒地。我以为，他老了，除了性格变得有些古怪之外，他已经和普通人没啥区别，我觉得他不想再干了，而他的那个秘密，或许已经得到了他想要的答案。

“直到你来找我的那个晚上。”李四海的声音，变得颤抖起来。

“我找你的那天晚上？怎么了？”

李四海对我微微一笑：“你们找我的时候，他就在楼上。”

“什么？”老炮差点跳起来，“你当时为什么不说？”

李四海无奈地耸耸肩：“他不让我告诉你们，我能说吗？”

我强忍内心的波澜，道：“他找你干什么？”

“他给了我一把钥匙。”李四海掏出一把黄铜钥匙，递给我。

那把黄铜钥匙对我来说十分熟悉，一直挂在小叔脖子上，连洗澡的时候都不取下。

这把钥匙的用途，除了小叔之外，我是唯一清楚的人。

他有一个私人储物柜，我开玩笑叫它小金库。那玩意儿在一个常人想象不到的地方，我跟他去过一次，我记得当时他挺伤感地告诉我：“小九，你小叔我荣华富贵都不算什么，这里放置着我这一生最重要的东西，等我哪天不在了，就归你了。”

“他为什么不当场交给我？”我问道。

李四海：“他没说。他只是告诉我，如果他出事了，再交给你。”

“他的日记，你为什么不按照他说的那样，毁掉？”我拿起那本日记，厚厚的日记。

李四海："他的命令，我一向坚决执行。但这一次，不同。我李四海几十年就服他，他就是我的神。他死了，突然就这么死了，我接受不了。

"我个人的直觉，他那天晚上找我的时候，可能自己已经预料到了危险逼近。他所做的，就是处理好身后事。

"正因为如此，他命令我毁掉的日记，其中极有可能有关于他死因的线索！"李四海咬了咬牙，逼近我，"小九，我们必须把那个凶手找出来。"

"然后呢？"

"碎尸万段！"李四海狠声道。

我没说话，把桌上的东西都收了。

李四海起身告辞。小叔死了，他留下的那个庞大的组织必须靠李四海运转，这个汉子现在自身也在风口浪尖上。

"小九，不管遇到什么事，通知我。"李四海道。

我目送他离去，待他走到门口时，道："四海哥，我小叔的那个堂口叫什么名字？"

李四海身形停顿，并没有回头，道："三十六堂。"

"三十六堂……"

这个不正经的名字让我失声而笑。

笑着笑着，我潸然泪下。

我记得，有一年夏天，在他的院子里，我俩躺在竹席上看星星。

小叔说，他年轻时能看见满天都是星斗，现在却很难看得清楚，就像是曾经的老朋友，一个个都逝去了。说不定，哪天，什么都看不到了。

我那时只觉得这般文雅的话从他那不正经的嘴里说出来，无比的酸溜溜，就嘲笑他娘炮。

他突然问我："小九，如果，我是说如果啊，如果哪天你小叔我发达了，就是相当有权有势的那种，想搞个堂口，你觉得叫什么好？"

"同仁堂！"

"你找死吗？"

"黑龙会！"

"那是日本鬼子的称呼！"

"黑眼会！"

"我揍你啊！正经点，起个有意义的名儿。"

"有意义呀……那干脆就叫三十六堂吧。"

"三十六堂。太难听了吧。没气势。"

“有意义呀！你想，你排行老四，我叫重九，四九可不就是三十六么。三十六这数，也好，三十六天罡，七十二地煞！”

“有点意思。那就三十六堂了。等我死了，你就是第二任堂主。”

“承蒙您老人家看中。不过，首先，你得有个堂口吧？”

“迟早会有的。”

……

三十六堂。想不到我当年随口胡说连我自己都忘了的一句话，小叔当真了，而且牢牢记下了。

“小九，他走了，不管你愿不愿意，三十六堂，都是你的。”李四海摆了摆手，下楼了。

他走之后，我让老炮去开车。

我告诉老炮，我要去一个地方。

第十六章 无相书

潭柘寺。

这座始建于西晋的寺庙，历史悠久，清代康熙皇帝赐名岫云寺，因寺后有龙潭，山上有柘树，故一称为潭柘寺。北平素有“先有潭柘寺，后有北京城”的说法。

四叔的小金库，就藏在那里。

车子开往门头沟。

一路上，我们三个人都不怎么说话。

我坐在后排，翻看小叔留下来的那本日记。

老炮瞄了我一眼，道：“我觉得小叔做事情挺大胆的。”

我头也不抬：“怎么了？”

“他的这本日记，显然十分重要。即便李四海跟随他多年，他就不怕李四海偷看呀。要知道，好奇之心人皆有之。”

“你说得有道理。”我笑着把日记递过去，道，“不过，就给你，你看得懂么？”

“这话说的，我虽然文化水平不高，可字是认得的……妈的，这写的什么，天书呀！”老炮扫了一眼，叫起来。

日记上书写的文字，并不是天书，而是一个个工工整整的方块字。但这些方块字，恐怕就是康熙字典里一个都查不出来。

它有横有竖，有撇有捺，笔画和结构与汉字没什么分别，但组合起来一般人根本不认识。这种字，和西夏文有些相似，但有着根本的区别。

它是洛阳李家自古流传下来的一种独创文字，要说它是密码文也行，我们家管这种字叫“无相书”。这种文字，历来只能父子相传，而且一代传一人。世界上，能读懂能书写的，只有三个人：我爷爷，我小叔，我。别说老炮从小在我们家长大，就是我爸他们，也根本不认得。

他看不懂，也就不问了。

摇晃的车中，我仔细地翻阅着小叔的日记，逐渐心神投入其间。

小叔的这本日记，写的很简单。具体的日期，是从五年前开始。每一日发生了什么事，寥寥几句，有些记载更是让人啼笑皆非。

比如："三月初五，入福建，掏水堂子，得宝七十五件，一死，四伤。"

比如："八月十一，'庆元春'疏松筋骨，叫小玉春的小妹妹不错。"

比如："九月初一，过几天小九生日，为礼物辗转反侧。兔崽子前几日要轿车，刮地皮的本事得我神髓。三哥上辈子肯定没做什么好事，才生这么个玩意儿。"

日记里一天不差，不管何时何地，他都有记载，即便不是当日写的，日后也会补上。

我仔细读下去，发现看过的内容几乎全是这样的破事，根本没有任何的价值。

但是，日记的最后，日期上突然出现了大大的空白。

两年前，从十月五日到十一月十日，这一个多月的时间里，小叔的日记是空白。

十月五日这天的日记，只写了一句话："我决定去那个地方了。为此准备时日甚多。老父对我之隐瞒，或许此次可揭迷雾。他们一直在跟踪，李家危在旦夕。所以，我一定要拿到那东西。"

这段话，写得没头没脑，但仔细琢磨，我还是能猜出一些眉目，他要去的那个地方，定然是李四海所说的那次大墓，他要寻找的东西，肯定是铁函。这件事情，爷爷从未告诉他，不管是出于什么原因。但小叔肯定很早就清楚了。

可悲的是，小叔根本想不到，他苦苦寻找的铁函，其实就在北京城西的流沙家里。

至于"他们一直在跟踪，李家危在旦夕"这句话，字里行间透露出小叔浓浓的忧虑，甚至，还有一些焦虑和惧怕。

这些人是谁，是谁让李家危在旦夕，我说不准。有可能是那帮俄罗斯人，有可能是白银锁魂者，也有可能是洛阳六宗，或者是未知的存在。

从十月五日这天，直接跳到了十一月十日。

这天的日记上，字迹潦草，像是急匆匆写就："我看到了那个邪物。我们都被骗了！诅咒已经降临在李家。我和贡布沟通过，他对此无能为力。他让我去拉卜楞寺找卓玛，那可能是唯一的办法。留给我的时间已经不多。我如果出事，唯一的希望就是贡布。伏藏，他们想不到我们还有伏藏。"

相比于上一段文字，这段文字简直就是云里雾绕。

小叔在大墓里看到了邪物，也正是这句话，让我想到了爷爷告诉我的民国十五年的往事。也正是这句话让我确定，小叔带着李四海他们去掏的那个堂子，十有八九就是当年爷爷只身逃出的黑水城的那个大墓。

他进去了！经历千难万险活着出来，而且，他肯定从中发现了什么秘密，遇到了可怕的事情。小叔向来镇定无比，能让他惊慌失措的，定然是生死攸关的事。这件事，他解决不了。

我不知道他说的“我们都被骗了”到底是什么意思。估计除他之外，知晓的人只有贡布。他和贡布早就认识，关系还相当密切，完全是一副老朋友的口吻。贡布让他去拉卜楞寺找卓玛，正是解决这个难题。同时，小叔也做了最坏的打算，万一他死了，还有贡布的伏藏。

什么是伏藏？关于这东西，我还是了解的。

这两个字，在佛教经典《不动使者陀罗尼秘密法一卷》中有记载，叙述了伏藏的种类。“凡伏藏者有天有神有人。人所埋藏者为人藏。鬼神所守名曰神藏，亦名地藏。诸天守护者为天伏藏。天藏尚能得见。况地伏藏及人藏乎。应作福事随意受用。”

总体的意思，就是诸天鬼神埋下的宝物，当然，先人也会埋下。说它是机缘宝藏，不为过。

伏藏中最出名的，是藏传佛教了。

比如说书藏，就是先古的高僧大德，因为世间机缘未到或者其他原因，将珍贵的佛法经文事先隐秘埋藏，待因果成熟时，由人取出，弘扬天下。

又比如圣物藏，指的是珍贵的法器生物、高僧的舍利子。

据说，莲花生大师到西藏传扬佛法后，发觉当时藏人未足以接受密法，以及当时有些法的因缘尚未成熟，就曾经在离开西藏前，将很多教法、佛像、法药埋在不同的领域里——有的在瀑流，有的在山岩，有的在虚空，甚至有的在圣者的甚深禅定之中。

藏传佛教中，称这种取伏藏的人，为“伏藏师”。这些人，都是大成就者、大机缘者的化身，根据授记，机缘到时，攫取伏藏，神乎其神。

伏藏中，最为神奇的就是识藏，据说当某种经典或咒文在遇到灾难无法流传下去时，就由神灵授藏在某人的意识深处，以免失传。当有了再传条件时，在某种神秘的启示下，被授藏经文的人（有些是不识字的农牧民）就能将其诵出或记录成文。这是伏藏中的顶级存在，至今没有科学解释。

我曾经跟着小叔在藏地收货时，亲眼见过《格萨尔王》的说唱艺人，一个目不识丁的牧羊人，因为梦中授记，就能滔滔不绝唱了十天的华丽诗章，那唱词不但语言优美、唱腔婉转，更蕴含着无法想象的繁复内容。其中的神奇，常人难以想象。说它是识藏之一，也不为过。

因此，小叔日记里记载的贡布的伏藏，非同小可。贡布是摩柯迦罗的心子，这伏藏有可能是留下来的实物，比如记载下来的关于魏摩隆仁秘钥的文字线索、法器等等，也有可能是虚无缥缈的识藏。

但可惜的是，贡布死了。小叔也死了。

小叔日记里写的这些，我根本无从知晓。至于贡布的什么伏藏，他根本就没跟我说过，而且连小叔曾经和他之间的事，他也只字未提。我反复琢磨着这两段文字，越琢磨越觉得里头繁复至极，信息量太大，可毫无头绪。

唯一能确定的是，小叔去了拉卜楞寺，找了卓玛。

卓玛，这或许是一个人。一个隐藏在拉卜楞寺对秘钥极为熟悉的人。可能他本身就是摩柯迦罗的心子。

“拉卜楞……拉卜楞……”我喃咕着这个名字，心儿已经飞到了那个地方。那个我曾经和小叔去过的地方。

“你小子胡说什么不冷不冷的。这天儿挺凉的！”老炮吸溜了一下鼻子，吱地一声停了车，“到了！”

我抬起头，才发现车子停在了潭柘寺门口。

已经是下午四五点钟，来潭柘寺敬香的人却也不少。

停好车，我们三个人来到门口，一个中年和尚拦住了我们。

“施主，鄙寺行将闭门，还请明日再来。”和尚双掌合十，很客气。

我低声道：“大师，我到这里找个熟人。”

中年和尚一愣：“找谁？”

“朽木大和尚。”

“你找他干什么？”中年和尚闻听此言，忽然警惕地看着我。

老炮亮出了证件，道：“有个案子向他咨询。”

中年和尚接过老炮的证件，仔仔细细看了，确认无误后，松了一口气，带着我们进了山门。

“这位警官，别怪我刚才小心，这两天总有些奇奇怪怪的人混进来，朽木师叔昨天晚上差点被人刺死，要不是我们看护的师弟赶到，就危险了。”

“奇奇怪怪的人？什么样的人？”我紧张道。

“天太黑，朽木师叔没看清。他年纪也大了。”中年和尚道，“奇怪了，朽木师叔一把年纪，身无长物，疯疯癫癫一个人，他们为什么要对他下手。阿弥陀佛，善哉善哉。”

中年和尚一副痛心疾首样，前面带路，穿过天王殿，一路往后山，过了龙潭，来到了塔院。

这地方，共有七十一座埋葬和尚的砖塔或者石塔，塔院最深处有个毫不起眼的小院子，位于一片古柏竹林中，从外面很难发现。

中年和尚让我们在外面等候，开了柴门进去，没多久出来，道：“你们谁叫李重九？师叔让你进去。”

“我是。”我向前迈了一步。

老炮捅了捅我：“他怎么知道你要来？不会有问题吧。”

“小叔的老熟人，我见过，没事。”我笑笑。

“小心点，我就在外面，有情况你就叫我。”老炮不放心。

我推门，一个人进去。

院子不大，青砖铺地。只有一个木结构的僧房。

来到门前，我举手要敲门，就听见里面有人笑道：“进来吧，等你多时了。”

已经是冬天了。

阳光像细盐一样洒下来，带着莫名的质感，落到方格青砖的缝隙里。

窗边，一个细长漆黑的紫檀案几上，青花梅瓶中插着一朵枯干的荷花。

炉子上茶水已沸腾，一盏鹧鸪斑宋代建窑茶盏，空空搁置，似乎静候来客。

胖胖的朽木和尚，周身只穿着件薄薄的僧袍，光着脚在蒲团上打坐，双目微闭，带着龙虎之态。

他已经年过八十，却脸色红润，面如顽童。

在北平，小叔的狐朋狗友不少，可知己，只有他一个。

我不知道他们两个是怎么能相处下去的，不管是脾气还是职业都迥然不同，每次见面嬉笑怒骂间却格外的亲热。

“茶自己倒，饭不管你了。”朽木和尚出了禅定，站起来。

他声音洪亮，底气很足，震得人耳膜发麻，近两米的个子，像座大山横在面前。

我倒了碗茶，咕嘟咕嘟一口气灌下，烫得很，不过味道很好，苦中带甜。

“牛饮！牛饮……”大和尚看着我这摇头，“吃茶像你这样，真是暴殄天物。”

“大和尚，你这碗不错，出不出？”我道。

每次来我都想把那个建盏给顺了，别看碗不大，却是宋代的极品茶器。这年头附

庸风雅的达官显贵不少，装腔作势的人更多，如此好货，卖个几万大洋小意思。

“少打它主意了，这我的心头好。”大和尚把碗拿过去，自己倒了一杯茶，陶醉地闻了闻，品了一口，眉头舒展，“好茶！”

我咧咧嘴：“大和尚，佛家说一切都是身外物，你着相了。”

“着个屁相！老子全靠这玩意活着呢。”大和尚嘿嘿笑。

他这模样，哪里像是闻名京城的高僧大德，分明一个现实版的鲁智深。

“小叔没了。”我淡淡道。

“嗯。”大和尚手儿微微一抖，放下茶盏，看床边那朵枯荷，“诸行无常，是生灭法。生灭灭已，寂灭为乐。生即是死，死即是生，何必执着。”

他的话，说得我哑口无言。

我没什么多大慧根，不可能了解其中禅意，但也能听得出一份释然和洒脱。

“他这一生，牵扯太多，终究不能做到放下。有时候，山穷水尽疑无路，柳暗花明又一村。太过执着，反而渐行渐远。所谓乱花渐欲迷人眼，便是此个道理。”

我：“大和尚，咱们能说人话么？”

朽木哈哈一笑，摸了摸大脑袋，道：“对牛弹琴，那就说俗事。”

我把小叔留下来的钥匙拿出来，放在桌子上。

朽木道：“我早就想到你会为此而来。”

“废话，我不来还能谁来？小叔这辈子好东西全放在小金库里了，虽谈不上富可敌国，但数目也不定一小。我下半辈子吃喝不愁了。”

“李黑眼怎么会有你这样的侄子。唉！”大和尚哭笑不得。

“上梁不正下梁歪么。大和尚，且取来！”我正襟危坐，很有气度地挥了挥手。

朽木拿了钥匙，走到里面的暗间，捣鼓了大半天捧出了个不大的小木箱。

“都在这里啦！？”我睁眼道。

“嗯。全在这里。”

“就这么点！？大和尚，你没私藏了吧？”

大和尚斜眼看我：“混账呀！我一个和尚还能做那种下地狱的事情不成。”

我白眼一翻，一边打开箱子，一边道：“那可不一定呢，人心隔肚皮。”

箱子开了，里头的东西却出乎我的意料。

我原想，小叔这小金库里面定然是他一辈子最金贵的东西，起码值钱的应该不少吧。他那么大的家业，那么厉害的背景。

结果……

里头装的是我小时候穿的开裆裤，发黄的毕业证，和他一起的合影，八岁时剃下来的小辫子……

没有任何的古董名器，没有任何的金银财宝，有的，这是这些沉浸了岁月、已经发黄斑驳的旧物。

大和尚看着愣愣的我，笑了："让你失望了是不？"

我："……"

大和尚和我并肩坐下，指着里头的东西道："本有今无，本无今有。三世有法，无有是处。很多人活了一辈子，追逐那些功名富贵，到头来，都是浮云。最珍贵的，便是这情。

"众生因情而分外可爱，诸佛菩萨因情而慈悲可依，世界上还有什么比这更珍贵的呢？你小叔，平日里不正经，对任何人都那样，可我清楚，他心里最重的就是你。他无儿无女，早已经把你看成了亲生儿子，或者说，看成曾经的他，他对你的一颗心，你可能知之甚少。"

听着大和尚的话，和小叔这些年相处的一幕幕在我眼前浮现，那个不正经的混蛋，那个色鬼，那个邋遢汉，那个没事抠着臭脚的二货，此刻，内心竟然变得那么的沉甸甸。

或许，只有当失去的时候，才分外珍惜。或许，很多事情，我们身处其中时觉得理所当然，觉得平凡简单，而一旦抽身而出，隔远观望，却发现是那么的美。

而这美，你已不能再靠近。它如风中黄花，飘散湮灭，零落成泥。

我嗷地一声扑在朽木怀里放开嗓子嚎啕大哭，尽情释放压抑许久的悲伤。

大和尚长叹一声，拍着我的肩膀："好了，好了。哭啥，做人呢，图的就是个开心，诸法从缘起，如来说是因。彼法因缘尽，是大沙门说。缘来随意，缘去随意。"

我哭得够了，整理箱子里的东西。

这里头绝大部分都是属于我的，除此之外，也有少量小叔的东西。显然，这些东西都是属于他个人的记忆。比如，里头我翻到了张很漂亮的女人的黑白照片，俩大辫子，穿着白衣黑裙学生装，定然是他曾经暗恋的对象。这样的照片有很多：李家一年年的全家福，我和他在全国各地收货时的留影。还有他臭美的个人照，昂头挺胸，手持竹扇，头戴礼帽，一副文人雅士的骚包模样，让人看着想笑。

箱子不大，几分钟就收拾完了，都是些稀松平常的物件，根本没有我想象中和秘钥有关的线索。

我失落无比，也万分怀疑。

小叔出事前，特意去李四海那里把钥匙给了他，并且叮嘱李四海他若是出事，就把钥匙给我。

这么大费周折，得来的就是这些东西？

又或许，他是想将这些记载他人生闪光点的情谊之物交给我，而本来和秘钥没关系？

我仔仔细细又翻了几遍，看着大和尚："真就这么多东西了？"

"真就这么多。"大和尚认真道。

他没理由骗我。

我问老和尚讨了个布袋子，将东西装了，又说了些闲话，起身告辞。

朽木坐在地上，看着我离开，当我到门口时，朽木忽然问了我一句。

他说："小九呀，记得我以前跟你说过的法么？"

"你以前跟我说过那么多废话，我哪知道是哪句？"

"《金刚经》。"朽木坐在那朵枯荷下，笑道，"那句最牛叉的。"

"最牛叉的啊。"我想了想，道，"若见诸相非相，即见如来。"

"我当时跟你怎么说的？"

"你说，世间所有的事物，都被人为定了相。就像同一块木头，做成了桌子我们就叫它桌子，做成椅子，我们就叫它椅子，其实不管桌子也罢，椅子也罢，没什么不同，只不过是同一块木头。而即便是木头这个词儿，也是我们赋予它的相。人如此，法如此，佛也如此。人总是执著，若是抛弃这一切，做到空性，那就成了阿罗汉。实际上，连这'空性'二字，也是个相。就是我说这话的时候，我也着相了，因为我说空性着相时，心里也有了空性的相。所以，道可道，非常道，名可名，非常名。道家追求的这个，和佛家殊途同归。"

大和尚哈哈大笑："说得好，你自己记住了便是。人也罢，事也罢，物也罢，要跳出去，跳出去了，说不定就能看到发现不了的东西。"

"什么意思？"我觉得朽木这话似乎大有深意。

"没什么意思，赶紧滚蛋。"大和尚摆了摆手，轰我了。

我穿上鞋，对着大和尚恭恭敬敬双手合十行礼。

大和尚慈祥地合十回礼，道："以后万事小心，记住一句话，邪不胜正。"

我点了点头，出去了。

来到门外，老炮和万岁早等急了。

"拿到东西了？"老炮问。

"走吧。"

三个人上了车，往回开。

一路无话，到了老炮的宿舍，我把东西摊了一桌子，让老炮把台灯弄过来，仔细看。

“就这些东西呀！？”老炮失望之极。

“小叔既然特意留给我，就说明里面定有不寻常之处，你们也帮我好好看看。说不定能够找出啥线索。”

三个人坐下来，仔仔细细检查每件东西。

几乎忙了一晚上，四五个小时，到了后半夜，老炮快要崩溃了。

“就这些东西，每样我都反反复复看了无数遍。这开裆裤，妈的，每个角落每一层我都检查了，啥玩意都没有！我不干了，困了！”老炮绝望了，咣当一声栽床上睡了。

万岁虽然不说话，可怜巴巴看着我，也是心碎的表情。

只能指望自己。我上眼皮和下眼皮一直打架，强撑着困意，一个人在灯下继续努力。

万岁见我困成这样，给我倒了杯热水，挨着老炮躺下睡觉。

我把目光对准在了那些照片上。比起开裆裤、成绩单这般的东西，显然这里头更有可能藏着线索。

照片一共有个四五十张，排除那些合照、小叔的暗恋对象之类的，剩下的就是我和小叔的合影，以及小叔的单人照。

这样，就剩下来差不多二十张。我将二十张照片反反复复看了十几遍，最终将那张我和小叔在夏河县城的合影定为重点目标。

这张照片应该是我刚开始跟小叔倒腾东西时拍的。那一次我们从北平出发，一路向西，到兰州，沿着河西走廊一直到了新疆。那时虽然兵荒马乱，但乱世之中古董不值钱，反而让我们收获颇丰。回来在兰州歇脚时，小叔决定往甘南走一趟。那时金铜佛像开始红火，小叔想看看能不能收点此类东西。

拉卜楞寺是甘南的中心，自然不可错过。我们在拉卜楞待了差不多一个星期，与其说是收货，更像是云游。也是那次，我被博大精深的藏传佛教征服，也开始了一些研究，学习了不少东西。仔细想来，那一次小叔带我去拉卜楞似乎并没有什么特别之处。

但想到之前在他日记中看到的那段话，我就觉得拉卜楞寺对于小叔来说，似乎格外有意义。

照片上，我和小叔勾肩搭背站在大街上，手拿着羊肉串，身后是人头涌动的集市，也很稀松平常。

我拿着放大镜，反反复复检查着上面的每一寸，眼睛都酸了，依然一无所获。

我甚至想到朽木老和尚告诉我的那句很有深意的话：“若见诸相非相，即见如来。”

难道秘密不在照片本身么？那又会是哪呢？

这个答案仿佛镜中飞雪，晓看簇簇，却又寻觅不着。

“睡觉！他妈的！”我怒吼一声站起来，想要放弃，没想到胳膊肘撞倒万岁给我倒的那杯热水，咣当一声，桌子上一片狼藉。

万岁也醒了，见满桌子是水，赶紧手忙脚乱帮我收拾。

我麻利地抢救那些浸在水里的照片，大骂自己太不小心。

照片原本年头就挺久，经水这么一泡，很多都开始斑驳变形。

就在我吹掉上面的水渍时，万岁看着我手里的一张照片，道：“小爷，这照片后面，好像冒出来了一行字！”

那张我和小叔在夏河县城的合影。

电灯的强烈照射下，一行漆黑如墨的笔迹缓缓显现出来。

“九九之地，铁莲安住。当心人皮跳舞。”

我倒吸了一口凉气：这就是老和尚说的诸相非相呀！

“什么意思？”万岁看着我道。

老炮也醒了，站在我背后：“线索？”

九九之地，显然是个地方。铁莲安住，怪佛装在镌刻有莲花的铁函中，应该指的是秘钥。当心人皮跳舞，这是怪佛上面的铭文，一句恐怖的告诫。

这分明是告诉我，秘钥的所在。

字里行间，小叔似乎十分肯定秘钥的所在，但那怪佛如今分明在我手上。

难道还有另外一尊？不可能。综合以前的情况来看，秘钥现在只剩下一把。唯一的一把。

要解释他此举，只有两种可能：第一，小叔十分有把握秘钥藏在这个九九之地，但他并没有验证。第二，小叔说的铁莲，不是怪佛。不管哪一种，都让我对夏河县的拉卜楞寺产生了浓厚的兴趣。

那是一个埋藏着故事的地方。

“老炮，我要去一趟拉卜楞。”我语气坚决。

老炮显然不同意：“太危险了。你在北平我还能保护你，那地方太远，听说最近局势动荡，到处都在打仗，强盗横行，而且现在盯着你的人太多，很难保证他们不会下手。”

“听天由命吧，我一定要去。”我道。

万岁：“小爷，我陪你一块去。”

老炮想了想，道：“我在北平无法脱身，你如果执意要去拉卜楞寺，那边我倒是有个熟人。两年前我在巡警学堂培训的时候，认识甘肃警厅的一个哥们，值得依靠。你什么时候走？”

“马上。”

老炮：“你打算怎么过去？”

我摆摆手：“本来我打算开车去。这样机动性大，不容易被发现，但你也说了，那边不太平，所以，不如坐火车到兰州，再想办法。”

“也行，我让人给你订票。”

老炮安排妥当之后，给了我一张纸条：“上面是他的地址，那哥们叫洛桑，人在兰州，你到地方后找他。”

半个小时候后，一辆警车停在我和万岁面前。

“万事小心。”老炮拍了拍我的肩膀，暗中递给我一件东西。

那把柯尔特左轮手枪。

告别老炮，我带着万岁离开。

车子驶出警局之后，我让司机往琉璃厂开去。

“小爷，不是去火车站吗，怎么去琉璃厂了？”万岁道。

“取个东西。”我笑笑。

车子停在琉璃厂西面的巷子里，我让万岁留在车上等着，自己猫着腰，鬼鬼祟祟地翻进小叔的院子，爬上了那棵大树。

这次离开北平，我不知道下面会有什么事情发生，怪佛自然要带走。

刚下过雨，树上又湿又脏，爬到枝椏处，我拿掉遮盖物，手伸进树洞里之后，全身陡然一震！里头空空如也！

第十七章 前路未卜

树洞就那么大，原先放在里面的铁函不翼而飞！

这不可能啊！

我用腿勾住树干，双手并用，掏了又掏。

确认铁函丢失后，我的脑袋嗡地一声就大了。

怎么会没了？这地方只有我一人知道，谁拿走了怪佛？

我从树上下来，回到车里，点燃一根烟。

“小爷，没事吧，你脸色很差。”万岁道。

我没吭声，让司机发动车子去火车站。

路上，大脑飞快旋转。

铁函被我放进去有一段时间了，这些日子我从未检查过，所以它丢失的具体时间我并不清楚。

一瞬间，我想到了无数种可能，但接着一一被我排除。

不管是那帮俄国人，还是剥皮人，又或者是洛阳六宗，都不可能。他们如果拿到了铁函，根本不会对我围追堵截。

“九九之处，铁莲安住。”现在看来，小叔留给我的这话，可以确定是怪佛的存放地。

也就是说，最大的可能是，铁函被小叔取走了。

又或者，铁函被取走时小叔看到了，而且他知道这个人的身份，知道铁函被带去的地方。

有没有这个可能：正因为小叔目睹了此事，才被灭口呢？经过这么一串分析，我内心逐渐安定下来。

九九之地。尽管这个地方不能肯定是拉卜楞，但要破解这个谜团，它是我目前唯一能去的地方。

天还没亮，火车站挤满了大包小包的行人。

有穿着貂皮的富商，有西装革履的文化人，有情绪激昂的学生，还有满身膻味的西北贩子……我和万岁拿着车票顺利上了车，淹没在人群中。

北平到兰州的铁路民国初年就已建成，后来因为战争屡次中断，日本人投降后，国民政府下令重修，很快连接上，使得西北和内地的交通面貌焕然一新。

火车开动，天也亮了，灿烂的朝阳从背后喷涌而出，映红了我和万岁的脸。

路上，我和万岁小心翼翼。离开了北平，就意味着我离开了保护，火车往西开，绝大多数的路段都是空荡无人的茫茫戈壁，车厢里鱼龙混杂什么样的人都有，如果有人这时候对我们下手，想来绝对危险。

我们选择混在一群从西北到北平来的马贩子之中，换上了他们的皮袄，一块喝酒吃肉，吃饱喝足就蒙头大睡，几天之后就混得极熟，不管在打扮上还是那一身的膻味，都已经泯然于众人矣。

火车驰行好几天之后，兰州城进入了视野。

这个狭长的城市，夹在南北两山之间，黄河在市北的九州山下穿城而过。依山傍水，山静水动，让夜色中灯火阑珊的它，显得多了一丝西北少有的灵气。

下起雨，虽不大，可寒气逼人。

从火车站出来，我叫了一辆马车，按照老炮给我的地址前去甘肃警厅。

白云观。这座建于道光十九年的道观，占地三十多亩，坐北朝南，山门巍峨，古柏苍天。就在白云观的后方，一片大宅子门前，我们的马车缓缓停下。

“先生，到了。”车夫恭敬道。

我和万岁跳下车，只见大门口警员荷枪实弹站岗。如今，虽说赶走了日本人，国民政府名义上收复失地，国家实现了统一，但实际上各地还是割据为政，各有各的管理方法，各有各的建制，这兰州的警察和北平的不管是在打扮上还是在规矩上，都截然不同。

我客客气气上了近前，将十块大洋塞到岗哨手里，说要见个人。

“你找我们队长呀，不巧，他刚出去，最早也要晚上才回来，要不，你留个地址，等队长回来我让他们找你去。”岗哨笑道。

“也好。”我想了想，写了一封信，把事情简单说了，又留下了老炮交给我的引荐信，道，“老总，我们人生地不熟，敢问附近有什么客栈没有？”

“你是要档次高的，还是一般的？”

“干净一点，热闹一点，就行。”我笑道。

岗哨指了指前面：“往那边走，过三条街，有家白记客栈，老板人很好，菜也不错，那里的黄河鲤鱼是一绝。”

“谢您嘞！”我拱手告辞，带着万岁离开。

马车七拐八拐，停在白记客栈。

这客栈倒是规模不小，前后两个院子，门口大车、驼队横七竖八，天南海北的人进进出出，热闹得很。

“小爷，这敢情就是个大车店呀？”万岁进了客栈，受不了这味道，捏着鼻子。

我看了看周围，低声道：“大车店有什么不好的？人多，地方大，容易隐藏。我们是出来办事的，不是享福的。”

万岁不说话了。

来到柜台前，要了两间房，取了钥匙，上了后院二楼。

万岁对我此举十分诧异：“小爷，我们俩住一间房就够了，这是……”

“出门在外，小心为妙。别问这么多。”我道。

房间在二楼，七、八两号房。我看了看，推开了八号房的门。

进屋后，我和万岁舒舒服服地洗了个澡，洗去舟车劳顿的疲惫，又让万岁到楼下叫了饭菜，尤其是那黄河鲤鱼，也叫了一份，叫伙计端上来，吃饱喝足后，下楼，带着万岁到了柜台。

“掌柜的，”我打了根烟给掌柜的，笑道，“麻烦您个事儿。”

“客官，听你的口音，是内地来的吧？”掌柜的白白胖胖，脾气倒是好得很。

“嗯，来做买卖。”我道，“警厅有个叫洛桑的，您认识不？”

“洛桑队长呀，那怎么能不认识，兰州城警官里头第一号，义气！”掌柜的竖起大拇指。

“是这样的，等会他来找我，而我呢，不一定在，他来之后，麻烦您让他去二楼七号房歇着。”我笑道。

“没问题，我记着了。”

“多谢。”我转身离开，走了几步又掉过头来，“掌柜的，电话局离这里远么？”

“倒是不远，前面街角就是，走路几步就到。”掌柜的指了指前面。

我点头道谢，和万岁回到八号房。

万岁看了看我，又出去看了看两个房间，明白了：“你担心这个洛桑？”

“虽然是老炮朋友，可我现在不能轻易相信任何人。再说，一路过来，太顺了。

这样的顺利，让我总觉得不太踏实。还是小心为上。”

“我同意。”万岁嘿嘿一笑。

喝了杯茶，我招呼了万岁，离了客栈，到电话局给老炮打了个电话。

离开北平之后，我一直没联系过他。

等了半个小时，电话才接通。老炮的话语焦慌而急促：“小九，怎么一直没你的消息？！”

“刚到兰州这不就给你打电话了么。你那边近况如何？”我道。

老炮声音压低：“除了李五子死了之外，其他洛阳五宗的人全部离开北平，李四海也离开了，我们目前正在调查他们的行踪。”

“你怀疑他们的目标是我？”我道。

“我不知道。”老炮道，“反正你现在很不安全，联系到洛桑了吗？”

“他马上就到。”

“那就好，他是个好哥们。”老炮低声道，“我这边办完事，马上就过去找你。”

“再说吧，你等我消息。”挂掉电话，我的心已经提到了嗓子眼。

回到客栈八号房房间，我越来越觉得有些形势不妙，看来此行注定不会一帆风顺。

老炮的担心如果是真的，追踪的那伙人说不定早就在兰州等我多时，而我到兰州之后，说不定就已经被人盯上了。

我掏出柯尔特左轮手枪，持枪在手，坐在椅子上，静听外面的动静，只盼洛桑能早来。

房间里安寂无比，只能听到钟表滴滴答答走动的声响。

无比紧张，倍觉煎熬。

大约半小时后，听见拐角楼梯有人上楼。

咯噔，咯噔，咯噔，一串脚步声由远及近传来。

我陡然站起，藏在门后，举起了手枪，做好了随时冲出去的准备。万岁贴在我身后，不知何时，手中多了一把分土剑。

分土剑，是洛阳李家闻名的护身武器，剑长三寸三分，精钢所制，锋利无比。万岁手中的这把剑，上面刻有日月，中有“分土”二字，样式古朴，起码有几百年的历史，寒光逼人。

脚步声稳健，来得很快。

“一个人，男的，练家子出身。”万岁竖着耳朵，低声道。

我屏住呼吸。

那脚步声在隔壁门口停下，并没有敲门，而是静静地待了几秒钟。然后，门下缝隙光线一暗，来人站在了我们房间门口。

冷汗从额头淌下来，我将枪口抵在门上，正对着那人，只要有任何的不妙，我会毫不犹豫开枪。

我低头扫了扫，通过门下的缝隙，我看到了一双黑色的尖头皮鞋。做工很好，应该是小牛皮的。

那人在门前站了差不多十几秒钟，然后转身，咯噔咯噔离开了。

“走了？”我道。

万岁沉默。

叮！就在这时，楼梯又响，噗通，噗通，脚步声传来。

“不是刚才那个人，是个胖子，体重很大。”万岁悄声道。

脚步声来到隔壁，随即传来梆梆梆的敲门声。

“我，洛桑！”嗓门大得惊人。

“妈的，总算是来了。”我收起枪就要开门，万岁一把拽住我。

“等下……”万岁话音未落，就听见外面洛桑一声闷哼，接着是一番打斗。

“谁！？”洛桑大吼一声。

接着，咣的一声，墙壁震颤，似乎隔壁的房门被撞开了。

桌椅倒塌声，玻璃破碎声，随之传来，接着，是震耳欲聋的两声枪响。

“动手！”我低喝，拽开房门，万岁和我几乎同时扑出。

七号房房门倒塌，里头漆黑一片，血腥味传来。

“洛桑，我是老炮的朋友，你没事吧？”我故意高叫一声，给洛桑提个醒，一头扎进去。

地板上，穿着警服的胖子仰面八叉躺倒在地，一个黑影骑在他身上，手中的匕首要刺下去。

万岁先我一步，冲入黑暗的同时，手中分土剑挥舞，怒斩而去。

那人背后受袭，弹跳飞开。

万岁如同一只猿猴灵活无比，分土剑呼啸，划出一道道剑影。

真没想到，这小子功夫这么好！

啪啪啪啪，电光火石之间，黑影和万岁过了十几招，打到了窗口。

我顾不得许多，举起柯尔特扣动了扳机。

枪声回荡！

黑影肩头中弹，身体一晃，跃上窗户，纵身跳下去。

我和万岁追过去，探出头，看到那人掉在楼下的一辆马车之中，车子疾驰而去，定然是接应。

接连的几声枪响，早惊动了客栈，楼内楼外一片大乱。

“妈的！惊动人了，走。”我拉着万岁就要撤。

就看见地上那位爬起来，哼哼道：“真是进门脚踩大屎坑，抬头遇俩丧门星！我这一身是伤的，你们不管不顾就开溜，太不义气了吧！”

如果是在火车站或者荒郊野岭遇到洛桑这样的人，我肯定绕远了走。

这哥们哪里像个警察，一副地痞流氓相。肥肥的圆脸上，层层叠叠的大麻子，一双眼睛铜铃一样叽里咕噜转来转去，下巴上有个痦子，还长了一撮毛。身上的那件黑色警服，不知道啥年月发的，乌黑发亮一层油腻，用我们的行话来说，都养出包浆了。

别看他鬼哭狼嚎，其实没多少伤，也就胳膊上划了几道小口子，嚎得跟死了亲爹一样。

就这样的人，老炮让我信任他，我心里打鼓。

“你枪法不行，真给我们警察丢脸。”此刻，洛桑坐在椅子上，叼着我的烟，对我直摇头。

刚才那枪响，惊动一票人，掌柜的带着十几个伙计冲过来，被洛桑一句话打发了，看来他混得很开。

“我不是警察。”我道。

洛桑狡猾一笑：“看得出来，贩卖文物的吧？”

“哟，眼力不错呀。”我击掌而赞。

“必须的。”洛桑摇头晃脑，“我这人，最大的优点就是看人看到骨子里，像你这样的尖嘴猴腮全身散发铜臭味的，兰州到处都是。你说也怪了，以前还好，不知道刮了什么风，这几年天南海北的文物贩子都跑到这里了，什么佛像、唐卡、壁画、金银器，哗啦啦不问贵贱就招呼，都提着成箱成箱的现大洋来，不怕报应呀。别的不说，我们藏族人，视买卖佛像为大罪，要下地狱的。”

“我是收货，公平交易，不是偷盗。”我道。

“鬼才信呢。老炮招呼的人，能是善类？”洛桑抽完烟，道，“别扯淡了，走，吃一顿去。”

“我都吃过了。”

“你们内地人就是磨磨叽叽，我让你吃你就吃，不给我面子是吧！？”洛桑睁眼道。

我无话可说。

城隍庙。这地儿是兰州的娱乐中心，历史悠久，也是淘货的最好去处。靠近城隍庙的木塔巷是有名的小吃街。

一家拉面店，里头烟雾腾腾，乌泱泱全是人。洛桑挑了张桌子，叫了一堆小吃，来了两个烤羊腿，吃得满嘴流油。

兰州羊肉最好，没膻味，入口即化，肥而不腻，尽管先前吃过了，但我还是抵挡不了这色香味，大快朵颐。

“你这次来干什么的？”洛桑斜着眼看我，“别跟我扯收货这类没用的理由，我不是傻子。”

“去拉卜楞，找个人。”我道。

洛桑腮帮子直抖：“兄弟，你算是找对人了。我生在夏河，在来兰州之前，我在那里当了六年的护卫官。”

“什么叫护卫官？警察？”万岁问道。

洛桑点了点头，又摇了摇头，道：“咱们西北和内地不一样。就拿拉卜楞寺来说，其实它根本不是一个寺庙那么简单。它不仅拥有自己的土地、人口，而且在封地上拥有高度的自治权，即便是政府很多时候也无法干涉。

“民国二十九年，拉卜楞成立了议仓，统辖全寺和寺属部落的一切政治、宗教、军事大权。其中护卫官就相当于拉卜楞寺封地上的警察局长。不过这两年，议仓和政府达成了协议，当地的治安和武装，都收归政府接管。”

洛桑这么一解释，我和万岁算是明白了。

我双手并用，撕了块大羊腿肉：“那敢情好。既然老兄这么熟悉，那我就全靠你了。”

“我和老炮生死之交。先前我担任护卫官时陪同佛爷去京城办事，碰上日本人，要不是他救了我，我早就死了。你是他兄弟，那就是我兄弟，有啥事我鼎力相助，责无旁贷。不过，丑话说在前头，你要是干些作奸犯科的事，我不饶你。”洛桑义正词严。

“这个你放心，咱不是那样的人。”

“那就好。”洛桑很满意，抱着羊大腿骨呼啦呼啦吸骨髓，“找什么人？”

“拉卜楞有没有个叫卓玛的？”我装出十分随意的样子。

洛桑斩钉截铁：“有！”

这话让我心头一喜。

本想着此次来肯定一番周折，没想到这么容易就找到了。

不过接着洛桑扔给我一句话：“你找哪个卓玛？”

“什么意思？”

洛桑笑道：“卓玛，是藏族对女子的称呼。它的意思是‘度母’。我们藏族人，不管男女老少，都喜欢度母。藏传佛教中有二十一个度母，最出名的是绿度母和白度母，这里头还有个传说呢。”

洛桑抹抹嘴，道：“传说，救苦救难的观世音菩萨看到人间需要救度的众生太多，她实在忙不过来，就伤心地流下了眼泪。她右眼流下来的眼泪变成了绿度母，左眼流下来的眼泪变成了白度母。两个度母对菩萨说：‘菩萨，您不要担心，我等誓度一切流转生死苦海的众生，为菩萨分担救度众生的悲愿。’

“所以，她们都是观音菩萨的化身，是慈悲的显现。以绿度母来说，她是二十一位度母之主尊，能够消除一切众生的烦恼痛苦、满足一切众生愿求，帮助众生解脱生死苦海，命终往生极乐世界，获得究竟的安乐。

“而白度母，性格温柔善良，非常聪明，没有能瞒得过她的秘密，人们总爱求助于她，故又被称为救度母。她全身有七只眼睛，双手双脚各有一眼，第三只眼睛则在眉心中央。额上一目观十方无量佛土，其余六目观六道众生，故又称为‘七眼佛母’，七眼能够照见一切瘟疫疾病的缘起从而消灭之，一切众生凡是被她观望到的皆可得解脱。

“最值得一提的是，白度母是能够为一切众生赐予长寿的一尊度母，藏传佛教里，将长寿佛、白度母及尊胜佛母三尊合称为‘长寿三尊’，往往生病或者垂死之人，最喜欢向白度母祈祷，希望度母能赐予健康和长寿。

“不管是白度母还是绿度母，都是大功德的怙主，我们从心里敬爱她们，称她们为妈妈。而藏族女孩取名字，也都喜欢叫卓玛。既表示对度母的崇敬，又希望能够得到度母的眷顾。”

洛桑吃饱喝足，打了个嗝，道：“拉卜楞周围，叫卓玛的没有一万也有八千，你找哪一个？”

我差点瘫倒在桌子上。

小叔的日记里，只写着他来拉卜楞找卓玛，至于是哪个卓玛、长什么模样，只字未提。这不是大海捞针么？

“拉卜楞寺里头，有叫卓玛的么？”我抱着最后的希望，热切问道。

洛桑揪着他痞子上的黑毛，想了想：“拉卜楞寺里住的都是僧人，出家了都有法名，肯定不会叫这个。即便是出家之前，男人也没叫卓玛的。不过，寺里平时有些帮工，其中有不少女人，说不定有。我们到那里再打听吧。”

也只能如此了，起码还有希望。

吃饱喝足，洛桑开着他那辆破吉普载着我们回去。

“那家客栈你们不能住了，住我家吧。”他倒是很好客，不怕麻烦。

车子三拐五拐，进了一个院子。

院子不大，屋子也很老旧，但收拾得很干净。

洛桑的妻子出来招呼我们，她常年卧病，脸色苍白，寒暄一阵就进去了，倒是洛桑上学的女儿活泼可爱，乌黑的眼睛好奇地打量我们。

“抱歉，就这条件，你们早点睡，我们明天一早就走。”洛桑安排好了我们，带门出去，他就睡在隔壁。

我和万岁挤一张床。现在才八九点，距离睡觉时间还早，我一边百无聊赖地聊天，一边打量着房间。

房间里没啥家具，布置得很有民族风情。

正面有个佛龛，供着嘉木样大师的法相，法相下摆放有释迦牟尼佛、绿度母、白度母的铜像，三根藏香升腾起袅袅烟雾，味道沁人心脾。

在这香味中，舟车劳顿、身心俱疲的我和万岁，很快睡着。

早晨六点多，天还没亮，洛桑就叫醒了我。

“怎么这么早？”我打着哈欠。

“早点好。”洛桑站在门口抽烟，看着天，“早点出去，人少，不显眼。”

我暗地里赞叹他心细。

“今天天气不错，是个风和日丽的大晴天。”洛桑又道。

快速洗漱一番，吃了洛桑妻子亲手做的拉面，三个人钻进车里，往夏河方向开。

兰州距离夏河县城，两百多公里远。按照洛桑的估计，我们起码要到下午之前才能到达。

车子稳稳地行驶，一路上见到的都是黄突突的山丘，很难见到内地的葱绿。

天气干冷干冷，我和万岁冻得够呛，洛桑却敞开衣衫，惬意地哼着藏歌。

“从那东方山顶，升起皎洁月亮，未嫁少女的面容，时时浮现我心上。”洛桑唱完了，对我道，“写得真好，是不是？”

这是仓央嘉措的情歌，一位伟大而又有人情味的佛爷。

一路歌声悠扬，日头偏西，夏河就在眼前了。

一座不大的小城，安安静静地横亘在天地中，肃穆，空灵，隐隐听见低沉的诵经声，沿途可以看到朝县城赶去的老百姓，手中拨动着佛珠，嘴里念着六字大明咒。

没有内地的浮华喧嚣，只有动人心魄的安和之美。

就在我惬意无比时，洛桑看了看后面：“有情况。”

“咋了？”我紧张坐起来。

洛桑：“后面那辆福特轿车跟了我们差不多有一百多里了。”

我赶紧朝后看了看。

一辆黑色的福特轿车，距离我们差不多五六百米，不紧不慢地跟着。

这年月，轿车是稀罕物，所以不能不引人注意。

“是不是拉卜楞寺的车子呀？”我道。

“是不是拉卜楞的，等会儿就知道了。”

洛桑突然加速，车子冲进城里，在街道上拐来拐去。

果然，那辆车紧跟不舍。

“一群不知死活的小鬼儿！”洛桑冷哼了一声，飞快打着方向盘，钻入一条小巷。

巷子不大，福特进不来。接着，洛桑拐了十几个弯，一头扎进一家住户院子里，吓得里头鸡飞狗跳。

打开车门，洛桑跳出来：“下来吧，这是我阿爸家。”

我和他把大门关上。很快，那辆黑色福特从门前呼啸而过。

“兄弟，你怎么会招惹上这么麻烦的人？”洛桑嘟囔着。

洛桑阿妈多年前就去世了，剩下阿爸一个人住在老家。

他阿爸是个盲人，我们进来时，老人家正坐在门口晒着太阳，摇动着转经筒念嘛呢。

老人家听见洛桑的声音，很高兴，热情问候我们。

洛桑从屋里提来水壶，倒出热乎乎的酥油茶。

“老伯这么大年纪了，眼睛又不好，怎么不接回兰州住？”我问道。

洛桑笑：“那也得看他的意思。我都说了无数遍了，他不愿意走。”

老阿爸拨动着手中的菩提佛珠，咧着嘴，露出空荡荡的牙床：“我服侍菩萨一辈子了，哪也不去，死就死在这里。洛桑呀，你这次来待几天？”

“说不准。”洛桑道。

“多待几天吧，往常回来站站就走了，我这里又不是客栈。”老阿爸转脸朝我的方向，“得谢谢你们，要不是你们，一年到头我也见不到他几次面。我老了，说不准什么时候就去极乐净土了。”

“佛爷现在不收你，还指望你继续奉献功德呢。”洛桑一句话，让我们哈哈大笑。

“我阿爸从小就学唐卡，是拉卜楞周围画得最好的一个。现在寺里头大殿上挂的有不少都出自他的手。可惜了，几十年全在酥油灯下画，把眼睛画瞎了。不过，无数的佛呀菩萨呀护法呀，他一丝一毫都记在脑子里，清楚得很哩，画唐卡的年轻喇嘛经常请教他，他现在是寺里的画院总管，有专人照顾。”洛桑介绍道。

“胡说八道，能够画卡子，那是莫大的修行，是我的福报，怎么能说可惜呢。”老人家幸福无比。

这样的一个老人，身上没有任何的世俗气，安静，纯粹，美好。也许是寂寞许久的原因，老阿爸一开口就很难再闭上，和我们拉着家常。

“娃子，你们哪里来的？”

“北平。”

“北平呀，北平好哦。几十年前我去过一次，进宫朝拜，是个吉祥如意的好地方！那真让人怀念呀。”老人家黯淡的双目中流出真诚的泪水，“叫啥名？”

“您叫我小九。”

“小九？我有个闺女叫小九，生下来三个月就没了。”老阿爸道。

洛桑站起身：“哎呀呀，你扯这些干什么，都陈芝麻烂谷子的事了。你们聊，我去搞点饭吃。”

洛桑摇着头，进屋搞饭去了。

老阿爸接着又问我：“来夏河干吗？”

“玩。”

老头笑了：“可不能随便说谎。”

“怎么，您不相信啊？”

老头指着自己的眼睛：“我看不见东西，可心是敞亮的。你一来，我就感觉到了一股大吉祥的气息，还有，还有一股大业风。”

业风，修行人对于不祥之物的称呼。我沉默不语。

老阿爸笑笑：“没事没事，到了拉卜楞，诸佛菩萨都在这，会保佑你的。我今年念了六十万嘛呢，分三十万给你好了，剩下三十万回向一切有情众生。”

他伸出枯干的大手，放在了我的额头上。

六十万嘛呢，就是念诵了六十万的六字大明咒。

我心中一暖，仰望着老人，道：“阿爸，拉卜楞寺里头，你熟不熟悉？”

“熟哦，怎么不熟，我一辈子就在这里，从来没离开过夏河。”

“那寺里头，有没有叫卓玛的人？”我问道。

老阿爸一生都耗在夏河，他就是这地方的活菩萨，说不定知道。

“卓玛？”老人家听了，手中飞旋的转经筒忽然停下了，“你找卓玛干什么？”

我大喜：“您认识？”

老人家摇头：“寺里头，没有叫卓玛的人。”

“确定？”我失望至极。

“反正我在寺里头的时候，没有。要不你让洛桑带你去寺里头问德仓堪布，他老人家清楚。洛桑！洛桑呀！”

里头正在搞糌粑的洛桑听到老阿爸的叫唤，走出来：“干吗？”

“吃了饭你就带娃子去找德仓堪布。堪布好像说明天要出远门，最好快去。”

“知道了。”洛桑点头，接着到屋里一顿忙活，做好了饭，几个人随便吃了一些。

吃饱喝足，起身要走。

来到门口，老阿爸追出来。

“小九，小九！”老阿爸大声叫我。

“咋了，阿爸？”

老人家来到我跟前，有些气喘，解开厚厚的棉袄，从脖子上摘下个东西。

这东西，是个用九眼不灭金刚绳系着的铜噶乌。

铜是珍贵的紫铜，因为长久的贴身佩带，锃亮温暖。噶乌不大，圆形，外表雕刻有海螺的花纹，朴实无华。

“这东西你戴着。”老人家执意挂我脖子上。

“哎哟哟，阿爸，你怎么这么偏心呀，这东西我问你讨了多少次，你都不给我。”洛桑在旁边酸溜溜的，又低声对我道，“这噶乌原先是寺里面大活佛一代代传下来的，里头装着一枚用嘉木样大师骨灰打的玛哈嘎啦擦擦！至宝！”

我的心，剧烈颤抖起来。

擦擦，起源于古印度，是一种脱模泥塑。早先都是泥塔，后来传入藏地，有了各种各样的擦什贡（做擦擦的模子）。对于藏人来说，僧俗制作擦擦可以积攒善业功德，可以随着佛像、经文一起装塔，可以放在寺庙中供奉，可以安放在山顶路口和风马旗、玛尼石、经幡一起接受信众的膜拜，更多的，是作为护身符装在噶乌里随身佩戴。

据我了解，擦擦可以分为以下几大类：泥擦、药擦、骨擦、名擦、布擦。所谓的泥擦，指的是用特定的泥土混合圣物按照宗教仪轨打成，这类擦擦数量不少，也最常见。药擦，就是用珍贵的藏药制成，在以前缺医少药的年代，一枚药擦能换好几头牲口。骨擦，就珍贵了，往往都是用圆寂的大活佛的骨灰掺入黄金、绿松石、甘露丸等等珍贵之物打造而成，可遇不可求。

至于名擦，有点像名画，指的是出名的高僧大德亲手制的擦擦，而布擦，专指像班禅这样的宗教领袖去世后，用法体的体液混合珍贵药材制造出来的擦擦。

藏人恭敬擦擦，把它当作是诸佛菩萨的化身加以供奉，尤其是骨擦，因为里面有高僧大德的骨灰，被认为是最吉祥最灵验的护身物。对于他们来说，生活困难时，他们可以卖牛羊，可以卖房屋，甚至可以卖祖传的松石、天珠，但他们绝对不会把随身的擦擦卖了。

老阿爸给我的这个噶乌，里头装的是嘉木样大师的骨擦，不管是宗教还是文化意义，都不可估量。

洛桑说得没错，这是货真价实的至宝！珍贵无比。

老人家自己佩戴了一辈子，却给了初次见面的我。这让我说不出来的感动。

老阿爸将金刚绳挂在我脖子上，道：“孩子，诸佛菩萨会保佑你，护法会保佑你。”

看着他慈祥、满是皱纹的脸，我的眼泪唰地流下来了。

“莫哭，你是个大吉祥的人，会平安的。”老阿爸安慰我。

洛桑道：“阿爸，你怎么知道他是个大吉祥的人呢？我看他一个鼻子两只眼睛，和我一样么。”

“去去去！”老阿爸笑，“你和他比，差远了。他身上带着大吉祥之物，你有么？”

我一愣，难道老阿爸说的是我身上的那枚九眼天珠？

“大吉祥之物？啥东西？”洛桑笑嘻嘻看着我，“能不能让我瞻仰瞻仰。”

这时候我也没什么顾忌，将衣服里的天珠拿出来。

“妈呀！”洛桑吓了一跳，“阿爸，你太神了！你怎么知道他身上有天珠？”

老阿爸笑：“跟你说了你也不懂。小九一来，我就感受到了。”

洛桑拿着那枚天珠仔细端详，嘴里啧啧称赞：“老天珠呀！还九眼的！去年我一个朋友卖了个四眼的，都三万大洋了。这九眼的得值多少钱呀。”

“滚出去。”老阿爸火了，把天珠塞回我衣服里，“天珠是诸佛菩萨之宝，九眼天珠更是天珠之王，怎么能用钱财衡量呢。孩子，去吧，它和嘉木样大师一起，会保佑你们吉祥如意。”

第十八章 藏地寻踪

告别老阿爸，我们三人出了院子。

洛桑不打算开车，那样目标太大。

夏河县他熟悉无比，决定步行去，反正也不远。

我和万岁跟着洛桑，在巷子里左拐右拐。由夏河县城往西，跨过一座石桥，就进入了拉卜楞的世界。

日头偏西，阳光普照，天空中满是灿烂的云霞，西北凛冽的冷空气令周围草木肃杀，却也格外显得这座“世界藏学府”的博大与祥和。我们并没有从正门进去，洛桑带着我来到寺院后面，和一个僧人说了几句便进去了。

“德仓堪布的院子在前面。”洛桑指了指前头。

寺院后面人迹寥寥。大经堂传来的诵经声，时而低沉，时而高亢，广场上，虔诚的信徒在磕长头，一个八九岁的小僧人踢着块石头奔跑，天真无邪。偶尔有黑色的不知名的鸟，发出清脆的叫声，飞过头顶。

这是一方梵天佛地，一方净土。

我们进了一所小而精致的庭院，东北西三面有三栋木质结构的房子，看起来有点四合院的布局。

洛桑先让我们在院子里等候，他独自进去，过了十几分钟兴奋地出来了。

“来得倒是巧，堪布明天就要走。进去吧。”

我们赶紧进屋。

简朴的床上，六旬开外的德仓堪布端坐着。在拉卜楞寺，在拉卜楞寺的属地上，他是德高望重之人。

白晃晃的阳光透过窗棂，照射在他手里的六道木佛珠上。

他的背后，床榻的上方，悬挂着嘉木样大师的法相。穿着红色法衣的他，一脸严肃，犹如一座高山。

“你们是什么衙门的？有官文么？”堪布看着我，威严道。

尽管洛桑对于他来说是熟人，但他看我的目光有些警觉。

我突然想起一件事，马上道：“我是多旺教授的朋友。”

之前多旺教授曾经告诉过我他来拉卜楞的那件事，他说接待他的是德仓堪布，应该就是眼前此人。

果然，听到多旺教授的名字，警戒之色从堪布脸上消失了。“哦，多旺呀，呵呵，老朋友了。”

堪布热情站起来，往熄灭了的铸铁炉子里倒汽油。房间里冷如冰窟，这是唯一取暖的设备。

看来他不是很熟悉这工作，倒腾半天也没搞好，炉子不听话，嘟嘟嘟冒着青烟。我过去搭把手，总算是烧了起来，房间里顿时暖和不少。

“抱歉，这东西我还真不熟。”活佛盖上炉盖，道，“说吧，找我有什么事？”

“堪布，我们来找一个叫卓玛的人。”

堪布沉默不语，重新回到床上，端坐着，拨动他的念珠。

“我们这里没有这个人。你找错了。”说完，他闭上眼睛，似乎再也不愿意继续这个话题。

“堪布说没有，那肯定没有，他不会说谎。”从德仓堪布的院子里出来，洛桑郑重道。

我没有回答他，看着庙宇上空升起的袅袅青烟。

万岁摇头：“不，我觉得，他似乎有什么话说不出口。”

“我同意万岁的说法。”我分析道，“洛桑，你有没有注意到堪布的反应。在我没问卓玛之前，不管是不是因为我是多旺教授朋友的关系，他很热情，但我问了之后，他态度大变，根本不想说。”

“你是说，德仓堪布不愿意告诉你？”洛桑想了想，犹豫道。

我点头：“这个人，或许对他来说，关系重大。”

洛桑：“没有理由呀，找个人而已么。”

我们一边说一边往外走，转了个弯，前面就是大经堂了。

太阳快要落山，寺院大门关闭，一片空荡，这座古老的寺庙沉浸在昏暗和神秘之中，犹如一头蹲伏的金刚狮子。

“对了，你真是多旺教授的朋友？”洛桑笑道。

我点头。

洛桑哈哈大笑：“那个老头，挺好玩，是个书呆子，不过脾气很耿直。”

我挺惊讶：“怎么，你认识他？”

“当然认识！打过一次交道，印象深刻。”洛桑抬头看着大经堂上空的幡旗，“当初拉卜楞出了一次事，他过来帮忙，我正好也在，那是我在夏河办的最后一件案子。”

我陡然睁开眼睛：“你是说两年前的那次佛像破坏案？”

这回轮到洛桑吃惊了：“你也知道？”

“多旺教授跟我讲过。”

“那次案件虽有小波折，但很快就破案了。”洛桑道，“不过是个普通的盗窃案。”

普通的盗窃案？我心里一阵暗笑：你哪里知道其中的秘密。

刚才从堪布那里得来的失落此刻荡然无存，我完全被洛桑这家伙搞得兴奋起来。

“走，回去！”我大声道。

洛桑：“不查了？”

“明天再说。”我拉住他的胳膊，“好好跟我说那次案件。”

“没什么好说的，佛像被开膛破肚，我们四处找那个溜入寺庙的窃贼，后来有人报警，在一家小旅馆发现了他，已经死了。他偷走的一张经卷也交回寺里，我送的，德仓堪布收下的。”洛桑言简意赅。

“在那个盗贼身上，除了你说的经卷，没其他的东西？”我旁敲侧击。

这件事关乎秘钥，说不定能够搞到一些意想不到的线索。

与此同时，我的头脑忽然没来由地闪了一下：小叔来拉卜楞寺找那个卓玛，会不会和此事有关系呢？毕竟，拉卜楞寺肯定藏着一段和秘钥有关的往事，或者说秘密也行。

出了寺门，洛桑点燃一根烟，想了想，道：“真没有其他的东西。那个人孤身一人，身上伤很重，我们到时他已经死了半天。最后我们连他是谁都搞不清楚。”

“这个人，没什么特征么？”我道。

洛桑裹紧衣服：“很普通的一个人，大概四五十岁吧。个头不高，穿着的也是普通的棉袄。”

“那个经卷现在还在寺里么？”我问道。

洛桑摇头：“我不清楚，交给德仓堪布之后我的任务就完成了。”

没问出一点有用的信息，我长叹一声。

“别想这些了，走，吃点羊肉串。”洛桑招呼我，去夜市。

夜幕降临。夏河县城虽然不大，但到了晚上很热闹。街道两边小吃摊点连绵开去，加上做买卖的商贩、前来朝拜的信众，熙熙攘攘。

我们挑了一张桌子，点了几十串羊肉串，要了一坛当地的白酒，边吃边谈。

我看着周围，笑了：“这地方，一直没怎么变，还是那样。”

“以前来过？”洛桑咕嘟咕嘟喝着酒。

“来过。多年前了，和我小叔过来收货。”我指了指前方的路口，“当时我们还在这里拍了张照片。”

“这地方，变化挺大的。道路重新整修，拓宽了，整个街道也统一布局，拆了不少破房子。”洛桑道，“你说没变化，那是不可能的。”

我掏出那张和小叔的合影，递给洛桑：“我说没变就没变，不信你自己看。”

“你这人眼光不行……”洛桑笑嘻嘻接过照片，看着照片，又看了看对面，“还别说，这路口确实没啥变化，但物是人非啊，我看连你都变化不小，这你小叔吧……嗯！？”

突然，洛桑的目光直勾勾地盯着照片，双目圆睁，像见了鬼一般，手中的杯子倾斜，酒水撒了一地。

“怎么了？这么点酒就醉了？”我嘲笑道。

洛桑啪地一声把杯子拍在桌子上，一把拽住了我，指着照片道：“这个人，是你小叔！？”

“啊。”我点头。

“你确定！？”洛桑很激动。

“小叔还能乱认的么？”我想甩掉他的手，可他抓得死死的，那么用力，捏得我骨头都疼。

“这个人！”洛桑的声音抖动起来，“这个人，就是那个人！”

“哪个人？”

洛桑沉沉地、几乎一字一顿地说：“就是两年前死掉的那个窃贼！”

咣当一声！我连人带板凳跌倒在地上。

洛桑这话，真是五雷轰顶，让我的世界剧烈旋转。

“洛桑大哥，你说清楚点，我小叔是哪个？”我怀疑自己的耳朵有问题。

洛桑道：“你的小叔，就是两年前溜入拉卜楞寺窃走佛像中经卷、死在客栈的那个窃贼！”

我愣了，彻底愣了。

然后，几乎下意识地，我喊了起来："少他妈扯淡！怎么可能！我小叔这个月还活得好好的，怎么可能两年前死在这里！你看错了吧？"

洛桑又仔仔细细看了一眼照片，摇头："不可能错！我的眼睛好得很，尤其是看人，只要扫一眼就绝对不会出错。这个窃贼给我留下的印象太深了，而且整个过程都是我处理的，我不会认错，就是他！"

我呆了！尽管我相信洛桑不会骗我，但他说的这些，我断然无法接受。

两年前，小叔不可能死在这里。最有力的证据就是这两年小叔活生生地出现在北平，出现在我的眼前。

虽然平时他忙得四脚朝天，到处乱跑，可这两年我们一直没断联系，也见过不少次面，小叔就是小叔，我不可能认错他。

"洛桑大哥……"我正要说话，忽然见五六十米远的地方，一个人朝我们走来。那个人穿着冲锋衣，背着大包，帽子盖住脸，但一条长长的刀疤看得分外清楚。

我往四周看了看，在其他几个方向，几个不同装扮的洋人也往这边挤。

"走！快走！"我拉起洛桑和万岁就跑。

"怎么了？"洛桑大叫。

"快走！"我拽着洛桑飞奔，"那辆福特车里的人！"

洛桑明白过来，撒丫子就跑。

奔跑中，我们撞翻了不少桌子，听见老板在后面喊："你们几个，连烤串都要白吃呀？太缺德了吧！"

四周惊叫声传来，那一伙人见已经暴露，顾不了许多，跳跃着奔过来。

我回头看了看：果然是刀疤脸，那帮老毛子。

"这边！"洛桑指着一条黑洞洞的小巷子。

"走！"我拉着万岁冲进去。

跑！死命地奔跑！

两边的墙壁飞速往后退，大风的呼啦啦声、鞋子敲击石板的声响、身后的追赶声、叫喊声……

跑！不顾一切地跑！

我拽着万岁，使出吃奶的劲，只恨爹娘少生了两条腿。

"不行了！喘口气。"不知跑了多久，我两腿一软，瘫靠在墙上。

夏河县海拔在3000～3800米，走路没感觉，这么快跑下来，我觉得心脏都快要爆炸了。

"怎么是一伙外国人？"洛桑道。

“外国的犯罪分子，夺宝呢。”我大口喘着气。

洛桑恍然大悟状：“我明白了！他们要夺你的天珠！”

“正是。那是我们中国的东西，不能落在他们手上。”现在我只能骗他。

“妈的！”洛桑少有地骂了一句，“罪不可恕！小九，放心，我不会让你落在这伙外国抢劫犯手里！”

这时，远处嗖嗖嗖几个黑影奔了过来。

“小九，分开行动，我把他们引开，往前走过几条街就是警察局，你在那里等我。”洛桑坚毅的脸，映在我眼中。

“可……”

“别说了，就这么决定了！”他跳出来，大吼了一句，掉头朝左边的一条岔道跑走。

我和万岁蹲伏在一堆柴火后面，屏声静气。

几条黑影在我们面前停下来，叽里咕噜说了几句俄语之后，朝洛桑的方向追去。

“菩萨保佑洛桑平安无事。”我双手合十。

“小爷，我们现在怎么办？”万岁问我。

“去警察局。”我道。

“小心！”万岁看着我的背后，忽然低叫一声，手中分土剑砍出。

啪！一声脆响，分土剑被磕飞。

我觉得脖子一凉，一把锋利的匕首横在我的喉咙上。

完了。到底还是落在老毛子的手里，我暗道。

这时，一个低低的声音在我耳边说：“李重九，跟我来。”

这声音，是个干净的女声，吐气如兰。

我转过脸，想看清楚这女人是谁。

一股劲风袭来，脑袋上咣地挨了一下，我眼前一黑，晕了过去。

醒来时，我发现自己躺在一张松软的大床上。

万岁在我的身边，也被打晕了，还没醒。我爬起来，见对面坐着两个人。

一个男人，一个女人。

灯光明亮，映照出两个人的脸。

“是你们！？”我吃惊无比。

艮宗铲头、赛潘安的美男子叶如玉，兑宗铲头、俏丫头喻小草！这两个人，在爷爷的寿宴上出现过。

千里之外的夏河县城，一间客栈里，再次见到他们，我还真是意外。

“李重九，你可真够沉的。”喻小草玩着手中那把匕首，笑道。

我的脑子有点乱，这两个人怎么跑来了？

“哟，我以为谁呢，原来是我那未过门的媳妇儿。呵呵，早说呀，你要想见我，一句话我随叫随到，用不着动粗吧。”我揉着鼻子。

这女人个子娇小，拳脚功夫真不错！

喻小草听得咬牙切齿：“呸！别乱说，谁是你媳妇儿？！信不信我割了你舌头！”

言罢，挥舞着匕首扑过来。

“小草！”她身边的叶如玉沉喝道。

喻小草顿时像猫儿一般老老实实缩回去，坐在叶如玉身边，一双美目温柔得快要滴出水来，满脸花痴状：“如玉……”

妈的！这场景，看得我要吐血。

虽说爷爷回绝了我和喻小草的婚事，我和她有缘无分，可看着这么绝色的美人儿对个娘炮芳心暗许，我这个恨呀！

这个叶如玉哪点好的！？不错，人比我高点，比我白点，比我洋气点，比我俊点，比我有风度……

算了，我不跟他比了！

“叶如玉，你这是什么意思？”对他，我毫不客气。

论年纪，你没我大，论身份，你固然是艮宗的铲头，可老子是乾宗的嫡系子孙，未来的八宗总扛把子，老子怕你个屁呀！

叶如玉粉雕玉琢的一张脸高昂着，灯光越发显示出他脸上俊俏的棱角。

“你自己知道。”他往我跟前靠了靠。

离得这么近，几乎能够看到他脸上的毛孔。

我仔仔细细地打量他脸上的每一寸地方。

高挺的鼻梁，白皙无瑕的皮肤，大大的褐色眼睛，长长的睫毛，弯弯微微上翘的嘴角……

我的天！上上下下无死角的绝色美男呀！

同样都是人，怎么差距这么大呢！

不公平，老天太不公平。

“我，问你个问题，一个严肃的问题。”我深吸一口气，盯着这位兑宗的宗主，和我没缘分的媳妇联手绑架我的人。他们此举，肯定和秘钥有关。

“说。”叶如玉点燃一根雪茄。

妈的，连抽烟的姿势都这么有风度。

“事关重大，你不能说谎。”我无比郑重道。

叶如玉：“嗯。”

万岁醒了，他很冷静，并没有动手，静静看着我。

此刻，房间里所有人的目光都落在我的嘴上，包括喻小草。

我点了一根烟，吊着眼睛抽了一口，吐了个烟圈，然后问出了我心底此刻最想知道的问题——

“你丫这脸没动过手脚，天生就这样的么？”

唰——

一柄匕首闪着寒光，瞬间横在了我脖子上。

喻小草杏眼圆瞪，看着我气鼓鼓道：“你脸才动过手脚呢！你全家人的脸都动过手脚！”

说完又将匕首往我的脖子贴近了点。

“喻小草，看老子回头怎么好好收拾你！我告诉你，李家家规严得很，尤其对于胳膊肘往外拐的女人！”我气得直哼哼。

“够了！”叶如玉一声冷喝，示意喻小草放开我，随即目光如同刀子一样扫过来，“李重九，我没工夫也不想和你打哈哈，你的问题问完了，轮到我了。”

他昂着下巴，就那么赤裸裸、无比鄙视地看着我：“艮宗的手段你比任何人都清楚，今天我问你的话你不老老实实回答，我会让你求生不得求死不能！”

我两手捂胸：“啊哟哟，人家好怕怕！我去你娘的。老子驰骋江湖的时候，你还撒尿和泥玩呢，当我吓大的？”

啪！一柄短刀砍在我面前的椅子上。

宽若韭叶的一把短刀，弯月形状，蛇一般扭曲着，刀刃分开成两叉，散发出幽蓝的冷冷光芒。

看到这把刀，我心里咯噔一下。

怕了，我真怕了。

断筋刮骨刀。洛阳八宗最出名的凶器。被誉为洛阳八宗“总宪兵”的艮宗，最擅长的就是折磨人的手段，这把断筋刮骨刀代表着千年流传下来的艮宗折磨人的最狠毒手段。

它可以刺穿你的皮肤，深入你的筋骨，像游蛇一样撕咬你的经脉、神经、骨头、大脑！就是铁打的硬汉也很难抵挡它的十八式惩罚。

爷爷曾经跟我说过，抗战时有个日本特务被军统抓住，在监狱里严刑拷打了两个多月一个字都没吐，让当时负责审讯的特务束手无策，后来请去了艮宗当时的宗主叶无双，断筋刮骨刀一出，十分钟后一五一十全都招了。

这玩意带来的痛苦，世界上任何的酷刑与之相比都黯然失色。

“都一家人，好话好说，何必动刀动枪呢，是不，如花……不，如玉老弟。”我讪讪一笑。

“你敢动小爷一根指头，即便我现在打不过你，但这辈子我定让你艮宗断子绝孙！”万岁在我身边，冷声道。

叶如玉打量了万岁一眼，点了点头：“这位还算有点骨气。”

“他还未成年，你别打他主意，有事冲我来。”我把万岁挡在身后，道，“叶如玉，你不就是想问我这次为什么来夏河县，问我祖遗的下落么，是吧？”

“祖遗在你身上？”喻小草这娘们两眼放光。

女人呀，就是这么现实，这么浅薄。

“不在我身上。”我摇摇头，“事实上，我也在找。为这东西，我爷爷死了，小叔死了，李家算是完了。找到这东西，我也要毁了它！”

我一副义愤填膺的样子，演技自己个儿都觉得精彩得一塌糊涂。

可叶如玉接下来的一句话，让我呆了。

他说：“我对祖遗不感兴趣！我问你，李四海在哪里！？”

他说这句话的时候，格外愤怒，一张俊美的脸变得狰狞无比。

他性格孤僻，喜怒都不放在脸上，这么生气，却出乎我意料。

更出乎我意料的是他的问题。

他对祖遗不感兴趣！？骗鬼呢！

“叶如玉，咱们都是美男子，没必要这么扯淡兜圈子。祖遗你不感兴趣？不会吧，我爷爷寿宴你们七宗齐聚，逼迫我爷爷，不就是为了祖遗吗？还不感兴趣？你当我跟喻小草一样傻，你说什么我就信什么？”

喻小草生气了，一张小脸憋得通红。

“是，当初我们每宗对祖遗都垂涎三尺。那东西背后是个宝藏，一个巨大的宝藏，它是属于八宗的，不能由你们乾宗一家独吞。”叶如玉冷冷道，“这东西以后再说，我现在没心思管它。我问你，李四海，在哪里？”

我纳闷了，他怎么突然对李四海如此感兴趣了？

“叶如玉，李四海占你便宜了？”

“李重九，信不信，我断你周身三十七处大筋！”叶如玉手儿一抬，断筋刮骨刀在其指头上飞快旋转，犹如一条吐信的毒蛇。

我坐下来，客气道：“你找李四海干什么？”

叶如玉昂起头，深深地、深深地吸了一口气。

我看到他的唇角在抽搐。

“他！让人绑架了我妹妹！我相依为命的妹妹！只有十八岁的妹妹！她是我的一切！”叶如玉牙齿咬得咯咯响，“她对我们一无所知，体弱多病，白纸一样纯洁！他竟然绑架了她！”

“不光光是叶未央。”喻小草怒道，“他还在一夜之间先后绑架了我妈，还有震宗铲头王二指唯一的孙子，巽宗铲头梁大牙的宝贝儿子，坎宗铲头李瞎子的一对龙凤胎外孙、外孙女！”

我倒吸一口凉气：乖乖，这事情闹大了。

叶如玉所说的他那个相依为命的妹妹，我不清楚，兑宗喻老鬼就喻小草一个闺女，喻老鬼死后喻小草只剩下她妈一个亲人了，感情深厚。震宗铲头王二指七代单传，生下三个儿子却只有一个孙子，摇钱树一样金贵；巽宗铲头梁大牙四十五岁时才有个宝贝儿子，坎宗铲头李瞎子只有一个闺女，他那龙凤胎外孙外孙女就是他的眼睛。

换句话说，李四海一夜之间，绑架了这五宗铲头比性命都重要的亲人！

够狠！够毒辣！够卑鄙！

可想起当初这伙人在寿宴上那么逼迫爷爷，我竟对李四海的所作所为感到高兴。

“李四海也太不是东西了吧，绑架这事他也能干得出来？”我嘴上故意说。

“李重九，李四海在哪里？”叶如玉握着那把断筋刮骨刀，声嘶力竭。

我大马金刀地坐下来，叼上烟，跷起二郎腿：“想知道呀？”

“你说呢！”

“来，给爷点个火。”我冲喻小草勾了勾手。

喻小草看了看叶如玉，然后忍气吞声地过来点火。

“刚才被你们打得够呛，这脖子酸，肩也僵了……”我龇牙咧嘴。

喻小草双目喷火，走过来给我揉肩捶背。

粉拳啪啪落下，舒服得紧。

“早这么一团和气，多好。”我闭上眼睛享受。

“可以说了吧。”喻小草的声音发抖，她很生气。

我咬着雪茄：“李四海呀，我真不知道在哪里。”

啪！喻小草的拳头对准我脸又落了下来。

我扔掉烟卷，跳了起来：“你们问我，我还想问你们呢！我哪知道他在哪？”

叶如玉：“你当我们傻子么？你和他不是频频见面么？他最后一次露面，就是去医院看你。”

“你们果然跟踪我。”我道，“是，他去看了我，慰问不行呀。”

“看来你不吃苦头，是不会说的。”叶如玉站起来。

他很高，站起来，挡住了我的光。

“我是真不知道。你就是挑断我所有的筋骨，我也不知道。”我正色道，“我和他不熟。”

这是实话，我哪里知道李四海在什么地方。

“你和他不熟？呵呵，呵呵呵。”叶如玉突然笑起来，声音尖锐得有些刺耳，“你觉得他为什么会干出这样集体绑票的事？”

“不知道。”

“那你总知道三十六堂吧？”

三十六堂……我顿时一愣。叶如玉怎么会知道三十六堂？

看着我愣愣的样子，叶如玉笑了：“那个盖压南北两派倒斗行的三十六堂，幕后的堂主是你小叔，而李四海，就是那个一人之下万人之上的黑执事！”

“你说的这些，我听不懂，什么三十六堂三十七堂的。”我茫然状。

“你真不知道？”叶如玉盯着我。

我：“真不知道。我小叔什么时候干上黑社会了？”

叶如玉快要气炸了：“这是报复！你小叔死后，李四海迁怒于我们六宗，这次绑架就是为此！”

“哦……那也应该的，谁让你们先不义的。”我咂吧了一下嘴。

叶如玉咬牙切齿道：“好。很好。不管你是真不知道还是假不知道，这一次，只能委屈你。有你在手，我不信李四海不露头！”

言罢，他拍了拍手，门外涌进来七八个人，将我和万岁双手绑起，嘴里塞了棉花，推出去。

这是一个不起眼的小客栈，院子里停着那辆黑色的福特车，他们推搡着我往车的方向走。

噗！噗！我手臂一松，转脸发现押着我的那两人躺倒在地，后脑勺上陡然露出血窟窿。

噗！噗！与此同时，院子里叶如玉的其他手下也像稻子一样躺倒在地。

“有狙击手！”叶如玉低喝一声，将喻小草扑倒在地，他原先站立的地方，子弹擦过，火花四冒。

咣！客栈的大门被撞开，有人冲了进来。

是刀疤脸的手下。

我心中叫苦，得，刚入了狼窝，又招来一群西伯利亚虎。

“小爷！”万岁朝我使了个眼色，对着福特车努了努嘴。我会意，趁着混乱钻进车里。

万岁跟来，利索地一摆手，袖中分土剑晃来，割断了绳索，随即又将我放开。

此时，院子里一片混乱。刀疤脸的四五个手下个个身手不凡，举枪齐射，枪响声不绝于耳。

而叶如玉，这次真让我见到了艮宗铲头的风采。这小子手中不知何时多了一柄长枪，身轻如燕，辗转腾挪间每开一枪，对方就倒下一人。

“走！”我摸到方向盘，车子呼啸开出，撞飞了一个老毛子，出了客栈大门，一溜烟疾驰而去。

“小爷，那边！”万岁指着城东的方向，“先跑出去，再弃车想办法。”

这小子说到我心坎里去了。

我施展出全身本事，将以前学到的开车的能耐尽数兜出来，车子尖叫着冲进黑暗。

在县城里不知道拐了多少弯穿了多少巷子，钻进一处林地才停下来。

“没人跟来吧？”我小心翼翼道。

万岁闭上眼睛，几秒钟后，道：“没人。”

“好，走！”我出了林子。

“去哪儿？”万岁跟在后面问道。

“还能去哪儿？老子今天倒霉透顶，遭人绑架，又差点中枪，还被一个小娘们用匕首架着脖子威胁，能去哪儿？有困难，当然找警察了。去警察局！”

第十九章 藏地寻踪

夏河警察局，此刻灯火通明，忙碌一片。

我在警察局长官室找到洛桑时，他胳膊上缠着纱布，正在和局长商量抓捕行动。

“怎么现在才来，我以为你死了呢。”洛桑见到我，来了一个熊抱。

“受伤了？”我指指他的膀子。

“这伙老毛子功夫不错，枪法也准，蹭破了点皮。”洛桑浑然不当一回事，道，“我刚刚跟长官商量了，立刻在全城缉捕，同时封锁所有交通要道，这伙人气焰太嚣张，必须狠狠打击。”

我举双手赞成：“不错！感谢你们匡扶正义！”

洛桑让我把事发时的案情又给局长汇报了一遍，至于刀疤脸那伙人的背景，我也只能虚虚实实。

“这伙人，头目是个女的，她祖父是个文物大盗，二十年前黑水城的文物就是他带人弄走的。”我道。

“必须绳之以法！”局长看样子是个文化人，听到黑水城痛心疾首，“多么光辉灿烂的中国文明，就被这帮人毁了。”

黑水城距离甘肃省并不远，近些年声名远播，所以局长义愤填膺。

趁着这工夫，我把洛桑拽出了房间。

“洛桑大哥，有件事我必须向你求证。”

“你小叔的事？”洛桑明白我心中所想。

“这可是我亲人，你无论如何得帮忙。”我正色道。

洛桑的神情也严肃起来：“照理说这样的案底寻常人是不能看到的，不过法不责情，也有例外，走，我跟你去查查。”

我万分感谢。

洛桑带着我，去刑事课。

“两年前的案子了，当时我们做了备份，案子一结，资料就封存了，应该还在。”刑事课看管档案的一个姑娘很客气，打开了档案柜，查找一番，将一个棕色的档案袋放在了桌子上，“都在这里了。”

洛桑看看我，示意可以打开。

我靠在桌子上，看着那个档案袋，两腿发软。

我是如此想确定这件事情的真相，同时，内心却又是那么的惧怕。

“小九，事情来了躲不了，看看吧。”洛桑鼓励我道。

我咬了咬牙，哆哆嗦嗦拆了档案袋。

里头是一叠厚厚的材料，我翻了翻，里面写得很详细，是典型的公文记录，无非是回顾整个案情。

除此之外，还有一个袋子，鼓鼓囊囊的。

洛桑提起来，抖了抖，里头一叠照片散在桌子上。

看着那些照片，我两眼一翻差点晕过去。

“怎么会这样！？”我的内心在呐喊。

照片是现场拍的，背景是一个肮脏简陋的小客栈。床上，躺着一个人，身底下的床单已经被鲜血浸湿。

他平躺在床上，双手交叉放在胸前。穿着件黑色的棉袄，脚上是一双牛皮鞋。那身形，我太熟悉了。

照片各个角度都有，大特写也有。一张张照片，将这人的面目拍得清清楚楚。

那张脸，分明就是小叔，半点都不差！

两年前，在夏河县小客栈床上躺着的这个人，真的是小叔。

“确定死了？”我觉得嘴里发苦。

“当然。”洛桑见我这样子，已经大抵明白了，话语中充满了同情，“我们做了彻底的尸检，这人之前就受了重伤。”

如果我猜得没错，小叔身上的伤，应该是黑水城那座大墓里搞的。

带着这么重的伤，他不要性命也要跑到拉卜楞，到底干吗？那个卓玛，又是何方神圣？

我头脑大乱。

“洛桑大哥，他的尸体在哪里？”万岁沉声问道。

我反应过来：是啊，还是万岁头脑灵活。有道是活要见人死要见尸，小叔的能耐我最了解，洛桑说他死了，万一他蒙混过关呢？

这样的想法，我自己都知道可能性不大，但只有如此，才能解释这两年在北平小叔活生生存在的这个事实。

“我们发了告示，没人来认领。后来决定按照惯例处理。”洛桑道，“一般都是烧掉，可那几天我们实在太忙，就找个地方埋了。这事是我亲自办的，埋的时候，我就在现场。”

洛桑见我不死心，补充道：“你小叔也算是奇人，停尸房放了三四天，拖出来的时候尸体却一点没僵硬，但的确是死了。我干了这么多年警察，难道这么基本的问题都判断不了么？另外，尸检你总知道是怎么回事吧？”

我的心彻底暗淡下来。

警察局办事严谨，尸检更是一丝不苟，他们不可能出现差错。

我瘫坐在椅子上，看着外面的夜幕发呆。

小叔是死了，的的确确死了，这一点毫无疑问。

可这两年，在北平的那个小叔，又是谁呢！？或者说，死在琉璃厂那间屋子里的小叔，是谁呢！？

总不可能是鬼吧！

想到两年来一直跟这么一个“小叔”打交道，我不寒而栗。

“洛桑，这里有电话么？”我问道。

“有，怎么了？”

“能打到北平么？”我心急如焚。

洛桑想了想：“应该可以，但需要从兰州转接。”

“那就行，我借电话用用。”

我去了电话房，拨给老炮。

夏河县这地方条件落后，电话信号不好且不说，光是中间转接就让人蛋疼，忙活了快两个小时，就在我绝望的时候，总算是接通了北平的电话。

我把这事情告诉了老炮。

电话里，老炮声音抖得如同风雨里的树叶：“小九，你不会看错了吧？”

老炮和小叔打过照面，对小叔他很熟悉。

“错不了。两年前他就死在夏河县城了。”我道。

老炮沉默了，长久的沉默，然后他道：“这样，我马上组织人手，对小叔的尸体做进一步的精确测验。”他又强调道，“我说的是这边的小叔。另外，我先去找你爸，让他来法医这里，他们是亲兄弟，我们这边掌握一些方法，起码能在你赶回来

之前，凭借你爸的采样和小叔尸体的检测，就能初步断定北平的这个小叔是不是冒牌货。”

“怎么断定？”我很惊讶。

老炮道：“我们的一位老法医清末时就是仵作，经验丰富，他有办法，回来我跟你详说。不过，这方法并不能够保证百分之百准确无误，所以你现在有件事情要办，那就是找到洛桑埋葬小叔的地方，把夏河的小叔尸体带回北平，到时候两具尸体进行对比分析，我们就能知道很多问题，起码能确定哪个是真小叔，哪个是假小叔。”

“好。”我点了点头。

老炮语气凝重，提醒我道：“我不清楚你为什么去夏河，眼下看来，情况十分不妙，你办完事后立刻回北平，不要拖延了。”

我答应了老炮，随即找到洛桑，告诉他我要去埋小叔的地方开棺取尸体。

洛桑愣了：“有必要这样做么？”

“老炮要求的，反正里头的事很复杂。”我郑重道。

“行，没问题，我叫上人，这就去。”

洛桑带着七八个警察，大家一块出发了。

据他所说，尸体埋在夏河南边的一座小山下。

那地方是个乱坟岗子，后面有一片林地，是他们处理此类案件时掩埋尸体的地方。

二十分钟后，我们就到了。

凛冽的寒风中，我盯着那一头扎进漆黑的林地，有些恍惚。

洛桑打着手电，在一片没有墓碑的坟地中走来走去，很快就确定了。

“就是这。”洛桑指着一个坟包说。

一个小小的坟包，孤零零地位于坟地的最拐角。

一想到里面埋的是小叔，我的心就像被人拿刀子一点点地割，生疼。

坟墓长满了荒草，明显有不少时间了。

一帮人看着我，等待我的命令。

“挖开！”我大声道。

大家拿来铁锹赶快动手。

铁铲飞舞，坟墓很快就被挖开，一具棺木出现在眼前。

当地杨树做的棺木，没上漆，白花花横在土里。

洛桑看了看我。

所有人都看着我。

“开棺。”我深吸一口气。

洛桑拿来铁钎，插进棺盖的缝隙里，手一摁，棺盖发出一声闷响就动了。

“不对，好像棺材被动过手脚。”洛桑突然吃了一惊，道，“埋的时候，我在上面钉了不少棺钉……”

他不说我都知道，这棺盖现在看上去根本就是随便扣上的。

啪。洛桑推开棺盖，一伙人涌过去，争相观看。

我站在原地，一动没动。

然后，我看见包括洛桑在内，他们所有人都呆呆地抬起头。

“小九，你……你过来看看。”洛桑一副欲哭无泪的表情。

棺里，无人！

棺材里，虽然有陈年血污，但空空荡荡。

尸体，不翼而飞。

“四爷没死？”万岁看着我道。

我摇头：“不是没死，是有人盗走了他的尸体！”

小叔虽然一身本事，可他绝对不是金刚不坏之身，死了就是死了，这一点错不了。

现在对于我来说，是一波未平一波又起。

谁盗走了小叔的尸体？一具尸体，有什么用呢？！

回来的路上，我一声不吭，耷拉着脑袋，仔细分析着眼下的形势。

小叔在黑水城受了重伤，写下那篇日记后，跑到拉卜楞找卓玛。根据那篇日记来看，他找卓玛好像是为了破解诅咒，也就是说，他自己很有可能在大墓中遭遇了什么，准确地说，是中了诅咒，而且留给他的时间并不多。

他来到拉卜楞寺之后，找没找到卓玛我不清楚，可以肯定的是，他从那尊松赞干布的尊像中找到了关于怪佛的铭文记录，然后，他就死了。

按照这个逻辑判断，他似乎并没有找到卓玛。

看来，我必须还得去一趟拉卜楞。

不管那个卓玛到底在不在寺里，起码得搞清楚小叔两年前溜进寺里除了打开那尊松赞干布像之外，还干了什么。

这事情，估计只有德仓堪布晓得。

“洛桑大哥，我们去拉卜楞寺。”我坚决道。

洛桑：“还去？堪布已经说了，寺里没有卓玛。而且，刚才我在警局已经调出了拉卜楞寺的僧籍档案，里头的确没有卓玛这个人。”

“我还有其他一些事情问堪布。”我抬起头。

洛桑见我执意要去，便不好说了，对身边的警察道："那就去拉卜楞寺。"

德仓堪布的小院子里，一个年轻的僧人站在我面前。

"堪布不在。"他的汉语并不是很流利，态度很强硬。

"我有要事。"我根本不信。

我敢肯定德仓堪布此时在寺院，他不见我，越发证明他的确有难言之隐不愿意告诉我。

"不在就是不在，赶紧走！"年轻僧人急道。

洛桑拿出证件："我和堪布是老熟人，办案所需，还请你去通禀一声。"

年轻僧人这才态度好转，脸上露出犹豫之色。

果然堪布还在寺里。

年轻僧人挠了挠头，尽管他刚才竭力装出威逼的样子，可僧人毕竟是僧人，心地都很纯善，修行他们在行，面子上的功夫还差了点。

"堪布的确在，不过他告诉我今天开始闭关，任何人都不见。我也没办法。"年轻僧人道。

洛桑为难看着我："麻烦了。"

他所说的麻烦，我清楚。对于僧人来说，万事都是浮云，他们毕生追求的就是参悟佛理，按照藏传佛教密不示人的方法修行。闭关，就是修行到了关键时刻，将自己置身于特定的封闭空间里，隔断外界的一切干扰，心无旁骛地进行巅峰冲刺，自然是不能见外人的。

"说句话也不行？"我抱着一丝幻想。

"你觉得呢？"年轻僧人瞪着我道。

希望破灭了。

"怎么办？"洛桑问。

"我能不能去大讲堂的前殿看看那尊松赞干布像？"我问道。

洛桑帮我向年轻僧人说了几句好话，年轻僧人最终同意："那可以，不过，我得看着你们。"

"没问题。"洛桑高兴答应。

从堪布的院子出来，我们往前走。

大经堂距离院子不远，一抬头就能看到那宏大的轮廓。

来到前殿，大门紧闭，年轻僧人掏出钥匙开了门。

吱嘎嘎地推开沉重的木门，我们进入了一方漆黑的世界。

墙上画着色彩鲜艳的壁画，全部用矿物材颜料画就，手电筒的光线照射下，绚烂夺目，气象万千。

大多都是愤怒尊。藏传佛教中，这些愤怒尊有菩萨，有护法，是这个世界的强大守护者。

金刚手菩萨，一面三臂三目，身黑蓝色，头戴五股骷髅冠，发赤上扬，须眉如火，獠牙露齿卷舌，三红目圆睁，十分怖畏，右手施期勉印，持金刚杵，左手忿怒拳印，持金刚钩绳当胸，以骨饰与蛇饰为庄严，蓝缎与虎皮为裙，双足右屈左伸，威立在莲花日轮座上，于般若烈焰中安住。

观音菩萨化身的马头明王，一面二臂，身红色，三目圆睁，獠牙外露，头顶上有绿色马首，右手持骷髅宝杖，左手施期克印。头戴五骷髅冠，项挂五十人头璎珞，身披人皮、象皮，脚踩男女二魔，威严无比。

被喻为墓葬主的尸陀林主，两具无血肉的人形骨架，分别踏立在莲花日月轮垫上的海螺和贝壳上面，作舞姿状，形象骇人。

……

这些藏传佛教的大愤怒尊，无一例外都是诸佛、菩萨的化身，保护信众，降伏外道和一切魔障，灯光之下，显现出无比的威猛，也令人看了心惊肉跳。

年轻僧人前头领路，我们上了前殿的二楼，撩开厚厚的帷幕，一尊松赞干布像端坐于哈达之中。

“就是这尊。”年轻僧人恭敬地对着尊像行礼，然后低声道。

“谢谢。”我走上前去，细细察看。

这是一尊年代久远的尊像。不甚高大，但铸造工艺高超。松赞干布面容安详，头戴五叶宝冠，发髻高耸，璎珞饱满，左手托法轮，右手牵莲花蔓，双脚交叉端坐于宝座上，身披袈裟，衣褶曲折流畅。白色缠头高冠顶露出红色的阿弥陀佛小像，表明他是观音菩萨的化身。

这尊像，制作细腻，人物刻画栩栩如生，尤其是松赞干布的那一双眼睛，透露出慈祥的同时，又有雄视天下的王者之气，令人叹为观止。

我细细察看了一番，也没发现什么异常之处，便随口向年轻僧人问道：“听说两年前有盗贼打开了神像，从里头偷走了装藏？”

“是的。”年轻僧人点头。

让他多说一句话都难。

“又听说，后来丢失的装藏找回来了？”

“嗯。”

“找回来之后，那些装藏品怎么处理了？”

年轻僧人道："原本是想重新装藏的，不过堪布最后决定放在后殿保存。但后来还是不翼而飞，被偷走了。"

"什么时候的事儿？"

年轻僧人想了想，气愤地说："半年前吧应该。都是些经文，用黄哈达一层层包裹着，放在后殿强巴佛下。那天我负责值守，因为这个，我还被训斥一番，才调去服侍堪布。"

"我能去后殿看看么？"我问道。

"可以。"年轻僧人同意了。

下了前殿楼，我们正要往后殿走，一个僧人跑进来朝年轻僧人喊道："扎西贝！快点走，有事情！"

年轻僧人："怎么了？"

"有人摸进寺里来了。"

年轻僧人撩开衣袍赶紧跑过去，还不忘回头叮嘱我："你尽快看，看完了就赶紧出来。"

洛桑道："我也过去看看，说不定是那伙外国强盗。"

"好。"

"你小心点。"洛桑道。

"没事，有这么多护法护佑，你还担心什么。"我故作轻松。

洛桑和僧人一道跑出去了。

我和万岁进了后殿，眼前是恢宏的建筑。

拉卜楞寺的大经堂历史悠久，数次扩建后雄浑庄重，金碧辉煌。

大殿正中供奉着一尊鎏金的强巴佛，虽然没有雍和宫的那尊高大，却也威严无比。

我恭恭敬敬地合十行礼，转到佛像后头。年轻僧人说得不错，后面放置着不少经书、法器。我跪在冰凉的地板上往里看，里头同样是一叠一叠的经文。

"小爷，没什么问题。"万岁道。

"你说，小叔当年会不会来这里？"我笑道。

万岁："那谁清楚？只有他自己知道了。"

"四处看看，说不定能够找到什么线索。"我道。

万岁和我分开，沿着两边细细查看，后殿左侧，供奉着历世嘉木样大师的舍利灵塔，及蒙古河南亲王夫妇和其他活佛的舍利灵塔，共十四座，右侧供奉着拉卜楞寺的护法神。

不管是灵塔还是护法像，都高大威严。

我在左侧看了半天，没得到有价值的发现，回头去找万岁，发现他站在一面墙跟前，一动不动。

“怎么了？”来到他跟前，发现这家伙昂着头，盯着墙壁，看得入神。

我用手电筒照过去，也是一愣。

墙壁的拐角显然重新粉刷过，而且绘制了一尊玛哈嘎啦的护法像，从年头上判断，顶多不过两三年。

“有什么发现么？”我道。

万岁踮着脚尖，指了指一个地方：“小爷，你看这里。”

他指的地方，是玛哈嘎啦背后的一处红色火焰。

我趴上去仔细看，发现有一股火焰颜色比起其他的暗淡，而且白色墙粉刷得并不厚，隐隐约约看出来火焰部分的暗淡往外延伸，竟然有些螺旋纹路。

“这里怎么了？”

万岁抹了抹鼻子：“小爷，你再仔细看，好好看那些延伸出来的螺旋纹路，像什么？”

我被他说得好奇，鼻子都快要贴着墙壁了，看了半天，陡然大悟：“这是人的手掌指纹呀！”

“嗯！这是一个血手印，画这副护法的目的，是为了盖掉它。”万岁信心满满道，“我刚才看了一圈，周围都很和谐，就这地方孤零零地画了一幅，特别不搭调，所以才留意，我闻了一下，发现其他的火焰是用朱砂画的，唯独这一处有人血的味道。”

我真是拍案叫绝：“你认为，这个血手印是小叔的？”

“不排除这个可能。”万岁道，“他潜入后，很有可能在此过程中和人交手，受了伤。”

“有这个可能，但又能说明什么呢？”

万岁道：“看来他除了去前殿楼打开那尊神像拿东西之外，这里也是他的一个目标，而且是重点目标。”

“那就说明，这后殿里头，有他要找的东西！”我振奋起来。

“可有个问题我想不通了，据你所说，他来拉卜楞不是找卓玛吗？”万岁道。

“嗯。”

万岁皱着眉头，道：“小爷，咱们再放开了一点想，四爷找的卓玛会不会不是一个人，而是一个东西呢？”

我的脑袋咣当一声！

是呀！我怎么没想到呢！

从一开始，我就有可能误解了卓玛这个词。我以为它是一个人的名字，现在看来，万岁的说法也是有道理的，怎么不可能是个东西呢？而且，拉卜楞没有卓玛这个人呢。

“说不定小叔要找到东西，就在这里！再看看！”我大喜过望，转身决定再仔细看看。

就在此时，门口传来一阵脚步声，一个身披火红僧衣的高大僧人，手持着一根大铁棒，带着十几个僧人闯了进来。

“抓住他们！”带头僧人发现我们，大吼一声，奔了过来。

他们几乎不费吹灰之力，就把我和万岁摁住了。

“误会，误会。我是洛桑的朋友，德仓堪布的朋友。”我赶紧解释。

带头僧人将手中铁棒横在我面前：“我不管你是什么洛桑的朋友，还是堪布的朋友。带走！”

“真是误会，你不信，可以问问德仓堪布！”

“狡猾的盗贼，德仓堪布已经闭关了，我哪里去问。不过，即便是他在，也没权让我这个铁棒喇嘛释放你！我说关起来，就关起来。”

铁棒喇嘛，听到这词儿，我哀叹一声：这回碰上了硬钉子。

藏传佛教在雪域高原传承千年，发扬光大，所属寺庙何止万千。有寺庙，就有僧人，有僧人，就有铁棒喇嘛。铁棒喇嘛在寺庙中，就相当于法院的法官，甚至权力更大。主要掌管各个寺院或扎仓僧众的名册和纪律，所以又名为纠察僧官、掌堂师。实际上，铁棒喇嘛是负责维持僧团清规戒律的寺院执事，历史上藏传佛教各大寺院的纠察僧官巡视僧纪时，常随身携带铁杖，有杖责惩罚之特权，故有“铁棒喇嘛”之俗称。

担当此任的僧人，往往身材高大，铁面无私，动若雷霆，威严无比。寺庙里一般的僧人见了，无不恭敬有加，时刻担心那大铁棒落在自己身上。

面前这位铁棒喇嘛，虎背熊腰，生就一副金刚相，不怒而威。

其他僧人听了铁棒喇嘛发话，捆肩头拢二臂，把我和万岁拿下。

万岁想动手，被我用眼神阻止了。

寡不敌众，再说，闹出事情来我们也不好交待，索性随他，只要等洛桑过来，事情就能解决，只是暂时受点委屈而已，没什么大不了。

一帮僧人押着我俩，走出大经堂，一路往西，大约走了四五百米，进了个不起眼的院子。这院子看起来十分古老，甚至有些破旧，墙壁都是用石头垒砌而成。

铁棒喇嘛押着我俩来到拐角一个小门前，让人开了锁，把我们推进去。

“你们算是运气了，这里是历代高僧的闭关之所，在里面好好反省反省，既然轮回中得了这宝贵的人身，就应该好好做人，一心向佛，哪能做偷盗这样的恶事？”铁棒喇嘛站在门口，瞪着我。

我正要说话，眼前一黑，大铁门咣当一声关上，被僧人上了锁。

“这是什么鬼地方呀？”黑暗中，万岁不平道。

我打开手电，眼前的一切让人瞬间失语。

第二十章 白度母

先前铁棒喇嘛说这是历代高僧的闭关之所，我还暗暗高兴。心想着，既然是这么神圣的地方，肯定里头设施齐全，舒服得很。

可眼前，一间五六平米的小屋子，周围的墙壁都是用整块的大石头砌成，坚硬冰凉。地面也是条石铺成，没有任何的桌椅板凳，只铺着一层干草。屋子里没有窗户，没有灯盏，冷得像个冰窖子。

唯一的出口就是那扇厚重的大铁门。铁门下方有个小开口，估计是平时送上吃喝之物。

身处其中，我不得不对那些闭关的高僧大德们心生崇敬。

他们就坐在这冰冷与黑暗中，念诵着经咒，拨动着佛珠，参悟着世界的终极法理。常人难以忍受的寂寞、寒冷、黑暗，对于他们来说，毫无意义。他们用自己的生命，点燃信仰的灯盏，照亮芸芸众生。

据说，有的僧人几十年闭关，不见常人，有的更甚，长达一生，直到自己圆寂。

这需要多大的毅力和坚持呀。

我和万岁坐在干草上，十分钟不到就冻得不行了。

“小爷，要不咱们把干草点了取暖吧，冻死人。”万岁吸着鼻涕道。

“拉倒吧。这房间就门上那么一个小口，不够透气，点了干草我们还没暖和估计就被烟呛死了。”我哭笑不得，只能默默祈祷洛桑这家伙早点来救我们。

万岁将干草收集起来，堆在墙角，我俩钻进去，索性连身上都盖了些，蜷缩在里面，才稍稍好过些。

“刚才铁棒喇嘛说有人摸进来，会不会是老毛子？”万岁问。

“也有可能是叶如玉那伙人。”我打了个哈欠，“不管他们了，反正我们在这里，他们找不到，也算是安全。”

我困了，晕晕沉沉之间睡了过去。

也不知道睡了多久，被冻醒了，便再也睡不着。

万岁一直没睡，打着手电这里照照那里照照。

“你干吗呢？”我问道。

“这屋子年头挺长的，这墙壁上很多写写画画的，我看看，说不定找到那位大德留下来的心得体会，我悟悟，也就成佛了呢。”万岁笑道。

这小子，被关起来都这惨样了，他竟然还有如此心思。

不过，我觉得倒也好玩，反正闲着也是闲着。

于是乎，两人肩并肩坐在一起，打着手电一寸寸照着石墙。

拉卜楞寺创建于康熙年间，算一算也有二三百年的历史。在这里闭关的高僧大德看起来挺多，四面石墙上写得密密麻麻。

这些刻画的内容，形式多样。有工整的藏文经咒，有用金粉画的坛城，也有矿物颜料画的各类菩萨、护法、本尊，还有长短不等的随意书写，甚至还有涂鸦，看来高僧大德在闭关时干的事情也不一样。

藏文我还是稍微懂一些的，大多能看懂，翻译给万岁听，内容也挺乐呵。

比如中间有这样的话语，就很好玩——

“一只狗和一只猪是宿敌，轮回中投胎坠入苦海，见面撕咬追逐。这一日，狗追着猪来到一座佛塔旁，整整追绕了七圈之后，双双解脱了。”

佛塔在藏地随处可见，里头安放着圣物，因此转塔和转山、转湖一样是积累功德的体现，功德积累到一定程度，就能前往极乐世界。这位大德以狗和猪作例子，讲了一个好玩且内涵丰富的故事。

“他想说什么呢？”我问道。

万岁笑：“有时候，看起来是仇敌，其实是大利益之人。没有那狗，猪不可能解脱，没有猪，狗也不可能解脱。仇也罢，爱也罢，没啥区别。”

“你还挺有悟性，回头我跟洛桑说一声，你在这里出家做个小喇嘛得了。”我大笑。

就这么乐呵着打发时光，倒也不觉得寂寞了。

四面墙快看完了的时候，万岁突然指了指墙拐角的地下：“小爷，你往那里照照，那里好像有字唉。”

“哪里？”我手电筒往前凑了凑，果然看见拐角的地方有段文字。

这段字写得很小，却在满面墙的藏文和图画中，显得格外与众不同。

因为，它是用血写出来的方块字！

“过去看看！”我和万岁来到近前，蹲下来。

手电筒的光线照得清晰，这行字的内容，让我和万岁目瞪口呆。

“小爷，这不是你们李家的无相书么？”万岁诧异道。

是李家的无相书。世界上只有我爷爷、我小叔和我才能书写和阅读的无相书。

这行字的内容，我太熟悉了。

九十九万白银甲茹守护看护九把秘钥，但其中一个盗宝卸甲、私走赞界。

让斯巴杰姆的霹雳之剑砍下他的头颅；

让普尔巴的黄金尖橛钉穿他的心脏；

让百万龙魔、血鬼吞掉他的皮肉；

让赞神的半月镰和勾魂索套住他的灵魂，让其永坠烈焰血海！

他是最大的泄密者、圣教之敌、迷魂之首！

他将开启逾越之门，让水晶般的圣地蒙污。

但摩柯迦罗的心子会保护他，让他不死，让他走向终界。

所有古拉的子孙，白银锁魂者，开始血祭吧。

当心人皮跳舞。

这是怪佛上的那段象雄铭文。也是小叔从拉卜楞寺盗走的那副黄绸上面的第二段文字。

只不过，小叔翻译了过来，用无相书重新写了一遍。

而且，下面还跟着一段用汉语和藏文写的一句话——

弟子李贞，误闯拉卜楞寺被扣。可怜家中上有老父下有一侄，望眼欲穿。有看到此内容的大德，烦请抄录，修书一封寄给家父，弟子叩谢，感激涕零。

下面，写了一行地址，那地址我很熟悉，竟然是爷爷的住址！

这个发现，石破天惊！

“不对呀，小爷！”万岁叫道，“洛桑不是说，四爷是在客栈里发现死掉的，那个黄绸也是从他身上搜到的。他怎么会被关在这里？”

万岁说出了我心里的疑问。

真是冥冥中菩萨保佑，如果我们不被铁棒喇嘛关进这里，这个秘密恐怕永远都无从知晓。

综合来看，小叔闯入了拉卜楞，打开了大经堂前殿的松赞干布像，取得那段黄绸之后，并没有离开，而是进入了后殿。

在那里，他肯定是碰上了寺里的僧人，被抓住，关在了这里。

从小叔留下的字迹判断，小叔当时恐怕知道自己绝难出去，所以才将黄绸上的文字翻译成无相书，只希望有闭关的僧人看到，将内容传给爷爷。

现在，两个问题来了。

第一，小叔被寺里的僧人关在这里，他们定然是搜了身，那段黄绸小叔随身带着，他们肯定能发现。可为什么他们报警说有人盗走了东西？小叔又怎么会从寺庙里出去，死在了客栈里，而且那段黄绸还在他身上呢？

第二，已经两年多了，这间屋子，肯定有闭关的僧人进来过，我觉得任何一个有慈悲心的高僧见到小叔那段诚恳的文字，说不定会按照他的要求寄信给爷爷。爷爷有没有收到这封信呢？如果他没收到，那一切都归零。如果他收到了，那岂不是意味着爷爷不但知晓这段文字的内容，而且还知道小叔被扣在了拉卜楞寺？依照爷爷的脾气和性格，即便他和小叔再不对话，他也会来的。

我和万岁，深深地陷入了对这问题的沉思之中。

"小爷……"

"万岁……"

沉默半天后，我俩几乎同时开口。

"你先说。"我知道万岁这小子肯定有想法了，示意让他先讲。

万岁盘腿坐下，道："第一个问题，我觉得，拉卜楞的僧人说了谎。"

"嗯。"我点头，"继续。"

万岁整理了一下思路，道："小爷，我觉得是事实是这样的：四爷在取得那段黄绸之后被抓住了，然后关进了这间屋子，那段黄绸，也被搜了出来落入僧人之手。"

万岁指指墙上的那段文字，道："四爷当时状况堪忧，估计已经到了生死边缘，不然他不会出此下策。我猜想，他很有可能就死在了这里。

"一个活人死在寺里头是件麻烦事。虽然寺庙完全没有责任，但传出去毕竟不好听。所以他们商量之后，决定一方面将黄绸塞进四爷的尸体里将他转移到客栈，另外一方面则报警，说佛像被打开……"

"你的推理我基本同意，但有一点要补充。"我接道，"你想过没有，如果是这样，僧人很快就能解决这件事情，但他们为什么还大费周章把多旺教授请过来呢？这样岂不是把事情闹得更大了？"

"难道……"万岁眼睛一亮。

我微微点头："这起码说明了一个问题：刚开始决定并执行此事的，是寺里头的一般管事者，他们看不懂松赞干布像里面的那些经文，只是把它们当作一般的装藏物。但当他们做完这件事情之后，有人，准确地说，是高僧大德发现了那些经文不寻常，这才请多旺过来。

“拉卜楞虽然建寺三百多年，比不上西藏的桑耶寺、大昭寺，但它可是格鲁派六大寺院之一，世界藏学府，藏龙卧虎。我觉得，发现那些经文不寻常的那位，说不定知晓其中的内幕。”

说到这里，我喃喃道：“说不定，他和摩柯迦罗的心子有关，或者，他就是摩柯迦罗的心子。”

我继续道：“多旺的到来，让那批古象雄文的经文重见天日，内容定然也引起了那位高僧的注意，在得知那段黄绸在小叔身上之后，他肯定明白黄绸上的内容非比寻常。不过这时候，他不能让人偷偷地把黄绸从客栈里小叔的尸体上拿回来，因为黄绸作为丢失的装藏物由僧人交给多旺翻译，会引起警察的怀疑。所以，他们在多旺临走之前派人提供线索给警察，让警察找到小叔的尸体，多旺再翻译，如此就天衣无缝了。”

“是这样。”万岁很认同我的推理。

以此为基础，可以断定，小叔并不是死在宾馆，而是死在寺中。那段黄绸上的秘密，寺中恐怕有人知晓。

“至于第二个问题。我觉得很难做出准确的结论。有没有闭关的僧人把这段文字抄录寄给老爷子，老爷子收没收到信，有没有来拉卜楞寺找四爷，都判断不清。”

听完万岁的分析，我揉着太阳穴道：“至少有件事情可以断定，那就是爷爷如果收到的话，他肯定会来这里。小叔是他的亲儿子，而且此事关系重大。”

爷爷来没来这里，估计只有他自己知道了。

接下来，是沉默，长时间的沉默。

然后，万岁道：“小爷，那位德仓堪布在寺庙里地位崇高，我觉得他绝对知道两年前的这件事。你问他卓玛的时候，他态度陡变，更是证明他不但知道这件事，而且恐怕还知晓你说的那个秘密。”

万岁的想法和我不谋而合。

现在，我基本上能够确定这位德仓堪布定然非同小可。他说不定就是两年前发现经文不寻常的人，说不定和摩柯迦罗的心子有关系，甚至他本人有可能就是摩柯迦罗的心子。

至于卓玛，他肯定也知道。

这样一来，他就成为我们破解眼下谜题的关键。

“等出去之后，不管他闭不闭关，我都要把他拽出来。有些事，他不说，也得说！”我眯起眼睛，沉声道。

时间一分一秒地过去，看看手表，已经快到午夜十二点。

洛桑不知道干什么去了，现在一点消息都没有。

在焦急的等待之后，我有些听天由命了，双膝盘坐在墙角，愣愣地看着铁门上的那个小开口。

那是屋子和外界联系的唯一通道。

外面是个晴朗的夜晚，月华皎洁。一缕纯白的月光，宛若流水一般从小开口里照进来，溅在地板上。

随着时间的推移，这缕月光也在慢慢移动，变化着角度，格外的美。

而就在我望得入神之时，月光照射的一块黑石上，有股明亮的反光灼灼闪了一下。

“嗯！？”我赶紧直起腰，仔细观看，发现那黑石上出现了一条流转弯曲的银线！

这个时候，正好是十二点。

“万岁，你看到了么？”我捅了捅万岁。

万岁转头，立刻呆了。

月光更低了些，在地板上投下了一个扇面。所照之处，赫然出现了一尊用银线勾勒出来的不太完整的佛像。

这异相让我和万岁惊讶无比，我俩围了过去。

一整块四方形的黑石，光滑无比。勾勒出这尊佛像的银线显然是一种特殊的物质，只有在月光的照射下，而且只有在这个特定的角度，才能显现出来。

随着月光的慢慢移动，这尊佛像最后终于在我们面前完整呈现。

这是一尊白度母的画像。

一面二臂，面目端庄慈和，温静微笑，法相寂静。头戴花蔓冠，乌法挽髻，秀发后束，顶髻飘逸，穿丽质天衣，上身袒露，颈挂珠宝璎珞，斜披珞腋，宝珠璎珞遍体，细腰丰乳，如妙龄少女。

上穿白丝，下着锦裙，全身花鬘庄严。七只慧眼个个如菊花花瓣大小，双足金刚以跏趺坐安住于莲花月轮上，右手膝前手掌向外结施愿印，左手当胸以三宝印抚乌巴拉花，左手拇指与无名指牵住白莲花枝对着心间，花沿腕臂至耳共有三朵，一朵含苞，一朵半开，一朵全开，花茎曲蔓至耳际，形象典雅优美。

画这幅画的人，显然技艺高超，仅用银线就勾勒出如此端庄温柔的容颜来，几近完美。

看着眼前的这副杰作，我和万岁都明白，能够被如此大费周章刻在这里的白度母，显然蕴藏着极大的秘密。

而这秘密，又是什么呢？

温柔的白度母不语，她看着我们会心微笑。那么美，好像母亲。

万岁和我都知道，这秘密，肯定就藏在这幅画像中。因此，解读这幅画像就分外重要。

我俩跪在地上，死死盯着每一个线条，盯着白度母身上的每一处地方。

而不管目光聚焦在那里，你总能感觉她的目光在看着你，含着笑，等待你倾诉，慈祥，安和。

望着那笑容，那双目，我忽然心神振荡，一把扯住万岁："万岁，你还记得洛桑先前说藏人称呼度母叫什么吗！？"

我极为兴奋，声音都变得尖利了。

万岁立刻明白我的心思："卓玛！藏人称呼度母就叫卓玛！"

"是了！到拉卜楞找卓玛，哈哈哈！我明白了！我明白了！"我大笑，"果然！小叔找的卓玛，不是一个人，而是白度母！白度母！"

万岁飞快点头："应该没错。小爷，白度母是长寿三尊之一，能够赐予人寿命和福报，四爷当时性命堪忧，贡布让他来拉卜楞找卓玛，岂不正是让他脱离性命之危，重新活过来么？"

"的确如此！"我心中大定。

小叔在黑水城的大墓里，肯定遭受了医学上无法破解的难题，只有到拉卜楞寺的白度母这里，才能够得到拯救。

而能够拯救他的东西，显然不应该仅仅是这么一幅画像。

难道，这幅画像是一个路标，会指向某个地方。

我大脑飞转，道："万岁，好好看看，这幅画像里面藏着一个谜，解开了这个谜，我们就能找到想要的结果。"

"小爷，我看了，这副白度母和寻常的白度母没什么不一样。"万岁哭丧着脸，道，"一面二臂，全身七眼。七只眼睛，能够照见一切瘟疫疾病的缘起从而消灭之，右手膝前手掌向外结施愿印，表示她救度众生，左手乌巴拉花，右手白莲花，传说乌巴拉花白天盛开夜晚凋零，白莲花夜晚盛开白天凋零，这表示度母不管昼夜都会有求必应。"

我不相信："这里头肯定有不一样的吧？"

万岁又仔细看了会。

这时候，月光已经开始离开窗口，白度母的身形也在慢慢消失。

我急了，再破解不了，那就前功尽弃了。

“小爷，如果非要说不同的话，那就是这里了。这个地方，和一般的白度母画像不一样。”万岁指着一个地方。

白度母的腕臂，那三朵花！

一朵含苞，一朵半开，一朵全开。

这幅画像上面花朵很多，但仔细看会发现，这三朵花画得很显眼。其他的花都是用线条勾勒出轮廓，而这三朵却涂得分外厚重。

直觉告诉我，万岁的判断或许是对的。

“这三朵花，有什么说法么？”我问道。

万岁道：“佛教上强调过去、现在、将来三世，你看，这一朵全开，表示过去，一朵半开，便是现在，一朵含苞，表示未来，合在一起的意思就是白度母会庇护众生生生世世。”

“过去，现在，将来……”我默念着，似乎觉得答案就在眼前，可想抓又抓不住。

“过去，现在，将来，有什么说法么？”我问道。

万岁满头都是汗：“小爷，过去就是过去，现在就是现在，将来就是将来，还能有什么说法嘛！”

是呀，过去就是过去，现在就是现在，将来就是将来。但佛家不会这么想。

《金刚经》里说，若见诸相非相，即见如来。或许，过去也好，现在也好，将来也罢，没什么区别。都只不过是南柯一梦。

我的手指，抚摸着这三枚花朵，能够明显感觉到凹凸不平，手电靠近了，有了一个重大发现：绘成这副白度母的所有银线中，都有一根极细的阴刻线，不仔细看很难看清楚，所有的这些阴刻线回旋往复，最终都汇集于这三枚花朵的花蕊之中。

这，又是什么意思呢？

月光逐渐微弱，白度母的画像已经有些含糊不清了。

我小心翼翼地轻摁一枚花朵，想找找会不会有隐藏的隔板之类，没想到那花朵竟然被我摁得沉了下去。

这说明，镌刻三枚花朵的地方，和整个黑石似乎是割裂来开的独立小方块。

我大喜，伸出三根手指，同时摁了下去！

咯，咯咯，咯咯咯……

一阵清脆的声响传入耳畔，三枚花朵竟然深陷下去，露出三个小小的孔洞，从左边代表过去的花蕊中升出一个纯银打造的小骷髅头，右边代表将来的花蕊中则升出一个纯银打造的小净瓶，中间代表现在的花蕊里则凹陷，露出一个纯银的小嘎吧啦碗。

与此同时，其他的地方也有变化：自白度母心口处，升起一朵银色小小莲花，而白度母身后的背光，则出现圆环形的密密麻麻的尖锐银刺，每一根大约四五公分长，锋利无比，足有百根之多。

看着这突如其来的异象，我和万岁面面相觑。

“小爷，我们看来是成功迈出第一步，开启了白度母身上的机关，但如何破解呢？”万岁道。

“你问我，我问谁去？”我暗暗叫苦。

这种考验头脑的事不是我的专长。哭丧着脸看着这些东西，我也是醉了。

万岁却是满怀信心与希望，很有条理地分析道：“小爷，左边这朵全开的花代表过去，升起的骷髅头是尸陀林主，他是墓葬主，表示埋葬和死亡；右边含苞的花代表将来，升出的净瓶是强巴佛的象征，表示将来的极乐净土；中间半开的花代表现在，嘎吧啦碗又名托巴，是由高僧大德的头盖骨、水晶、黄金、做成的一种骷髅碗，又称内供颅器、人头器，举行灌顶仪式的法器，代表佛法的一切成就和真理。”

他说得头头是道，我听得也是津津有味。

“度母心口的这朵莲花，代表一颗慈悲之心，清净之心，觉醒之心，至于身后这背光铁刺是唯一让我解释不通的地方，一般说来，不管是佛陀、菩萨还是护法，都有背光，含义不一，总体可以归纳为佛教万法的无限光芒，但怎么突然变成了上百根银刺，其中含义，我就不懂了。”

我看着这些寓意深长的东西，皱着眉头，仔细回味万岁的分析，口中喃喃自语：“尸陀林主、嘎吧啦碗、净瓶、莲花、银刺，过去、现在、将来、清净觉醒之心、万法的显现……”

我绞尽脑汁试图寻找出这些表面看起来毫无关联的各种线索之间的联系，这些法器、寓意在我的脑海中悬浮着，飞绕着。

我尽力保持内心平静，等待灵光乍现的那一瞬间。

嗡……

脑海仿佛突然被闪电击中，让我猛然想起一句话！

贡布临终前对我说的一句话。

“我知道啦！我知道啦！”我兴奋地大叫起来，“我知道如何破解这秘密啦！”

万岁像看着疯子一样看着我。

不顾他的目光，我双膝盘坐，缓缓伸出了右手。

“你确定么？”万岁提醒着我。

这些显现出来的法器，定然是机关，如果失败，恐怕不会再有第二次机会。

“试一试吧。”我笑道。

随后笑容敛去，变成了一脸的郑重与严肃。

我深吸一口气，将那个代表过去的尸陀林主骷髅头摁了下去，同时，口中大喝：“不执过去！”

随着啪嗒的一声轻响，骷髅头回归原位，而且明显能感觉底部被什么东西稳稳钩住使其没再弹起。

见此，我信心大增，喝道：“不盼未来！”

那个代表将来的银净瓶同样顺利归位。

“保持内心之觉醒！”接下来是度母心口升起的那朵莲花。

然后，面对那数百根尖利的银刺，我高举双手，狠狠地拍了下去：“不惧万法之显现！”

坚硬锐利的银刺，毫不费力地穿透了我的手掌，剧痛传来，令我浑身颤抖，但此刻，我突然觉得内心空明、坚定，无比的纯粹。

就像一个一直被困在笼中的鸟，冲破束缚，飞入广袤自由的蓝天。

“离此，啥鬼东西都没有了！”我笑了，开心地笑了。

“不执过去，不盼未来，保持内心之觉醒，不惧万法之显现，离此，啥鬼东西都没有了。”直到现在我才明白贡布圆寂前对我说的这句话的含义。

这，是他留给我的伏藏。虽然我不能确定是不是唯一的伏藏，但起码能够断定，这是他给我的钥匙，语伏藏！

房间寂静。我和万岁盯着这副已经快要消失不见的画像，盯着眼前的一切，等待结果。

但，一切如常。

难道，我错了？

万岁叹息了一声，让我紧张起来。

不过，很快我发现，事情似乎并不如此简单。

第二十一章 误闯禁地

虽然我按照贡布留下的那句语伏藏成功处理了白度母画像中异现的法器，但仔细观察后不难发现，中间那枚半开花朵转换出的嘎吧啦碗我并没有触碰过。

也就是说，遗漏了一个。

这，会不会是个致命的错误？

“万岁，看来这似乎不是破解机关的正确方法。”我失望道。

万岁并没有马上回答我，他俯下身去，查看一番，突然微笑道：“未必。小爷，你看。”

顺着他手指的方向，我看到刺破我手掌的那些银刺上，鲜血汩汩流下，经由银刺，注入一道道隐藏于银线中的微细凹槽里。

此时，月光已经彻底离开，石板上的银线白度母像不复存在，但另一幅由鲜血勾画的尊像却浮现于眼前。

更令人称奇的是，鲜血顺着众多银线流淌，最终全部集中，汇入那个小银嘎吧啦碗内！

“特定的时间，特定的地点，特定的人，还有特定的方法，小爷，这必须有莫大的机缘才能实现，你成功了。”万岁嘴角露出一丝微笑。

啪。

他话音未落，那枚已经贮满鲜血的嘎吧啦碗慢慢下沉，随即石板微微一震，缓缓移开，一个仅容一人出入的黑黝黝洞口，现于眼前。一阶阶石板砌成的阶梯，通往地下，淹没在黑暗中，神秘无比。

“成功！”我打个响指，俯身就要进去，被万岁一把拉住。

“小爷，底下什么情况我们不清楚，你不能出现任何闪失，我先下去看看。”万岁不容我分说，拿着手电闪身而入。

我蹲在洞口焦急等待，大约五六分钟后，下面传来了万岁的声音：“小爷，下来吧。”

我回头看了看这个小屋子，看了看拐角小叔留下的那段血书，心中怅然若失。

小叔是悲哀的，他可能至死都没有想到自己辛苦寻找的卓玛，其实就在他眼前。

“小叔，哪怕前面是刀山火海、烈焰地狱，我也会帮你找到卓玛，破解那个可恶的诅咒！”我抬起头，默默道。

我不知道他能不能听得见，我只想告诉他，我会一直走下去，只要我不死。

石阶很窄，只能勉强容下脚，布满尘土。因为长久密封的原因，空气中弥漫着一股浓烈的霉味，呛鼻难忍。

一百零八个台阶走完之后，我看到了万岁。

他站在尽头，一个转弯处，侧对着我。

“小爷，前面是个长廊。”万岁道。

我用手电照了照，一个宽约两米，长约二三十米的长廊。

里头光线昏暗，只能影影绰绰看到左右两边全是一座座的高高法台，法台之上端坐着形势各样的人影，约莫有五六十尊之多。

神明众多是藏传佛教的特色，而且这很有可能是神明数量最多的宗教。除了释迦牟尼佛、燃灯佛、弥勒佛、观音菩萨、文殊菩萨等等这样其他大乘传承共同尊崇的圣尊之外，藏传佛教还有密宗独具特色的神明，比如胜乐金刚、大威德金刚、玛哈嘎啦等等护法金刚，数目众多的空行母，以及许许多多独具特色的本地神祇，更别说灿若群星的上师大德了。因为这个原因，藏传佛教到底有多少确切的神明，没人能够说清楚，甚至没有任何一个喇嘛敢说他知晓所有神明。

藏传佛教传承严格，供奉也格外讲究。佛、菩萨、护法、上师，都有不容更改的供奉要求，在什么地方供奉——大殿还是配殿，在什么位置供奉——殿中还是左右，不容一丝闪失。

但我从来没见过，也没听说过，在一个窄窄的走廊里供奉这么多法台！

怪异。十分的怪异。

“怎么会把这么多的佛像放在地下走廊？”我诧异道。

“小爷，那些不是金铜佛像。”万岁一动不动，然后说出一句让人毛骨悚然的话，“那些，是人，死人。”

虽然我知道死人是不会有危险的，可一眼望过去那几十个法台上的身影，心里仍然狂跳不已。

“走吧。”我握紧手电筒。

鞋子敲击在石板上，发出清亮的响声，回荡在走廊里。

出于忍耐不住的好奇，我对法台上的人影产生了浓厚的兴趣，举起手电细细观看。

我面前的这尊，端坐在高大的金铜莲花座上，是个身材高大的喇嘛，不知道何种原因肉身并没有丝毫的腐朽，笔直端坐。这喇嘛，以跏趺坐盘于法台，头戴高高的黄色通人冠，身穿红色僧袍，僧袍上绘有繁复华丽的纹路，因为年代久远，布料已经微微腐朽，有些地方露出了破洞，能够看到用金粉涂刷的躯体。左手持金刚铃，右手持金刚杵，双手交叉抱于胸前。

黄色通人冠，说明他是格鲁派的僧人。所谓的通人冠，指的是黄色桃形僧帽，这里头有个故事：藏传佛教历史悠久，发展到宗喀巴大师的年代，在佛教的戒律、本质方面出现了严重的颓败之相，政治上争斗，修行上破戒沉沦，宗喀巴大师对此深恶痛绝，决定对宗教进行改革，三十八岁时，他毅然将原来的红色通人冠改成了黄色通人冠，表示他区别于其他教派，不同于那些败坏戒律的修行者，决心继承和遵守印度大师释迦室利所规定的戒律。

伟大的宗喀巴大师，因此开创了格鲁派，成为藏地的“第二佛陀”。由此，黄色通人冠成为格鲁派的标志，格鲁派也被人称为“黄教”。

眼前这位僧人，手持金刚杵、金刚铃两件法器，在藏传佛教中，金刚杵象征着所向无敌、无坚不摧的智慧和真如佛性，它可以断除各种烦恼、摧毁形形色色障碍修道的恶魔，而金刚铃则表示五方五佛自性功德任运的妙音，是本体与妙用双运的表法，简单来说，就是方便与智慧一体无二的表法。能够圆寂之后手持铃杵，说明这位僧人是位在学问修持各方面都具有很高造诣的大德，而非一般的僧人。

虽然法体已经风干枯皱，甚至上面涂抹的厚厚的金粉有些地方已经脱落，但这位大德坐姿庄严，双目似睁似闭，嘴角竟然还有一丝若有若无的微笑，表情安详无比。

法台下方，工整刻着一行藏文，翻译过来就是：“顶礼上师楚成多吉。”上师是弟子对高僧大德的称呼，多吉意“金刚”，楚成有“戒”的意思，楚成多吉就是“戒金刚”，表明这位喇嘛戒律上严格，有大威大德。

而相邻着这位戒金刚的另一位，就变化很大。

首先是法台，戒金刚的法台是莲花座，而这位则是双层坐垫，身穿一身宽松白色长袍而非僧装，表明他并不是个僧人，没有戴法帽，长长的头发自然披于脑后、肩上，左手持金刚橛，右手持嘎吧啦碗，怒目圆睁，大嘴张开，一副忿怒相，气势逼人。

法垫上刻着一行藏文，翻译过来是："顶礼无比神通大伏藏师、大瑜伽士贡觉平措。"

这是一位不在寺院修行、游猎天地的大伏藏师，金刚橛则是伏藏师的标志性法器，嘎吧啦碗表明他已经通达五明看透生死，贡觉平措，意思为"众性圆满"，越发证明他是位获得大自在的尊者。

虽然这两位的尊名我从未听闻，但面对这两个不朽法体，面对这扑面而来的威严，一股敬意油然而生。而他们只是其中的两尊，走廊两边，我一一看下来，足有五十六尊之多！

这些大德，或穿僧袍或穿瑜伽士服或者干脆就是俗装，表情或慈祥微笑或怒目双睁，或老年或壮年或青年，或男或女，手持金刚铃、金刚杵、金刚撅、钺刀、骷髅棒等各样法器，或跏趺坐、半跏趺坐或游戏坐，或结禅定手印、降魔手印、期克手印，姿态万千，各有神韵。

一路看下来，真如同走入一座人杰殿堂，内心振荡！

而看完了这五十六尊大德，我有了一个发现，那就是不管这些人如何的不同，有一点是共同的，那就是在他们的心口处，都有一个小小的金噶乌，噶乌里面装着的则是一尊二臂玛哈嘎啦的擦擦！

这些擦擦，尽管年代不一，但和洛桑家老阿爸给我的噶乌中的擦擦一模一样，肯定是出自同一个模子。

这个发现很不一般。格鲁派虽然也供奉玛哈嘎啦，但大威德金刚是他们的不共大护法，也是所有格鲁派僧人依止的大本尊。按照传统，这些格鲁派的大德们，更应该自心口处佩戴大威德金刚的擦擦，而非玛哈嘎啦！

这说明什么？

一个大胆的想法涌现于我的脑海：难倒他们是摩柯迦罗的心子？！

万岁对我的这个推论很赞同："既然是和卓玛有关，和四爷的死有关，又是携带玛哈嘎啦擦擦的大德，自然就应该是摩柯迦罗的心子。"

这些大德活着的时候，每一位定然都是修行通天，地位尊贵，以他们的身份，竟然被放置于走廊之中，那岂不是说后面的地方，更加重要、更加神圣！？

"走！"我的情绪顿时高涨起来，直觉告诉我，那个卓玛，说不定就在眼前。

过了长廊，则是一个面积大约有二三十平米的殿堂。殿堂中间竖立着一尊高约三米的巨大二臂玛哈嘎啦铜像。这铜像，身体呈青黑色，三目圆睁，鬃毛竖立，头戴五骷髅冠，二臂在胸前，左手托骷髅碗，碗内盛满人血；右手拿钺刀刀，双腿一曲一立，背后是熊熊般若火焰。

看到这尊铜像，我已经十分肯定走廊中那些人就是摩柯迦罗的心子了，因为面前的这尊大黑天，和怪佛上的那半边大黑天完全一模一样。

佐证这一看法更确凿的证据，是这处神殿除了此尊玛哈嘎啦铜像之外，再无其他护法像，而在四面墙壁上，画满了各种玛哈嘎啦：二臂玛哈嘎啦、四臂玛哈嘎啦、六臂玛哈嘎啦！虽然形态各异说明这些玛哈嘎啦属于不同派别的传承，但每一幅玛哈嘎啦壁画的莲座下，均用金粉写下一行梵文：“顶礼众生怙主摩柯迦罗，愿赐心子们吉祥如意！”

“小爷，这地方看起来对于摩柯迦罗心子异常重要！”万岁道。

我：“没准，是个秘密流传下来的活动基地！”

我和万岁细细查看，没有发现与卓玛有关的线索之后，从殿堂的后门出去，穿过一条摆满各种法器的甬道后，进入了一个更大的空间。

这地方，左右隔开，各有近百平方米大小，我和万岁踏入后，纷纷倒吸凉气。

如果说前面是威严，是气势，是佛法和力量的彰显，后面就让人毛骨悚然了。

墙上，绘满了各种血腥的刑罚场面：挖眼、抽筋、剥皮、剁手足、割舌、割鼻、割耳、戴石帽、挖心……火烧、铜浇、绳勒、斧劈、锯拉……僧人们手持刑具，纷纷行刑。

而在两个房间里，陈列着各式各样的刑具：铁斧、钺刀、铁钩、石碾、铁锁、铜枷、铜锅、铁钉、铁锤……

一样样，一件件，锃亮无比，锋利无比，散发着冰冷光芒和死亡气息！

“小爷，这里不会是对一般人使用的。”万岁昂着头看着我。

我盯着壁画：“是呀，此处的刑罚对象，不是寻常人。”

说完，我的手指落在了壁画的一处：“看到了么，他们对付的，是这东西！”

历史上壁画的发端，就源于它的叙事功能。在原始社会，我们的老祖宗就会用木炭、石头在山洞岩壁上绘下他们捕杀一头野牛或者举办一次神圣祭祀的场景。

尽管时光荏苒，社会变迁，但叙事这一功能，始终是绘制壁画的重要目的之一。

这尊刑房的壁画，尽管人物众多、场面宏大、血海尸山，但总体看来，可以分为两个鲜明的群体。

一个群体是僧人（包括瑜伽士），他们或孤身一人，或三五成群，或集体出动，勇猛无比。另一个群体，则是我手指处的非人。

非人这个词，在藏传佛教中，指人类以外的其他有情众生，比如天人、龙族、阿修罗、鬼等，有时则专指祸害人类的鬼怪。

僧人们作战的对象，是一种异常恐怖的存在：表面上看，这东西具备人形，有四肢、头颅，甚至有眼睛、嘴巴，但身体笼罩在一团浓浓的红色雾气之中，这雾气密密麻麻好像由很多的小虫子构成。而非人本身更是吓人，怎么看怎么像被活生生剥皮之后的人！

壁画上，这种东西全身是血，凶恶无比，撕咬啃噬一切能触碰到的活人，即便是身体被刺穿、手足被砍下，依然能够存活。僧人们对付他的方法，是砍掉他的四肢和头颅，扯出他的五脏六腑，将肉身投入大火烧为灰烬，将骨头用石碾砸得粉碎，挫骨扬灰。

左边房间里的壁画，侧重于僧人们直接和非人作战、杀死非人的过程，血腥中流露出无限的庄严和决绝，而右边房间的壁画，则侧重于僧人内部的拯救。在画面上，有很多僧人在与非人战斗的过程中出于各种原因被咬伤或者被那种血舞的虫子钻入体内，接下来就出现很多奇怪的症状：他们发烧、呕吐，接着毛发脱落、撕扯下自己的皮肤，癫狂……最终，他们会成为新的非人，转而进攻自己曾经的同伴。

对于这样的僧人，其他僧人会将刚被传染的他们带回寺庙，举办神秘宏大的法会，似乎是希望能够去除体内的恶孽，可从壁画上来，治愈的可能性很少，大部分僧人的下场和那些非人一样。

而也有僧人，在得知自己被传染上后，并没有去治疗，而是选择有尊严地圆寂。在没有彻底转变为非人之前，他们就放弃了自己的生命，法体被涂抹上金粉，庄严地得以供奉。

右边的房间，壁画上，流露出的是一张大无畏的悲悯情怀，望之令人感慨万千。

这种舍生取义的精神，让一向情感不外露的万岁眼角也有些湿润了。

“小爷，我忽然想到一件事。”万岁转头看着来时的路。

我明白的他的意思。实际上，我也想到了。

“走廊上的那五十六尊被重塑金身的大德，他们就是被非人感染之后自愿涅槃的摩柯迦罗心子。”我道。

也就是说，我们站立的这个地方，多年前，曾经用来消灭那种恐怖的非人，也用来忍痛处置自己曾经的同伴，哪怕他是高僧，也一视同仁。

望着一件件寒光闪闪的刑具，恐怕只有我理解他们为什么会有如此的决心，有如此的勇气。

“这是诅咒。”万岁道。

我点点头：“是的，诅咒。”

墙壁上，用朱砂写的一句话中就明确提到了，这是诅咒。

“四爷从黑水城大墓出来到拉卜楞这边，在日记里说的诅咒，会不会和此有关？”万岁又问道。

我的嘴里，涌出无限的苦涩。

虽然我有些不愿意承认，不愿意想象小叔进入大墓同样遇到了这样的非人，但理智告诉我，小叔恐怕凶多吉少。

之前贡布就曾告诉我，黑水城的那个大墓极为凶险，更为要命的是当时苯教的大法师琼乃自断生命设下诅咒，那诅咒，极有可能就是这种非人。

而在流沙冢的壁画上，我曾经亲眼所见当年太爷爷他们被一团血雾扯入墓中，那血雾分明就和眼前壁画上非人身上的血雾一模一样。

如果小叔中了诅咒，他来拉卜楞的理由就很好解释了：这里有对抗非人的摩柯迦罗心子的存在，他们经验丰富，或许有一丝生还的希望。

可小叔到这里之后，尤其是他被抓入黑屋之后，发生了什么事？这我就显然无法知晓了。

“走吧。”我看看手表，时间已经过去近一个小时了。

离开这个刑室，我和万岁心情沉重。

往前，经过一条七转八拐的通道之后，通道戛然而止。

“没路了？”万岁很是吃惊。

这种结果，也出乎我的意料。

我的预想中，接下来，说不定我们就应该走进这个庞大的地下建筑的最核心之处，那里或许有我们寻找的卓玛。

但眼前的死胡同，扼死了我们的希望。

“不可能。后面应该还有东西。”我显然无法接受这样的结果，凑上去，仔细查看。

黑石。一块块突起的黑石，混杂着泥土。这种地质，分明就是当地的泥土，而且断面粗糙，没有经过打磨。

这说明，通道到这里就停止了继续挖掘。

的的确确是条死胡同。

怎么办？我傻眼了。

在我摸索的时候，万岁昂头站在墙壁跟前，一动不动。

他闭上眼，一副冷冰冰的表情，凑近去，深深地吸了一口气，然后思考着什么。

“怎么样？”我知道他那个鼻子神通广大，心怀希望。

“的确是当地的土石。”万岁的话让我心情低落。

不过，他接着皱了皱眉头，道：“可味道有些奇怪。”

我莫名其妙地盯着万岁。

万岁拿出他的分土剑，狠狠地插向上面的土。

手电的照射下，我清清楚楚看见分土剑竟然只在上面砸下了个白点。

“好硬的土！”我低声道。

“这就是问题了。”万岁道，“小爷，你见过一般自然界有这么硬的土么？”

我顿时明白：“你的意思，这土是人造的？”

万岁笑道：“小爷，你没掏过堂子，经验少，可你总听过三合土吧？”

三合土？我自然知道。

这种土，一般会出现在古代的大墓中。古人造墓，处于防盗的目的，手段无所不用其极，三合土就是其中伟大的发明，也成为无数盗墓分子的噩梦。

这种土，制造极其讲究。从成分上来说，三合土各朝各代都有不同。比如明代的三合土，由石灰、陶粉和碎石组成，在清代，则是石灰、黏土和细沙，此外，还有石灰、炉渣和沙石等等。这种土，凝固后极为坚硬，堪称古代的水泥。

不过，最为牛叉的三合土，是一种名为“金三合”的三合土。它的原料是青膏泥、蛋清和红糖。

我听爷爷说过金三合的制作方法。

首先，要选择那种特定的青膏泥。青膏泥是一种非常细腻、粘性大、较湿润、渗水性小的土，潮湿时呈青灰色，故称青膏泥，晒干后呈白色或青白色，故又称白膏泥。这种泥土粘性好，防腐效果好，所以历来是大墓的头等用土，用以封闭棺椁和墓葬缝隙。

将青膏泥取来，除去杂质，留下细腻的纯土，放入大锅中翻炒，然后密封放置，称之为发酵。少则一年多则三年，取出发酵好的青膏泥，混入蛋清和红糖水，反复揉搓、击打，使之成为糊状物，便是金三合了。然后在未等其凝固前迅速施工涂抹，一旦凝固后，这种土坚硬如铁，极难对付。

爷爷在掏堂子时经常会遇到金三合，这也是大墓的标志性东西，要打开这样的大墓，并非易事。它就像是一层超级乌龟壳，令人无法下手。

我不明白万岁为什么这个时候问起三合土。

万岁并不着急，而是用分土剑撬下一点粉末，放入嘴中细细品尝，那样子，仿佛是吃什么美味佳肴。

“不错。我的鼻子没出问题。”万岁吐掉嘴里东西，道，“小爷，这里头，有红糖和蛋清。”

我算是佩服得五体投地了。

“你是说，我们面前不是通道的尽头，而是一堵人造墙封住了我们的去路？”

万岁十分肯定：“我觉得是这样。这堵墙造得很狡猾，表面看上去完全和地下的土质一模一样，容易让人误以为走到了尽头。

“材质上，肯定是学习了内地金三合的制造方法，不过没有使用青膏泥，而是很有可能选取当地的一种黏性大的土作为替代品，效果也很不错。”

“那有什么办法打开么？”知道面前是一堵墙，我心情大好。起码说明下面还有路。

不过，即便如此，想打开这种金三合可就难了。

万岁的分土剑，说削铁如泥不为过。这样的利器只能在上面留下个白点，这土的硬度可想而知。

我们俩人，手头没有任何的工具，而且时间也不允许我们一点点敲凿，必须找到快速解决的办法。

“黑狗血，是个办法。”万岁蹲在墙下面，头也不抬道。

我哭笑不得。

黑狗血破金三合，我也清楚。老李家的《墓经》里头就有记载，这鬼地方，我哪找黑狗去。

“除了黑狗血呢？”我道。

万岁悠悠地站起来，拍了拍手上的尘土，掉过头，奇怪地盯着我的裤裆。

我被他看得头皮发麻。

就在我一头雾水的时候，这狗日的问了句让我气破肚皮的话——

“小爷，你是处男吗？”

我是不是处男，这个问题不管谁问我，我都会把他大卸八块。

因为这是我目前为止永远的伤疤。

一个二十出头的人，尤其是像我这样英俊潇洒、才高八斗、风流倜傥、一朵梨花压海棠……不，是一棵玉树临风立的男人典范，竟然还是个老处男，其中藏着许多不为人知的血泪史呀。

万岁见我怒发贲张一副要吃人的表情，赶紧解释：“这个问题对我们目前的处境很关键。”

“屁的关键！我是不是处男，和打开这堵墙有什么联系么？”我吼道。

万岁鄙视地看着我，道：“要破金三合，除了黑狗血，就是童子尿了。我一个人不够，你要是处男，量说不定就成。”

原来是这么回事。

“我是处男！我是处男！纯处男！”我脑袋点得小鸡啄米一般。

万岁忍俊不禁：“真是呀？”

“嗯！如假包换！”

“这么大年纪的老处男么！？”

“妈的，你小子是不是找死！？”

“行了，我就是好奇。”万岁开始解裤子，一边解一边摇头，“小爷，您都二十好几了吧，竟然也是……哎……”

“滚蛋！你以为我想呀！”我懒得搭理，找了个离万岁远点的地儿，解开裤子开始尿。

以往我李重九什么事都自信满满，今天算是被这小子给打击得体无完肤了。

偏偏万岁这家伙净往我伤口上撒盐。

“小爷，你跑那么远干吗！过来呀！”

“我在这里尿，挺好。”

“好个屁！我俩尿就这么多，劲要往一块使，尿要往一块泚，集中火力你不懂呀？”

我强忍怒气，别扭地靠着他站着。

哗哗哗的水响。

没多久，万岁忽然道：“停！小爷，停！”

“停什么？”

“尿呀！赶紧停！”

“我还没尿完呢！”

“啊呀，这三合土要尿一层挖一层，你都尿完了，下层我们怎能办？”

“我日！”我这个苦呀！

是人都知道尿到一半活生生憋住，那是个什么滋味！

我痛苦地关了闸门，两腿靠在一起，双手捂着裤裆：“快点！”

万岁从衣服上撕下一条来做成个口罩围住口鼻，蹲下来亮出他的分土剑。

我们俩这么一尿，墙壁上浇透了一片。

“小爷，你最近吃了啥东西，火这么大！”万岁不爽道。

看他被尿骚味熏得嘴歪眼斜，我心情大好：“少逼逼，快干活。”

万岁手握住分土剑，用力一插。

嗤的一声，剑入土三分！

“有门！”我大喜。

万岁懒得理我，手中剑影翻飞，很快脚下就是一堆碎石、熟土。

“好了，继续！”万岁清理了一层，放下分土剑，道。

“来了。”我迅速响应。

过了一会。

“停，赶紧停！”

“你妈呀！老子这么搞会不会有问题？”我哀嚎道。

就这么尿一下，停一下，再尿一下，再停一下……

前前后后折腾了差不多半个小时，一个仅容一人钻入的洞口出现在我们眼前。

“还有尿么？”万岁从洞里收回来身子。

“没了，一点都没了。”

九爷我一向能吃能喝能尿能拉，今儿这更是情况紧急超常发挥，可横竖也就只有这些尿了。

“还没通呢。”万岁道。

“还没通！？怎么可能？”我不顾浓重的尿骚味，探进去，发现里头起码有一米深了，竟然还真的没挖通。

“造墙的人神经病呀，搞这么厚干啥！”我骂骂咧咧。

万岁昂头看着我：“怎么办？”

“只能等了。等尿来。”我都要哭了。

又等了十几分钟，我觉得有点存货了，站起来。

“等等！”万岁制止了我，一溜烟往回跑，时候不大，从方才刑房里拿个铜碗回来，咣地一下放在我面前。

“干吗？”我目瞪口呆。

万岁：“尿这里。”

“尿这里干吗？”

万岁白我一眼：“不多了，省着点用。这是我们最后的希望。”

“操！”我端起碗，凑到裤裆跟前，小心翼翼地尿着，仿佛那东西不是尿，而是可以长生的仙琼，生怕浪费了一滴。

搞了大半碗，我捏着鼻子递给万岁。

万岁不接，又从衣服上扯下一块布条，揉成一堆，塞我手上，然后把那把分土剑递给我。

“几个意思？”

万岁：“小爷，我累死了刚才，接下来看你的。”

“我！？”

“嗯！有问题么？”万岁坚决地看着我。

“没问题。”我自认倒霉，钻进洞口。

就听这家伙在外面喊：“省着用，先用布蘸着，将土润湿，再用剑抠掉……”

“知道啦！啰嗦。”我愤怒地回应，按照万岁的说法，用布蘸着尿，开始工作。

说实话，这工作真不是人干的。起码忙活了二三十分钟，又往前推进了大概二十厘米吧，尿没了。

看着眼前的墙壁，我绝望了。

“变态呀！里头就是金山银山，也用不着搞这么厚的金三合墙吧！”我报复性地用分土剑狠狠地捅了过去。

嗤！

分土剑直直没入土中，只留个剑把。

“噫！？”我大感意外，因为这层土，明显不是金三合！

难道……

我内心激动，轻轻地把剑抽了回来。

黑暗中，一缕光线从那窄窄的缝隙里漏了出来！

通了！？

我大喜，探身出来：“万岁，通了！”

“看到了。”万岁双手交叉抱于胸前，看着那道光线，道，“小爷，小声点。”

“怎么了？”

万岁：“现在三更半夜，不是白天，这光线你不觉得有问题么？”

刚才还手舞足蹈的我，愣在当场。

不是有问题，是很有问题！

那缕光线，不是自然光，分明是灯光！

自打从黑屋子的洞口下来，我们所过之处都是黑洞洞一片，鬼影子都没，自然也就没光。

而这堵墙的对面，竟然是灯光，那岂不是说，对面有人！？

第二十二章 羊皮密卷

“我先看看。”万岁接过我的分土剑，探身进去。

我听见轻微的剑尖刮土的声响，过了会儿，万岁钻回来。

“小爷，对面好像是个大房间，一间禅房。”

“你没看错吧？”

大房间？还是个禅房？怎么可能！？

这里可是地下！谁会在地下搞个禅房？

我也管不了这么多了，道：“里面有什么？”

“看不清楚，但好像没人。”

“没人就好办了。赶紧破了洞口，我们进去。”我道。

万岁点了点头，又探进去，打开了洞口。

我们俩一前一后，爬了过去。

从洞里爬出来，面前豁然开朗！

万岁说得不错，这是一个禅房。

面积约莫有五六十平，里头收拾得干干净净，墙上挂着唐卡和一个个面具，四周放置着藏柜、桌椅，地上铺着厚厚的氆氇，小火炉里炉火正旺，桌子上还有一碗茶，正冒着热气。

这房间分明就是有人居住，而且此人应该离开不久。

里头最吸引我的，也是最醒目的，是一尊铜像。

这是一尊铜胎施彩的女尊像，不高，一米多一点。

她被放在一个高高的用紫檀做成的法台上，位于房间的正中，正对着下面的桌子和座位。

看到这尊像，我备受打击。

我满心以为，自己和万岁一路艰辛来到这里，找到的应该是一尊度母像，不管是白度母还是绿度母，都是卓玛，都应该是小叔要找的那个。

可眼前这尊，既不是白度母，也不是绿度母，而是个秀丽温柔穿着汉装的女子！

她身穿藏青色的长服，衣服上画着精致的八宝纹饰，双膝盘坐，双手交叉插于袖中，自然放在腹部下。长发盘起，扎成高高的云髻，戴着用红珊瑚、绿松石制成的大耳铛，端庄宁静。

铜像上饰物不多，但装饰精致。脖子上璎珞用珍珠、猫眼石、红珊瑚向前，发髻上也是黄金、天珠围裹。双目瞳孔用琉璃镶嵌，神采飞扬，即便是眉心处，原先也应该镶嵌过什么珠宝，如今留下一个空空的长方形凹槽，看来是遗失了。

贤惠、温柔、慈祥而又不失威严，这尊铜像，铸造工艺高超，而且年代久远。

但不管是衣服、妆容，还是姿势，这尊女像根本就不是度母！

被誉为世界藏学府的拉卜楞寺，极为机密的地下，这么重要的一个密室中，竟然供着一个汉人女子的铜像，这也太说不过去了吧。

我和万岁面面相觑。

"怎么不是度母……"我嘟囔道。

万岁没搭理我，他走到铜像跟前，仔细观察。

我看过去，左三圈右三圈查看，生怕漏掉任何的细节。

最后，我干脆让万岁帮助我将这尊铜像往上抬了抬，看它的底儿。

忙活了一阵子，我满头是汗，重新把铜像放好，基本上对它有个认识。

"失蜡作法，整体浇筑而成，连底座都和铜像是一体的。"我道。

"那岂不是说，这就是一整块铜？"万岁道。

我点点头："没有任何的缝隙。铜是好铜，里面掺杂着黄金，所以不会锈蚀。还有一点可以确定，那就是这尊铜像是空心的，如果是实心的，我们俩根本搬不动。"

"空心的？有什么说法吗？"万岁问道。

"一般说来，大的佛像都是空心的，里面可以装藏东西。完成开光后，装入装藏品，底座用铜皮封上。而这尊铜像，却是在浇筑时一口气完成，里头虽然是空心的，但没办法把装藏品后放进去，所以里头的空间就失去了装藏的作用。"

万岁有点不明白了："铜像造出来就是要人供奉的，既然是供奉的那就需要开光，既然开光，那就需要装藏，不能装藏的铜像，还供着干吗？"

是呀，他这个问题问得很好，也是我所想的。

但现在，我管不了这么多了。这尊铜像不是度母像，就不是我们要找的卓玛。

我看了看周围，房间里头就这么一尊铜像再无其他，即便是那些唐卡，也没有白度母绿度母。

“走吧。这里或许不是我们找的地方。”我看了看房间的一个拐角，那里，有一木质的楼梯旋转而上，应该通往上方的一个未知空间。

万岁并没有急着走，他来到那尊铜像跟前，昂着头仔细看着那张脸。

“小爷，这张脸，我怎么觉得这么熟悉呀。”万岁道。

我被他搞乐了：“铜像么，都是按照一定的度量铸造的，也就是说，一个时期内，佛像的开脸都差不多，明代的饱满，清代的清瘦，你自然觉得眼熟。”

“不是，我说的是这女子的打扮和长相，我好像在哪里见过。”万岁眉头紧锁，想了想，一拍大腿，“哎呀，我明白了！小爷，我知道她是谁了！”

其实这尊女像，不光万岁看着眼熟，我也觉得眼熟。

但是如我先前所说，造像这东西不是摄影，摄影一个人有一个样子，展现个性，而造像要求的是一定规矩下共性的东西，这才好分辨。观音就是观音，弥勒佛就是弥勒佛，能够让人一看认得出来才行，不能千奇百怪。

所以，藏传佛教中的女尊，大多开脸都是饱满、温柔、端庄，模样差不多。

判断一尊造像是哪位神明，有很多方法。藏传佛教神明众多，为此专门有相关的专业书籍。一般来说，判断的方法从手印、法器、坐姿等等，不一而足。

这尊女像，没有任何的法器，也没有任何明显表明她身份的地方，所以想判断出来是谁，起码我暂时搞不清楚。

像我这样倒腾古玩好多年的人都认不出来，万岁却说他知道女尊，这显然让我无法接受。

“谁？”我满是怀疑道。

万岁情绪很激动：“小爷，文成公主呀这是！上学时你国文课本上没有么？”

“文成公主？”我愣了一下，几乎是电光火石之间，脑海中浮现出一张图画。

万岁说得不错，这女尊，和国文历史课本上文成公主的那尊，完全相同！

而课本上的那尊文成公主和松赞干布的合照，来源于大昭寺保存下来的塑像，那地方我去过，而且看过一回。

怪不得我觉得眼熟呢。

我仔细看了看，心里安定了：“的确是文成公主。”

“是呀！就是她！”万岁出乎异常地激动，“小爷，文成公主呀！”

“文成公主又怎么了？”我笑，“这和咱们没有半毛钱的关系，走，赶紧去别的地方找卓玛。”

我转身要上楼梯，被万岁一把扯住。

万岁瞪着我。他的双唇在颤抖，似乎在竭力控制自己的情绪。

“小爷，找个屁呀！卓玛不在这里么？！”

看着他那委屈而又愤怒的表情，我冷静了下来。

然后，在与他目光的对峙中，我恍然大悟，狠狠地扇了自己一个耳光。

我蠢呀！比猪还蠢！

万岁说得一点没错，卓玛就在眼前！

历史上，松赞干布迎娶文成公主入藏，造就了一段佳话。文成公主远嫁吐蕃，不仅仅加强了汉藏两族的深厚友谊，更因为她，先进的汉文明传入吐蕃，极大地提高了吐蕃的生产力和社会发展。

在她的影响下，汉族的碾磨、纺织、陶器、造纸、酿酒等工艺陆续传到吐蕃；她带来的诗文、农书、佛经、史书、医典、历法等典籍，促进了吐蕃经济、文化的发展，加强了汉藏人民的友好关系。她带来的释迦牟尼等身像，至今仍供奉在大昭寺，为藏族人民所崇拜。

文成公主赢得了松赞干布的厚爱，因为她，松赞干布修建了宏伟的布达拉宫，建造了小昭寺。千百年来，文成公主也深受一代代藏族民众的尊崇。在藏地，有一首关于她的歌谣传唱至今——

从汉族地区来的文成公主，
带来了各种粮食三千八百种，
给吐蕃粮库打下了坚实的基础；
从汉族地区来的文成公主，
带来各种手艺的工匠五千五百人，
给吐蕃工艺打开了发展的大门；
从汉族地区来的文成公主，
带来了各种牲畜五千五百种，
使西藏的乳酪酥油从此年年丰收。

藏族民众尊敬这位公主，将她视为吉祥母亲般的存在。他们将松赞干布迎娶的尼泊尔尺尊公主视为绿度母的化身，而将文成公主视为白度母的化身。

从这个意义上说，眼前的这尊文成公主的铜像，就是白度母，就是卓玛！

若不是万岁，我们肯定与她失之交臂。

狂喜。我和万岁抱在一起，差一点欢呼雀跃。

“找到了，找到卓玛了！”我激动道。

万岁推开我，后退了两步，风淡云轻地道：“是找到了，然后呢？”

是呀，然后呢？

一盆凉水浇下来。

小叔在他的日记里只说来这里找卓玛，先前我们也知道他来找卓玛的目的，很有可能就是寻找驱除他在黑水城大墓中遭受的那非人的诅咒的方法。

可解除诅咒的方法是什么，这和眼前这尊文成公主的铜像又有什么联系，我们一无所知。

我和万岁大眼瞪小眼。

“铜像是没有什么异常的，除了年代久远。”吸取了黑屋子里那幅白度母画像的经验，我感觉这尊铜像本身可能没啥问题，关键是在它的背后，恐怕隐藏着什么。

万岁显然赞同我的想法，道：“铜像里藏着四爷要找的线索，或者说，东西。”

“嗯。”我揉了揉鼓胀的太阳穴，道，“这回看来要费大脑筋了。”

我和万岁凑在铜像前，决定尝试一下。

方法很简单，那就是——乱指齐下！

用手指，按铜像身上的每一个地方，任何的细微之处都不放过。

我们觉得，解开铜像身上的谜团，应该和对付黑屋子里那尊白度母画像差不多，虽然不知道关键点在什么地方，但这么地毯式地一路按下去，说不定能拨开云雾见青天。

不过想象是美好的，现实是残酷的。

在这尊铜像从上到下从前到后摸索完一遍后，我俩绝望了。

没有任何的可疑之处，通体浑然天成，更不可能有任何的机关设置。

“小爷，我们来个逆向推理，怎么样？”眼见功亏一篑，万岁一屁股坐在地上，转脸看着我。

这小子主意多，说不定能有什么靠谱的办法来。

“你的意思是，从小叔想要得到的东西出发，往这尊铜像上推理？”我分析道。

万岁击掌而赞，道：“我就是这个意思。”

我叼一根烟在嘴上，没有打火，皱着眉头道：“小叔来找卓玛，肯定不是为了这么一尊铜像，他是找能够破解身上诅咒的方法。这十有八九可能是一件东西……”

万岁：“我的想法和你一样，是一种解药或者是一种破解的秘方。你想想呀，这诅咒，哪怕再邪门再凶狠，中了也就跟得病一样，有病，就得治，就需要药品或者是药品的配方。”

他这个比喻很形象。我的思路顿时被打开了。

“不管是解药还是秘方，都不会是这个铜像。这铜像和黑屋子那幅白度母画像差不多，应该是一个线索。”我脑瓜子飞转。

万岁在我的思路上深挖，说得更直接：“小爷，有没有这种可能：我们要找的秘方也罢解药也罢，就在这铜像里呢？”

“这一点我也想到了。”我的目光，聚焦在了铜像的身躯之上。

这尊铜像不大，却异常沉重，但可以确定里面是空的。只不过，和一般的铜像只有一层铜皮相比，这尊铜像内壁十分厚。

一开始之所以没想到这个，原因很简单：铜像是通体一次性浇筑成，也就是说完全是密封的，在铸造之后，根本无法进行装藏。

如果要放什么东西进去的话，那必须在铸造的时候就塞进去。而这样的做法，技术上虽然很难，可理论上是能够做到的。

眼下，我们俩的想法基本一致，如果东西在铜像里，那只有一个地方：铜像的内部。

“打开不容易。”万岁道。

“是不容易。这尊文成公主像，从铸造的开脸、纹饰和工艺来判断，应该在清朝。在中国佛像铸造史上，清朝的铸造工艺达到了顶峰，创造了许多前无古人后无来者的工艺。比如这尊铜像的材质，是紫金利马铜……”

“什么紫金利马铜？”万岁对此一无所知。

我解释道：“紫金利马铜，是乾隆时期清宫造办处成功研制的配方，堪称万铜之王，主要成分包括红铜、黄铜、金、银、锡、钢、水银、铅、五色玻璃、金刚钻石等等各种昂贵珍惜原料，比例至今是个谜。这种紫金利马铜，远比黄金还要珍贵，传世极少。而最大的一个优点就是坚硬，超乎寻常的坚硬，永不生锈！”

“所以，要想用外力打开，几乎是不可能的。”我看着万岁，又道，“再说，紫金利马铜铸造的铜像少之又少，堪称稀有之宝，而且这尊又是文成公主，用外力破坏了，你不怕天谴么？”

“说的也是。不过情况危急，管不了这么多了。佛家也说，救人一命胜造七级浮屠，我想文成公主若是知道了，也会原谅我们的。”万岁倒是有他的道理。

我摆摆手，道：“其实，我不赞成外力打开，有个更重要的原因。这里头如果有东西，肯定是极为重要之物，我怕里面有销毁机关，一旦我们硬来，说不定什么都得不到。”

我不能不考虑到这个因素，因为流沙冢中，我爷爷就在铁函里设计了销毁机关，谁能保证这尊铜佛里面没有呢？

万岁听了我这话，脸色铁青："不用外力，难道我们俩站在这里，她自己能开呀？"

"既然是放进东西，肯定有取出来的办法，只不过我们俩都没有想到而已。"我道。

"再看看。"万岁跳起身来，趴过去仔细观察。

我俩一前一后，看了约半个小时，基本上等于白费工夫。

这时候，万岁绕到前面来，道："小爷，我仔细梳理了一下，这尊铜像，周身每个部位都极为自然，没有任何的损坏，也不像是有开启机关的部件，只有一个地方，十分可疑。"

我道："哪里？"

万岁伸出手指，指着文成公主的面部，无比郑重道："这里！"

万岁手指的方向，是文成公主的额头。

两道修长蚕眉之间，是一道伤口。一个原先镶嵌珍宝如今却空空荡荡的凹槽。

我想起多年前看过的一位哲学家的文章。那时在茶馆里喝茶无聊，随手翻看而已。文章上的第一句话，就让我欲罢不能、思绪良多。

那句话是：菩萨为什么低眉？

是呀？菩萨为什么低眉？

这是个没有人想过的问题。一个很美的问题。

藏传佛教中有关于璎珞的传说。所谓的璎珞，指的是诸佛菩萨身上佩带的那些奇珍异宝、香花美物。传说，诸佛菩萨身上原本并没有这些，他们悲悯世人之苦，为之流泪，而他们每流下一颗泪水，那泪水就成了一枚绚烂的璎珞。众多璎珞中，以诸佛菩萨头顶上的璎珞为最尊贵，也是幸福的象征。

菩萨为什么低眉？那是想让世人看到他们顶上的璎珞。

她一低头，你就看到了幸福。

诸多造像，不知道何时开始在诸佛菩萨的眉心镶嵌宝物。佛祖释迦牟尼眉心称之为白毫，那是佛陀得大道的标志。而菩萨也罢，护法也罢，空行母也罢，他们的眉心也往往有宝物装饰，信众献上世间最珍贵的东西给菩萨，镶嵌在他们最尊贵的部位。

这尊文成公主像，既然能够用稀世的紫金利马铜铸造，可见其稀罕。而原先镶嵌在她眉心凹槽处的这件东西，定然远比紫金利马铜还要难得，还要珍贵。

可惜，漫长的年月，因为无法知晓的原因，它遗落了。

万岁说得对，如果这尊铜像存在机关的话，那么这处凹槽应该是嫌疑最大的地方了。

我打开手电，强烈的光线照射进去。

万岁和我几乎是脸贴着脸，四只眼睛死死查看不足两厘米宽、五厘米长的凹陷，生怕漏掉任何一个微小的细节。

这么观察，还真发现一些问题来。

凹槽工艺高超，切口处极为光滑，底部极为平坦，倒是没什么特别之处，有疑问的地方，在两边的侧面。

每一个侧面，有四个极其纤细的纹路——银线镶蚀出来的四个圆环。

四个圆环，并列延伸，紧紧挨着，两面，就是八个。

“这是什么意思？”万岁问道。

我哭笑不得：“你问我，我问谁呀。起码这八个圆环能证明我们的推断没啥错误。”

万岁道：“我觉得，是不是有个东西放在这里，就能打开铜像？就像是钥匙打开锁一般。”

“是这么个道理。”我后退一步，道，“但哪里去找呢？这尊铜像放在此处应该也有不少年月了，拉卜楞在藏传佛教的寺庙中地位崇高，寺里的僧人都不是凡人，铜像周身完好，不像是被开过的样子，可见他们也没有能力打开过。”

“要是找到那失落的镶嵌物，多好。”万岁垂头丧气。

“估计除了当初铸造它的人，恐怕没人清楚这上面原先到底镶嵌了个什么物件。”我摸索着那个凹槽道。

万岁昂起头：“小爷，一般在这地方，都镶嵌什么呢？”

这个问题，我倒是很熟悉。

“能镶嵌的东西可多了。一般是佛教七宝，砗磲、玛瑙、水晶、珊瑚、琥珀、珍珠、麝香都行，藏地还有镶嵌绿松石、天珠、各色宝石、舍利……”

“等等！等等！”万岁打断了我，两眼放光，“你刚才说什么，镶嵌什么？”

“佛教七宝呀。”

“不是这个，下一句！”

“绿松石、天珠、各色宝石、舍利……”我重复着刚才说的话，还没说完，就见万岁笑了。

他直勾勾地盯着我，笑了。

“你笑什么……”我有些纳闷，看着他的笑容，莫名其妙。

万岁指了指我的脖子：“天珠，有没有可能是天珠呢？你脖子上的，九眼天珠！”

我哑口无言！

天珠！？

伸手将那颗九眼天珠拽出来，灯光之下，天珠散发出无比温润的光芒。

“天珠是多旺临死时给我的，而多旺也是从贡布那里得到的。到拉卜楞寺找卓玛，是贡布让小叔来的。这天珠，难道和卓玛有关系？”我喃喃道。

“有可能。极有可能！”万岁道。

小叔的日记里记载，他到拉卜楞寺，不管他死不死，至少贡布还有伏藏。

先前，我以为贡布留下的伏藏是那句法语，现在看来，这伏藏恐怕还有可能是这枚天珠。

“管他呢，试试看。”我小心捏着天珠，轻轻放入凹槽中。

不大不小，刚刚好！

那天珠稳稳地没入凹槽中，简直是绝配！

而当天珠回归凹槽的那一刻，眼前的这尊铜像忽然散发出一股前所未有的神采来！

怎么形容这神采？打个比喻，就像是一个国色天香的盲女，忽然明眸善睐！就像昏暗的夜空，爬上了一轮皎洁圆月！

原先冰冷的一尊铜像，活了！焕发出动人心魄的鲜活气息！

“好看，真是好看。”连对造像一无所知的万岁都禁不住赞叹。

不过，我们俩兴奋归兴奋，天珠嵌入凹槽之后，铜像身上没有任何的异常反应。

我和万岁面面相觑。

难道，我们错了？

“不可能！”万岁十分不服气，他道，“不差一丝一毫，刚刚好被放进去，这说明这颗天珠十有八九就是原先的镶嵌物。”

“那为何没反应呢？”我道。

这句话还没说完，我和万岁就几乎异口同声地说出了一个词：“圆环！”

是的，圆环。凹槽两侧的那八个圆环！

既然是那么设计的，一定会有它的理由。

我重新把天珠取出来，在手里翻看一番。

这颗九眼天珠和普通的九眼天珠纹路很不同。一边是横着排列的四眼，另外一侧也是横着排列的四眼，在它的正面，只有一个特别巨大的眼。

刚才我是随手一放，没考虑到凹槽两侧的那八个圆环。

八个紧密排列的圆环，八个天珠天眼，位置上是对称的。

“我明白了！”我激动无比，将天珠重新摁入凹槽，小心转动着，调整位置，让那两侧各四只天珠天眼对准凹槽上的八个圆环。

当转动到特定的位置后，每一个圆环和每一个天珠天眼重合，对上。我感觉捏着天珠的手指一紧，仿佛凹槽两侧有两股引力将天珠紧紧吸附住。

啪！一声脆响，天珠定位！

这时候，我和万岁才发现，这颗天珠为什么会成为铜像的眉间镶嵌物——九眼天珠，八只眼一面四个和凹槽内部两侧的八个圆环对应，正面那个特别巨大的天珠天眼，正好对着外面，远观这尊铜像，因为嵌入了天珠的这只天眼，原本恬淡、安详的文成公主，陡然变成了三只眼睛！

多了一只，天地之眼！一只能够洞察一切的灵魂之眼。

嗡……

从铜像的内部发出一声低低的嗡鸣。好像是连绵起伏的诵经声，又像是一声声低沉的龙吟虎啸。

然后，佛像微微震动起来。

这种震动，很轻微，带着明显的节奏，哒，哒哒，哒，哒哒……

我和万岁都不由自主后退了一步，内心忐忑而紧张。

大约十秒钟后，震动消失。铜像依然安静端坐。

我和万岁神经已经绷紧到了极限，稍有变化恐怕就要崩溃了。

啪！

又是一声脆响，只见从铜像那微张的口中，缓缓送出来一件东西。

我们离得有点远，看不清楚那东西确切是什么。

像是一幅皮卷，裹成圆筒形，用金丝扎裹着。

“有了！”我大喜，上前就要取。

就在此时，听见身后楼梯响，房间里光线一暗，一个高大的人影映在了石壁上。

“你们是什么人！？”此人厉声一喝，带着巨大的惊讶和愤怒。

我和万岁齐齐回头。

六目相对，三个人在看清彼此之后，都不由得一愣。

“德仓堪布？”我愣道。

是他。

拉卜楞寺的堪布，那个先前赶我们出去、最后又宣称闭关的德仓堪布。

他穿着一身红色僧衣，手里捧着一个硕大的酥油灯，洁白的胡须颤抖着。

“你们怎么会在我的闭关之所！？”他噔噔噔下了楼梯，站在我面前，神情严肃，“你们怎么会在这里！？”

我：“……”

万岁：“……”

“放肆！太放肆了！”德仓堪布对着楼梯，似乎要喊人，而就在他张嘴的那一刻，他的目光明显凝滞了。

“这，这是……”德仓堪布看着文成公主铜像眉间的九眼天珠，看着铜像口中吐出来的那个皮卷，几乎机械地看着我，“你，你们，打开了……无上卓玛！？”

“你看错了。堪布。”我说完这句话，顿时觉得自己是此地无银三百两。

然后，几乎在半秒钟不到的时间里，我们都反应过来，同时扑向铜像，扑向那皮卷！

“闪开！这是拉卜楞的圣物！”

“胡说八道！这是我的！我打开就是我的！”

……

一老一少，一个大堪布，一个我，两个人毫不顾忌，眼中只有那皮卷，一路狂奔过去！

中国有句古话叫做：姜是老的辣。中国还有句古话，叫做：莫欺少年穷！

德仓堪布是大德，而且是修行几十载的大能者，尽管五六十岁，但动作麻利，行云流水。不过，九爷我打上学时候起就是学校短跑冠军，若说佛理我甘拜下风，跑步抢东西这事儿，德仓堪布就比不上我了。

一个鱼跃，我以领先德仓堪布半根手指的微弱优势，将那皮卷抓在手里，接着一个狗啃屎外加一个狮子滚绣球，骨碌碌翻出去三五米远，这才心满意足站起来。

这时，我才发现，手中的东西，是个年代久远的羊皮卷。

一卷在手，天下我有，经历风雨，九爷我终于见了彩虹。

“混账！”德仓堪布失手，脸色涨红，盯着我，伸出手，“拿来！”

“你说拿来就拿来呀？”我坏笑一声，道，“堪布，你不是闭关修行不见人了么？”

“那是我的事。快给我。”德仓堪布很激动，“这是属于拉卜楞的东西，我看管了几十年。”

“是你们的东西？你叫它，它答应么？”我摇了摇头，“自古宝贝向来都是谁得到是谁的。”

“无赖。”德仓堪布道，“你根本不了解这东西的重要性。”

这话我就不同意了，道：“堪布，我既然有本事找到它，并且能够从铜像里打开得到它，你觉得我不了解这东西么？”

德仓堪布一愣，道：“你到底是什么人？”

“我跟你说过了，我是多旺教授的朋友。”

“多旺不会有你这样的朋友。”

我知道他现在一门心思就是羊皮卷，不会听我说什么，道：“堪布，这东西我可以跟你分享，但有几个问题我想不通，还得向你求教。”

羊皮卷在我手上，德仓堪布脸色尴尬，默不作声，私底下，那只耷拉下来的手忽然做了一个手印。

期克印。藏传佛教中护法特有的降魔印。

我后脊梁骨一阵冒寒气：“堪布，你若对我暗地里使绊子，信不信我毁了这东西？”

他是修行人，精通密法，随便一个动作都有大学问，对我下手，实在太容易。

德仓堪布见自己的计谋被发觉，只得作罢，长叹一声，道：“问吧……”

我得意一笑，上前一步，正要开口，忽然觉得身后一个人影扑过来。

与此同时，听见万岁大喊一声：“小心！”

扑过来的，是万岁。我转过头，看到的是他焦急的脸，他的背后，那个通向上方的楼梯上，不知何时多了个黑衣人。

他端着枪，黑洞洞的枪口对准我，脸上挂着得意的笑容。

刀疤脸……

第二十三章 长生

啪！！

枪声响起，我觉得身体猛烈一震，胸口一疼，被万岁扑倒在地。

中弹了。胸口中弹了，老李家这次要绝种了。我哀叹。

嗖！

在我倒地之时，德仓堪布也发现了刀疤脸，他身形陡闪，一扬手，一缕寒光飞射而出。

一枚随身的黄铜金刚杵，准确地击打在刀疤脸手腕上。

刀疤脸一声闷哼，手枪掉落。

德仓堪布双脚一跺，高大的身体腾空飞起，火红的僧袍鼓起，犹如一只大鸟跃升，同时，发出一声狮子吼，手中寒光再出。

噗噗噗！

三枚寒铁降魔金刚杵锐利地钉入刀疤脸的心脏！

噗通。刀疤脸面带巨大的疑惑和不甘，尸体从楼梯上坠落。

这一切，发生在电光火石之间，根本不容细想。

我躺在地上，眼冒金星，四肢发软。

万岁哭道：“小爷！小爷！你可不能死呀，你还是个老处男呢。”

你妈……我心中暗骂。

刀疤脸是一流的狙击手，指哪打哪，这么近的距离，子弹打在我心窝，老子还能活么？

老处男……是呀，老子还没开过荤呢，就这么挂了可惜呀。

“万岁呀，我要死了，你赶紧走。越远越好。”我断断续续道。

德仓堪布大步朝我走来：“伤势如何？”

这典型的猫哭耗子嘛。

“你说呢。”我白了他一眼，摸着心窝，“堪布，我要死了。人之将死其言也善，鸟之将死其鸣也哀，你跟我漏个底儿吧……”

德仓堪布扫了我一眼：“别装了，我眼睛不瞎，连血都没有，你并没中枪。”

啊？

不可能！刚才那子弹明明射在我心窝上。

我赶紧低头，见胸口的衣服上赫然一个弹孔，但的确并无血迹。

我扯开衣服，终于明白了我为什么没有死。

子弹的的确确射在了我的心窝上。感谢洛桑家老阿爸，他给我的那个装着圣物的铜噶乌替我挡了一枪，救了我一命，那枚子弹射穿了一面，被夹在噶乌里。里头那枚用嘉木样大师骨灰做的玛哈嘎啦擦擦，被巨大的冲击力撞得粉碎。

“佛祖保佑！”万岁叹息。

人品好。九爷我人品好呀。

“尼玛！尼玛的东西！”德仓堪布大声道。

要不是我对藏区有些了解，还以为堪布骂人呢。其实，尼玛在藏语中是太阳的意思，非常神圣。

我很快明白了，堪布口中所说的尼玛，指的就是洛桑的阿爸。

堪布神情严肃，转头问我：“这东西是我给尼玛的，你哪来的？”

“尼玛就不能给我呀？”我笑道。

堪布算是明白了，突然变得心平齐和，双膝盘坐在我面前，道：“我们谈谈吧。”

“正有此意。”

“你是多旺的朋友，这个噶乌尼玛视若珍宝佩戴了几十年，竟然能给你，说明你和我们拉卜楞的确有佛缘，我希望我们可以开诚布公。”

“我也这么想。”我点头。

堪布盯着我：“你到底是什么人？”

我正色道：“我们并无什么交集，我先前也并不想来你们拉卜楞，我俩之所以能见面，完全是因为一个人，一个你打过交道的人。”

“谁？”

“两年前，被你们关进小黑屋的那个垂死之人。”

德仓堪布脸色大变，颤声道："你是他什么人？"

他这句话，让我和万岁相互看了看。

这说明我们之前的判断是正确的，德仓堪布的确见过小叔，他知道小叔来到拉卜楞的全部。

"我是他的侄子，亲侄子。"我一字一顿道。

德仓堪布点头道："他叫李贞吧。"

"嗯。外号李黑眼。"

"他死了。"德仓堪布干净利索说了一句，然后又道，"贡布也死了。"

"贡布是死了，但他早在死之前就把那东西给了多旺，多旺给了我。那是伏藏，所以我才会来到这里，打开铜像。"我指了指文成公主眉间的那枚九眼天珠。

德仓堪布这下明白了："怪不得。想不到九眼天珠一直不在他身上，原来是给了多旺，这些年，贡布藏得好严实。"

我道："堪布，你还没回答我的问题，你以及这拉卜楞，到底和秘钥有什么关系？"

德仓堪布昂头，仿佛一下子苍老了许多："孩子，我是摩柯迦罗的心子，这拉卜楞，是两百年以来摩柯迦罗心子的总坛。"

看得出来，他没有说谎，而且也没必要说谎。

说完这话，他饶有兴趣地盯着我，目光慈祥："你们李家到底是怎么和秘钥掺和上的？"

到这时候，我也不能隐瞒了。最关键的是，我确定眼前这位堪布并不是一个坏人。

"要说这事儿，那年头可就远了去了。"从爷爷那晚带我去流沙冢，到我一路追查，遇到多旺、贡布，然后一路来到拉卜楞……我将所见所听和盘托出。

这番长长的讲述，听得德仓堪布表情变幻，听得万岁瞠目结舌。

"堪布，说实话，我不关心什么秘钥不秘钥的。因为这东西，害得我亲爷爷死在密室里，我小叔死在密室里，我李家死了无数的祖宗先不说，这两条人命，我得查个水落石出！"盯着堪布，我潸然泪下。

德仓堪布又是一声长长的叹息，他拍了拍我的肩膀，道："原本我以为你是个无赖，以为你和外面那伙人并无不同，现在看来，你是摩柯迦罗认定的大缘分者，所以，我也就没有对你隐瞒的必要了。"

他坐直身体，道："秘钥的来历、魏摩隆仁的传说、松赞干布时代以及之后发生的事，你都已知晓，我不再多言。世间唯一没被销毁的秘钥，被苯教的一位女法师带到了唐朝，随之被埋葬，之后，你们李家的先人挖开陵寝，让秘钥辗转到了西夏，接着又引起元军猛攻，从西夏大墓里流落出来，引起这千年的腥风血雨。

“从松赞干布时期，摩柯迦罗的心子与白银锁魂者的斗争就没有停止过。一方要销毁秘钥，守护他们心目中的圣地魏摩隆仁，一方则要找到它，打开魏摩隆仁，发现遗落的神秘宝藏还有其中无比神奇的存在。这样的争斗，目的很简单。不过后来，世俗政权的掌权者却因为另外一个原因卷了进来，使得这场争斗变得异常复杂，也变得异常血腥。”

德仓堪布的语气很沉重，甚至有些痛心。

他停顿了一下，盯着我，问了我一句意味深长的话：“孩子，你相信人可以长生么？”

人生在世，如同大雨下盛开的蔷薇，此起彼伏，但不管如何鲜艳，最终都被大雨打落。

灵魂寄居于身体之中，身体不过是具臭皮囊。时刻一到，不管你是掌握天下的王者，还是一介草民，都将化为黄土白骨。

长生，尽管有各种各样的传说，也有各种各样的羽化成仙的牛人，但那毕竟只是传说。

“人生如梦幻泡影，如露亦如电，一切有为法，当做如是观。”对此，佛经里早有定论。

哪有什么长生呢？

迎着堪布的目光，我摇头。

堪布微微一笑：“如果我告诉你，这世界上真的可能有东西会让人长生，你怎么想？”

“不可能。”我大声道。

堪布颔首，道：“我小时候听到这句话的时候，也不信。不过孩子，任何事情，先别那么轻易否定。

“苯教历史悠久，创造了灿烂的象雄文明。而苯教其自身的修行方式和经典，也堪称人族之宝。这一点，是无法抹杀的。不管是在苯教的古老记载还是我们藏传佛教的经文记录中，都有大神通者的神奇表现。象雄时代，苯教的大修行者，可以骑着法鼓飞翔于天空，可以用羽毛斩断精铁，这个你也是听说过的。”

“这只是传说。”我道。

“西方有句话：存在就是合理的。一个传说，无数人流传，那总有它的一丝真实性。事实上，我在小时候就的确看到一个苯教法师展现大神通，用手指劈开了岩石。”

德仓堪布道：“这种神奇，是真实存在的。”

“那怎么解释？”我道。

德仓堪布呵呵一笑：“问得好！怎么解释？这就还得说到魏摩隆仁了。这个圣地中，埋藏着无尽的宝藏，千年帝国象雄灭亡时，它的所有财富都被搬运到里面。不过，所有的这些，和九叠雍仲山顶的一件东西相比，简直一文不值。

“那尊怪佛，你见过。而且你也说了，只不过是多看一眼灵魂就陷入一种奇妙的混乱所在。我问你，如果是一直拥有它的人，会产生什么效果？”

“我怎么知道？”我翻了个白眼，同时心中不寒而栗。

“先不说九叠雍仲山顶的那件东西，就说说这尊怪佛。它的稀奇处，在于材质。”

“玄天铁！”我脱口而出。

德仓堪布摇头：“那是世俗的称谓。我们称之为其密仁波切。”

“这个我知道，其密是象雄语，意为永生，仁波切意为珍宝。”

德仓堪布：“是的。合起来，就是永生之宝！”

我愣了。怎么一尊玄天铁的怪佛，还和永生扯上了。

德仓堪布继续道：“这九把秘钥，并非一般人所能拥有，寻常的修行者连看都看不到。能够拥有它的，是修行最高、地位尊贵的大能者。必须经过重重的筛选和磨炼，达到要求才能被称为九位大护法。

“他们守护着九把秘钥，更重要的是，这九把秘钥也是他们修行的工具，他们追求的走向终极的最后一道阶梯。

“简单地说，这九把秘钥，蕴含着来自宇宙深处和虚空至理的神奇能力，会对修行者产生想象不到的身心影响，进而产生许多常人看起来不可思议的大神通。”

我听明白了：“堪布，那些骑着鼓飞在天上、用羽毛就可斩断精铁的修行者，就是因为这个才产生的神通？”

“可以这么说。”堪布道，“不过，这些神通其实并没有什么可以说的，修行之人不看重这个，它们不过是附属品。拥有秘钥的人，追求的是融入虚空终极。”

“融入虚空终极？”我听糊涂了。

堪布笑：“用世俗的话来说，就是永生。”

“拥有这个就能长生了？”我不相信。

堪布摇头：“当然不是。由神秘材质打造的秘钥，不过是物质基础。它所产生的神奇力量，常人难以承受，所以必须有特别的修行之法。”

说到这里，他有意无意地看了看我手里的羊皮卷，继续道：“传说，这修行之法以及这秘钥，都是雍仲苯教的创始人敦巴辛饶创造的。只有拥有秘钥，同时严格按照这修行之法刻苦参悟，才有机会让自己融入虚空终极。二者缺一不可。

“不过，这也并不是说，两者都有了，那人就能实现这个梦想了。”堪布顿了顿，又道，“修行，就如同在一条绳子上走，下面是刀山火海，稍有不测，就身心俱毁。通往虚空终极的道路更是凶险无比，即便是再伟大的修行者，若有任何的一点闪失，也会落得极其悲惨的结局。”

“什么结局？”我很好奇。

堪布面色凝重：“你说过，唐朝陵寝中的那个巫女最后只剩下一张人皮，连唐太宗也只剩下一张人蜕，这就是证明。”

“啊！？”我大惊，道，“剩下人皮，肉体超脱，不就是传说中代表永生的羽化成仙么，怎么会说是悲惨结局呢？”

堪布摇头：“常人觉得是羽化成仙，只知其一不知其二。你永远不可能理解铸成秘钥的那种材质的可怕影响力。它产生的幻觉、身心冲击，足可以让你陷入世界颠倒、时间停止、千万种无尽之苦之中。心神不坚定者，哪怕是经过多年的修行，也可以瞬间产生心魔，引火自焚。

“发生这种情况，身心俱被吞噬，就如同一只孵化的恶蛹，面目全非而不自知。经过一段时间的催化，一旦成熟，就会破茧重出。人皮整张脱落，血淋淋的肉体因为对秘钥的执念、对虚空终极的执念，变成一具不畏刀枪、无忧生死的怪物。”

我目瞪口呆，人蜕原来是这么回事。

“堪布，这怪物，是不是壁画上所化的那种非人？”我问道。

堪布摇头：“有区别。这种怪物，我们叫黑乌让，就是黑鬼怪之意。说白了，乃是大修行者修行出现差错而产生的反噬，他有思维，能保持所有的记忆，甚至神通都会保持，只不过他永远成为秘钥的奴隶，永远无法超脱。

“而非人就不一样了。它的形成有两种原因，第一，中了黑乌让的密咒，成为他的奴隶，第二，被黑乌让抓咬、撕扯，中了身毒。非人比黑乌让低一等，它是黑乌让的附属，肉身同样不畏刀枪，但它没有思维，只不过是行尸走肉。”

堪布这些话，听得我毛骨悚然。

“秘钥的铭文中，最后一句话，你还记得么？”堪布又问。

我当然记得：“当心人皮跳舞！”

“是的。当心人皮跳舞！呵呵，这是对后来者的告诫，告诫他们千万别成了黑乌让或者是非人。”

原来是这么回事！

不管是黑乌让还是非人，都是令人惧惊的存在，不过相比之下，我更好奇方才德仓堪布所说的被放置在魏摩隆仁九叠雍仲山顶的神秘之物。

当我问到此物时，德仓堪布直摇头：“没有人见过，或者说凡是见过此物的人早已经和这个世界断绝了联系。我只能说，它是宇宙至宝，秘钥这样的东西和它相比都不值一提，它的珍贵程度可想而知。据说，当年世界大战时，纳粹德国曾受希特勒钦命派出一支特别小组进入西藏寻找圣物，企图利用其扭转战局改变世界，传说他们寻找的圣物就是这东西。”

那东西再神圣再牛叉，显然不是眼下我关心的问题。

我举起手中的羊皮卷，道：“堪布，如果我猜得没错的话，这个羊皮卷就是当初和秘钥一起被放入唐朝陵寝悬棺中的那卷羊皮卷吧？”

“不错。”堪布点头，道，“如我之前所说，这枚羊皮卷和秘钥同等珍贵，它上面记载着苯教同往虚空终极的修习方法，称之为不共雍仲大苯法，乃是苯教至高的法门。除此之外，据说，羊皮卷上还记载着魏摩隆仁的所在地点。”

堪布看着羊皮卷，眼睛中充满了崇敬和遐想。

“这个羊皮卷原本是和秘钥一起下葬的，怎么会跑到拉卜楞寺，而且还装在了文成公主像中？”这个问题，我一直想不通。

德仓堪布道：“羊皮卷和秘钥原本是在一起的，但自从你们李家先祖打开那座陵墓之后，不久就失散了。对于不明真相的世俗之人来说，秘钥显然比羊皮卷更抢眼，所以之后的漫长岁月几乎所有人都争夺秘钥，羊皮卷就逐渐被人遗忘了。

“这种局面，一直持续到明末。就像贡布之前告诉你的那般，当时苯教出现了一位大法师，名为琼乃，他被视为苯教大护法斯巴杰姆的化身，修为通天，率领白银锁魂者夺取秘钥不说，手中也握有羊皮卷。

“至于琼乃从哪里得到羊皮卷，我们不得而知。出现这种事情，摩柯迦罗心子定然不会坐视不管，鉴于琼乃法力极大，所以当时宁玛、噶举、萨迦、格鲁四大派联合，终于将其击败。

“这场大战中，白银锁魂者几乎全军覆灭，琼乃本人知道凶多吉少，便退回黑水城大墓……”

我打断了德仓堪布的话，道：“这个我知道，贡布说，琼乃花了九九八十一天，用苯教流传下来的最高深、最古老、最法力巨大的咒术设下有史以来最凶险的死亡之墓，并用锁魂钉钉入自己周身气脉、轮点，即便是自己永世不得脱身化为恶鬼，也要永远守护秘钥。”

“呵呵，贡布如此对你说，只不过是换成了通俗之语，免得你迷惑而已。实际上，琼乃所用的并非巫术，而是他利用秘钥，刻意使自己修行尽毁，变成了实实在在的一个黑乌让！”

我惊呼一声，如遭雷击。

这么说，当年我太爷爷他们在黑水城大墓中见到的“邪物”，难道就是琼乃变的黑乌让？

“堪布，当时四大教派派出的高僧团，为什么没有进入大墓取了秘钥呢？还有羊皮卷又在什么地方？我一直以为羊皮卷就在大墓里。”

德仓堪布苦笑：“那一战，白银锁魂者几乎被全歼，连琼乃这样的大修行者都差点被捉住，四大教派派出的高僧团自然也损失惨重，事实上，他们已经失去了行动能力，只能暂时偃旗息鼓，等待实力恢复。

“而他们也并不是没有收获，交战中，他们曾经夺下过秘钥和羊皮卷，不过后来琼乃突然袭击，夺走了秘钥，撕去了羊皮卷的一半。”

我大惊：“也就是说，琼乃带入大墓的，除了秘钥，还有半张羊皮卷？”

“正是。”

德仓堪布眉头紧锁，有些惭愧道：“高僧团手握着这半张羊皮卷，也随即陷入了内讧，相互争夺。最终，我派一位名为平措杰布的僧人怀揣着这半张羊皮卷逃到了安多，不过那时，他也奄奄一息了。

“当地一个寺庙的僧人将他救回寺庙。平措杰布深知自己命不久矣，他是一位大瑜伽士也是位通达五明的学者，凭借记忆，将那尊怪佛的详细信息包括铭文，写在了一张黄绸上，同时连同羊皮卷一起交给寺里的僧人，之后就死去了。

“寺里的僧人根本不知道这东西为何物，在火化了平措杰布之后，便将两样东西包裹起来，塞入经书中放进了经堂。

“时光荏苒，这么一放，就到了康熙三十九年。那一年，至尊阿旺宗哲也就是一世嘉木样呼图克图刚刚成为哲蚌寺的堪布，照例巡视各地。也是菩萨保佑，至尊来到了安多这所寺院，受到了隆重的招待。这一夜，他彻夜难眠，进入大经堂，无意间打开了那本经文，发现了羊皮卷和黄绸。

“要知道，至尊当时除了是哲蚌寺的堪布，他还有一个身份就是摩柯迦罗的心子，而且是心子团的首领。这个重大发现，让至尊立刻意识到马上会有一场腥风血雨卷来。

“当时社会动荡，六世达赖喇嘛仓央嘉措刚刚坐床不久，蒙古汗王虎视眈眈，内部各派矛盾错综复杂。如此情况下，这个消息一旦传开，藏地定然将陷入万劫不复之境地。

“至尊思考良久，决定将此秘密隐藏起来。但他身边有各派的探子，一举一动都受监视。至尊极为聪慧，将此两样宝物藏入大经堂一尊历史悠久的松赞干布像中，对外宣传此乃一尊不可思议的大宝，迎请回去。

“九年之后，至尊应蒙古和硕特部河南蒙旗亲王察罕丹津之请，回到故乡传教，次年在夏河开始筹建拉卜楞寺。那尊松赞干布像才被带到了夏河，期间，虽然摩柯迦罗心子的总坛设在拉卜楞，但此事一直秘而不宣。

“这种情况一直持续到康熙六十年。这一年，发生了一件大事。”

一七二一年，清康熙六十年。文殊菩萨的化身、一世嘉木样呼图克图阿旺宗哲圆寂于拉卜楞寺。

圆寂前，这位至尊将几位心腹和近侍叫到宝座前，交代给他们一件事。

据德仓堪布所说，至尊决定将半张羊皮卷和印有秘钥铭文的黄绸分开保管。

黄绸缎交于拉卜楞寺继任法台一世赛仓·阿旺扎西活佛，由他秘密隐藏。而羊皮卷则交给了他的心子，同时也是摩柯迦罗心子的统领贡巴坚赞。

依据至尊的遗嘱，保管此两样东西的两帮人，相互必须独守自己的秘密，像守护性命一样守护此两样至宝。

“至尊圆寂后，寺中动荡，为至尊转世之事争论日久，阿旺扎西活佛根据至尊要求，宣布至尊不再转世，却遭到了罗藏顿珠活佛为代表的一部分人的反对，导致嘉木样之位长期空缺。

“一直到了乾隆八年，二世嘉木样大师才继承大宝。在此过程中，黄绸和羊皮卷都在寺中，倒也相安无事。”

说到这里，德仓堪布双目一凛，道：“又过了近四十年，形势开始变得对拉卜楞越来越不利。”

“消息走漏了？”我问道。

德仓堪布赞许地点头：“隔墙有耳。拉卜楞藏有秘宝的消息不断传出，前来拉卜楞寻找的人络绎不绝，甚至有钦命从拉萨传来，命令交出两样东西。

“为了大计考虑，二世嘉木样破例召集两派人马召开一次秘密会议，正是这次会议，造成了今天的局面。

“经过长时间的商量，所有人一致同意将两样秘宝封藏，而且绝对不能让它们同时落入一人之手。黄绸被封在松赞干布像中，秘密供奉，这个办法最为隐蔽也最安全。

“至于那半张羊皮卷，就成了难题。后来，还是聪慧的二世嘉木样想到了一个办法，当时寺里请来了一位京城的铸造工匠，有鬼斧神工之能，于是，就用紫金利马铜铸造了一尊文成公主像，将半张羊皮卷封藏其中，而且里头设计了一整套奇妙机关，必须用一世嘉木样贴身佩戴的九眼天珠才能打开，若是强行破像，那么里面的自毁装置便会将羊皮卷毁去。”

听了这话，我暗自庆幸：果然有自毁装置，之前若是我和万岁强来，那就完了。

“那个铸造工匠，名为贡班，本身就是摩柯迦罗的心子，忠心不二。他有一子，名为贡钦，被二世嘉木样收留为心子，长大成人后带领心子团漂泊在外，那颗九眼天珠就由他保管。

“这样一来，黄绸和羊皮卷都在拉卜楞，但极为隐秘，知道的人寥寥无几，即便是知晓此事的人取得黄绸，没有那九眼天珠，也无法得到羊皮卷。”

我大加叹息：“真是聪明的办法。”

德仓堪布看了看刀疤脸的尸体，面带忧虑道：“许多年平安过来了，一代代人死守秘密。但最近二十年来，却波涛暗涌。来拉卜楞寻找秘宝的人越来越多，两样宝物的秘密也走漏了出去。拉卜楞就像一艘古旧的大船，在惊涛骇浪中呻吟，谁都不知道能支撑到何时。而两年多前，一个人的闯入，彻底让拉卜楞寺的秘密变得众所周知。”

我知道，那个人，正是小叔。

德仓堪布所说的小叔的事，基本上与我和万岁之前的推测差不多：小叔溜入拉卜楞，打开松赞干布像取得黄绸，然后进入后殿寻找卓玛，被铁棒喇嘛一伙人抓住，关入那间小黑屋，并于当晚死去。僧人为寺里名声着想，将小叔尸体和黄绸放入客栈。

“我那时闭关，出来后得知事情已经晚了。而且，当时我并不是堪布，对秘宝的事也并不像现在这么清楚，只能尽力补救。好在事情顺利，没出现意外。但此事寺中人尽皆知，要想保住秘密显然不可能了。

“黄绸交了出去，交给谁我不能告诉你。不过羊皮卷却保存下来，这也是不幸中的万幸。”德仓堪布无力道。

这些我都不关心，我只关心小叔的死。

但德仓堪布的回答，让我有些无法接受。

“你小叔，自杀身亡。”他说。

我叫道：“不可能！”

德仓堪布：“我是一个修行人，不会骗你。”

“他为什么要自杀。”

“因为他中了诅咒，黑乌让的诅咒。”德仓堪布道。

我似乎瞬间就明白了。

那诅咒，来源于黑水城的大墓。

“中了黑乌让诅咒的人，经过二十六天就可以成为非人。我查看过你小叔的尸体，从身体上魔变的情况来看，他来到拉卜楞的那一天，应该是最后一天。

“有一点，你可能不知道，你小叔对此事极为了解，事实上，他本人也是一个修行人。”德仓堪布道，“我想，他之所以这样，和贡布有关系。”

“那一晚，他被关押在闭关室中，知道生还无望，而且他不想成为一具血淋淋的行尸走肉，所以选择了自杀。”

我心如刀割，道：“自杀之后就不会成为非人了么？”

“是的。”德仓堪布道，“中诅咒的人如果在这二十六天之内死亡，他就可以结束痛苦。时辰一过，谁也阻止不了。”

“那他来拉卜楞找卓玛，为的是什么？”我问道。

德仓堪布沉默了，他指了指我手中的羊皮卷，示意我打开它。

古旧斑驳的半张羊皮卷，正反两面都用朱砂书写。

正面是密密麻麻的古象雄文，背面则是各种线条交汇的残损图画。

“正面记载的是我之前所说的终极修行之法，而背面则是魏摩隆仁的地图。”德仓堪布苦笑，“你小叔的目的是为了拿到那修行之法，不过他想不到即便是得到了，也无济于事，它和地图都已经残破不全。”

“有了修行之法，难道能够治愈小叔？”我问道。

德仓堪布摇头：“诅咒就是诅咒，即便修习这羊皮卷上的法门也只能苟延残喘而已，若要彻底治愈，必须……”

他沉吟了一下。

“必须什么？”

“必须进入魏摩隆仁，登上那九叠雍仲山顶，经那至上之宝的净化。”

我呆了。

这几乎是希望渺茫的事。

可为这一线希望，小叔还是来到了拉卜楞。结果……

诅咒！这可恶的诅咒祸害了李家一代代先人，如今又降临在我的祖辈、父辈身上，天知道哪一天它会不会缠上我。

我忽然想起流沙冢那个夜晚，爷爷告诫我不要掺和进此事时的表情。

他是那么的悲痛，同时带着无尽的绝望和恐惧。

德仓堪布低着头看着我，满怀同情，道：“你现在，决定怎么办？”

“嗯？”

“我说的是这半张羊皮卷。”德仓堪布道。

我笑了。

我来拉卜楞最重要的目的是小叔，如今事情已了，我还能怎么办？

“堪布，这羊皮卷是属于摩柯迦罗心子的，我想还是物归原主为好。”我双手奉上了羊皮卷。

德仓堪布身形未动，笑道摇头：“我是不会要的。”

我纳闷：“方才你不是还抢么？”

“那是因为我不知道你是什么人。”德仓堪布哈哈大笑，道，“你说得好，羊皮卷是属于摩柯迦罗心子的。孩子，你也是摩柯迦罗心子的一员呀。”

“堪布，别开玩笑。”我正色道。

堪布摆手：“我没开玩笑。第一，你们李家一代代人早已经和秘钥联系在了一起，密不可分了。第二，你现在是通晓全部事实的不多几人之一。第三，也是最重要的，九眼天珠在你手上，足以说明你已经是摩柯迦罗的心子了。”

“我有天珠，和我是摩柯迦罗心子，有什么联系么？”

“是的。这枚天珠，只有摩柯迦罗心子才能拥有。”德仓堪布有些意味深长地笑，“我想，贡布已经将摩柯迦罗心子的玛哈嘎啦灌顶传给你了吧？”

我，无话可说。

见我沉默，堪布越发笑得开心了。

不过他很快收敛了笑容：“孩子，羊皮卷一旦从铜像中取出，它留在拉卜楞就已经变得不安全。贡布已死，摩柯迦罗心子已经寥寥无几，而且即便有，也没有你这般的机缘。所以，你是守护它的最佳选择。”

“可是堪布……”

“别说了。”德仓堪布态度强硬，“就这么决定了，你们赶快离开拉卜楞，越快越好。”

“那我以后怎么办？”我指了指羊皮卷。

德仓堪布拨动佛珠，念了一句六字大明咒，道：“以后谁也说不好，既然诸佛菩萨选择了你，你自然会有你的道路。或许，你会走出一条和我们截然不同的路。”

我再次无语。

德仓堪布起身，带着我和万岁走上楼梯。

从出口上来，我才发现自己站立的地方，正是大经堂的正殿，而且就在那尊巨大强巴佛的面前。

未来佛无语，低头看着我们，安静慈祥。

“好好守护它。”堪布看着我手中的羊皮卷。

我从怀里掏出洛桑老阿爸给我的噶乌。它救了我一命，里头的擦擦已经粉碎。我将粉碎的擦擦递给堪布，堪布恭敬地双手接下。

那张羊皮卷，我卷成一团，放入噶乌之中，重新塞入怀里。

堪布眉头一挑："这是个好办法。哈哈哈。"

我俩相视一笑。

走出大经堂，宏伟的拉卜楞寺里灯火通明，僧人的叫喊声此起彼伏。

"发生了什么事？"我愣道。

堪布高大的身影立于我面前。

看着面前的灯火，他道："不管什么地方，总会有些不速之客。"

第二十四章 黑乌让

落雨了。

淅淅沥沥的雨水越来越大，击打在廊檐的莲花砖雕上。那莲花沉浸在水气里，清秀而迷离。

"堪布，我们告辞了。"我对堪布行了一礼。

"等等，把这个带着。"堪布将一件东西递到我手里。

那东西，温润，传递着他的体温。

是那颗九眼天珠。堪布不知道什么时候将它从铜像上取了下来。

"没有了羊皮卷，那铜像不过是个普通铜像，这东西和你有缘，带上吧。"

"算我给寺里的贡品吧。"我笑道。

"最好的贡品，不是金银财宝，而是一颗虔诚正直的心。孩子。"堪布将天珠系在他的佛珠上，然后将佛珠挂于我的脖颈。

"这串佛珠自我入寺时起几十年随身，我老了，走不出拉卜楞，只能让它替我见证你以后的路。"堪布的脸上，满是慈爱。

我默默点头，正要转身，忽觉得一股冷风袭来，脖子一顿，啪的一声脆响，再用手去摸，发现嘎乌没了。

"谁！？"我大惊。

快！太快了！不可思议的话！

这人就像一只从天而降的大鹏鸟，疾驰而来，倏忽而去！

"敢在拉卜楞撒野！留下来吧。"德仓堪布冷喝一声，身形一晃，嗒嗒嗒，脚踩梁柱，转眼间就飞身到大经堂顶上！

这把年纪，竟然有如此身手，这位高僧让我见识到了密宗修行的极大能力。

“在上面！”万岁指着上方。

透过雨幕，我看到了那个夺走我嘎乌的人。

一个黑影，瘦削的黑影，大鸟一般在大经堂顶上掠升。

他快，堪布也快。

红色僧袍鼓起，宛若一对垂天之翼，陡然一拐，截住那黑影去路。

“将东西还来！”堪布昂首而立，大雨浇湿他的花白须发。

拉卜楞之上，他俨然一尊金刚护法。

那黑影静默如铁，没有丝毫回答，突然出手。

他没有武器，不，或者说，他的武器就是那一双手，一双戴着手套的犀利手掌！

单指如剑，向着堪布当胸刺去！

堪布双脚腾空躲过，噗的一声，身后大经堂上铜造的粗大经柱竟被那人用手指生生刺穿！

我倒吸了一口凉气，此人的功夫简直超乎想象。

“绝对不是六宗的人，也不可能是那帮老毛子。”我低声道。

此时，万岁屏声静气，双目微闭：“小爷，这个人，你认识。”

“谁？”

“我闻不到他身上的气息，你觉得还能是谁？”

剥皮人！

我不由自主打了个冷战。

他怎么会跟着我来到拉卜楞？

在我们说话之间，大经堂上啪啪啪啪不断传来拳脚相加的撞击闷响，剥皮人和堪布，一红一黑两道人影纠缠在一起，难分伯仲。

“小爷，堪布好功夫。”万岁啧啧而叹。

“密宗修行之人，能耐超乎想象。”我道。

但万岁随即摇了摇头：“没想到这剥皮人功夫竟也这样了得。”

“堪布不是对手？”

“危险。”万岁手儿一抖，袖中分土剑飞出，“我去助堪布一把！”

言罢，这家伙飞身跃上大经堂，加入战场。

我已阻止不了，只能让他小心。

有了万岁的加入，堪布顿时松了一口气，一老一小围着剥皮人前后夹击，战局越发激烈。

我在局外，越看越心惊胆战。

他身形忽上忽下，忽左忽右，飘忽不定，那双手，立起来就是刀，刺下去就是剑，每一招都带着破空之音，威力惊人。

堪布以柔克刚，万岁分土剑则犀利肃杀，两人联手，也只能和剥皮人打个平手。

但时间一长，形势就变得危急起来。

堪布终究是老了，气力不足，万岁虽年轻，可战斗经验缺乏。剥皮人好几次差点得手，看得我心惊肉跳。

不能拖下去了！我突然有了主意，掏出柯尔特左轮手枪，冲着天空咣咣咣连放三枪！

拉卜楞的夜晚是静谧而空旷的。三声枪响，回荡开去，声音刺耳。

果然，就听见寺院各处传来呐喊声、脚步声，很多火把奔着大经堂而来。

此举有了效果。剥皮人显然见到四面八方涌来的僧人对大经堂形成了包围之势，他用一组凌厉的进攻将万岁逼退后，双脚一跺就要跳下去，被堪布一把拽住衣服。

“把东西交出来！”堪布借着撕拽的力气，身体如同劲藤一般缠住剥皮人，右手从袍中伸出，手里赫然多了一把寒铁钺刀！

钺刀是藏传佛教闻名的法器，柄端为金刚杵形，下有斧状的刀身和刃口，可斩断一切执念，降服心魔。

对于修行人来说，此法器异常私密，极少使用，不能露于旁人之眼，堪布为夺嘎乌，显然已经顾不了许多。

电闪雷鸣中，雪亮的金刚钺刀一道寒光斩向剥皮人脖颈。

金刚怒目，足可伏魔！

剥皮人有些慌乱，身体后仰向下倒去。钺刀贴着剥皮人额头滑过，将剥皮人的帽子斩飞。

通！剥皮人在下，堪布在上，两人摔倒在大经堂顶，杂碎了几排琉璃瓦。

“孽障！”滚出三五米远之后，堪布将剥皮人压在身下，手中高举金刚钺刀，赫然占据上风，钺刀对着剥皮人落下。

轰！空中一记炸雷，伴随着耀眼的闪电。

接着诡异的事情发生了。

堪布的钺刀在半空中停住，他双目圆睁，看着剥皮人满脸惊愕。

就在这停顿的刹那，剥皮人双指齐出，两根长指疾风般戳入堪布前胸。

“堪布！”此情此景，令我目眦尽裂。

“死来！”万岁从旁边爬起，怒火冲天，双手持分土剑斩去！

剥皮人推开堪布，躲过万岁，再欲出手，此刻洛桑带着寺里的僧人赶到。

啪啪啪啪！洛桑取枪在手，连放四枪，寺里僧人更是纷纷朝大经堂顶上跃去。

剥皮人站在顶端，回头看了我一眼，那张血红的脸在雨中狰狞而恐怖。

他对我笑了笑，张开双臂，跳下大经堂，飞身连踏，好像一只燕子一般倏忽不见。

“万岁，救堪布！”我管不了剥皮人，朝万岁喊。

万岁紧跑几步，只拽住堪布的僧袍。

魁梧的堪布，从大经堂上滚落，坠下。

我张开双臂，几乎飞扑将他接住。

“堪布，堪布！”抱着他的身体，我急切呼喊。

堪布前胸，两个血洞汩汩冒血，面色死灰，显然无法再救。

“堪布！”

“德仓堪布！”

洛桑和铁棒喇嘛以及众多僧人跑过来。

堪布看着我，目光柔和。

我觉得手中一沉，低头看，是那枚嘎乌。

“东西收好，别再丢了。”堪布咳嗽着，口鼻出血。

“堪布怎么了？”洛桑奔到我跟前，蹲下，见堪布如此，吓了一跳。

以铁棒喇嘛为首的一帮僧人更是怒火冲天。

“让他们走，保护他们安全离开……”堪布对铁棒喇嘛吩咐道，然后他将那把金刚钺刀放在我的手心。

铁棒喇嘛双目含泪，看着我，点了点头。

堪布深吸一口气，用尽全力，贴着我耳边，低声道：“要小心那个人……他是……他是黑……黑乌让……”

言罢，那只苍老的手，从我肩头滑落。

雨还在下。

瓢泼大雨。

拉卜楞沉浸在这雨水中，仿佛一艘飘摇的航船。

低沉的法号一阵阵响起，悠远，跌宕，而又那么的悲伤。

诵经声，全体僧人的诵经声，就像波涛，一阵一阵拍打着拉卜楞的亭台楼阁！

这样的声响，惊动了整个夏河县城。

熟知寺院规矩的信众能够轻而易举地听出，一位大德圆寂了。

黑压压的人群，手捧着哈达，涌向拉卜楞。

我坐在德仓堪布的那个小院子里，任凭雨水落下，打湿我的脸。

堪布的法体被放置在宝床上，僧人们忙碌着，他们没有一个人说话，也没有一个人哭泣，神情肃穆。

“夏河冬天很少下雨，尤其是这么大的雨。”洛桑站在我身边，昂头看着天，“或许，老天也在难过吧。”

“追到那个人了吗？”我沉声道。

那个剥皮人，从遇到他的第一天，我就觉得他是那么的诡异。后来万岁说他没有活人的气息，我才觉得他定然非同常人，直到昨晚，堪布的一句话点醒了我。

他是黑乌让！

关于他的一切疑问，因为堪布这句话，迎刃而解！

“没有。”洛桑道，“整个夏河县城都搜遍了，也没有任何线索。神了，当时寺里寺外全部都是人，他竟然像凭空消失一般。”

“那就对了。你们要是能抓住他，那才奇怪呢。”我苦笑道。

洛桑把我拉到檐下，摸了摸我的额头：“你没事吧？”

“没事。”

洛桑又道：“不过，我们也有收获。昨晚，寺里发现有人进来，抓住了几个，就是那天晚上追杀你的俄国人，他们的头儿竟然是个女的。我刚刚跟长官作了汇报，长官命令马上就押回兰州。”

卡杰琳娜那帮人竟然落网了，算是个安慰吧。

我们说着话，铁棒喇嘛走了过来。

他站在我面前，就像一座山。

“给你的。”他坐下来，递给我一个黄布包裹。

我一层层打开。里头是堪布的那把金刚钺刀。

寒铁所制，朴实无华，古拙威严。

钺刀的刀身上，用剪铁鎏金的工艺，镶嵌出一幅玛哈嘎拉的本尊像。像下刻着一行藏文，翻译过来就是：摩柯迦罗心子，黄金狮子之首，吉祥如意。

“这是……”我愣了一下。

铁棒喇嘛打发走了洛桑，铜铃般的虎目看着我，道：“你是什么人，我就和你一样。”

“你是摩柯迦罗的心子？”

铁棒喇嘛转脸看雨，良久，才道：“两年前，堪布给我灌的顶。他说，金刚钺刀

交给谁，以后我就听候谁的吩咐。”

然后，他把钺刀推给我：“昨晚，堪布圆寂前，把钺刀给了你。”

我知晓这枚钺刀的意义非同寻常，不再说话，塞入包里。

“我送你回去，确保安全。”铁棒喇嘛看着堪布的房间，道，“堪布去了极乐净土，我得为他举办法事，为他念诵九百万遍玛哈嘎拉心咒。以后有什么事，你尽管吩咐。”

我知道他和堪布感情极好，不知道如何安慰，只能说：“你留在拉卜楞，我有洛桑他们，应该无事。”

铁棒喇嘛没再说什么，起身走了。

走到院中，他突然转过身，对我道：“我叫多吉！除了你和堪布，还没人知道我的名字。”

“好名字！”我大声道。

他笑了。站在雨中，笑了。

多吉，藏语中意为金刚，降妖伏魔的大力尊。

“堪布给我取的！”多吉拂去脸上的雨水，转身走进那间安放堪布法体的房间。

我起身找洛桑。

他在外面等着我，身后是一帮警察，还有乌压压涌来的信众。

人群中我看到了老阿爸。

他由两个人搀着，来到近前。

我扑到他怀里哭泣，他枯瘦的手拍着我的背，安慰道：“别哭，别哭，孩子，该来的总会来，该走的总会走，只有日月常挂天上，就如同诸佛菩萨的慈悲永在。”

是呀，诸佛慈悲永在。

车子开动，拉卜楞离我越来越远，法号声和诵经声连绵传来，终于不复听见。

车子驶出夏河县城，雨突然停了，一架绚烂的彩虹，横跨山口。

那么灿烂，那么美好。

洛桑护送着我们，一路到了兰州。

我和万岁买了当天晚上回北平的火车票。

吃完晚饭，洛桑又亲自把我们送进了车站。

“我已经跟老炮联系了，他们会去接你。”洛桑送到月台上，给了我一个结结实实的拥抱。

前来兰州虽短，但这段时间中，我们彼此已经成为了兄弟。

“下次有空再来，我带你们好好转转，甘肃风景好得很。”洛桑道。

“洛桑大哥，保重。”

“保重，我的兄弟。”

我和万岁上车，车门处回过头，依然看见高大的洛桑站在远处朝我们挥手。

火车在夜色中缓缓驶离兰州，车厢里依然人满为患，学生、商人、士兵、普通的老百姓，他们或者沉睡，或者窃窃私语，或者喝酒喧闹，车厢里弥漫着一股难闻但异常真实的味道。

看到这些人，我才重新感受到真实的世界，真实的生活。

“这一次来，算是弄清楚了不少疑问。”万岁喝着水，盯着车窗外的漆黑。

“最大的一个疑问，是关于小叔的。”我道。

万岁昂着头，语气平淡：“小爷，四爷两年前就死在了拉卜楞，那这两年出现在北平的‘四爷’，到底是谁，你想过吗？”

我怎么可能没想过呢？事实上，自从离开拉卜楞寺，一路上我都在思考这个问题。

“万岁，你还记得当初从李四海口中听到的小叔的事情吗？”

“你指的是，四爷前去拉卜楞寺之前？”

“是的。”我点头，道，“他去之前，把日记、账户交给了李四海，有点像嘱托后事，或许，那时候他已经意料到自己凶多吉少。他让李四海等他一个月，根据堪布所说，他中的诅咒发作的最后期限是二十六天，两者比较符合。”

“李四海在客栈等了他一个月，他活着回到了北平。”

“这个人，是假的。”万岁沉声道。

“当然是假的。”我呵呵一笑，道，“可有个问题，你想过没有？”

“你的意思是……”

我转过身子，看着万岁，内心煎熬：“李四海跟着小叔那么多年，对他的一举一动、心性脾气了若指掌。这个回到北平的假冒小叔竟然让李四海没有半点的怀疑。这说明什么？”

万岁正要说话，被我制止了。

我继续道：“还有，也是最关键的，我打一生下来，几乎就和小叔黏在一起，可以说我是这个世界上最熟悉他的人，他的往事，他的癖好，他的言语，甚至是他的小动作，我闭上眼睛都能想得起来。我比他自己还熟悉他！

“可是！这两年来，我和他在一块的时候，丝毫没有发觉小叔是个冒牌货！这，说明了什么？”

万岁脸色灰暗，他似乎明白了我的心思，一字一顿道：“小爷，你的意思是，这个冒牌货对四爷十分了解。”

“不是十分了解。”我摇头，“是太他妈的了解了！超乎寻常的了解。”

“他要瞒骗过跟随小叔多年的手下，这很难。但最难的是蒙骗过我，蒙骗过李家人。他不仅要在相貌举止上和小叔很像，更主要的是他还知道小叔一切的生活经历，知道李家的所有往事，知道所有的鸡毛蒜皮。

“万岁，能够做到这些的，并没有几个人！”

万岁死死盯着我。

我正襟危坐，因为激动而心跳加快。

“小爷，你猜到这个冒牌货是谁了？”万岁双目闪烁。

我想，他也可能有了想法。

我点头：“是的。但现在下结论为时过早，必须找到足够的证据。而且如果是他的话，这里头依然有很多疑问难以解释。”

万岁深以为然：“是呀。两个密室杀人案，简直不可思议的连环迷局，破解不了的话永远不可能确定那个冒牌货。”

我靠着椅子，觉得自己的脑袋很痛，心更痛。

一切，只有回北平再说了。

火车离开兰州城，我看着窗外的灯火阑珊。甘肃，这块土地，还有在这土地上发生的一切，一幕幕在我面前回放。

几天后。

北平。火车停靠，我和万岁背着包裹走出车站的时候，被两个警察拦住。

“你是李重九？”对方很客气。

“什么事？”我警惕地看着这两人。

那人笑笑：“老炮让我来接你的，这边走。”

我和万岁跟着两个警察从特别通道离开。

一辆破吉普停在对面，老炮靠在车边抽烟，见了我，伸出手晃了晃。

上车。车轮翻滚，往城里飞驰。

三更半夜，路上车辆稀少，这座大城，光彩斑斓，恍若隔世。

老炮开着车，车里只有我们三人。他的同事们开着另一辆车跟在后面。这显然是老炮为了说话方便刻意安排的。

“你们在那边的事，洛桑跟我都说了。事情办得怎么样？”老炮问道。

“还好。起码确定了一件事，小叔两年前就死在了拉卜楞。”我摇下车窗，大口抽烟。

老炮不说话了，他在努力调节情绪让自己平静下来。

“你这边怎么样？”我道。

老炮沉默了一会，才道：“三件事情，一个好消息，一个坏消息，一个呢，不算好也不算坏，你听哪一个？”

“先说好的吧，倒霉的事情已经够多了。”我苦笑道。

老炮道：“好消息嘛，就在你们的火车停靠一个小时之前，一列火车也停在车站。上面押解的是那帮老毛子。”

这算是一个好消息吧。

刀疤脸死在了闭关室里，卡杰琳娜身边也没有多少人了。

“一共抓了十几个人。领头的那个叫卡杰琳娜的女人，也被摁住。这帮家伙，个个身上都有命案，我已经向长官汇报，将对他们进行审问，然后按照法律程序进行处理。他们恐怕除了死刑之外就是在牢狱里度过一生了。”

老炮轻描淡写。

“那个大法师呢？”我问道。

“大法师？什么大法师？”

“卡杰琳娜身边有个叫苯波卓洛的法师，胖子。”我提醒道。

“没有抓到这个人，估计是逃了。不过，他也是秋后的蚂蚱。”老炮道。

我有点累了，四仰八叉靠在后面：“那不好不坏的消息呢？”

老炮：“和李四海有关。”

“李四海？他跑哪里去了？叶如玉和喻小草他们还找我要人呢。”我乐了。

老炮骂了一句，道：“真不知道这狗日的是怎么想的。你走了之后，他玩了个突然失踪，接着干了一票大事，把六宗铲头的家人集体绑架，搞得鸡飞狗跳。”

“六宗家属报案了？”我问道。

老炮都快要哭了：“哪有这么简单？这一周以来，在北平、沈阳、洛阳、南京、西安、西宁等二十多个城市，几乎同时齐齐上演了一出大戏：六宗各个堂口一个不留全部被端了，死伤惨重，而且还留下血书，挑明是李四海干的。六宗展开疯狂报复，天都要塌了。我也是在处理北平发生的案子之后，才晓得这些事情的。

“我们动用线人，终于了解到是李四海干的。就昨天晚上，他向六宗每一家做了通知，说他已经将绑架的人毛发无损地放了，还威胁六宗，放话说以后哪家要找你和乾宗的麻烦，他将挨个铲除。

“现在六宗被他弄得风声鹤唳，憋屈到了极点。叶如玉和喻小草今天上午出现在了北平，也不知道这两个家伙怎么想的，竟然找到我，提出报警，要求将李四海绳之以法。”

我不知道说什么好：“这主意真是邪门了，倒斗的报警，千古奇闻。”

“不能不说挺聪明的。现在我们四处追查李四海呢。”老炮道。

他这么一说，其实我基本上已经明白了李四海此举的用意。

他干这票事，正是我去甘肃的时候。他明白我一出北平，六宗的人马肯定会死死盯住。说白了，搞出这么大动静，无非是以他的能力牢牢摁住六宗，使之疲于奔命的同时，给我创造安全的环境。

“妈的，他本意虽然好，可老子在夏河县城差点被喻小草那娘们打成一坨屎。”我恨恨道。

“那丫头，鬼得很。难缠。”老炮发自肺腑地咧咧嘴，然后又补充道，“不过，挺有味道的。”

“怎么，看上了？”我打趣。

老炮翻了个白眼：“别介，这样的主儿，我是伺候不起。”

“我倒是有兴趣。”我大笑，“九爷的家谱上，一定会加上她的名字。”

老炮笑，笑着笑着，脸色严肃起来：“有个坏消息。”

“尸体的分析结果出来了？”我道。

老炮从后视镜里看了看我，一脸的佩服。

“你做好思想准备了吗？”老炮提醒我。

“说吧，老子都死过不知道多少回的人了，不至于。”我深吸一口气。

眼下，老炮提供的尸体分析结果，对检验我心中对于那个冒牌货的身份判断十分重要。

老炮道：“我们这一次，对琉璃厂密室里的那具尸体进行了检测，同时，把你爸找来帮忙，主要的目的，是想看看你爸和这具尸体有没有亲属关系。”

“你等等！”我打断老炮的话，“怎么个测验？你们不会采用什么滴血验亲这种乱七八糟的东西吧？”

老跑摇头道：“上次没时间跟你说清楚。我们拥有一个经验丰富的老法医，他采用的是一种名为‘滴骨法’的不传之法来断定。”

“什么‘滴骨法？’”我承认这玩意我是闻所未闻。

“‘滴骨法’俗称‘滴骨亲’，通常用于死亡一方与亲属的血缘认定上。主要的做法就是用特殊手段处理死者尸骨，请来亲属，刺血滴于骨头上，如果是血亲，则血沁入骨内，否则不入。这种方法在古代司法名著《洗冤录》中有详细的介绍，可靠性极高。”老炮详细解释之后，我听明白了。

“说结果吧！”我被老炮搞得心急如焚。

老炮抬头长时间看着我，道：“血沁入骨！”

我道：“那就是说，琉璃厂密室里的那具尸体，和我爸有血缘关系？”

老炮哀叹一声：“这个结果让我崩溃了！你说小叔两年前就死在了拉卜楞，死的那个是冒牌货，可这个与检测结果明显不符！”

我笑道：“怎么不符了？”

“既然鉴定结果证明你爸和那具尸体是血缘关系，那就说明琉璃厂屋子里的那个人，不是冒牌货，就是小叔呀。”

我摇了摇头，盯着后视镜，目光和老炮对视。

然后，我笑了笑：“老炮，我倒不觉得鉴定结果推翻了事实，相反，它越发证明了我的猜想。”

老炮不明白了，道：“猜想，什么猜想？”

我扭头看着外面的灯火，道：“小叔两年前死在拉卜楞，是事实。死在琉璃厂那间屋子里的，的的确确是个冒牌货，只不过，这个冒牌货，不是别人，而是他！”

“他？”老炮回味我这句话，然后盯着我的脸，陡然明白了。

他全身打了个寒战，车子吱地一声停了下来。

“李重九，你的意思是，那个冒牌货，有可能是爷爷！？”

第二十五章 偷天换日

我之所以觉得冒充小叔的那个人是爷爷，最根本的理由就是，除了他之外，世界上恐怕没有第二个人能够完成这个偷梁换柱的任务。

首先，从长相和身材上看，他们两个人几乎是一个模子刻出来的，虽然岁数上差了不少，可爷爷保养得很好，七十的人看上去和四五十岁的人没啥区别。而小叔，因为常年在外面跑，风吹日晒的，反而显得比实际年龄要苍老。两个人走在一起，不清楚的人绝对认为是双胞胎。只要爷爷在化装上稍微费点功夫，相貌上和小叔八九不离十并不难。

何况，易容术是洛阳八宗都会的一门手艺。

其次，也是最根本的——小叔的脾气、秉性和举动，爷爷最为熟悉，不是有句老话么，知子莫若父。

当然，这只是我的推断。大胆的推断。

而现在，老炮告诉我的这个尸检分析，起码从一个角度给予我这个猜想以有力的证明。琉璃厂屋子里的那具尸体，肯定不是小叔，而尸检结果证明这具尸体和我爸有血缘关系，那结果岂不是显而易见么？

这两年，冒充小叔的人，是爷爷。这是目前最合理的解释。

我将这些分析说给老炮听的时候，他很认真，也明显露出极度的震撼，一脸不可置信的表情。

“你的推断是有道理的，但现在依然只是推断。”老炮发动车子，道，“小叔死在拉卜楞，你们不过是听到而已，并没有任何确切的证据。”

“要是四爷在拉卜楞的尸体没有不翼而飞就好了。那样就能确定了。”万岁叹息道。

是呀，能证明小叔死在拉卜楞的证据，就是坟墓里那具尸体，可它不翼而飞了，这也难怪老炮质疑我。

不过，我坚信德仓堪布不会骗我。他没有任何的必要。

我揉了揉太阳穴，道："眼下，还有一个办法可以证明我的推论。"

"什么办法？"万岁和老炮异口同声。

我摊了摊手："很简单。如果小叔是爷爷冒充的，那么死在家里二楼密室的就不是爷爷，那具被烧焦的尸体，就只能是别人。只要再用一次你说的什么'滴骨法'，证明那具尸体和我爸没有血缘关系，那就能说明问题了。"

"高！"老炮叹为观止，对我竖起了大拇指，道，"我这就让人赶紧对二楼密室的那具尸体做个检测。"

不过，很快老炮又噫了一声："不对呀！"

"又怎么了？"

老炮眉头紧锁："小九，就算你说的是真的。爷爷冒充了小叔，死在二楼密室里的不是他，那么我问你，这一切，他是怎么做到的？！"

我张了张嘴，发现自己无话可说。

寿宴那天，爷爷上楼是我陪着上去的，的确是他，不会有错。然后失火，密室里只剩下一具背后插刀的尸体。在此过程中，很多人见证没有可疑之人进去、出来过。如果死在密室里的不是他，他是怎么做到这一切的？

更关键点的是，"小叔"死在琉璃厂的房间里，房门反锁，同样是一个离奇的密室杀人！这个，又是怎么做到的？

我觉得我的脑子已经不够用了。

这里面，太复杂！

老炮见我身心交瘁，安慰道："先等二楼密室那具尸体的检测结果出来再说，到时候就能知道是不是爷爷了。

"如果结果显示毫无血缘关系，那就说明尸体不是爷爷，也就间接说明冒充小叔的人，的确是他。至于两起密室杀人案到底是怎么回事，我们可以从这个结果去分析。

"如果尸体的检测结果证明与你爸有血缘关系，那就证明二楼的那具焦尸是爷爷，而琉璃厂密室里死的是小叔。也由此证明，你说小叔两年前死在拉卜楞是错误的。"

"不可能错误！"我无比坚持以及确定，"小叔两年前的的确确死在了拉卜楞！”

老炮懒得和我争论，踩了一脚油门，道：“在检测结果出来之前，我带你去看个人吧。”

“谁？”

“你认识的一个人。”

老炮猛打方向盘，车子过了德胜门。

德胜门外，一处庞大建筑矗立在黑暗中。

没什么灯光，悄无声息，远看还以为是一片大宅院。

这样的地方，北京周边数不胜数，丝毫不显眼。

车子经过严格盘问，驶入大门之后，我才发现这地方绝非一般。

里头三步一岗五步一哨，处处都有荷枪实弹的士兵把守。

“这什么地方？”我愣道。

老炮卖关子，道：“机密！”

然后，他又道：“我只能说，很多身份不寻常的罪犯在做正式的判决之前，被关押在这里。”

他不说，我也懒得问，不过车子拐弯时，一个石牌坊闪入眼帘，上有三个大字“功德林”。

“原来这里就是有‘北平模范监狱’之称的京师二监呀！”我惊讶道。

京师二监，老百姓叫它功德林监狱，设立于光绪三十一年，是中国最早设立的新式监狱。这地方的构造和管理方式，完全借鉴日本监狱，不仅拥有电网等先进的收监手段，更拥有严密的安全看管措施。

民国十七年后，这所监狱成为关押“政治犯”的地方，区别于一般的监狱，能够被收监在这里的人，显然都非同小可。

我不明白，老炮带我到这个地方见谁。

车子进了车库，老炮领着我和万岁下到地下三层。

掏出证件核实身份之后，又经过重重铁门，我们三个人进了一个四面无窗的暗室。

我坐在椅子上，隔着厚厚的玻璃窗，看到一张熟悉的脸。

卡杰琳娜！

她换上了囚服，戴着手铐脚链，坐在我对面。

“又见面了。”我笑了笑。

和我想象的不同，我觉得落入这种境地的人，定然是灰心失望的。可这些，在她的脸上并没有半点流露。

“这一次，你赢了。”卡杰琳娜对我道。

她满脸是笑，说这句话的时候甚至对我抛了个媚眼。

似乎她手下的死，她本人落入绝境，和她毫不相关。

“我想问你几个问题。”我道。

“有烟么？给我一支烟，我可以回答你任何问题，否则免谈。”她打了个哈欠。

老炮和看守说了几句话，递过去一支烟。

卡杰琳娜点了烟，抽了一口，一脸的享受，吐了个烟圈，惬意道：“问吧。”

“你们怎么知道我去了拉卜楞？”我问道。

卡杰琳娜：“不难，我们的眼线到处都是，你一出门，我们就知道了。”

“你们只为得到那尊怪佛？”

“那是我们祖孙三代人的梦想。那是世间至尊之宝！”

“假如，我是说假如，假如你们得到它，你们要做什么？”

“去黑水城。”

“去那儿干什么？”

“找到那座大墓里的羊皮卷，打开魏摩隆仁！”卡杰琳娜双目灼热，道，“可惜，我们失算了。我们以为怪佛在你的手上，结果……”

我笑了。

卡杰琳娜并不知道即便她得到了怪佛，成功闯入黑水城那座大墓，恐怕也找不到魏摩隆仁，因为那座大墓里只有另一半的羊皮卷。

这也让我确定另一件事，那就是怪佛的确并不在他们手上。

“你们的那位大法师呢？”

“呵呵，我不知道。”卡杰琳娜挑了下眉，“或许，他逃了，或许，他在找你呢？”

“不要嚣张！”老炮愤怒道。

卡杰琳娜不为所动，对我道：“李重九，我发现你，有一点很吸引人。”

“哦，是么，我也这么想。哪一点呢？”

卡杰琳娜凑过来，她那勾死人的一张脸只和我隔着一层玻璃。那深海一样的眸子，迷人而妖娆。

“运气好。超乎寻常的好。”卡杰琳娜笑了一声，道，“我想，我们还会见面的，到那时，我会吃了你。”

她撅起嘴，在玻璃上印下了一个绯红的唇印，站起身，离开了。

“不知死活。”老炮道。

“很好，我喜欢。”我笑了笑。

起身，离开，老炮载我回家。

爷爷的小楼已经被收拾完毕。二楼依然不能住人，所以只能住在一楼。

院子里有二十四小时守护的警察，老炮也表明这段时间他将寸步不离陪着我。

我躺在楼下房间的大床上，抽着烟，突然觉得好累。

这段时间，东奔西跑，高度紧张。在这里，我才感觉到前所未有的安全和放松。

因为，这里是家。

但即便如此，也无法睡着。

我的脑子里，始终想着两件事。

第一，到底是不是爷爷冒充的小叔。这一点，我肯定我的看法，但我想不通怎么解释那两起谜一样的密室杀人事件。我不知道这两起密室杀人案是怎么完成的，毕竟，任何一个都超乎一般人的想象。

第二，就是那尊双头怪佛。“九九之处，铁莲安住。”这表明双头怪佛现在藏在一个地方。要找到它，必须破解这个谜语。先前我以为，这地方有可能是拉卜楞寺，现在看来，绝不可能。

那它会藏于何处呢？

还有，即便我找到它，接下来我要做什么呢？

有了半张羊皮卷，有了这把秘钥，我能干什么呢？

去黑水城，找到剩下的那半张，然后去那遥远的天国魏摩隆仁？做德仓堪布所说的摩柯迦罗的心子？

那是一条怎么样的路，我比任何人都清楚：九死一生，凶多吉少，要面对血海尸山，要面对无数势力的围追堵截，那是寻常人的噩梦。

而不管是爷爷，还是小叔，如果他们还活着的话，会让我走出这一步么？

我又看到了那张脸。一张血红恐怖的脸，剥皮人的脸。

说不定，将来那是另一个我呢？

在这样的胡思乱想中，我睡了过去。

这一觉，睡得很沉。

我梦见了很多人，爷爷，小叔，贡布，德仓堪布，洛桑……

他们每一个人，都笑容温暖，仿佛就在眼前。

我还梦到了那尊双头怪佛。

它端坐在无限黑暗中，端坐在九瓣莲花之上，其下是一叠叠的尸体。

我看见，怪佛上那两颗头颅，一颗变成了爷爷，一颗变成了小叔。他们全无人皮，血淋淋地朝我扑过来。

我骤然惊醒，全身冷汗，坐起喘息之间，发现面前站着个人。

天已经亮了。

天空像块浸透水的灰抹布，一朵云头飘过来，不知谁拧了拧，就落了雨。

光线灰暗，老炮搬把椅子坐在门口，一半脸光亮，一半脸阴沉。

“醒了？”他扔下烟头，踩灭了，道，“见你睡得这么熟，没叫醒你。”

他手里，拿着一个牛皮信封。

“结果出来了？”我爬起来，伸了个懒腰，让自己清醒。

“加班加点做出来的，你看看。”他把信封扔在我面前。

“说吧。”我泡了杯浓茶，坐下，喝了一口，味道苦到骨髓里。

老炮头也不抬：“二楼密室里的那具尸体，检测结果表明，和你爸有血缘关系。”

我沉默无语。

老炮道：“这就回到我之前跟你说的问题。有血缘关系，那就证明的确是爷爷的尸体。”

我没回答，看着外面的雨水滴滴答答敲打着一块灵璧石。

老炮接着说：“这也直接证明，琉璃厂密室里死的，是小叔。也说明，小叔死在拉卜楞是假的。”

“那是你的想法。”我道，“小叔死在拉卜楞是确定无疑的。”

老炮知道我固执，道：“那两具尸体都和家里人有血缘关系，怎么解释？”

我解释不了，但我觉得，如果要彻底解开谜团，就必须弄清楚这两起密室杀人案到底是怎么一回事！

万岁这时候也进来了，听到结果，他很吃惊，转脸看着我。

我道：“小叔死在拉卜楞，这两年来能够冒充他而不被发现的，只有爷爷一个人能做到。他俩容貌上相差无几，对于爷爷来说，并不难。”

“你的意思是，还是那个结论——死在琉璃厂密室里的‘小叔’，其实是爷爷。”老炮道。

我点头。

老炮跷起二郎腿：“好，就算你的推论是对的，我问你，二楼密室里这具尸体，又是谁？”

我就知道他要问这个问题。

这个问题不解决了，整个事情就卡死了。

老炮得意地望着我，满脸讽刺的表情。

这时候，万岁说话了。

他一开口，就结结实实给我和老炮思想上一记重击——“小爷，炮哥，二楼密室里的尸体，会不会是四爷的呢？”

“李重九扯淡，你比他更扯淡。”老炮直摇头，“胡说八道！你有证据么？”

我并没有立刻反驳万岁的观点。他轻易不开口，只要说话，定然有他的道理。

“万岁，别管他，你说说你的想法。”我鼓励道。

万岁道：“小爷，在拉卜楞，四爷的棺材里并没有尸体。坟头长满了草，说明两年多就没有人动过，而里头的尸体没了，这说明可能在埋葬不久，有人就偷走了四爷的尸体。”

是了！我把这件事情忘记了。

“四爷临死之前，曾经在那间闭关的小黑屋里写了血书，并留了老太爷的地址，如果有僧人按照四爷的遗言将此寄给老太爷，老太爷肯定会去拉卜楞。他会做什么我不清楚，但将亲生儿子的尸体带回来，这符合常理。”

“我同意！”我的思维被万岁打开了，“爷爷肯定是去了拉卜楞，取走了小叔的尸体，然后伪装成小叔。在接下来的两年，他以爷爷和小叔的双重身份活着。”

“这简直不可思议……”老炮急了。

我强硬打断他的话：“我仔细想了想，在我的记忆里，这两年来爷爷和小叔的确从来没有同时在一个场合出现过，即便是每年的年夜饭时，小叔也总是缺席，借口多多。现在想来，一人饰演两角，当然不可能同时现身。”

我越来越兴奋：因为这个推论，能够说明所有的问题。

老炮沉默了，他开始琢磨我们的话。

“好！就算你们说的是真的，那我现在有三个疑问，你们必须解决了，我才能相信。”老炮外号小诸葛，思虑周全。

“你说。”我有信心解答他的疑问。

“第一，小叔死了两年了，常人的尸体三五天左右就会开始腐烂，爷爷即便是得到了消息去拉卜楞，那也不止三五天吧。他把一具腐烂的尸体弄回来，即便是用最先进的防腐技术，尸体也会面目全非，而二楼密室里那具尸体，虽然烧焦了，可皮肤肌肉都有弹性，没有腐烂过的迹象，怎么解释？”

这问题，提得好。

万岁看着我，笑了笑：“小爷，你还记得拉卜楞地下走廊里的那五十六具肉身么？”

我当然记得。事实上，这也是我对老炮的回答。

不过，我还真得把这件事情给核实了，才能做到放心。

我和老炮到警察局，打电话联系到洛桑，让他找到铁棒喇嘛多吉。

经过好几个小时的等待，电话拨通，我道：“多吉，凡是中了那诅咒的人，在变成非人之前死掉后，尸体会不会腐烂？”

多吉十分肯定道：“中了诅咒之人，即便没有变成非人，也已经和常人有很大不同。死掉后，尸体不仅让蚊虫苍蝇远离，埋入土中就连周围的草木都不生长。皮肉不会腐烂，也正是因为这个，我们才将有此噩运的摩柯迦罗心子的法体制成金身，秘密供奉。怎么，你问这个，干什么？”

“没什么，你保重身体。”我满意地挂了电话。

既然尸体不会腐烂，那就解决了这个问题。爷爷得到小叔尸体后，他定然会采取一些更加有利尸体保存的方法，要让尸体皮肉有弹性，不难。

老炮根本听不懂我在说些什么，傻眼了。

“老炮，这中间有很多常人难以想象的事情你不晓得，我只能告诉你，小叔的尸体，不会腐烂。”我郑重道。

老炮想跟我分辩，但看我如此严肃，知道我不会说谎。

“好。那第二个疑问：如果二楼密室里是小叔的尸体，那么就说明爷爷在七十寿宴那一天，自己演了一出戏。他为什么这么做？作案动机是什么？”

“话别说得这么难听，他又不是罪犯，谈不上作案。”我回答道，“事关洛阳八宗的祖遗，当时的现状你也看到了。洛阳七宗对祖遗势在必得，除此之外，还有老毛子那一伙人，还有剥皮人，这里头错综复杂，每一伙都不好惹。爷爷知道自己这次应付不过去，所以他只能来这么一出戏。一旦他死了，那么祖遗的线索就断了。这是能够应付局面的最好办法。”

我现在明白爷爷为什么那天晚上带我去流沙冢，而且分明是一种临终托孤的表现和语气。恐怕那时，他就已经做好了这样的准备。

老炮基本上赞同我这个推论，道：“最后一个，也是我最关心的一个！小九，你必须给我解释这两起密室杀人案到底是如何实现的。”

相比于前两个，这个问题可以说是整个事情的关键。

两起密室杀人案，表面上看扑朔迷离，有着违背常人理解力甚至是科学规律的蹊跷之处。它也成为老炮和所有调查这件事情的刑警的噩梦，如果我不解释得清楚，老炮是不会采纳我的观点的。

窗外，雨渐渐停了。

一张大纸铺在桌子上。我将两起密室杀人案的整个过程归纳成关键线索点，清楚写在上面。

二楼密室杀人案，按照时间，整个过程基本上可以整理如下——

十一月十一，寿宴这天，开始一切正常，随后波澜不断。

1．大约上午10点钟，洛阳七宗各铲头到来。

2．11点，客人到齐，爷爷出现，李五子一伙逼爷爷交待黑水城拿出来的秘钥。

3．12:15左右，爷爷收到卡杰琳娜送来的信，身体不适上楼休息，我亲自陪同。此时，爷爷无事。

4．12:40左右，小混混狗牙一伙人送来爷爷订好的沙发，搬上楼，约莫20分钟后把旧沙发抬下来。此时爷爷情况如何，待定。

5．下午14:20左右，小叔带人给爷爷送了一尊陶俑，进屋后，据小叔说二人吵了一架，小叔出来。

6．14:30分左右，二楼失火。爷爷的尸体出现在火灾现场。

在此过程中，老仆人德生和现场的七八个伙计，始终都没有看到有人从唯一的通道——楼梯进入二楼。而想从其他地方进入，绝无可能。

六个关键线索，值得推敲的显然是后三条。也就是说，这起密室杀人案的完成，是在我离开爷爷下楼到小叔和爷爷吵架下楼之间发生的。

我们三个人的目光，都集中到了这三条上，一句一字地去推敲。

“第 4 条发生的时候，爷爷应该还安然无恙。我曾经详细审问过狗牙，他们搬沙发上去时，爷爷并不在客厅，我觉得当时他身体不舒服，应该是进入卧室休息了。爷爷的尸体也是在卧室被发现，就是证明。他们把破沙发搬下来之后，离开，这个过程中，并没有任何陌生人进入，所以，此时爷爷在屋子里是安全的。”

老炮思维缜密，信心满满。

可以确定，经过审讯，狗牙那家伙的说法是没问题的。但老炮的这个判断，显然和第 5 条冲突了。

如果，爷爷这两年来一直假冒小叔，以双重身份生活着，那么狗牙等人走后，小叔（爷爷冒充的）的出现，意味着爷爷此时已经离开了二楼的密室，完成了伪装！

我把这个想法说出来后，老炮就有点糊涂了。

我笑道：“如果小叔是爷爷假冒的，二楼里的焦尸其实是小叔的尸体，那么整个事情解释通两点就足够了——第一，爷爷如何神不知鬼不觉地把自己弄到了密室外面？第二，房间里那具两年前就死掉的小叔的尸体，又是怎么弄进去的？”

老炮两手一摊，等待我的解释。

这时，万岁笑了："小爷，我似乎有点眉目了。"

我对万岁摆摆手，打断了他的话："我也想到了，但是，老炮警官是需要证据的，我们得呈献给他才行。"

老炮看了看万岁，又看了看我，不知道我们俩葫芦里面卖什么药。

其实，老炮并不比我和万岁傻。恰恰相反，他的职业是警察，他的逻辑思维能力远远超过我们。

在二楼密室杀人案这事上，他脑袋卡壳的根本原因，我觉得是"北京出现的小叔是爷爷冒充的，而二楼的那具焦尸是早已死掉的小叔的尸体"这个说法，他短时间内无法接受。

不过，我和万岁信心满满。

接下来，是要找证据圆满解释这件看起来不可思议更不可能完成的密室杀人案的整个过程。

当然，在此之前，我要去见一个人。

"去潭柘寺干吗？找那个大和尚？"老炮发动车子的时候，满是不解。

我抬头看天，天气不好，阴沉沉的。

"老炮，有句话叫当局者迷旁观者清，你听说过没有？"

"我当然听说过。你所谓的旁观者，就是那个大和尚？"老炮一点就透。

我笑了："爷爷冒充小叔，是因为他熟知小叔的脾气和禀性，更熟悉我们和小叔的关系，可以说，我们知道的关于小叔的一切，他都知道。所以我们找不到其中的破绽。

"但朽木大和尚就不一样了。小叔和他是挚友，朽木大和尚了解小叔不为人知的一面，这一点，爷爷冒充起来就难了。"

老炮睁大了眼睛："你是说，朽木大和尚说不定发现了小叔是冒牌货？"

"很有可能。"我道，"我们找到去拉卜楞寺线索的那张合照，显然是爷爷在案发之后交给朽木大和尚保管的。他和朽木大和尚见过面，凭朽木大和尚的敏锐，他发现个中奥妙，不难。"

"好，那就去问问。"老炮总算是认可了我的想法。

第二十六章 破局

潭柘寺。朽木大和尚的那间小院子，依然清净无人。

冬天了，百木凋零，墙角的一枝梅花却粲然绽放，发出一股沁人心脾的幽香。

不过，守门的小和尚却让我们吃了个闭门羹。

“朽木大和尚不在。”小和尚认真道。

“不在？不可能吧，前段日子不还在喝他的茶么？”我道。

这大和尚平日里离群索居，常常用这样的借口打发不相关的人。

小和尚饶有兴趣地看了看我：“你是李重九？”

“嗯。你怎么知道？”我乐了。

小和尚腼腆一笑，道：“你等等。”

然后，噔噔噔地跑进了院子，时候不大，取出一封书信来。

小和尚把信交给我，双手合十：“大和尚上段日子突然说他要去云游，临走前，给了我这封信，说是如果有个叫李重九的人来找，就给他。”

我将信将疑地撕开信封，道：“知道他去哪儿云游了么？什么时候回来？”

小和尚摸了摸新剃的光头，道：“这我可就不晓得了。他是高僧，四海为家，只要一出去，三年五载回不来也不一定。”

我无奈苦笑，拆开那信。

用上等的朱砂写在顶级的云龙纸上。这老和尚一向都这么讲究，这么风雅。

信上只有一行字，龙飞凤舞：“人走茶凉，物是人非。九九之地，铁莲安住。九九是命，数莲两合。”

回来的车上。

二十四个字的纸张，在我、万岁和老炮的手中传来传去，看了多遍。

“老和尚写的这是啥？禅语？妈的，出家人为什么总喜欢这么神神经经的，有话就不能直说么！”老炮大骂道。

“这不说得明明白白的么。”我弹了一下纸，“人走茶凉，物是人非。小叔和朽木大和尚是因为茶相识的。七八年前吧，小叔第一次和大和尚见面，大和尚拿着个心爱的钧窑茶盏在一座石塔下喝茶……”

“钧窑茶盏！？就你说的‘家有万贯不如钧窑一片’的钧窑！？”老炮瞪眼道。

“嗯。”我点头。

老炮无语了：“当和尚可以这么爽呀！得，干脆明儿我也去剃度去！”

“别打岔。”我嫌弃地瞪他一眼，道，“那茶盏是大和尚的心爱之物，据说连睡觉都抱在怀里。小叔那次溜达到了后院，见大和尚对着个茶盏如痴如醉，随手拿了块石头把那茶盏打得粉碎……”

老炮手一抖，车子差点没飞出去：“钧窑的茶盏呀！暴殄天物呀李黑眼。”

“当时我听着也这么想。那么一个茶盏，几万大洋是值的。”我接着道，“老和尚当即愤怒，跳起来就要打小叔，小叔笑着道：‘个秃驴！几十年的修行，被一个碗毁了。’大和尚当即恍然大悟，他参禅悟道那么多年，竟然还会对一个茶盏产生如此强烈的执着之心。随即哈哈大笑，拉着小叔去他的院子里喝茶。一来二去，两人就成了知己。

“他俩因茶结识，茶是他们的最爱，可谓伯牙、子期两相遇，高山流水互倾心。”

老炮补充了一句：“用现在的话说，就是好同志。”

我懒得搭理他，道：“人走茶凉，物是人非，说得很清楚。他见到的小叔，并非是他认识的那个小叔。也就是说，他其实发现了对方是冒充之人。”

“那他为什么第一次见面时，没对你说呢？”老炮不甘心道。

我耸耸肩：“我虽然和朽木大和尚相处机会不多，但也是熟人，知道他的禀性。他是个眼睛里面容不得沙子的人，挚友被人冒充，肯定会毫不客气指出来，而结果，我想很有可能就是爷爷把他给搞定了。”

“这话我信，爷爷那本事，神鬼莫测，征服个和尚，小意思。”老炮道。

我继续：“爷爷并不会对朽木大和尚有所隐瞒，而且还会将他的事和盘托出，只有这样，大和尚才会看在挚友的面子上，以及爷爷的真诚上，保管那张我和小叔的合影。

“上次我们去找他，他把照片交给我们实际上已经完成了他的承诺。加上老毛子、洛阳七宗的人开始骚扰他的清净，所以决定云游。走之前，他料到我在追查此事时可能去问他，才会留下这封信，隐晦道出其中原委。”

老炮有点相信了，道：“的确是这么个道理。不过，后面这十六个字，又在说什么呢？”

“九九之地，铁莲安住。九九是命，数莲两合。”念叨着这八个字，我也一时沉默。

这应该是爷爷埋藏秘钥之地的谜语。前面八个字，之前在那张照片上写过。后面的八个字，显然是朽木大和尚进一步的解释。

“他应该是想告诉我什么，但我暂时搞不清楚。不过，这十六个个字，应该和小叔的事情无关。”我敷衍老炮道。

老炮沉默了，好半天，他才点了一根烟，道：“小九，固然朽木大和尚这封信能说明一些问题，但依然无法弄清楚密室杀人案的过程。”

“别急啊，咱们现在就去找，会让你满意的。”我拍了拍他的方向盘，“去找那个叫狗牙的。”

“找他干吗？该问的我都问了。”老炮道。

我：“让你去你就去。”

老炮耐着性子掉转车头。

南城天桥外的一栋旧四合院，门口挂着块“荣昌家具铺”的招牌，里面铁锯起落，木屑纷飞。

大冷的天，狗牙带着几个人正在打制家具。见我和老炮来了，狗牙满脸是笑跑过来。

“炮哥，什么风把你吹来了？请坐，快请坐。”把我们请到屋里，狗牙给我们每人泡了一壶茉莉花茶。

老炮道：“你小子别紧张，这一次不是我找你，是我兄弟找你。”

狗牙握了握我的手：“看你客气的，你兄弟，那就是我亲哥！哥，有什么话，你就问吧。”

我递给狗牙一根雪茄，狗牙双手接过去了。

我也不客气，开门见山：“狗哥，前段时间我家老爷子寿宴，你还记不记得，当时抬着家具上楼，是否看到我爷爷了？”

“让我想想，”狗牙回忆了一会儿，肯定道，“我记得！那天是你家那个老仆人领着我们上去的，啰哩啰嗦的，叫我们小心点，别磕碰了里头的瓶瓶罐罐。我当时还纳闷呢，好好一个屋子，搞得暗无天日，堆那么多破烂干吗。

“我不清楚房间结构，让伙计往里面抬，那个老仆人拦住了，说里头是卧室，老爷在里面睡觉呢。我就让人放在客厅了。当时我还十分好奇，往里头望了两眼。房门微闭着，但能够听到里面留声机传来的京剧，好像是《四郎探母》。”

“我爷爷真在里面？”

“这我就不知道了，我没进去。”狗牙道。

“然后呢？”

狗牙：“然后，然后安装好沙发，我们就抬着破沙发下楼了。”

我：“是你们自己要抬的，还是有人让你抬的？”

老炮在旁边插话了：“这个重要么？”

“很重要！”我大声道。

狗牙道：“是那老仆人让我们抬的，还让我们抬到家门口旁边的那个垃圾站里。我这人是个热心肠，就喜欢做好事，自然照办。”

我点了点头，心中有了数，道：“狗哥，那破沙发，你当时什么感觉？”

“什么什么感觉？”狗牙愣了。

我道：“我的意思是，你觉得，那沙发有什么异常么？比如，异常的重？”

狗牙一拍大腿：“你说的是！那种沙发，四九城挺多的，洋人式样的真皮沙发，一般都是用杉木打制，时间长了，水分蒸发，并不沉重。但你们家那个，乖乖，真是特别的沉。”

我笑了，万岁也笑了。

“好了，我知道了。”我站起来道，“那个沙发，扔在我家附近那个垃圾站是吧？”

“是！丢那里我们就走了。”狗牙道。

我谢了狗牙，拖着老炮往外走。

“去垃圾站。”我道。

老炮一声不吭，开车去垃圾站。

那家垃圾站是西城最大的一个，距离我家不远，由一个安徽人经营，叫富贵，先前给我送过几件收来的老东西，和我挺熟。

车子进了垃圾站，富贵正穿着肮脏的工作服拆一个破柜子。

“这不是九哥么？正找你呢，我刚收了几样东西，你给我掌掌眼。”富贵一把扯住我。

“回头再说，富贵哥，我找你问点事。”我道，“前段时间，是不是有人往你这里扔了一个沙发，杉木真皮的，洋式样。”

“怎么，你家的？”富贵脸色微变。

“家里老人的，东西不值钱，却是老人的念想，你帮我找找。”我把几块大洋塞在富贵兜里。

富贵立刻眉开眼笑来，道：“你太小看我了，家里的东西，怎么能要你钱呢。你扛回去呗。”

“东西还在？”我大喜。

“在！”富贵领着我往后面的仓库去，一边说一边道，“当时我一眼就看中了这东西。虽说老了点，可东西质量不错，打个蜡，换个皮，拾掇拾掇，绝对旧貌换新颜！不过，可惜了。”

我：“可惜什么？”

“等会你看到就晓得了。”富贵推开铁门，把我们带进去，那个沙发横在地上。

沙发的底部赫然被揭开，露出空荡荡的内层。

“你给拆了？”我沉声道。

富贵直摆手：“瞎说！这不是我干的。”

言罢，这家伙忙解释：“我当时想把沙发搬到这里，有空改造改造，可沙发太重，我一个人拖不动，就出去找个人手。可回来一看，他妈的，不知道哪个缺德鬼，把沙发底座划开了，里面弹簧啥的都给我拿走了！好好的个物件，就这么废了，你说可惜不可惜！”

“小爷，有戏。”万岁在旁边小声对我道。

我点点头，随即蹲下身，钻进空荡荡的沙发内层里。

里头挺宽敞，我躺着完全不成问题。

“你钻进去干吗？脏死人的。”富贵在外面道。

我充耳不闻，眯着眼睛仔细在里面搜索。

“富贵，你把铁门全部拉开！”我大声道。

富贵呼啦啦拉开了铁门，一缕光线照了进来。

借助明亮的光线，我一寸一寸寻找，目光所及，心头一喜。

一根头发。一根雪白的头发，在阳光下格外耀眼。

小心翼翼捏着头发，从里头钻出来，我向老炮伸了伸手：“借你身上的证物袋用用。”

“我没事带那玩意干吗，这个你先用用。”老炮递给我个空烟盒。

我把那跟头发装进去，包好，揣兜里，告别富贵，出来。

“你们这是搞什么？”老炮莫名。

“到时候你就知道了。”我和万岁相视一笑。

三人上了车，老炮道：“现在去哪儿？”

我转脸看着老炮：“回家呀，回爷爷家。”

五分钟后，车子驶进了大院。院子里空空荡荡，只有德生在清扫院子。

“德生，你来，我问你件事。”我对德生招了招手。

德生赶紧过来，我指了指石凳，两人坐下了。万岁和老炮站在我旁边，直勾勾地盯着德生，搞得德生很紧张。

“德生呀，家里那套沙发，爷爷让你订的？”

“不错，老爷说原来那套坏了，换新的，怎么了？”

我摇头：“没怎么。我问你，爷爷是不是交代过你，送沙发的人来了，让他们把旧沙发也抬出去？”

“嗯。老爷还特别交代，扔西头那个垃圾站里。”德生道。

“好，我知道了。”我笑了笑，又问，“屋子里那个打碎的陶俑，现在在哪里？”

“哪个陶俑？”德生道。

“就寿宴那天小叔让人抬进来的那个。”我提醒道。

德生想了想，指了指一楼：“那天警察走了之后，我收拾了两天。陶俑挺可惜的，虽然碎了，也算是个老东西。我放里屋了，本打算粘起来拿给你，可这段时间太忙……”

“行了，我自己去，你忙吧。”我一溜烟奔向一楼。

一楼里屋是德生的卧室。那尊陶俑被他细心地堆在墙角。

我对万岁招了招手，万岁过来。

“一片一片查，不要放过任何蛛丝马迹。”我低声道。

万岁明白我的意思，道：“小爷，放心吧，事关重大，我不会放过任何一点可疑之处。”

言罢，这小子撅着鼻子，狗一样闻着那些碎片。

我取来放大镜，蹲在地上，拿过那些碎片，一个一个过眼。

老炮杵在我们旁边，道：“你们找什么呢？”

“找证据。如果在陶俑上找到了我们想要的东西，我想，我们基本上就能破解二楼密室杀人案的真相了。”我不动声色道。

近乡情更怯，不敢问来人。

人是奇妙的动物。眼下，我也是如此。

面对那些陶俑的碎片，我兴奋无比。一路追查下来，对于揭开密室杀人的谜团我已经越来越有信心。

就像行路，一步步披荆斩棘，望着终点就在眼前。

不过，兴奋的同时，内心也收着更大的煎熬。揭开真相是我们所有人的愿望，而这真相，我想包括我自己在内，可能在情感上都不愿意接受。

可有什么办法呢？已发生的事情，不可改变。

陶俑碎成千余片，大小不一，大的如巴掌，小的指甲盖都不到，一片片搜查是个浩大的工程，好在我和万岁耐心是有的。

一直忙了差不多两三个小时，眼见碎片越来越少，我的心情也变得逐渐失落起来。

“小爷！”万岁捧着手里一块指甲大小的陶片，道，“在这儿呢！”

“我看看。”我急忙接过来。

这块陶片上，遗留着一块干涸的血迹。

“确定吗？”我问万岁。

万岁点了点头：“不会错。”

我艰难地站起来，揉着发酸的腰，把陶片递给老炮。

“把沙发里的那根头发，还有这陶片上的血迹，拿去做个科学化验，和两具尸体做对比。”我说道。

老炮小心翼翼接过来，二话没说出去了。

忙了差不多一天，我和万岁身心俱疲，趁着这工夫，坐下来喝茶。

宋代的建窑茶盏，冲上上等的白茶，一缕清香回荡在屋子里，顿时觉得头脑清醒。

“如果化验结果如我们所料，那二楼密室杀人案算是弄清楚了。小爷，琉璃厂密室里的谜，又怎么解呢？”万岁双手捧着茶盏，小口喝着。

我没说话，看着沸腾的茶水发呆。

万岁又说：“二楼密室有人进进出出，琉璃厂密室却不同。房间除了门没有任何的入口，凶案发生后，房门从里头反锁，尽管现场一片混乱看上去是打斗的痕迹，床底下也藏过人，尸体背后挨了一刀也不可能是自己动手插的，可如果是死于他杀，那凶手除了会穿墙术或者他本身是个鬼魂以外，没有其他的解释。”

“世上不可能有穿墙术，更不可能有鬼魂。”我笑道。

万岁极为赞同：“如果穿墙术和鬼魂是不存在的，那么我们就应该重新考虑死于他杀的这个前提了。”

我道：“即便是换一个假设，你得有合理的解释。别的不说，尸体背后那把刀，是绝对不可能自己插进去的。”

万岁沉默了。

我喝了一口茶，把德仓堪布的那把金刚钺刀拿出来把玩。

寒铁入手，冰凉阴冷。

拉卜楞雨夜那一幕，浮现在我眼前。想到剥皮人的那张脸，我有些不寒而栗。不过，就在此时，一个念头闪现于脑海。

“万岁，我想起一件事。”我坐直了身体。

万岁看着我。

我道：“我有没有告诉你我第一次和剥皮人见面时候的场景？”

“说过。你当时从泰丰楼出来，回到琉璃厂店铺，他现身在密室里。”

我接道：“当时我困了，昏昏沉沉睡了过去，醒来时，他就站在角落里。那时候，他已经去过了琉璃厂的那间房子。”

“你想说什么？”万岁冷静道。

我整理了下思路：“我回去时，房门是锁着的，我用那把钥匙开门进去，钥匙只有一把，没有钥匙是进不去的。从我拿出怪佛研究到我把怪佛藏到院子里树洞中，这个过程，可以判断剥皮人并没有到，否则他当时就已经杀了我夺走怪佛了。”

“可以这么说。”万岁点头。

我继续道：“从泰丰楼回来后，我睡着，虽然我记得房门是关的，但有没有关好，我不确定。剥皮人应该是在我睡着时进来的。”

“嗯，然后呢？”万岁似乎明白我要说什么了。

“他趁着我睡着进来，在房间里悄悄搜查了一番，小叔的房间并不大，尽管东西多，以剥皮人的能耐找一件他熟悉的东西还是容易的。

“在房间明面上他没有找到，然后，他钻入了我的床下。”

万岁笑了，道：“小爷，你的意思是说，床底下地毯上留下的痕迹，其实并不像警方想象的那样是凶手藏在里面所致，而是剥皮人趴着进去找东西时，留下的？”

“有没有这个可能？”我问道。

万岁双目闪烁，化为无限的喜悦：“当然有这种可能！而且，我觉得可能性极大！如果是这样，那就说明床下的藏人痕迹其实和密室杀人的现场是没有关系的！”

我拍了一下手：“我就是这个意思！”

万岁放下茶盏，昂头看着我，很久，才道：“你怀疑琉璃厂密室里上演的不是他杀，而是自杀。”

“不错。”我靠在椅子上，看着天花板，道，“两年来，爷爷一人演两角，表面上，他是那个金盆洗手不问世事的老头，私底下，却从来没有归隐过。他接过小叔留下来的三十六堂，并凭借他的能力让其发展壮大，他一直探索秘钥的秘密，以一种异常隐秘的形式。

“但形势逐渐变得严峻。以李五子为首的洛阳六宗开始掺和进来，而且志在必得，卡杰琳娜那伙人也进入中国，此外，我想让他最为畏惧的应该是白银锁魂者以及那个剥皮人。

“这种形势，他不可能置身事外，而且处理不好还会赔上整个李家。所以，他索性布置了一场密室杀人的好戏，用小叔的尸体完成了自己的重生。

“二楼密室杀人案之后，世界上没有了李君之，只有李黑眼。他就是小叔。随着外人觉得李君之死了，怪佛自然也就下落不明了，因为他们认为知晓怪佛秘密的只有爷爷一人。”

万岁赞赏道：“老爷子心思缜密，令人佩服。”

接着又说：“不过，二楼密室杀人案之后，事情并非如他想象那般。”

“是。”我苦笑道，“都赖我。如果我当时按照爷爷的要求，把怪佛藏在一个无人知晓的地方，然后继续我之前的生活，那么事情很有可能就会不了了之平息下去。

“但我拿着怪佛去了泰丰楼，照片从五花叔那里传到了多旺教授处，他是摩柯迦罗的心子，他知道了，就等于摩柯迦罗心子团知道了，世界上没有不透风的墙，不管是白银锁魂者还是卡杰琳娜那伙人，一直都盯着多旺他们，所以，尽管他们不能确定怪佛是不是在我手上，但起码我成了暴露的目标。不仅仅如此，因为我的到处乱撞，连本就相信爷爷身死怪佛下落不明的洛阳六宗，也把视线转移到我身上。”

万岁摇头：“人非圣贤，你当时哪里知道会发生这样的事。”

我长叹一声：“当我成为所有人的目标后，爷爷先前的努力就算是白费了。为了救我于险境，他再次让怪佛与我脱离关系，将所有人的视线重新从我身上移开。”

说到这里，我痛苦地闭上眼睛，道：“万岁，其实在我四处乱撞的时候，爷爷也并没有闲着。他以小叔的身份，对卡杰琳娜那伙人以及剥皮人动了手，而且很有可能公然抛出怪佛在他手里的假象。关于这个推论最有利的证据，就是当初我被卡杰琳娜绑架时，卡杰琳娜亲口跟我说他们也在搜查小叔的下落。”

万岁也变得难过起来：“老爷子这是舍车保帅。”

“他一生都在设局，这是他的特长。”我鼻子发酸，“不同的是，以往别人会成为他的工具，而这一次，他用自己做了棋子，那颗弃子。”

我接着说：“他做这一切，都是为了我的安全。先将对手的视线转移到他身上，然后他私底下藏起了怪佛，并且在朽木大和尚那里留下了关于怪佛藏匿地的谜语，接着回到密室，再次布置了一场密室杀人案。这一次，他是真的死了。”

万岁沉默了良久，垂着头道："这样一来，所有的线索都断了。不管是卡杰琳娜、剥皮人，还是洛阳六宗、警方，全部钻进了他精心设计的迷局之中，两起密室杀人案，足以迷惑所有人。"

"他自杀时一定很欣慰，觉得随着他的死，所有事情都结束了，而我，也安全了。"我扇了自己一巴掌，"偏偏又是我，再一次让他的努力白费。"

万岁安慰我道："小爷，不光是你，还有李四海，你们只是好心办错了事。李四海不应该把小叔的日记交给你，让你发现了四爷去拉卜楞的秘密，这一点，老爷子疏忽了，他虽然清楚四爷的脾气和秉性，但并不了解四爷做的所有事。他对四爷的那本日记的内容，恐怕一无所知。"

万岁又道："你先是知道了四爷在拉卜楞的事，然后又找到了朽木大和尚，从他那里拿到了老爷子留下来的关于怪佛藏匿地的照片，而且还误打误撞地发现了上面的谜语，接着又去了拉卜楞。这样一来，你再次把所有对手的视线吸引了过来。"

我无话可说，心中满是懊悔："是啊。如果我当时什么都不做，或许事情就会逐渐过去了。十年，二十年，或者三十年，当所有人逐渐遗忘这件事时，总有一天，朽木大和尚会把那张合照交给我。到时候，我就可以安全地找到怪佛。它，又可以重新回到李家的手中。"

"这是老爷子的周密安排，但我们都让他的苦心付之东流。"万岁随即话锋一转，道，"不过小爷，有失也有得。我相信凡事都是天注定，没有你的掺和，怪佛就是怪佛，即便是老爷子恐怕也不会有这么多的发现，也不可能如此接近整件事情的真相。你完成了老爷子以及四爷没有完成的很多事情。从这个意义上来说，他们并没有白死。"

"扯远了。"我点了一根烟，狠狠抽了一口，被呛得连连咳嗽，"回到琉璃厂密室案这件事情上。如果我的推理是合情的，那么接下来就需要合理。

"爷爷在琉璃厂密室里布置了一场表面上看起来是离奇凶杀的自杀案，他是怎么做到的？这是问题的关键。"我道。

万岁朝我做出了一个无能为力的表情："小爷，说实话，这件事，我还真没有头绪。唯一可以确定的是：爷爷死于背后插入的那把刀上，这件事他自己无法完成，而房间里应该没有其他人，这样一来，他就只有借助外力了。"

万岁说到了我的心坎里，这也是我想的。

"我记得老炮跟我说的密室杀人案的六大定律。"我往外看了看，老炮这时候在就好了。

"什么六大定律？"万岁显然并不了解。

我道："伟大的推理小说家约翰·迪克森·卡尔，对于密室杀人有六个解释，被称为密室杀人六大终极解密，一般说来只要是密室杀人都不会最终脱离这六大定律。"

万岁很有兴趣，期待地看着我："小爷，这个可以好好说说。"

我道："二楼密室杀人案，爷爷设计得太复杂，聪明绝顶，完全跳出了这六大定律，所以当时即便是老炮也没有破解。正因为有二楼密室杀人在前，让老炮对着六大定律彻底失望，所以他才没有用这六大定律去思考琉璃厂的密室杀人。

"我想，如果确定琉璃厂密室是自杀的话，那么这六大定律中的一条，倒是可以提供参考的。"

万岁搓了搓手，满心希望地道："哪一条？"

当初老炮跟我说的这六大定律，给我留下了深刻的印象，所以每一条我基本上都记得很清楚。

"第四条。"我现学现卖，回忆起老炮说的话，道，"卡尔'密室杀人六大终极解密'之四，该案属于自杀，但可以伪装成谋杀。死者用冰柱刺死自己，冰柱融化后密室找不到凶器。或者，死者开枪自尽，手枪尾部系着一条橡皮线，开枪之后，手枪被橡皮线拉倒隐蔽的角落或者洞里，同理，手枪可以拽出窗外、落入雪堆等等。"

万岁听了这第四条定律，双目一凛："这说的不就是外力么！"

"不错！"我脑筋飞转，道，"爷爷先将房门反锁，接着将房间里搞得一团糟，造成打斗的假象，然后巧妙地接借助了一种外力，利用它完成了匕首从背后插入自己身体的举动，而且最绝的是，他死后，这外力巧妙地混在了房间里，没有被人觉察！"

"冰柱、橡皮绳拴着的手枪，这些道具都很巧妙，不过并不是爷爷所用的。他用的东西更高超。"万岁皱着眉头道，"小爷，这种外力定然来源于一件东西，而这东西十分不寻常，我原来想过老爷子可以把那把刀固定在墙上或者绑在桌子上，然后自己的后背猛地撞向刀子，然后挣脱倒下。不过如此一来，定然留下固定刀子的痕迹，而在现场，并没有发现类似的东西，所以，老爷子借助的外力，远比这第四定律要巧妙。"

我俩同时沉默了，相互看着对方，大眼瞪小眼。

这事情上，我是越来越佩服爷爷了。

他老人家一辈子牛叉，即便是死，也死得这么让人绞尽脑汁。

那外力，到底是什么东西呢？

第二十七章 三探真相

我和万岁决定再次去琉璃厂小叔的铺子。

解开谜团的金钥匙，就在那间屋子里。只要我们发现它，就能够找到答案。

我们开车来到铺子，已经是晚上了。

案发后，警方对屋子以及整个院子进行了地毯式的调查，然后就封了起来。

我们撕开封条，推门进去，房间里那股腐烂的气味还残存着，地上尸体躺下的地方，画了一个人形白线。

房间里基本保持原样，当然里头值钱的那些瓶瓶罐罐，都被我爸拿回了家。不过，这些东西不在我和万岁的考虑之内，倒也没有关系。

房间很乱，桌椅板凳倒了一地，还有小叔钟爱的那些乱七八糟、千奇百怪的物件。

我和万岁小心地挪动身体，尽量不触碰房间里的东西，苦苦寻找蛛丝马迹。

两人都不说话，房间里死寂一片，只能听到双方的呼吸声。

这种感觉很奇怪：你明明知道要找的东西就在周围，但偏偏它隐藏不现身，或者说它就在你眼前你没发现。

焦急、苦恼，甚至带着愤怒。

恨不得自己多长个脑袋，恨不得自己眼观六路耳听八方。

一把椅子、一块砖头、一条毛巾……我们几乎把整个房间翻了一遍，也没有任何有价值的发现。

忙了将近两三个小时，我和万岁灰头灰脸坐在地上，肚子饿得咕咕叫，相视苦笑。

这时候，房间里的电话响。

我吓了一跳，接通了，是老炮的。

“家里找不到你们，我猜你俩去了琉璃厂。”电话那头老炮几乎是大吼。

“怎么了？”我道。

听得出来，老炮很激动。

“待在那里，等我！别走！有大发现！”老炮风风火火挂了电话。

放下电话，我呵呵一笑。

万岁问道：“怎么了？”

我拍了拍他的肩膀：“我觉得，我们或许已经解开了二楼密室杀人案了。”

然后，我看了看周围这间密室，道：“眼下，就差这一个了。”

半个小时后，老炮的警车停在了门口。

他拔掉钥匙，推开车门，几乎是一溜烟地跑了进来。

“三更半夜的，跑这里多不安全！”老炮满头是汗，一屁股坐在我对面的椅子上，兴奋地道，“大发现，大发现！”

“那根头发和陶片上的血迹，结果如何？”我站起来，活动了一下腰身。

老炮如连珠炮一般，一口气说完：“经过检测，已经证明你从破沙发里头找到的那根头发，和死在这间密室里的尸体相匹配，陶俑碎片上的血迹，和二楼密室中的那具焦尸，相匹配！”

说完后，他直勾勾地看着我，等待我的话。

我和万岁几乎同时长出了一口气。

成了！

“你们两个，该好好跟我说道了吧！我堂堂警界小诸葛，被你们搞得团团转，这种感觉很不好！”老炮愤怒道。

我递给他一支烟，帮他点着，道：“老炮，你说的这个检测结果，证明了我先前的推论，现在，我想我可以帮你解开二楼密室杀人案的全过程！”

在老炮诧异而怀疑的目光中，我开始道出案件细节。

“你也知道，爷爷这些年根本不过自己的生日，而这一次，他不但一口答应大家给他办寿宴的想法，还广邀行里人前来，可以说，从一开始，他就已经想好了在自己的七十寿宴上演这么一出戏。

“他有两张足可瞒住所有人的王牌：一张，是他两年多来一直冒充小叔，这件事情没人知道。第二，就是他的那个思维缜密的头脑！

“而完成这出戏的最重要的两个道具，则是沙发和那个陶俑。关于沙发，我发现一个蹊跷的地方：寿宴前一天晚上，我躺下去睡觉，直接压塌了那玩意。虽然是当年的外国货，年头不短了，可杉木打造的，足够坚固，以前我也睡过，结实得很，偏偏那晚上我躺下去就塌了。原因很简单：在此之前，爷爷拿掉了里面的弹簧和内胆，让沙发成了空壳。”

“这说明了什么？”老炮摊摊手。

我让他闭嘴，道：“整个事情是这样的。”

“寿宴前，爷爷已经准备好了一切。他将沙发掏空，让德生订了一套新沙发，并且叮嘱德生一定要让送货的人把破沙发搬去垃圾站。当然，他还准备好了另外一样东西，就是那个陶俑。这个我等会再说。

“寿宴当天，所有人都在场。他身体不适，上楼。我走之后，他并没有进入卧室躺下，而是打开留声机放着京剧，关上卧室的门，让人觉得他在里头。其实，他已经钻进了沙发的内层里，静等来人。

“狗牙搬新沙发上来，安置好之后，德生让他把旧沙发抬出去扔垃圾站里头。狗牙那帮人众目睽睽之下从房间里抬走了沙发，也抬走了藏在沙发里面的爷爷。狗牙之所以说沙发特别沉，呵呵，一个大活人在里头，怎么不沉？

“旧沙发被扔到了垃圾站，如果不是富贵去找人，爷爷差点露馅。富贵走后，他拿出准备好的刀子，割破了沙发底部的布，钻了出来，然后离开垃圾站。

“之所以特意让德生命令狗牙把旧沙发扔到垃圾站，那是因为时间紧迫，爷爷必须抓紧时间演完下面的戏。垃圾站离我家并不远。

“从垃圾站出来之后，爷爷立刻乔装打扮，摇身一变，就成了小叔。两年来他都这么做，早就习惯了。然后，他取出了自己准备好的道具——那尊巨大的陶俑。

“变身小叔的爷爷，带着一帮人搬着陶俑进了院子。没有人怀疑他的身份。而那尊陶俑，也相当不简单。

“当时马万春和张大棒子看中了陶俑，都想让小叔用陶俑抵账，被小叔一口拒绝。他什么东西没见过，为什么那么在乎那尊陶俑呢？呵呵，你想过没有，老炮？”

老炮抽着烟，一声不吭。他或许已经想到了。

“因为那尊陶俑里，藏着包裹好的小叔的尸体！”我声音颤抖，继续道，“爷爷抬着这尊陶俑进了屋，支开了所有人，然后一个人在屋子里扮演两角，大声嚷嚷，让人听到觉得是小叔和爷爷在吵架，其实，就他一个人。

“接着，他砸碎了陶俑，弄出了小叔的尸体，伪装上他的装束，在尸体的背后用力插上一把刀，再点了火，以小叔的身份，大摇大摆来到院子里和我们闲扯。

“随后，一切如你们所见：房间里的火烧起来，浓烟滚滚，将房间烧得一片狼藉，那具小叔的尸体，也被烧成一具面目全非的焦尸！

“整个过程，神不知鬼不觉，就完成了一桩鬼斧神工的密室杀人案！”

我一口气说完。

房间里死寂一片，老炮听得呆了，嘴里的烟头掉在地上也浑然不觉。

良久，他才反应过来，愣愣地看着我，道：“天衣无缝，简直是，天衣无缝！”

我点头：“如果我不知道小叔两年前就死在了拉卜楞，如果万岁没提出房间里那具焦尸其实是小叔的尸体，如果我没有以此为前提在沙发里找到爷爷不小心留下的头发，如果我们没有找到小叔尸体沾染到陶片上的血迹，我想，的确是天衣无缝！恐怕没人会揭开这桩密室杀人的真相！”

老炮点了点头，情绪上，他很受打击。

虽然他是警界赫赫有名的小诸葛，虽然我一直自诩自己脑瓜子灵活，但和爷爷相比，我们都幼稚得如同七八岁的孩子。

老炮耷拉着脑袋：“好吧，小九，这件事情，我服了。的确，事实如你所说，你揭开了一个成为我和我同事们噩梦的谜团。为这个，我得申请给你记一大功。”

“得了吧，我不要你们的什么功。揭开这谜底，我心里并不好受。”我道。

老炮明白我心情，道：“不过，琉璃厂这间屋子的谜，又怎么解呢？这同样是一起让人想破脑袋都琢磨不出的密室杀人案。”

“暂时我只能说还想不出结果。可我和万岁的意见是，这是一起自杀案。”我补充道，“和二楼密室案有一点不同，就是爷爷在这里借助了外力来完成。”

接下来，我把之前和万岁对于此事的分析详细跟老炮说了一遍。

老炮听得很认真，在接受了二楼密室杀人案的真相之后，对于这件事他重新梳理了思绪，相当认同我们的想法。

“的确，只有按照卡尔‘密室杀人六大终极解密’的第四条，才能够做出合理的解释。”老炮看着满屋子的东西，道，“我来之前，你们想必已经仔细搜查了吧？”

万岁无奈道：“没有发现。”

老炮掐灭了烟，在房间里踱步：“外力有很多种，但显然爷爷的心思，不会放在一般的物件上。”

房间就这么大，东西就这么多，连老炮都发现不了，我们也是灰心丧气了。

“要不，今天先到这里吧，大家都累了。”老炮看了看手表。

我同意，起身离开。

三个人刚走到门口，就听见背后房间里发出嘣的一声闷响。

这声响，并不大，却很深沉，寂静中听得格外真切。

我们仨吓了一跳，几乎同时转身。

灯光之下，奇异的一幕，让我们有些毛骨悚然！

一个东西，动了！

是那件人偶！

头戴巫师方巾、叼着烟斗的十八世纪欧洲人偶！

真人一样逼真，他在房间的角落里，灵活的脖颈缓缓转动，用水晶石做的眸子在昏暗中发出闪烁的光芒，诡异地盯着我们。

然后，它慢慢地举起了他的右手……

不过，当它举起右手的瞬间，动作就停止了。

“吓死我了。”老炮脸色苍白，“我还以为是个人呢！这玩意小叔的！？”

“嗯。他的最爱，当初花了重金从香港买的。”我道。

这机械人偶的头和躯干大小如真人，下身是一个三英尺半长、两英尺宽、两英尺半高的柜子，柜子内部是超级复杂的机械装置。只要上了发条，它就会神奇地活动起来。

这件人偶身上还被装上了定时器，只要转动上紧发条设置好时间，时间一到，当的一声响，它就可以动作起来。而发动装置采取了先进的材料，发条强劲，使用时间也长。

“这玩意太神奇了。”老炮啧啧称赞，他走到人偶跟前，这摸摸那看看，然后突然转过身来，道，“小九，这人偶刚刚动了下，是不是说明，之前有人对他动过手脚？”

他的话，让我眼前一亮。

能在这间密室里对人偶动手脚的，没有别人，只有在此死去的爷爷了。

难道……

我的心，陡然提了起来！

诡异的人偶前，我、万岁、老炮三个人沉默着，一动不动，形同铁铸。

三个人，心里都有同一个想法，但不知道如何下手。

最后，万岁拿出了他的那把分土剑，递给我。

“试一试，或许就明白了。”他神情淡定。

锐利的短剑，散发出冰冷的寒光。

我接过来，将短剑放在人偶的手中。

“发条在哪？”老炮蹲下去，寻找上劲的发条。

“等等。”我让逼近人偶的万岁后退两步，顺手将房间里一个二指厚的木板递给他。

万岁举起木板，护住自己前胸。

人偶的发条，在它身下的柜子里。探下身，复杂无比的零件、钢条、齿轮中，我找到了那个象牙把手，费力地转动起来。

咯，咯咯咯。钢铁铸件发出深沉声响，各种零件开始移动、运转。

当我满头是汗将把手转动到无法运行时，耳边传来叮的一声脆响，那个用于定时的装置显示正好是夜里十二点。

我看看手表，十二点一刻了。重新又蹲下身，将定时装置设置成十二点十六分，然后回到了人偶的正面。

人偶攥着分土剑的手，静静地平举着，它的目光和我们对视。

时间一秒秒过去，万岁举着木板，咬了咬牙。

他很紧张，我和老炮同样很紧张。

四秒，三秒，两秒，一秒……

十二点十六分到来的那一瞬间，人偶仿佛被灌入了灵魂，脑袋猛然上扬，握剑的手以迅雷不及掩耳之势猛然前戳！

噗……

二指厚的木板，被分土剑彻底穿透，剑尖差点刺进万岁的身体。力道之大，让万岁噔噔噔后退两三步。

在完成这个动作之后，人偶身体微动，很快恢复了原状。

眼前的一切，让老炮目瞪口呆。

他一把扯住我："果然是！"

我点头。

如此一来，琉璃厂密室的谜底终于揭开了。

在一个深夜，爷爷反锁了房门，将房间里的家具、摆设搞得一塌糊涂，故意布置出有人搏斗的假象，然后，他把匕首放到被设定好动作与时间的人偶手中，将自己的后背，留给了死亡之刃！

死亡，我已经见过许多。自杀，我也听闻许多，不论是割腕上吊，还是喝药跳楼，人不到活不下去的时候，断然不会有这样的选择。

而在那个寒冷的冬夜，爷爷一个人，孤独地在这间小小的密室中，毅然转过自己的身体，将后背对准了那匕首。

一切，都是为了我！

七十岁的爷爷，曾经九死一生，再难再凶险的坎他都挺了过来。他脾气火暴，性子倔强，从来不会把自己的后背留给别人。

而那天深夜，他竟然以这种方式，走向他人生的终点！

一切，都是为了我！

泪水，模糊了我的双眼。

蒙眬中，我仿佛看到了他那高大瘦削的背影，须发皆白，笑容慈祥，一切恍如昨日。

我想起，小时候他如何把我疼爱地放在膝头，在星光下对我讲述他经历过的那些腥风血雨的故事。

我想起，自己如何调皮捣蛋，把他的珍宝拿出去卖掉他不恼不怒，笑嘻嘻送我第二件……

“小九呀，爷爷问你，你最疼谁呀？”

“爷爷！我最疼爷爷。长大了，我给你买大房子住，给你买糖葫芦吃！”

“乖，小九乖……”

……

“小九，别整天在外面晃荡，有空呀，回来看看爷爷，爷爷老了……”

“老爷子，你老个屁呀！我等会要和小妹妹喝酒呢，走了！”

……

“小九，有空给我找本书。”

“啥书？！”

“《金瓶梅》。”

“我天！爷爷，你都半截身子入土的人了，还看这东西？宝刀不老金枪不倒呀你！”

……

“小九，爷爷哪天要是死了，你会不会想我？”

“想个毛呀！老爷子，你这身子骨活个千八百岁没问题。”

“那我岂不是成王八了？”

“王八都没你活得久！”

“你个小兔崽子！”

……

他那声音，在我耳边萦绕。往日的一幕幕，浮现于眼前，却终成云烟。

“小九，爷爷哪天要是死了，你会不会想我？”

爷爷，我，好想你！

有人说，很多东西只有失去的时候才懂得珍惜，以前我觉得这句话真他妈虚伪，纯属无病呻吟的文人腔调。可现在却发现，简单的一句话，如同一把匕首插入我的内心深处，那种痛，翻江倒海，汹涌而至。

这世界太大，大得人海茫茫，说不定擦肩就再也无法相遇。这世界太小，小得亲人寥寥，他们就是你的全部。

而如今，我突然觉得自己仿佛是个孤儿。先前的温馨时光，不会再有。

老炮站在我旁边，沉默不语。

他明白我的心情，也知道对于这样的结局，我即便早已经猜中，恐怕于内心也无法接受。

“好在，我们弄清楚了事实。”老炮递给我一支烟，道，“爷爷所做的一切，都是为了你。而现在，尘埃落定，算是解脱。”

我无言以对，站在檐角下看星星。

“你打算怎么办？”我问老炮。

老炮：“你说这个案子？”

我点点头。

老炮苦笑，道：“还能怎么办？这件案子，即便是我如实写了报告，恐怕上头也没有几个人会相信。而且，最关键的是爷爷为了保护你而自杀，我若把真相揭露出去，他的一切努力就没有意义了。所以，就让这案子成个悬案吧。

“小九，世界上并不是所有的事情都非要弄个水落石出。这个案子是，你遇到的事情，也是。”老炮的话意味深长。

我知道他指的是秘钥。

“我虽然不清楚那件事情的来龙去脉，但我明白为了那东西，卷进来的势力太大，也太多，你一个人对付不了。”老炮道，“爷爷和小叔都走了，他们的最大愿望，我想不是让你升官发财，不是想让你出人头地，而是让你一辈子平平安安。小九，平安，比什么都重要。”

我突然觉得浑身无力，好像对所有的事情都失去了兴趣。

“回吧，回家。”我低声道。

老炮开车把我和万岁送回家。

接下来几天，我足不出户，躺在床上昏睡。

这么长时间来，家里的生活也逐渐回到了正轨。

不管是谁，经过时间的打磨都接受了事实，开始重新回归各自的生活重心。

爷爷的院子和小叔的铺子都留给了我。

落雨。好大的雨点，乒乒乓乓敲击着房顶。躺在床上，能够听到鸽哨声、德生收拾院子的声音、小商贩的吆喝声，还有花开的声音。

爷爷种在院子里的白色蔷薇，不知道什么时候开始盛开，一朵连着一朵，此起彼伏。

万岁端着一碗稀粥上来，放在我的桌子上。

“小爷，吃点东西吧。”万岁低声道。

我靠着枕头，两眼放空看着天花板。

“万岁，‘九九之地，铁莲安住。九九是命，数莲相合。’这话，你觉得是什么意思？”我道。

万岁笑了：“你还想找到那尊双头怪佛呀？”

我也笑：“爷爷和小叔都是为了这东西死了，连我们两个也为此九死一生，总不能让它就这么不明不白地丢了。”

万岁坐在我的床边，道：“前面是爷爷的话，后面是朽木大和尚的进一步解释，综合起来看，指的是怪佛的藏匿处。我之前也一直在想，但太隐晦，想不清楚。我总结了一下，这句话，后面这八个字相对比较容易些，应该可以从两方面来推断。”

“你说。”我坐起来，看着万岁。这家伙脑瓜子灵活，对他我向来期望很高。

“首先，是数字。九九，这个数和怪佛的藏匿地有直接的关系，到底是九个九呢，还是九九八十一呢，更或者，还有其他的说法呢，就不明确了。此外，九九是命，这个命字，有没有可能是一个人的命理？”万岁侃侃而谈。

“其次，是莲。数莲相合。这里头提到的莲，我想虽然是具体的莲花，但有可能和前面的四个字有所联系，那就是需要把‘九九’这个数和莲花联系在一起，才能推测出怪佛的藏身地。”

万岁说的话，我之前也有想过，实际上，我比他想得深一些。

“万岁，九九是命，这四个字，我和你的想法一样，是命理之数。你别忘了，我之所以叫李重九，就是生在九月初九，前面这四个字，与我有关。”我道。

“的确如此。”万岁道，“那莲花呢？”

我苦笑道：“这正是我为之头疼的地方。莲花这东西，太普通了。天知道这里的莲花指的是什么？”

万岁想了想，道：“小爷，数莲相合，是不是说，‘九九’二字要和莲花联系在一起？”

“怎么讲？”我道。

万岁道：“‘九九’、‘莲’三个字组合在一起，含义很多。九十九朵莲花的地方、九九八十一朵莲花的地方、二九一十八朵莲花的地方，这都有可能。”

我脑袋有点乱了：“不管是有多少朵莲花，反正藏匿怪佛之处，定然有莲花。”

“可以这么说。”万岁道。

我挠了挠头：“我靠，有莲花的地方可就太多了。”

万岁又道：“的确如此。不过小爷，老爷子藏匿怪佛的地方，肯定是你熟悉的地方，是你知道、能找到的地方，或者说对你而言不是秘密而一般人却无从知晓的地方。他不会随随便便胡乱藏匿。”

“我知道而一般人无从知晓的地方……还有莲花……”我沉吟着万岁这话，突然双目一亮。

“万岁，有个地方，说不定还真有可能。”我道，“这地方，你也晓得。”

万岁自然明白我什么意思，咧嘴道：“不可能吧，那地方已经不安全了。”

我摇头：“爷爷做事情向来鬼神莫测，最危险的地方，说不定就是最安全的地方。”

万岁站起来：“那我们去看看？”

我望了望外面的雨，道：“不急，等天黑了再说。白天太招摇。”

两个人闭目养神，天黑之后，各自穿上了夜行衣。万岁带上了分土剑，我也将那把柯尔特左轮手枪插在腰间，这才离开家。

为防意外，我没开车，而是走出了十几条街，叫了辆马车出了城。

到了山区，打发了车主，我和万岁掉头钻进山里。

雨还在下，而且越来越大。

穿行在山路之中，全身湿透，寒冷异常。

万岁对周边很熟悉，我俩走了一个多小时，终于看到了那个破旧的庙宇出现在眼前。

李家流沙冢！

这地方，是我所有噩梦开始的地方。也是后来各方势力曾经光顾过的地方。

驼子叔死后，此地就彻底被荒废了。

“九九是命，数莲相合。”和我有关，而且还有莲花的地方，我暂时只能想到这里了。

爷爷做事情向来喜欢出人意料，双头怪佛之前藏在这里，我取出之后，李五子等人过来仔细搜查了一番并杀死了驼子叔，流沙冢就是个空壳了。但如果爷爷重新又将怪佛藏在此处，那绝对是个聪明的想法——没有人会再度关注流沙冢。

“安全吗？”潜伏在院子外，我低声对万岁道。

院子里黑漆漆的，寂静无声，只能听到风雨之音。

“没人。走！”万岁道。

我俩弓着腰，进了院子，来到倾塌的大殿跟前，从一个角落钻了进去。

费了一番时间，找到那个九转勾魂金莲锁，拂去上面的尘土，取下我戴在身上的九瓣金莲，小心放入其中，打开地宫之门，闪身钻了进去。

这地方，上次来了之后，我就没有想过再来。

点亮了密室里的大龙缸，眼前的一切，让人唏嘘不已。

还是我上次离开时候的样子，一地的混乱，地上一层厚厚的尘土。

李家先祖的一个个灵位，昏暗中密密麻麻铺展开去，一切如昨。

“如果是在此处，藏在哪里？”我问万岁。

对于那八个字的谜团，我和万岁根本没有彻底破解，只是猜测而已。

“莲花。”万岁看了看周围苦笑道，“这里的莲花，太多了！”

是呀。流沙冢中，别的不说，光脚底下砖头上雕刻的莲花，密密麻麻足有几万。

想单纯凭借莲花找怪佛，基本上是不可能。

看来，我们想得简单了。

一切回复到原点。

“如果从命理上来说呢？”万岁沉思了会，道。

我：“什么命理？”

“当然是你的命理，八字。”万岁道。

洛阳八宗，极其讲究阴阳风水，研究易经八卦，所谓一个人的命理，指的是个人的生辰八字，这个我自然清楚。

“癸亥壬戌甲子庚辰。”我低声报出了自己的八字。

一个人出生的年月日时，按照中国的历法和命相，组合出来的八个字，便是自己一生的密码。

生辰八字是极为隐秘的存在，从小爷爷就告诉我，不管什么时候，不能轻易透露自己的八字给别人。和如今街道旁那些动不动就公然说出自己的八字请算命先生测吉凶的普通人相比，洛阳八宗的人绝对会将自己的生辰八字当作性命一样视作守护之秘。

万岁听了我这八字，双目圆睁：“小爷，你也太邪乎了吧！生在九月初九也就算了，你还生在九时！”

“稀奇吧。呵呵。”我笑了一声，道，“除了我家里人，任何人都不知道我的生辰八字。这次便宜你了，别愣着了，赶紧研究研究。”

万岁伸出手指，掐来掐去，口中念念有词。

“十二神，收执位；值日，金匮；冲鼠煞北；二十八星宿对西方参水猿，西方凶；辰时冲狗煞南，财喜在正东或者西北……”万岁嘀嘀咕咕搞了半天，道，“小爷，你的八字来看，南、西、北，三方都是凶相，生门在正东或西北，但西北乃金、水交合之处，你是土命，皆不可行。所以，有希望的，只有正东！”

“正东？”我转身看了看背后。

东边的墙壁上，是密密麻麻的灵位，除此之外，可就什么都没有了。

“范围还是太大。”我道。

“数莲相合。除了命数，还必须有莲花。”万岁提醒我道。

但我和万岁将东边所有的灵位包括墙壁都仔细查看一遍，根本就没有一朵莲花！

这，就蹊跷了。

难道是我们又错了？

“九九是命，数莲相合。”我和万岁反反复复研究这八个字，思来想去觉得我们的方法总体上说应该不会错。

那么，之所以出现偏差，很有可能就是我们忽略了什么细节。

“会不会不是东边的墙壁呢？”我看着脚下的砖头，道，“密室里有莲花的地方，只有两处。其一，是在穹顶之上的巨大金莲，其二，就是地上的这密密麻麻的上万块莲花砖了。如果按照你的推理，正东是吉位，就应该从正东的砖头入手。”

万岁显然同意，道：“那试试。”

我和万岁仔细数着地面上的青砖，先是选择出南北正中的一行，再选出东西正中的一列，在流沙冢的地面上，画出了一个长长的“十”字。

这样一来，所谓的正东，显然就是“十”字右边这半条线了。

而光这半条线上的砖头，就有很多块。我和万岁数了数，这数目，让我俩都目瞪口呆。

不多不少，正是九九八十一块！

第二十八章 金蝉阵

“九九！九九之数！看来蒙对了。”万岁大喜。

我白了这小子，道：“别得意太早。八十一块砖头，你知道怪佛藏在哪一块下面？“

万岁信心满满：“九九是命，数莲相合。定然是第八十一块砖头下：这块砖头，有九九之数，上面又有莲花！”

我没搭理他，来到最顶端的那块砖旁边，蹲下来，仔细观察。

流沙冢通体用铁水铜汁浇灌而成，上面铺着一层青砖，先前青砖下面都连接着机关，不清楚其中奥妙的人擅自踩动就会引来密不透风的弩箭射击。好在先前李五子那伙人进来将机关全部破坏，这才为我和万岁省了不少事。而眼前这块砖，和周围的砖表面上没有任何的不同。

万岁袖子一抖，取出分土剑，就要撬开那块砖头，被我一把拉住。

“小心点。爷爷心思细腻，上次藏怪佛的铁函，内部就有击发机关，你贸然行事，若有不慎，我们俩就没命了。”我提醒道。

万岁收了手，道：“那怎么办？”

我取出手电，仔细照着砖头四周的极细缝隙，趴在地上往里看，砖头之间的缝隙中有亮闪闪的东西。

“果然有机关。”万岁脸色苍白。

“金蝉丝。乾宗的金蝉丝。”我笑道，“用这东西布置出来的，只有八卦金蝉夺魂阵。这块砖头是阵眼，一共有八条金蝉丝压在这块砖头上，这八条金蝉丝是主丝，每一条连接着八条，八条中每一条又连接着八条……万岁，整个地面上的青砖之下，都有这样的金蝉丝，也就是说，我们现在站在了一张大网上！”

“然后呢？”万岁愣道。

“八卦金蝉夺魂阵，是乾宗的独门绝技，向来秘不外传，我们刚刚进来的时候，在砖头上行走，已经触发了此阵。”我道。

万岁道：“触发了？那为什么没有任何的意外？”

我笑道：“意外？八卦金蝉夺魂阵和一般的阵不同。此阵是守卫大阵，进入阵中，只是触发，并无凶险，但若是动了阵眼或者是取了压阵之物，那就麻烦了！”

“会如何？”万岁问。

我站起身来，眯着眼睛打量着这个巨大的空间。

“看到了么，这个地下密室，下面宽六米，长十米，高三米，体积有一百八十立方米。而立方体的六个面上，皆藏有金蝉丝，若我们取出了压阵之物，这个立方体中将会立刻有无数金禅丝密密麻麻从各个角度伸展出来，形成一个立体的三百六十度无死角的大网对着我们席卷而来！

“打个比方，到时候，我们就如同蚕一样，被外面的蚕蛹包围。不同的是，这蚕蛹是由无数金蝉丝组成，而且它们是交织着朝我们席卷刮来！”

“丝而已，刮来就刮来罢了。”万岁无所谓。

我笑道：“金蝉丝，名为丝，却非丝。这东西细如毫发，却断铜斩铁！一根丝，就是一把快刀，金蝉丝大阵，那就是一个绞肉机，到时候只怕我们俩只剩下一堆肉泥！”

万岁听得面如土色，道：“我们站立的这个地方，到进来的入口处，大概有五米，想取了东西再跑，恐怕是来不及。”

“当然。”我笑道。

“那有什么办法取走东西而且还能全身而退么？”万岁道。

我道：“若是九阵套九阵的大阵，绝难破解。但眼前这个是爷爷仓促之下布置的，应该是个小阵，倒能破解。”

“怎么破？”万岁兴奋起来。

“你的手，快不快？”我道。

万岁虽不知我要干什么，却也点了点头：“挺快的。”

“快到什么地步？”

“火中取栗，不伤一根毫毛。”万岁骄傲道。

“够了。”我大喜，指着那块青砖道，“怪佛应该就在这块青砖之下，但是它定然压着那八根金蝉丝，一旦移动它，八根金蝉丝就会触发整个大阵，所以破解的唯一方法就是在我取出怪佛的瞬间，你用和怪佛质量相当或者比它重的物体代替，压住那八根金蝉丝！记住，要快！金蝉丝的延展时间差不多有半秒，或者更少，我俩的全部动作，需要在这么短的时间内一气呵成，否则就完了。”

万岁虽然很有把握，但还是心惊肉跳，抱怨道：“老爷子也真是，把怪佛藏下就藏下啦，干吗搞出这么个大阵来，岂不是给我们俩添麻烦么。”

“事关重大，他必须保证东西不落入外人之手。也只有我知道金蝉阵，换成另外一个人，便是他找到了这块砖头，恐怕也会死无葬身之地。”

“行，动手吧。”万岁从身后灵龛上取下李家先人的一件遗物——一个四方砚台，对我晃了晃。

那砚台是上好的端砚，我掂了掂，分量比那怪佛要重，而且长方形的砚台也极容易塞进砖头空隙中。万岁这小子，脑袋很灵光。

我用分土剑小心翼翼地翘起了那块砖头，只见砖头下方，放置着那铁函，铁函底下，压着八根细细的金蝉丝。

“我喊一二三，一齐动手。”我咽了一下口水，看着万岁道。

四目交汇，我俩皆是满头冷汗。

稍有差池，哪怕只有半秒，我二人绝难活命！

快，必须要快！

“小爷，你放心吧，我对自己有信心。”万岁咬了咬牙。

我知道他的性子。万岁不是张扬的人，他说他有把握，那就有把握。

“命交给你了。”我笑了笑，低声喊道，“一……二……三！”

三字喊出口的瞬间，我双指勾着铁函，猛地往外一拽！

与此同时，万岁出手如电，一道青影插入砖槽之中！

说时迟，那时快。电光火石之间，两个人完成配合。

取出铁函我不关心，我关心的是时间。

就在万岁放入砚台的时候，我只听见周围的空间中发出一阵低低的声响——嗡！

光线之中，自周围各处，上下左右，东西南北，无数道金丝泛起点点金光，一道道锐利长线，赫然现身！交织在一起，朝着我们席卷而来！

“完了！”我大叫一声，闭上眼睛等死。

嘣！！！！

又是一阵嗡鸣，带着余音袅袅，周围安静了。

我睁开眼睛，发现流沙冢密室中已经金线盘结、纵横交错，但席卷而来的无数金线在半路戛然而止，使得我们周围尽管形同牢狱，但通往入口的地方，依然还有一个没有彻底合拢的出口！

就如同蚕茧中露出了一个孔洞，一个能让我们钻出去，破茧重生的生存出口！

“妈的，你再慢一点点，我们就完了。”我摸着额头上的冷汗。

万岁的手，轻轻地离开了砚台，站起来，面无表情，双手颤抖。

“走吧。”抱着铁函，我弓着腰，小心翼翼地避开金线，朝入口处行进。

万岁跟在我身后，两个人不敢有丝毫的怠慢，只希望能够尽快走出密室，进入入口。

无数金线悬而未决，如同挂在脖子上的死亡之剑，随时有落下的可能。

这种感觉，很操蛋。

我俩一步步走得艰难，大约几分钟后，眼见得距离出口还有两三米，终于长出了一口气。

“总算是出来了！”还有一步，就能迈出这死亡之阵，我心情愉快。

就在此时，忽听得万岁在我身后道：“小爷，有人！”

万岁的话音未落，我只觉得面前一股劲风袭来，使得空气震动，引得无数金蝉丝嗡嗡嗡共鸣！

“老朋友，我们又见面了。嘶嘶嘶。”一个黑衣人站在我面前，发出刺耳难听的笑声。

他那血红的脸对着我。一双眸子，在暗中泛着幽光。

是剥皮人！

我愣了。

“你让我跟得好苦。”剥皮人盯着我，笑道，“好在这么多天的辛苦没白费，李重九，你很聪明，而且运气好，好得简直离谱。这么凶险的一个大阵，你也能全身而退。”

“彼此彼此。你的运气也不错，上次在拉卜楞寺，就让你侥幸逃脱。”我一边说，一边右手摸向插在腰间的手枪。

剥皮人摇了摇头：“我的朋友，我劝你还是别耍小聪明。你的那把枪打不死我，而我，只需要动动手指头，你们就会变成肉泥。”

剥皮人指了指我们身后的那方砚台。

他哪怕随便捡个东西，击打到砚台上，让砚台摇晃或者倒下，金大阵将再次激发，我和万岁绝对不可能逃出来。

人为刀俎，我为鱼肉！

“把秘钥给我。”剥皮人伸出手，“李重九，我跟你说过，这东西对你来说就是个定时炸弹。只要你给我，我不会亏待你。五十万美元，我会随后打到你账户上，你后半辈子足以无忧无虑。”

“你到底是什么人！？”万岁在后面愤怒道。

看着剥皮人，我呵呵一笑，随即收敛了笑容：“万岁，你这个问题问得好。老早之前，我也在想这位老兄到底是什么人。”

他是什么人？

这个困扰我很久的疑问，自我从拉卜楞回来后，几乎就已经确定了——“朋友，如果我猜得没错，当年那个被四大教派联手围剿，躲入黑水城大墓，为护秘钥而让自己变成黑乌让的琼乃大法师，就是你吧！”

剥皮人，是我卷入秘钥这件事之后遇到的第一个莫名之人。也是所有人中，最让我恐惧的一人。

从遇到他的那一天起，我就无时无刻不在想，这样的一个怪人到底是何方神圣。

随着事态发展，关于他的信息也不断涌现，就像一块块杂乱的拼图，最终在我的脑海中完成了拼接。

他要销毁密钥，身形虽是人但万岁说毫无生气，他来无影去无踪诡异莫测，他知道秘钥的一切底细，他可以动手杀了德仓堪布这样的高僧，更重要的是，他的长相，那没有人皮的恐怖身体……

所有的一切，我最终想到的是明末清初被逼入黑水城大墓自戕变成黑乌让的琼乃大法师。

他是不死之身，他是秘钥曾经的保管者！

剥皮人看着我，嘴里发出嘶嘶的一声冷笑。

“李重九，如果杀了你，实在是太可惜。”他那赤红的双目圆睁着，道，“你太聪明了。”

“大法师，你之前就说过你不会杀我，而且如果你想杀的话，早杀了。”我笑道。

剥皮人摇了摇头：“我以前的确不想杀你。事实上，我比任何人都明白秘钥蛊惑人心的力量，它就像是罂粟，让每一个遇到它的人都欲罢不能，可以说，每个和它有牵连的人都是悲哀的，奴隶一样悲哀。”

他的话语，深沉，带着发自内心的悲伤。

是呀，这世界上恐怕没有人比他更了解秘钥，没有人比他更了解深陷秘钥中的痛苦。

“为了这东西，我变得人不人鬼不鬼。李重九，我不希望世界上再有人变成我这个样子。”

剥皮人顿了顿，继续道：“事实上，这东西原本就不应该存在这个世界上。或者说，当年我找到它、要销毁它的时候，那帮摩柯迦罗的心子们就不应该阻止我！”

他声音颤抖，看得出来十分激动，双目之中流下两行殷红的泪。

“在那座大墓里，我做了你们常人永远难以想象的事，我所承受的痛苦，也是你们永远想象不到的。我的目的只有一个，那就是：即便当时无法销毁它，我也不会让它落到任何人手里。它，是一个诅咒！”

不知道为何，看着他，我心中没有任何的怨恨，没有任何的恶意，甚至，我对他产生了深深的同情。

“大法师，我能不能问你一个问题？”我道。

“说吧。”

“你被困黑水城大墓那么多年，事后为什么不出来？那样你就可以带着秘钥离开，进而销毁它。”我将心中疑问和盘托出。

剥皮人笑了：“我如何不想？但事实上，我根本没办法这样做，那个咒阵，是苯教最为高深最为凶险的大阵，我以自己的灵魂和身体为引，封印了整个墓地。不是我不想出来，而是我根本就无法出来，离开黑水城墓地，我就如同灰烬见了大风，当即灰飞烟灭。”

“那为什么你现在……”我指了指他。

他笑了：“这要感谢你们洛阳八宗的人。他们的闯入，让我终于得到解脱。那么多条活生生的性命，不但破坏了咒阵，而且我巧妙地利用这些人，重新完成了咒阵的布置，有了新的替身顶替了我的位置。”

“你对他们下了手？！”我明白他的意思。

剥皮人嘶嘶笑：“人为财死，鸟为食亡，天理使然。不过，正因为我对他们有亏欠，所以，才不会杀了你。”

剥皮人深吸了一口气：“不过，我不想杀你不代表我就不能杀你。对我而言，没有任何东西比你手中的铁函更重要，为了它，我可以干任何事，包括杀了你。”

他的目光，如同两把锐利的刀子一样盯着我。

“一个虚无缥缈的魏摩隆仁就那么重要吗？千年来，死的人，难道还不够多吗？”我大声道。

“你说呢？”他笑道，“你知道很多事，你觉得，值得么？”

我默然无语。

是呀，值得，还是不值得？

一个传说中的无上圣地，一个天国般的存在，一个可以让人永生的传说！不值得么？

但千百年来，为这个天国，多少人灰飞烟灭，又有多少悲剧接连上演？

为追求那永生之路，飞蛾扑火般湮灭的一条条性命，难道一文不值么？

他们都是活生生的人，是活生生的生命，有七情六欲，有家人，有自己生存的权利！

值得，还是不值得？

我无法回答这个问题。

剥皮人此时向我伸出手，道：“好了，话都说完了，给我吧。”

“小爷，不能给这家伙！”万岁见我犹豫，大声道。

我淡淡一笑：“万岁，我不想求什么永生，事实上，任何的永生都不存在。这世界公平得很，你要获取的多，那就需要付出相应的代价。

“永生？一个人，即便获得了永生，又能有什么好处呢？一个人看着风云变幻，一个人在时光中流转，物是人非，斗转星移，他只有孤独，只是个孤独的可怜人。大法师，你说，是么？”

剥皮人的嘴角哆嗦了一下。

“你既然要，那就拿去吧。”我把铁函抛出去。

剥皮人接住，他看着我，一言不发。

“东西都给你了，你应该放我们出去了吧！？”万岁大声道。

剥皮人打开了铁函，解开里面的黄布，看了看，笑道：“东西不错，不过李重九，你好人做到底，身上那件东西也拿出来吧。”

我知道他要的是什么。

我撕开纽扣，把衣服里面的铜噶乌扔了过去。

剥皮人一手拿着铁函，一手拿着装有半张羊皮卷的噶乌，大笑！

嘶嘶嘶嘶嘶嘶！

那笑声里，充斥着几百年的痛苦、寂寞、欣喜，宣泄而出。

“三百年了！三百年了！我终于得到了！我终于得到了！嘶嘶嘶嘶嘶嘶！”剥皮人双手高高举起，昂着头，看着那两样东西，仿佛此刻整个世界对于他来说，都一文不值！

而就在此时，黑暗中，突然传出一声脆响。

叮铃……

那声音，回旋，连绵，清脆悦耳。

“谁！？”剥皮人身体一抖，急忙转身。

入口处的黑暗中，缓缓走出一个身影。

一个胖胖的身影。

“琼乃，这东西，属于白银锁魂者，而不是你。”

是苯波卓洛！原先和卡杰琳娜混在一起的那个苯教法师！

他竟然也跟到这里。

“苯波卓洛，你的狐朋狗友死的死，逃的逃，抓的抓，你倒是阴魂不散呀。”我讽刺道。

苯波卓洛脸上挂着笑：“那些，不过是渣滓，不过是棋子。李重九，等收拾完了这位，我再好好和你玩玩。”

言罢，他缓缓举起了手中的金刚铃。

眼前的苯波卓洛穿着一身雪白色的大袍，袍子之上，绣着无数的骷髅、血器、法器和咒文。头戴长而尖的咒师帽，袒露半臂，一手持金刚铃，一手举着人头法鼓，昂首挺胸，傲然而立。

我转脸看了看剥皮人。

我不是苯波卓洛的对手，不过我确信，剥皮人不会袖手旁观。

何况，此刻我还不是苯波卓洛的第一目标。

剥皮人嘶嘶冷笑：“苯波卓洛，我在冈底斯山骑着法鼓修行的时候，我登上箭道头戴黑铁法帽成为白银锁魂者之首时，我的法鼓声响彻四方、我的金鹏振翅高飞时，你在哪里？

“我，象雄王室的嫡系血脉！九叠雍仲山的王者！大鹏和战狼的灵导！终极之光的钦定者！在我琼乃·黎·赤危的面前，你不过是一条可怜的爬虫！”

剥皮人的声音回荡在黑暗之中，犹如狂风怒吼！他的法音盖住一切声响，他的身影在黑暗中骤长，覆盖了上下整个空间，他的双目犹如两团火把，他的身体之上升腾出一团血红色的浓雾，如同翻滚的烈焰一般！

一股令人无法抵挡的王者气息席卷而来，就如同一座高山，耸入云天的高山，矗立于你的面前，令你灵魂震颤！

这，就是三百年前法术冠绝天下的大法师么！？

在他的愤怒面前，苯波卓洛就如同海浪中飘摇的一叶小舟，可怜，渺小，微弱。

但，苯波卓洛丝毫没有退却。

相反，他嘴角挂笑，缓缓上前一步。

“琼乃！四百年前你是苯教第一法师，白幢之王！但成为黑乌让的那一天起，你就已经和之前这一切再无关系！你不再是白银锁魂者，你不过是个卑贱的钥奴！而我！苯波卓洛，敦巴辛饶佛的传承人，白银锁魂者的眼睛，三界天地的守卫者，才是绝对的主宰！”

苯波卓洛在怒吼，他手中的金刚铃微微一晃，叮铃一声响，从他的身后，一道赤色光芒轰然而起，接着蔓延开去，整个密室的墙壁、顶上全部被这神秘赤光覆盖！这赤色光圈，一叠连着一叠，层层而上，竟然有九层之多，光焰夺目！

“五天之前，我就杀了那个朽木和尚，从他的头脑中读取到了我需要的信息。三天之前，我就来到这里，守株待兔。我料到你不会错过这场盛宴，所以在这三天的时间里，我布置下了九叠雍仲阵！”苯波卓洛声嘶力竭，“琼乃！你看，这是何物！？”

言罢，他从怀中掏出一物，戴在手上，高高举起。

光芒之下，我看到那是一枚戒指！一枚银子打造的戒指中，镶嵌着一颗血红色的宝石！

那不是普通的宝石，闪烁着，变幻着，世上的一切在它面前都黯然失色。

“王戒？你怎么会有王戒！？”剥皮人看着那戒指，大惊失色。

苯波卓洛的脸，在那枚戒指散发出来的绚烂光芒下变幻着，如同神灵：“琼乃，苯教的无上圣物面前，你，才是真正卑贱的爬虫！

“现在，你只有两个选择：交出手里的东西我可以饶你不死，让你成为我的护法，否则，你将化为尘埃，就此消去！”

在苯波卓洛嚣张的怒吼之中，剥皮人颤抖着，他身体踉跄，几乎要倒下去。

“他说的，是真的？”我低声问道。

剥皮人看了我一眼，眼神中满是绝望和愧疚：“李重九，看来我们都成了棋子。九叠雍仲阵是苯教的最高法阵，此阵之下，我的所有修为都被封印，而他手持的那枚戒指，是当年敦巴辛饶祖师佩戴的法物，苯教的至高存在，拥有你想象不到的加持之力和摧破之力，我，的确，是个卑贱的爬虫。”

“我不是！”我冷声笑道。

我不管苯波卓洛那什么法阵什么圣物。老子不是修行人，那东西也管不了我。

这胖子，打我第一次见到他，我就很不爽！

我对剥皮人使了个眼神，然后又对万岁点了点头。

剥皮人虽然一愣，但很快明白了我的心思。至于万岁，这家伙早就是我肚子里的蛔虫，见我手摸向腰后的柯尔特左轮手枪，他的分土剑蓄势待发。

苯波卓洛再牛叉，也不过是个凡人。

是人，就会死！

只要他死了，我想起码我就安全了。

相比之下，我宁愿秘钥和羊皮卷被剥皮人拿去，而不是他这样一个渣滓！

“李重九！我劝你还是老实点，入口处和这密室的周围，我放满了冈底斯油，这东西你若是不懂，可以问问这个爬虫。”苯波卓洛笑道。

剥皮人嘴角抽搐了一下，道：“冈底斯油是苯教最为珍贵的一种甘露，与九叠雍仲阵相生而用，你若杀了他，阵法失败，就会引燃冈底斯油，这种油燃烧起来的火被称为光火。此火纯白，看起来毫不起眼，却能在一瞬间让世间任何坚硬之物都化为灰烬！因此，它也被称为火之王！到时候，就算这个密室是用铁水铜汁浇灌的，恐怕也在火中成为虚无，包括我们。”

“妈的！”我忍不住破口大骂！

这个死胖子，实在是个狠货。

“苯波卓洛，我可以答应你，但有个条件！”剥皮人快速走过来。

“说！”苯波卓洛胸有成竹。

剥皮人道指了指我：“这家伙和我们没关系，让他赶紧滚蛋。接下来我们再谈。”

“没问题。”苯波卓洛的眼睛转了转，笑道。

剥皮人一摆手，我和万岁小心翼翼地从金蝉丝中走出来，来到了安全地带。

接着，剥皮人道：“说实话，苯波卓洛，我不相信你的为人，很难保证我把东西交给你之后，你不会让我灰飞烟灭。所以，我们还是在这里谈妥了为妙。”他指了指纵横交错的金蝉丝。

“本法师一言九鼎，只要你交出东西，我可以给你我的本命心血。”苯波卓洛显然明白金蝉阵的厉害，进去了，两人就是钻进了绞肉机里，一旦金蝉阵运行，任他法术再高，恐怕也难逃一死。

“在这里，我才能安全。我可以把东西交给你，而你，如果有什么猫腻想杀我，我只需要动一动这些金丝，大家都逃不了，只有这样，才公平。”剥皮人拿着铁函和噶乌先行进入，然后高高举起，“如果你拒绝，嘶嘶嘶，我同样可以引动此阵，秘钥固然无事，但羊皮卷可就毁了。没有羊皮卷，你找什么魏摩隆仁？”

剥皮人冷笑着：“另外，还有半张羊皮卷，你难道不想得到了？”

“你！”苯波卓洛显然抵挡不了这终极诱惑，想了想，一脚迈进了金蝉阵！

而就在他进去之时，忽然一道黑影奔着我袭来。

我双手接过，发现落于手中的，是铁函和那噶乌！

与此同时，听见剥皮人嘶哑的声音喊了一声："李重九，跑！"

一切，来得太突然！

我想不到剥皮人会有这么一手！

他竟然将铁函和噶乌扔给了我，选择自己拖着苯波卓洛进入了金蝉阵。

"你个爬虫，竟敢骗我！"苯波卓洛发现上当，怒吼一声，双脚一跺，身化一道流光朝我追来。

"跑！"我拉着万岁，扭头就跑。

出口就在不远处，穿过甬道，就可摆脱这死亡地带。

"苯波卓洛，咱们还没开始玩呢！"身后，剥皮人的嘶嘶笑声传来。

接着，是一声嗡鸣。

这声音，我无比清楚！

剥皮人定然是击倒了压制阵眼的那方砚台，开启了金蝉阵！

阵眼一动，无数条金蝉丝席卷而去，不管是剥皮人还是苯波卓洛，恐怕都将会是一堆肉泥！

我虽有心要救剥皮人，但显然已经来不及，所以只能带着万岁夺命狂奔。

"区区一堆破烂金丝，就能拦住我么？琼乃，你太小看我了！"苯波卓洛尖叫一声，我只觉得密室里陡然一亮，一道炫目光芒照亮整个空间。

忍不住回头，但见苯波卓洛手中弹出一道光点，那光点，米粒大小，迎着金蝉丝组成的大网飞去。

噗！

轰！

光点遇到金蝉丝，轰然炸开，化为一道炫目洁白的光焰，坚韧无比的金蝉大网赫然被轰出个巨大孔洞，连上方的精铁室顶，也赫然被那光焰烧得开始融化！

光火！剥皮人说的那光火！果真恐怖无比！

苯波卓洛冲出金蝉阵，身体凌空，犹如一只大鸟朝我飞来！

在他身后，剥皮人化为一道黑影，也跳跃而至。

"妈的。"我抽出手枪，对着苯波卓洛啪啪啪连放三枪扭头就跑。

两个人在前面跑，苯波卓洛和剥皮人在后面追。说时迟那时快，一转眼就来到了洞口。

我立刻傻眼了。

原本空旷的洞口，此刻满是一种乳白色的液体，顺着通道往下流。

冈底斯油。

“封了！”苯波卓洛大喊一声，我只觉得背后破空之音传来，急忙低头躲过。

一个东西擦着我的头顶飞过，落入那冈底斯油中，轰的一声，烈焰熊熊！

“小爷，光火！”万岁一把把我扯了回去。

入口被那光火吞没，而且火舌顺着冈底斯油迅速往里面蔓延。

纯白色的火焰，看上去并没有任何的炙热温度，但所到之处，坚硬的铜墙铁壁化为汁水，同时跟着冈底斯油一起燃烧。

“怎么办？”前路被封，后有追兵，我慌了。

“他奶奶的！”万岁骂了一句，“小爷，前面是出不去的，后面也回不去，只能从上面走了！”

“上面那可是两米厚的铜铁！”我大声道。

“李重九，死来！”苯波卓洛此刻遥遥而望。

“急什么，先过我这一关再说。”剥皮人冷笑一声，落于苯波卓洛跟前。

随即，黑暗之中，发出两人你来我往的交手之声。

密室里头，光芒万丈，砰砰砰砰的撞击声不绝于耳，随即传来鬼哭狼嚎之音、兽鸣魂泣之响，劲风阵阵，咒芒闪烁！

两人死磕，而且皆用上了自己的法术！

“他这是为了我们争取时间！赶紧想办法。”我大声道。

万岁看着距离我们越来越近的光火，拍了一下手，道：“小爷，光火能烧掉这铁壁铜墙，我们何不用这个试试？”

“是个办法！”我眼前一亮。

只要在头顶搞出一个大洞，我们就能逃出去。

但那光火炙热无比，我们是万万不能触碰的，那如何把它化为己用？

“看我的！”万岁上前一步，抽出分土剑，插入面前的一摊冈底斯油里，乳白色的液体涂满剑尖。

“去！”万岁手握分土剑，长剑一挥，啪啪啪啪，一股股冈底斯山油被他甩到了头顶上方的顶壁上。

我立刻明白了这小子的意图。

“小爷，离远点！”万岁推了我一把，将分土剑插入光火，转眼之间，光火缠绕剑身，吹毛断金的绝世好剑，很快化为一摊铁水……

万岁顾不得心疼，一甩手，融化的剑带着光火飞向顶壁。

轰！！！！

一声闷响，带着巨大的强猛气息，顶壁上光芒四起。光火沾油，猛烈无比，铜墙铁壁如同薄纸一样被烧透，一方孔洞不断变大，变深，最终一个井口般大小的出口出现在我们头顶，可以看到外面的星空一角。

“小爷，走呀！”万岁推了我一把。

此刻，光火距离我们也就两三米远，后面苯波卓洛已经将一把金刚撅插入了剥皮人的胸膛，然后奔着我袭来。

抬头，光火蔓延开去，只留给我们一个很小的空隙，更上方，就是那自由美好的星光。

“万岁！”我一把扯住万岁，将铁函和噶乌塞入他怀里，“你先走！”

言罢，我双手一用力，把万岁向上猛抛。

“小爷……”万岁还没反应过来，就已经被我扔了出去。

他如同一只大鸟，稳稳飞出火圈，倏忽不见。

“哈哈。”见万岁安全出去了，我顿时放心了不少。

秘钥没事，羊皮卷没事，即便是今日我死了，那还有万岁。

“李重九，死来！”苯波卓洛头冠掉落，披头散发，横冲而至。

他双手执密印，啪啪啪啪，四道白光朝我前胸袭来。

我欲抵挡，没想一道人影飞来，替我挡住了那四道白芒。

白芒入体，发出嗤嗤之声，一股浓烈的焦臭气味扑鼻。

是剥皮人！

他此刻，全身的衣衫尽数毁去，露出血红无皮的身体，而那身体，也是千疮百孔，皮开肉绽。

似乎苯波卓洛所发的那白芒，是剥皮人的克星。

“走！”剥皮人一手抓住我衣服领子，猛力袭来，将我扔向顶壁。

与此同时，就听见地下传来剥皮人的怒吼，接着是一声深沉的咒音——

“哦嘛直莫耶萨来德！”

我顿时一愣。

这是苯教的八字真言！代表着苯教至高无上的教理和终极！

剥皮人这是……

“苯波卓洛，一起去魏摩隆仁吧，嘶嘶嘶嘶！”剥皮人的沙哑尖笑声，在下方回荡。

“琼乃！你个爬虫！你疯了！”苯波卓洛的声音中充满着恐惧。

在飞入空中之时，我看到剥皮人抱着苯波卓洛落入下方的黑暗，不，是落入下方那熊熊燃烧的光火中！

“李重九，走你自己的路吧。原来，那千年的纠葛，的确不值得！”剥皮人对我说。

他的话语里，似乎有了一丝解脱和释然。

而我，来不及看他最后一眼就被万岁飞掠截走，滚落于庭院之外。

狼狈爬起，我想去找剥皮人，但眼前，厚实的大地如同开了锅一般高低剧烈起伏着。砖头、石块、土壤、植物，在一股白气之中悉数化去，成为虚无！

天地失色，时空凝滞，周遭轰鸣，震动不安。

大雨倾盆而下。水雾升腾，氤氲弥漫，挡住视野。

一切风平浪静之后，我和万岁才发现：眼前，原先的庙宇荡然全无，只有一个巨大的天坑，深不见底，横亘于脚下……

后记 神山之巅 异宝归原

日喀则。海拔3860米的高地。

黎明即将到来，天空呈现出一种寂静而又纯粹的深蓝色，托映着茫茫的雪山，更远处，是水，茫茫淼淼。这山水，独立于时间之外，与世界无关，与人无关。它们有它们自己的世界，肃穆寡言，沉重而淡然。

骏马疾驰，迎着明亮的星斗一路向西。

晨光从背后一点点映射，照出雪山的金黄，照出这世界的神秘、与世隔绝。

你会觉得，这马如果一直跑下去，就会驰骋到时光的尽头。

海拔越高，呼吸越困难，头疼翻江倒海涌来，生不如死。

我蜷缩在马背上，看着山口上风中飞扬的残破风马旗，五彩斑斓，呼啦啦作响。其下有人背着沉重的行囊独自行路，有人磕着长头，面容黝黑却温暖。

我与他们擦肩而过。我们有各自的世界，但这一刻，我们又没有任何的不同。

每个人，终究不过是这世界的过客。

如同花开，此起彼伏，终究零落成泥。

一个月前，我离开北平。

两起密室杀人案已经水落石出，秘钥归于我手，与此有关的人，仿佛绽放的烟花，在我面前一个个轰然炸响，又一个个倏忽谢幕。

只剩下我一人。

把爷爷和小叔的骨灰下葬之后，我把琉璃厂的铺子交给万岁看管，然后给老爸留了张纸条，选择离开。

促使我前来藏地的，是五花叔。

在他的大宅子里，我们喝茶，相顾沉默。

那时，我是如此的孤独。

世界那么大，大得可以装下芸芸众生。

世界却又那么小，小得装不下我的一颗心。

“人的孤独有时候不见得是坏事，就像天地一样。”五花叔坐在大宅子里，怅然对我说，“天地只有与你的孤独相处良久——一年或者多年，由于你的孤独，你才会了解它，懂得它，与它交织在一起，然后它慷慨净化你的灵魂，像母亲一样抚慰你的心灵，你才会知道这世间，什么叫无，什么叫有。”

这位曾经的皇室贵胄，看过了太多的繁华一梦，笑着对我道：“世间的事，无所谓有，无所谓无，人在这有无之间穿梭，有苦有甜。更多的时候，生命因为有了这样的苦和甜，才会变得厚实、阔大。”

日喀则往西。

雪域高原之上，有一座大山。卡尔东山顶，有一片面积十余万平米的遗址。

很多很多年前，这里有一座叫穹隆银的大城。

它是曾经雄踞雪域高原千年的象雄帝国的都城。

五花叔将这个地方告诉我的时候，我突然内心宁和。

这是我要去的地方。

一个埋葬着太多迷封之秘的地方，却又在冥冥中和我遥遥而望。

“小九，你去那里散散心吧。人只有见识过那方天地，才能够知道生命的意义。”五花叔告诉我，大清朝还未灭亡时，他曾经是驻藏大臣，他去过那地方，听过那方世界的风吹。

“那是吹透生命的风。”五花叔说。

他动用他的人际关系，帮我打理好了所有的行程。

从北平出发，到西安，沿着唐蕃古道，沿着当年文成公主进藏时的路线，我顺利地进入了藏地。

因为五花叔，在拉萨，我受到了很好的款待，平安抵达阿里。

“那里什么也没有，荒山野岭，残垣断壁，我可以带你去更好玩的地方，有美女，有歌舞，有美食……”叫拉毛东治的向导一路上对于我要去穹隆银十分不满。

“拉毛，你听说过象雄么？”我笑着问道。

“象雄？什么象雄？”他好奇地看着我。

我：“很久很久之前，这里曾经有一个帝国，它的都城叫穹隆银，以大鹏鸟为图腾，以苯教为国教，雄踞高原千年之久……”

拉毛咧嘴笑："别开玩笑了，我在这里出生，在这里长大，从来没听过什么象雄。"

那一刻，我沉默了。

转过头，看着地平线。那里，灰蓝色的晨曦之下，一片大山出现在眼前。

连绵，铺展，无比庄严。

"那就是冈底斯山脉！看见那座了没有？那是冈仁波齐，神山之首，世界的中心！"

拉毛兴奋地道："冈仁波齐峰是举世公认的神山，印度人认为它是湿婆的居所，世界的中心，耆那教认为该山是其祖师瑞斯哈巴那刹得道之处，我们则认为此山是胜乐金刚的住所，代表着无量幸福……"

我打断了他的话，看着那座屹立于蓝色天幕下的水晶之山，喃喃道："相传，苯教也曾发源于此。拉毛，你知道魏摩隆仁么？"

"魏摩隆仁？是什么？"拉毛哼着歌儿开着车，浑然不在意。

"大地的西方，八瓣莲花的中心，是天国魏摩隆仁。它的天空闪耀八副金轮，九叠雍仲山俯临大地。四条大河从水晶山峰之巅向四方流去，河源之上是神圣的一庙三宫以及无数的安乐之居……"我缓缓地从脑海中调出那段铭文。

那是我噩梦的开始。

而如今，它已经融入我的生命。

"天国呀？呵呵，我只知道有香巴拉！"拉毛或许觉得我烦了，哼着他的歌儿，不再理我。

马停在卡尔东山下。

山高，无人。成群成片的庞大建筑遗址荒凉而寂寞。

我背起包，向上行进。

拉毛想陪我去，被我制止了。

"太高了，路难走。我们天黑前离开，你快点，我回去还要和朋友喝酒呢。"他在下面对我喊。

低着头，呼哧呼哧往上爬。

心脏跳动得几乎要爆炸，每一步，都好像走在棉花里。

周围的残垣断壁，墙基宽厚，巨大的梁木、繁复的纹饰、恢宏的布局，无一不向人昭示，千年前的此地，曾经是多么的辉煌、气象万千！

行走于遗址之中，恍惚间，我仿佛看到了这座大城。伟大帝国象雄的国度，战马长嘶，经幡飞舞，梵音阵阵。连绵的白银锁魂者、苯教大法师，护送着一把把秘钥长

驱而出，奔向他们的秘密之地。

在那里，他们守护着整个雪域高原最为隐晦的秘密，守护着打开这个世界的终极钥匙！

而我包中的铁函，其中的那把秘钥，很多年很多年，也曾经在这里，接受过无数人的供养。

千年的时光，它在世间流转，终又回到了当初之地。

爬上山顶，已经临近中午。

天色阴沉，雷声隆隆，顷刻间密云压顶。

站在最高处，世界就在眼下，铺展开去，无边无际。

大风呼啸，穿过我的身体，变得空空荡荡。

更高处，也是空空荡荡，那里云层堆积、挤压，是神灵的居所。

无数年来，他们就如此审视着芸芸众生。

山顶上除了一座高大的佛塔，什么都没有。

那塔，用当地的白土和沙石垒成，斑驳，破损，却依然屹立不倒。

我站在塔下，昂起头。

塔身，一块青石上，用极细的阴刻线，刻出一朵莲花。

硕大的莲花。花瓣肥厚，低垂，脆弱而敏感，有种天然的诡秘之美。

大雨骤降，雨点大颗大颗落下，砸在那莲花上，乒乓作响，水气氤氲中，那莲花跳跃着，如同火焰，灿然绽放。

苍茫天地间，日光暗淡，寂静无人。

这莲花，成了整个世界。

它有它的美。

而对于我们来说，或许要经过很多事、遇见很多人、走过很多路，才会直面这种美。

我把铁函掏出来，抚摸着，然后深吸一口气，将它从孔洞之中投入塔腹。

里头发出一声闷响，很快重新回复寂静。

它属于这里。就像这莲花，像这塔，像这里奔腾翻转的云烟。

这一刻，我的心忽然前所未有地轻松起来，欢悦之情油然而生。

跪在地上，双手合十，闭上眼睛，向这塔行礼。

不知过了多久，起身。

大雨已经停下。一缕阳光，照亮了远处的冈仁波齐山。

那么美的一座山，水晶般纯净、圣洁。

代表了一切的美好。

这时候，我真想告诉五花叔，我看到了世界的终极。

然后，我躺在云烟里，面对着那神山睡着了。

我做了一个梦。

我梦见北平的家，爷爷的院子里，蔷薇花开了。

白色的蔷薇，一朵连着一朵，灿然安和。爷爷就站在那些花中，背着双手，笑容灿烂，和我遥遥相望。

梦中，我与他告别。我告诉爷爷，我将有我自己的道路。

他说，他很担心我，担心我前路艰险。

走，不停地行走，会让人变得单纯而强壮，会让人找到属于自己的世界，那世界，繁复，阔大，如同大海。

我如是对他说。

然后，爷爷消失在光里，终于倏忽不见。

那一刻，我在梦中，是如此的快乐。

图书在版编目（CIP）数据

双头怪佛杀人事件/张云著.-上海：上海文艺出版社.2017

ISBN 978-7-5321-6562-9

Ⅰ.①双… Ⅱ.①张… Ⅲ.①长篇小说－中国－当代

Ⅳ.①I247.5

中国版本图书馆CIP数据核字(2017)第324326号

发 行 人：陈 征

策划编辑：肖 博 王 波

特约编辑：卢 毅

责任编辑：望 越

责任校对：何行亮

营销编辑：姚 瑶

封面设计：梦 柔

书　　名：双头怪佛杀人事件

作　　者：张 云

出　　版：上海世纪出版集团　上海文艺出版社

地　　址：上海绍兴路7号　200020

发　　行：上海文艺出版社发行中心发行

上海市绍兴路50号　200020　www.ewen.co

印　　刷：崇明裕安印刷厂

开　　本：700×1000 1/16

印　　张：20.25

字　　数：313,000

印　　次：2018年3月第1版 2018年3月第1次印刷

I S B N：978-7-5321-6562-9/I · 5227

定　　价：39.80元

告 读 者：如发现本书有质量问题请与印刷厂质量科联系　T: 021-59404766